また、桜の国で

須賀しのぶ

祥伝社文庫

目次

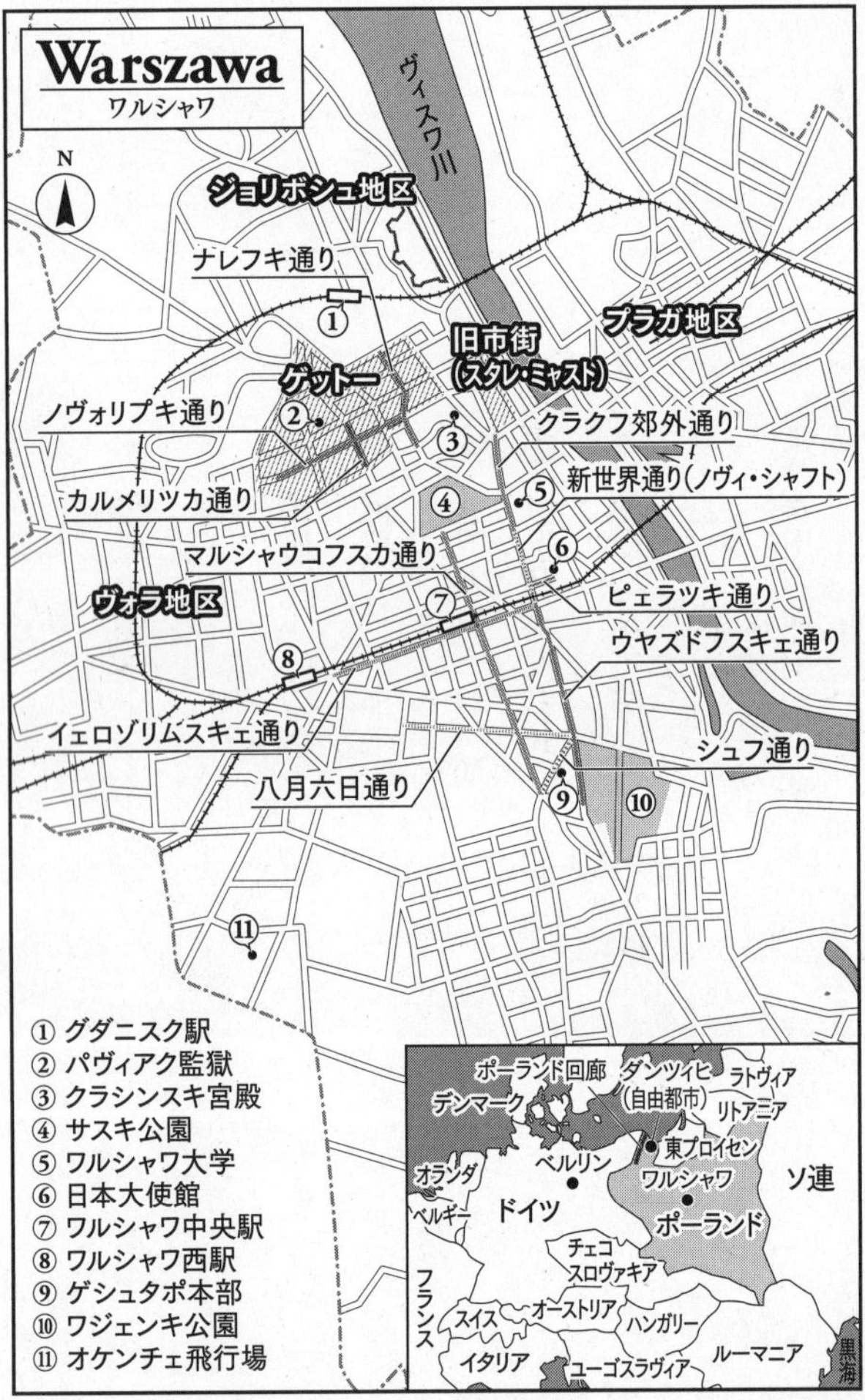
Warszawa
ワルシャワ
N
ヴィスワ川
ジョリボシュ地区
ナレフキ通り
プラガ地区
旧市街
(スタレ・ミャスト)
ゲットー
ノヴォリプキ通り
クラクフ郊外通り
新世界通り(ノヴィ・シャフト)
カルメリツカ通り
マルシャウコフスカ通り
ヴォラ地区
ピェラツキ通り
ウヤズドフスキェ通り
イェロゾリムスキェ通り
シュフ通り
八月六日通り
① グダニスク駅
② パヴィアク監獄
③ クラシンスキ宮殿
④ サスキ公園
⑤ ワルシャワ大学
⑥ 日本大使館
⑦ ワルシャワ中央駅
⑧ ワルシャワ西駅
⑨ ゲシュタポ本部
⑩ ワジェンキ公園
⑪ オケンチェ飛行場
ポーランド回廊
ダンツィヒ
(自由都市)
ラトヴィア
デンマーク
リトアニア
東プロイセン
オランダ
ベルリン
ワルシャワ
ソ連
ベルギー
ドイツ
ポーランド
チェコ
スロヴァキア
フランス
スイス
オーストリア
ハンガリー
イタリア
ユーゴスラヴィア
ルーマニア
黒海

第一章　平原の国へ

1

夜のコンパートメントは静かだ。

シュレージェン駅（現ベルリン東駅）からワルシャワ行きの夜行列車に乗りこんで二時間が経《た》った。乗車してしばらくは一等車内でも通路を行き交《か》う人々の声は聞こえたが、この時間ともなれば静かなものだ。

コンパートメントの寝台は上下二段。下段に寝転がった慎《まこと》は目を閉じ、全身で列車の振動を感じていた。聞こえるのはただ、車輪がレールの継《つ》ぎ目を通過するたびに生じる軽快な音のみ。世界で感じる唯一の音を、全身で聴く。

ごとん、と音がするたびに、無意識のうちに頭の中で数を数える。継ぎ目を通過する音の回数にレール長を掛ければ、だいたいの距離が出る。今はそんなことをする必要はないとわかっているが、これはもはや習性となっていた。列車に乗ると、必ずやってしまう。

中学卒業後に外務省留学生試験に合格し、北満洲《きたまんしゅう》の哈爾浜《ハルビン》へと渡ってはや十年。移動する際は、徒歩だろうが列車だろうが、距離をはかる癖がしみついてしまった。今年の夏、久しぶりに日本に戻った時も、路面電車でうっかり同じことをやっていることに気づいて我ながら苦笑したものだ。

「国境まで、あと小一時間というところか」

つぶやきは、あっさりとシーツの中に吸いこまれてしまう。

次の駅は、フランクフルト・アン・デア・オーデル。名の通り、オーデル河畔《かはん》のフランクフルトで、ヘッセン州にあるマイン河畔のフランクフルトとは異《こと》なる。オーデル川を越えれば、ほどなくポーランド。目的地である首都ワルシャワは、ここから東へ三百五十キロほど。朝には到着するはずだ。

身を起こし、窓にかかる濃緑色のカーテンを開く。ガラスのむこうは真っ暗で何も見えない。ただ、読書灯の灯《あか》りに浮かぶ自分の顔が映るだけだ。やはり疲れた顔をしている。実年齢の二十七より、十近く老けて見えた。

仕方がない。一週間前、マルセイユ港から欧州に上陸して以来、常に緊張し続けていたのだから。

慎は、備え付けのテーブルに放ったままにしておいた新聞を手にとった。シュレージエン駅のキオスクで購入した『フランクフルター・ツァイトゥング』紙の一面には、平和を称《たた》える文字が大きく躍《おど》っている。その下に掲載された写真には、ドイツ、イタリア、イギリス、フランスの四首脳が記念撮影よろしく並んで立っていた。この写真はみな生真面目《きまじめ》な顔をしているが、ページをめくれば、イギリス首相のチェンバレンとドイツ総統ヒトラーが笑顔で握手をしている写真がある。

新聞の大半は、ミュンヘンで行われた首脳会談が大成功のうちに終わり、欧州に平和をもたらした四首脳――ことにヒトラーを称える記事に割《さ》かれていた。彼の名と、一九三八年九月三十日という今日の日付は、欧州の、ひいては世界の平和が守られた日として永久に歴史に残るだろうとまで書かれている。

平和をもたらした、との言は決しておおげさではない。まさに昨日まで、この欧州は一触即発の事態にあったのだから。

問題は、今年四月、ドイツ系住民が圧倒的多数を占めるチェコスロヴァキア西部のズデーテンで、住民が政府に自治を求めたことに端を発する。通称「ズデーテン危機」は、三月にオーストリアを併合したばかりのナチス・ドイツが便乗したことによって、一気に緊迫の度を増した。

慎が横浜《よこはま》を出港したのは、不穏な知らせが毎日のように欧州から届けられるさなかのことで、見送りに来ていた家族や友人はたいそう心配していた。日本郵船の香取丸《かとりまる》に揺られること四十三日、慎がマルセイユ港に降り立った時には事態はさらに深刻になっており、列車でパリについた直後には、チェコスロヴァキアが総動員令を発令、対するドイツもズデーテンの即時割譲を要求したとの報を聞いた。ベルギーを経由しベルリンに到着したのは、ドイツが一方的にズデーテンからのチェコスロヴァキア軍撤退の期限と定めた九月二十八日だった。

上陸してからというもの、会う人々は皆、戦争の足音に怯《おび》えていた。二十年前に終結した欧州の大戦争は、まだいたるところに爪痕《つめあと》を残しており、人々はあの恐怖を忘れていない。

欧州は、平和を切望していた。

その中で、ベルリンにはまさに開戦前夜のような緊迫感があった。この日までにチェコスロヴァキア政府が割譲を受け入れなければ、ドイツ軍は確実にチェコスロヴァキアに侵攻し、欧州が再び血に染まることになる。慎も、ここで欧州大戦の開始を見ることになるやもしれないと半《なか》ば覚悟を決めた。街じゅうに翻《ひるがえ》るハーケンクロイツの旗、明らかに平時とは思えぬ制服の大群。ラジオから流れるヒトラーや宣伝相ゲッベルスのがなり声。何もかもが開戦を示していたのだから。

しかし、導火線に火が点《とも》される直前で、救いの手がさしのべられた。期日の二十八日にイタリアの首相ムッソリーニが仲介に入り、翌二十九日、ミュンヘンで独伊英仏の四首脳会談が開かれ、今日三十日にズデーテンの割譲を認めたことで、ぎりぎりのところで戦争は回避されたのだった。

平和が守られたことに、人々は歓喜した。ミュンヘン会談の成功が報じられたのは今日の午前中のことで、号外に歓喜する人々を見て、まるで戦争を待ち望んでいるようにすら見えたこの街も例外ではなかったのだなと実感した。

欧州は、平和を切望している。

あの恐怖が再現されるぐらいならば、小国の一国や二国など犠牲にしてもかまわないというほどに。チェコスロヴァキア首相不在の場で、四国首脳の会談で勝手にズデーテン割譲が決められても無邪気に喜べるほどに。

「平和か」

握手を交わすチェンバレンの安堵《あんど》したような笑顔を皮肉に見やり、新聞を畳《たた》む。その瞬間、夜の静寂を破って怒声が響いた。

「冗談じゃない、こいつをすぐに放り出してくれ！」

ドイツ語だ。扉を開けて声のほうをうかがうと、二つ先のコンパートメントの扉が開け放たれ、その前に乗務員の大きな体が見えた。ぼそぼそと聞こえるのは、おそらく彼が客を宥《なだ》めている声か。

一等車のコンパートメントは定員が二名。客同士で諍《いさか》いがあった場合、収拾がつかなくなることもままある。しかし、夜中にやることでもないだろうに、と呆《あき》れたが、次の瞬間、息を呑《の》んだ。

「なぜユーデルベンゲルがこんなところにいるんだ。すぐに降ろせ！」

ユダヤ野郎《ユーデルベンゲル》。ユダヤ人の蔑称《べっしょう》。なるほど、それならば喚《わめ》くのも無理はない。共感は全くできないが、理解はできる。ここはまだドイツ。ユダヤ人の立場は、虫以下だ。二十世紀にあって信じがたいことだが、法律でそう定められている。

同時に、ユダヤ人と聞いた瞬間に、慎は次の行動を決めていた。前任地の哈爾浜での、最後の大仕事が頭をよぎったからだった。

「なぜ降りる必要が？　二等は満員だと言われて、わざわざ倍の金を払ってこちらに来たんだ。出ていく謂《い》われはないな」

まだ若い声だった。国外の訛《なま》りがある。激昂《げっこう》する相手とは反対に、口ぶりは冷静だった。

「ユダヤ野郎が一等に乗れるわけがないだろう、なぜ確かめなかったんだ⁉　とっとこいつを警察に突き出せ！」

「車掌《しゃしょう》を責めても仕方がないだろう。俺の国じゃ、俺程度の血の混ざり具合じゃわざわざパスポートにユダヤ人と書く必要はないからな」

若い男の口調は冷静だったが、挑発する響きがある。慎は少なからず驚いた。今のドイツに、ここまで堂々と反論するユダヤ人がいるとは。好奇心と、早く場をおさめねばという使命感にかられて通路に出ると、反対側から歩いてくる人影が目に入った。

「ユダヤ野郎だと？」

第三者の声は低く、嫌悪と怒りにひび割れていた。ああ、これはまずいなと直感した。男は、夜中だというのにわざわざSS（ナチス親衛隊）の上着を着ている。いかにも頑丈そうな体つきで、まだ若い。三十代半ばといったところだろうか。つるりとした顎《あご》を撫《な》で、酷薄な笑みを浮かべたSS隊員は大股でコンパートメントに近づき、車掌を押しのけて足を踏み入れる。何かを叩《たた》きつけるような音が響いた直後、一人の男が通路に投げ出された。

「油断するとすぐに入りこむ。次の駅でとっとと放り出せ。こいつの荷物は？」

「失礼」

SS隊員が、男をさらに踏みつけようとした瞬間、慎は声をかけた。SS隊員の足が、男の胸に蹴《け》りこまれる直前で止まる。

「彼を私のコンパートメントへ移してください」

慎は、SS隊員の足の下で呻《うめ》いている男を見て言った。受け身もとらず、頭から倒れこんだように見えたが、近づいてその理由がわかった。彼は胸に何かを抱えている。妙に角張った、茶色い鞄《かばん》のようだった。頭を打ったせいか動けない様子だったが、かろうじて意識はあるらしい。きつく瞑《つぶ》られていた目がうっすらと開き、眼球がこちらを向いた気がした。つかつかと距離を詰め、目の前に立ちはだかった慎を、SS隊員は正気かと言いたげな目で見やった。

「何を言っている。こいつはユダヤ人だぞ」

「あいにく私はドイツ国民ではないので関係ありません。かまいませんか」

水を向けられた車掌は目を瞬《しばたた》き、当惑した様子で慎とSS隊員を見やり、最後に床で呻いている男を見た。

「じきオーデルだ。そこでこいつを放り出せば済む話だろう」

さきほどまで喚いていた男が、コンパートメントからわざわざ出てきて言った。恰幅《かっぷく》はいいが、頭髪のほうはだいぶ心許《こころもと》ない、眼鏡《めがね》をかけた五十がらみの男だった。異様に高い鼻とその周辺が赤く染まっている。

「こんな夜中に、目的地でもないところで降ろされても困るでしょう。私のコンパートメントは、幸いあいています」

車掌の目に安堵の色が浮かぶ。よろしいのですか、とおどおどと尋ねる声は、SS隊員に遮《さえぎ》られた。

「冗談じゃない、ユダヤ野郎が一等にいるというだけで虫酸《むしず》が走る。せめて二等に」

「二等は満員だと彼が言っていましたよ。いつまでもここで騒ぐのも、どうかと思いますが。じきポーランドです」

慎は思わせぶりに、他のコンパートメントの入り口を見回した。目が合った途端、さっと顔を引っこめる者もいれば、頑《かたく》なに入り口の扉を閉めたままの者もいる。だが、深夜のこの騒乱が一刻も早くおさまってほしいと思うのは、誰もが同じだろう。

迷惑そうな空気を感じたのか、SS隊員は苦い顔をした。列車はワルシャワ行き。乗客は圧倒的にポーランド人が多い。まだドイツとはいえ、彼には分《ぶ》が悪かった。怒りのこもった目を慎に向ける。

「おまえ、ポーランド人か」

「いいえ、日本人《ヤパーナー》です」

「日本《ヤーパン》？　信じられん」

ＳＳ隊員は怪訝《けげん》そうに眉《まゆ》をひそめ、まじまじと慎を見つめた。信じられんと言うところからすると、少なくとも彼は日本がどういう国かは知っているらしい。だとすると、そこそこの教養はあるのだろう。日本とドイツは防共協定を結んではいるものの、ドイツ国民の中にはいまだに支那《しな》と混同している者も多い。ロシアに勝ち、国際連盟の常任理事国入りしてからというもの、今や我が国はイギリスやドイツに次ぐ大国だと日本国民の鼻息は荒いが、実際にこちらに来ると、友好国ですら日本のことなどほとんど知らないのが実情だ。

「日本人には見えんな」

「ええ、日本でもよく言われました。お疑いでしたら身分証明書をお見せしますが。明日、ワルシャワの日本大使館に着任する予定です」

丁寧《ていねい》に答えると、「大使館」とＳＳ隊員は繰り返し、舌打ちした。大使館員相手に、さすがに下手なことはできないのだろう。まして相手は、ドイツからすれば数少ない友好国だ。

「君たちの無知と頑迷さには呆れる。我が国の友であるというのなら、君たちはユダヤ人の害悪をもう少し理解すべきではないか。友の忠告はきくものだ」

SS隊員は表情を消して踵《きびす》を返し、自室へと戻っていった。まっさきに安堵のため息を漏《も》らしたのは、車掌だった。

「かまいませんね?」

慎が念を押すと、大きな体に似合わず蚊《か》の鳴くような声で「はい」と返してきた。それまで床に転がったままだった男が体を起こそうとしているのに気づき、慌《あわ》てて手を伸ばす。その瞬間、背後で大きな音がした。振り向くと、飴色《あめいろ》の旅行鞄が床に転がっている。コンパートメントの入り口で仁王立《におうだ》ちしていた酔客が、慎と目が合うと眉をつりあげた。

「そいつのだ、持っていけ!」

叩きつけるように怒鳴ると、勢いよく扉を閉める。慎は嘆息した。

「たちの悪い酔い方だ」

「たいして飲んでいませんでしたがね」

〝ユダヤ人〟は冷淡につぶやき、慎の手を押し返すと、機敏に立ち上がった。宙に浮いた手をもてあました慎は旅行鞄を拾い、相手に差し出す。立って並ぶと、相手の青灰色《せいかいしょく》の目は慎の目線より五センチほど低い位置にあった。鳶色《とびいろ》の髪は乱れ、痩《こ》けた頰《ほお》は右側だけ腫《は》れあがっていたが、太い眉の下から放たれる眼光はあくまで強い。声から予想はしていたが、若い男だ。おそらく慎と同年代か、いくらか下といったところだろう。

彼はずっと抱えていた角張った鞄を肩にかけると、礼を言って慎から旅行鞄を受け取った。

「ご親切に感謝します。次のフランクフルト・アン・デア・オーデルで降りますので、そこまでお言葉に甘えてお邪魔します」

落ち着いた声だった。慇懃《いんぎん》な態度は、同時に強い警戒心を示している。

「もともとそこで降りる予定だったのか？　いや、わざわざ夜行を使ってそれはないな。ワルシャワに行くのだろう。無駄なことはするな」

慎の答えに、青年は切れた唇の端を歪《ゆが》めた。それ以上は逆らう様子もなく、黙って慎についてくる。足取りはしっかりしていたのでほっとした。

周囲から突き刺さる視線をやり過ごしてコンパートメントに戻ると、ひとまずさきほどまで寝ていた寝台に青年を座らせる。

旅行鞄のほうはすぐに足下に置いたものの、角張った鞄は慎重に腿《もも》の上に置いた彼を見て、慎は苦笑した。

「命より大事なものらしいね。中はカメラとレンズかな」

「そうです。これが壊れたら食べていけませんので」

「カメラマンか。ベルリンには仕事で？」

「はい。戦争が始まるかもしれないと思ったのですが、何も得るところなく帰ることになって残念ですよ」

「欧州じゅうが平和を喜んでいるというのに。かわりに自分が諍いしていちゃ世話ないね」

慎は水差しを手に取り、ハンカチを濡《ぬ》らした。軽く絞《しぼ》って差しだすと、青年は戸惑《とまど》ったようにハンカチと慎の顔を交互に見たが、結局は受け取って頬に当てた。

「助けていただいたことには感謝します。しかし、無謀ではないですか。SSがいたのに」

礼を言われつつ睨《にら》まれ、慎は苦笑した。トランクの中から消毒液を取り出すと、青年は「必要ありません」と言ったが、慎は無視して唇の端と頬を消毒した。

「では、僕はどうすればよかったのかな」

「見て見ぬふりをするのが一番です。他は皆、そうしていたでしょう」

たしかに、あれだけ騒いでいたというのに、他のコンパートメントから出てくる者はいなかった。

「僕はああいうのがどうにも我慢ならないんだ。気がついたら飛び出していたから、仕方がないな」

「安っぽい正義感は身を滅ぼしますよ」

「〝人のお世話にならぬよう、人のお世話をするよう、そして報いを求めぬよう〟」

突然、日本語で話しだした慎に、相手は怪訝な顔をした。

「なんです?」

「僕が通っていた学校の教えでね。それに従ったまでだよ」

「今も学校の教えに忠実とは感心ですね。しかし、やはり賢明とは言えません」

「善処しよう。さて、改めて挨拶《あいさつ》をしようじゃないか。僕は、マコト・タナクラだ」

突然のポーランド語に、青年は目を瞠《みは》った。驚かせたことに、してやったり、と慎は笑う。

「……ヤン・フリードマンです。驚きました、ポーランド語、喋《しゃべ》れるんですね」

子音《しいん》の多い、独特の発音。青年はドイツ語も巧みだったが、やはり母国語のようにはいかない。

「目下、勉強中だ。ロシア語ならそれなりに得意なんだが」

「ならばそちらでもかまいません。ポーランドでも苦労はしないはずですよ。ポーランド人の多くがドイツ語かロシア語を話せます。なにしろ、何度も彼らのものになってますからね」

ポーランドは二度、地図上から完全に消滅している。十八世紀、ロシア、プロイセン、オーストリアによって三度にわたって行われた分割により、領土を全て喪失したためだ。その後、ナポレオンによりワルシャワ大公国がつくられたものの、彼の死後は再びロシアとプロイセンに四対一の割合で分割され、その後一世紀にわたり両国の圧政を受けることになり、ポーランド語も使用が禁じられていた。

それが公用語として復活したのは、わずか二十年前のことである。ロシアが革命に倒れ、ドイツが戦争に負け、ポーランド第二共和国として独立して、ようやく彼らは自分たちの言語を取り戻したのだ。

「書記官以上ならそれでもいいだろうが、僕は外務書記生（大使館などで庶務に従う職員）なんだ。現地の言葉が使えなければ話にならない。下手で悪いが、練習につきあってくれるとありがたいよ、パン・フリートマン」

「では、フリードマンと。フリートマンはドイツ語読みです。ただ、ヤンと呼んでいただいたほうがいいですね」

「助かるよ、名字の読み方は複雑だから。ヤン、確かめたいんだが、ポーランドのパスポートにはユダヤ人であると明記はしていないんだね？」

「そんな馬鹿なことをしているのはドイツだけですよ」

ドイツ在住のユダヤ人は、パスポートに必ず《J》の文字が入り、人名には《イスラエル》もしくは《サラ》をつけることになっている。

「その通り。そして君は、姓名を見てもすぐにそうとわかるわけでもない。顔立ちもドイツ系に近いかな。それがなぜ、乗車して二時間以上も経過してから、相部屋の客にユダヤ人と露見したのか。君がその口で言ったとしか思えないんだが」

すると、それまで痛みに顔をしかめる以外ほとんど表情を動かさなかった面《おもて》に、うっすらと笑みが浮かんだ。

「その通りです」

「そんな人間に無謀と言われたのか、僕は」

「無駄、のほうが正しいかもしれませんね」そっけなく彼は言った。「SSが乗っていたのは不運でしたが、この列車の乗客の半数以上はポーランド人です。そして私はポーランド人。まだドイツ国内といえども、そこまでひどいことにはなりませんよ。ドイツとの間には不可侵条約がありますから」

なるほど、同室だった男の気持ちが少しわかった。このヤン・フリードマンには人を愚弄《ぐろう》する癖があるらしい。言葉遣《づか》いは丁寧だが、警戒の分厚い鎧《よろい》は痛々しいほどだ。それを隠そうとして、むやみに攻撃的になるのだろう。

しかし慎の心に浮かんだのは、怒りとはほど遠いものだった。親しみを抱《いだ》いたと言ってもいい。この若者は、昔の自分を思い起こさせる。

「ふむ、僕の勉強不足ということか。だからといって、自ら危機を招く必要があるのかな」

穏《おだ》やかに尋ねると、ヤンは面食らった様子で目を逸《そ》らした。

「酔っていたんです、さきほどのドクトルも、私も。ミュンヘン会談の成功を祝って、何度も乾杯したのでね」

「あの男は医者《ドクトル》か。知り合いだったのか」

「いえ、たまたま同室になっただけです。よくある酒の席での喧嘩《けんか》ですよ。チェコスロヴァキアがズデーテンを割譲したのだから、ポーランドも平和のためにダンツィヒを返還すべきだと言いだしたので、頭に来ましてね」

「なるほど、それは無理もないね」

チェコスロヴァキアにズデーテンがあるように、ポーランドにもドイツから割譲を執《しつ》拗《よう》に迫られている土地がある。ヤンが口にしたダンツィヒは、その中でも最大の争点となっているバルト海に面する港湾都市だ。

おそらくドクトルは、本気でそれが最善だと信じ、善意で言ったのだろう。時に独善は、悪意よりはるかにたちが悪い。地雷を無意識に踏んでしまう。

「まあ、その話はいいでしょう。自分も思ったより酔っていたのだと思います」

ヤンは気まずそうに言って、急に愛想《あいそ》のよい笑顔になった。

「それより、練習したいとのことでしたが、ポーランド語もお上手ではないですか。いつごろから？」

追従《ついしょう》までまじえて露骨に話を変えてきた。なぜダンツィヒの話題からユダヤ人発言になったのか、興味はあったが深追いするのもためらわれる。慎はヤンの思惑にのってやることにした。

「ポーランド語は三年程度かな。ここに来る前は哈爾浜の総領事館に勤めていたんだが、下宿先の大家がポーランド人だった。彼女に勧められたんだ」

「ロシア語に堪能《たんのう》ならば、覚えやすかったのではないですか」

「最初のうちはそう思ったがね。途中で、なまじ似ているのが逆に仇《あだ》になった。時々、頭がこんがらがる。君はロシア語もいけるのか」

「ドイツ語に比べると、あまり。私の生家はドイツ領でした。当時は、学校でもドイツ語しか習いませんでしたよ」

なるほど、と慎は頷《うなず》いた。二十年前ポーランド第二共和国として独立するまで首都ワルシャワはロシア領だったが、ドイツと国境を接する西部地区やバルト海沿岸地区はドイツ領だったはずだ。三国による分割支配時代、クラクフなど南部を支配していたオーストリアの統治は比較的ゆるく、ポーランド語の使用も認められていたが、ロシア領とドイツ領では厳罰の対象だったという。おそらく、ロシア語やドイツ語しか喋れないのに戦後ポーランドに組み入れられ、混乱した者も少なからずいるだろう。国境が地続きのヨーロッパならではだ。

「ロシア語が得意ということは、ソ連にも行ったんですか？」

「いや。いずれは行きたいとは思っているが、難しいだろうね。だが、おかげでポーランドに来られたのだから、僕は幸運だよ。子供のころから、ぜひ一度訪れたいと思っていたからね」

「子供のころから？」

青灰色の目が、なぜ、と訊《き》いている。

「僕が小学生のころ、日本では大変なポーランド・ブームが起きたんだ。君は聞いたことはないかな、シベリア孤児の話を」

2

棚倉《たなくら》慎が初めてポーランドという国を知ったのは、大正九年（一九二〇）の夏。九歳だった。

その二年前、欧州での大戦が終結した。日本は戦争特需に沸《わ》き、戦勝国になったが、勝った後にもシベリアに出兵し、さまざまな工作活動を続けていたらしい。当時はよくわからなかったが、父のセルゲイは「我々が祖国を取り戻す手伝いをしてくれているのだ」と幼い息子に説明した。

植物学者のセルゲイが日本にやって来たのは、日露《にちろ》戦争が終わった翌年だったという。当時調査していたのは主に北海道や樺太《からふと》だったが、東京物理学校で教鞭《きょうべん》をとるロシア人の教員を訪ねた際、茶を運んできた女中に一目《ひとめ》惚《ぼ》れをした。二年後には祝言《しゅうげん》をあげ、翌年には長男の孝《たかし》、その二年後には次男の慎が生まれ、私生活も研究生活も順調だった。

しかし、ロシア本国で革命が起きたことで状況は一変する。送金されてきていた研究費は途絶え、そればかりか本国に戻ることも親族の安否を確認することもできなくなった。仕方なくセルゲイは、親交を結ぶロシア人教員の招きを受けて家族ともども東京へと移り住んだが、しばらくは悲嘆と不安でろくに起き上がれぬほどだったという。

やがて、紹介でロシア語の臨時教員などを務めつつ、同じように本国に帰れない白系《はっけい》ロシア人の亡命を支援する組織に加わって同胞を助けることで気力を取り戻していった。しかしそれでも深い望郷の念と、革命を起こした者たちへの憎悪が消えることはなかった。そんな彼にとって、シベリアの地で憎き赤軍《せきぐん》と戦う反革命派である白軍《はくぐん》の存在は一縷《いちる》の望みであり、白軍を支援する日本軍もまた、頼もしく映ったのだろう。

父の説明によれば、日本にやって来たポーランド人の子供たちは、皆シベリアに住んでいたのだそうだ。革命と内乱で親を失い、援助を約束してくれていたアメリカの赤十字も軍とともに本国へ帰還してしまったせいで、行き場を失った戦災孤児たちに日本だけが手をさしのべたのだと、我がことのように誇らしげに語った。

七月下旬、ウラジオストックから海を渡り、敦賀《つるが》に上陸した五十六名の子供たちは、翌日には列車に揺られて東京へ移動した。渋谷《しぶや》の日本赤十字社病院に隣接する、仏教系の育児院・福田会《ふくでんかい》に迎え入れられた彼らは、一様に痩《や》せこけ、あちこち破れた服を身に着け、穴のあいた靴《くつ》を履《は》いていたという。新聞に掲載された写真を見た慎は、彼らが味わった苦難をありありと想像して、胸を詰まらせた。

それは慎にかぎったことではなく、気の毒な子供たちに多くの日本人が涙し、全国から寄付や見舞いが集まった。皇后陛下も数度にわたって菓子《かし》料を下賜し、ついには自ら行啓《ぎょうけい》され、ポーランド孤児への注目はいやがうえにも高まった。

慎も一度、福田会に行って彼らと会い、その時にはなにより大切にしている舶来もののブリキの車や汽車を譲ろうと心に決めていたが、その願いはなかなかかなわなかった。

しかし、思いがけず、機会はむこうからやって来た。

九月もあと数日で終わるという日のことだった。学校からの帰り道、鼻緒《はなお》が切れてしまったことを覚えている。

慎は非常に機嫌が悪かった。友人と喧嘩をしたのだ。仲のよい幼なじみだった。登下校はいつも一緒で、くだらない悪戯《いたずら》も山ほどしてきた。喧嘩も数えきれないぐらいして、翌日にはあっさり仲直りしてきたが、今回ばかりは自信がない。

売り言葉に買い言葉だったと思う。だが、決定的なことを言われてしまった。

おまえと一緒にいるの、すごく恥ずかしいんだ。ずっと我慢してやってんのに。

怒鳴った後、幼なじみははっとした様子で口を押さえた。それまで怒りで真っ赤だった顔からはみるみるうちに血の気が引いて、白くなっていくのが面白かった。おそらく、自分も同じような状態だったのだと思う。

慎は、相手が何かを言う前に駆けだした。頭はぼうっとして、体の表面は冷たくて、それなのに腹の中がぐらぐらと熱かった。気持ち悪くて、腹が立つ。そうだ、これは気持ちが悪いから胸が痛いのだ。

ぬるい風を引き裂くように走った。家が近くなると、風に乗ったピアノの旋律が聞こえた。弾《ひ》いているのは、父だ。父は子供のころピアノを習い、当時は面倒だとしか思わなかったそうだが、日本で失意の日々を送っているさなかにピアノを勧められる機会があり、それから熱心に弾くようになったらしい。

いくら聞いても慎は曲名をさっぱり覚えられなかったが、この曲だけは覚えている。

ショパンの『革命のエチュード』。

初めて父が弾いた時、なんと激しく、美しい曲なのだろうと思った。目にも留まらぬ速さで鍵盤上を走り回る指を見ているだけで楽しかったし、燃えさかる炎のような、とどまるところを知らぬ激流のような調べは、体の奥深くに眠るものを否応《いやおう》なく引きずり出す。この曲を聴くと、じっとしていられなくなるのだ。体が咆吼《ほうこう》するのをいつも感じる。

父はあまりこの曲が好きではないらしいが、子供たちが目を輝かせてねだれば弾いてくれた。おそらく今日も、ピアノのある洋間に兄がいるのだろう。

今日は運がいい。『革命のエチュード』に出迎えられ、さっきまでの厭《いや》な気持ちも忘れて上機嫌で庭木戸から庭へと入る。母にいくら叱《しか》られても、慎は玄関ではなく庭木戸から出入りするのを好んだ。こちらのほうが洋間のピアノの音がよく聞こえるし、見えざる手にやさしく抱擁《ほうよう》されるような気がするからだ。

庭を横切って濡れ縁に腰を下ろし、用意されていた桶《おけ》で手ぬぐいを洗い、足を拭《ふ》く。いくら言っても息子が庭木戸から出入りするのをやめないので、母も諦《あきら》めてこちらに桶を置いてくれるようになったのはありがたかった。

土で汚れた足を丁寧に拭いていると、視界の端で紫苑《しおん》の群れが揺れた。風はあるが、不自然な揺れ方だった。猫かと思ってなにげなく視線を向けると、紫苑の合間に白い顔が見えて、飛びあがりそうになった。

子供がひとり、しゃがみこんでいた。白いシャツに、紺色《こんいろ》の半ズボン。痩せた顔に、菫《すみれ》のような色の大きな目。そして秋の陽光を吸って輝く、まばゆい金色の髪。年の頃は慎と変わらぬ少年だった。

「誰？」

大声を出して母を呼ぶべきか迷ったが、相手はあきらかに怯えていたので小声での誰何《すいか》に止《とど》めた。それだけでも子供は大きく体を震わせ、降参するように両手をあげた。

「ごめんなさい。ぼく、わるい子ではありません」

返ってきたのは日本語だった。ぎこちないが、発音は綺麗だ。このあたりに、日本での生活が長い外国人の家庭はあっただろうか。

「人の家の庭に勝手に入るのは悪い子だろう」

「ごめんなさい。ショペン、うれしかった、なんです。なつかしい」

今も絶え間なく父の奏《かな》でる音が家じゅうを満たしている。ショペン、と口にした時の優美な発音に、もしやと思い至る。ショパンはポーランドの音楽家だ。

「君は、福田会の？」

「はい。おどろかせた、ごめんなさい」

しおらしく頭を下げる彼に、慎は瞠目《どうもく》した。福田会のポーランド孤児ならば、日本に来て二ヶ月も経っていないはずだ。新聞に、孤児たちは日本語の上達がおそろしく早いと書かれていたが、誇張ではなかったらしい。彼らの年齢は、下は四歳、上は十二歳、九歳が最も多いそうで、最年少の四歳の少女は、同年代の日本人の子供とまったく遜《そん》色《しょく》のない綺麗な日本語を喋るそうだ。

「よくここまで来られたね。歩けば一時間はかかる。道に迷ったの？」

語調をやわらげて尋ねると、子供は恥ずかしそうに頷いた。

「わかった。俥《くるま》を呼んで福田会に送ってもらおう」

「待って」

庭に背を向けた途端、切羽《せっぱ》詰まった声が追ってきた。振り向くと、少年は青ざめた顔で慎を見上げていた。

「呼ばないで。ひとり、大丈夫」

「道がわからないんだろう。それに、また誘拐騒ぎなんてことになったら大変じゃないか」

先月には、孤児の中でも目立って美しい少年が誘拐されたと騒ぎになったことがあった。結局彼はなにごともなく――それどころか三越《みつこし》であつらえたという真新しい服と靴を身につけ、鎌倉《かまくら》や江《え》の島《しま》の絵はがきを土産《みやげ》に満面の笑みで帰ってきたが。どうやら以前より彼を養子にと願い出ていた自称騎兵中尉の青年が、勝手に連れ回していたのが真相らしい。危害はいっさい加えられた様子はなく、むしろ「やさしい中尉さん」によって日本の夏を満喫した少年は上機嫌だったが、福田会ではそれ以後孤児たちの周辺を警戒するようになった。

そうだ、たしか子供ひとりで出歩かせるようなことはなかったはずだ。なのになぜ、彼はここにいるのか。

「大丈夫。わかります。おじゃましました」

少年は頭を下げて、足早に庭木戸へと向かう。

彼は脱走をしてきたのだ。直感した慎は、すぐにあとを追う。

「わかった、呼ばない。でも、少し休んでいくといい。疲れただろう」

木戸に手をかけた少年は、戸惑ったように振り向いた。菫色の目には警戒が揺れている。

「つかれる、ないです」

「迷子は疲れるし、腹が減る。経験があるからわかる。菓子を貰《もら》ってくるから一緒に食べよう」

菓子と聞いて、少年の表情が揺れた。やはり、腹は減っているらしい。

「でも……」

「こっそり貰ってくるから」

手招きすると、少年はしばらく逡巡《しゅんじゅん》していたが、やがて意を決したようにこちらへ足を踏みだした。

彼は上等な革靴《かわぐつ》に靴下も履いていたので足拭きは免除して、静かに濡れ縁からあがってもらう。一つ部屋を抜け、薄暗い廊下の奥へと進むと、革靴を両手に持った少年は廊下のきしむ音に怯えつつもついてきた。

引き戸を開けると、四畳ほどの納戸《なんど》である。部屋を占めるのはほとんどが本や紙の束《たば》で、掃除は行き届いていたが、古い紙独特のにおいがたちこめていた。

「狭くて悪いけど、ここが一番見つかりにくい。座って待っていてくれ」

壁に寄せられた、背もたれのない椅子《いす》を指し示すが、少年の目は近くの本の表紙に釘《くぎ》付《づ》けだった。ここにあるのは全て父のもので、書斎に入りきらなかったものが重ねられている。少年が見ている表紙には、キリル文字が並んでいた。

「読める？」

尋ねると、弾《はじ》かれたように慎を見た。

「あなた、ロシア人ですか？」

逆に訊き返された。慎を見る目には、相変わらず警戒の色がある。しかし、庭にいた時のような、捕まえられるかもしれないという不安ではなく、今のそれは慎自身に向けられているように感じた。

「ちがう」

「でも、ほかの日本人、ちがいます」

「日本人だ。父さんはロシア人だが、今はもう日本人と変わらない」

探《さぐ》るような視線が不快で、慎はむきになってさらに続けた。

「父さんにはもう帰れる故郷はない。ずっと日本にいる。君たちは、もうすぐポーランドへ帰るんだろ。三日後には船が出るって聞いた」

もともと孤児たちが日本にやって来たのは、この国を経由して祖国に帰還するためだ。シベリア鉄道は現在、革命と内乱で荒れ果てていてとても使える状態ではないので、海路を使うほかない。しかし、親を失い、過酷なシベリアをさまよっていた子供たちの多くは衰弱しており、長い船旅に耐えられそうになかった。日本赤十字社病院に隣接する福田会での滞在は、療養も兼ねている。

慎の言葉を聞いて、少年は口を引き結んだ。眉間《みけん》に浮かぶ皺《しわ》は、彼が傷ついたことを示している。慎はとっさに視線を逸らし、急いで納戸を出た。

足早に廊下を進む。鼓動がうるさい。なぜあんなことを言ってしまったのだろう。孤児たちはみな戦争で親を失っている。想像できないような苦難を経て、ここに来たのだ。彼らの多くはシベリアで生まれ育ったと聞いているし、ポーランドに戻っても親族は誰もいないかもしれない。もうすぐ帰るんだろ、などとたやすく言っていいものではないのに。

傷をつつかれると、その痛みに我を忘れて相手を攻撃してしまう。情けない。初対面の相手に無遠慮な言葉を投げかけられることには慣れているはずなのに。

不用意な傷をつくるな。それはおまえを弱くする。他人に触れられて痛むような傷は、おのれを信じていないから生じるのだ。常々父さんに言われていることなのに。

後悔に苛《さいな》まれ、重い足で台所に向かうと、母の八重《やえ》は女中のシヅと夕飯の仕込みの最中だった。息子に気づき、手を止めて渋い顔をする。

「おかえり。また庭から入ったのね」

「ただいま。お八《や》つを貰えますか」

「いつものところよ。孝にも持っていってね」

母が指さした棚には、フィンガーチョコ五本とアンズ入りのヌガーが並べられた塗りの皿が二つ。お八つはいつもこうして二人ぶん用意されている。慎は母と皿を交互に見やり、結局何も言わずに皿を盆に並べ、湯冷ましも添えて廊下に出た。

彼のことを話すのは食べてからでもいいだろう、空腹のままではかわいそうだ、と自分に言い聞かせ、納戸に向かう。引き戸を開けると、全身をこわばらせた少年に迎えられる。慎の顔を見た彼は、少しだけ緊張を和《やわ》らげた。

「誰にも言ってないから。これ、足りないかもしれないけど」

床に盆を置き、慎はその場でさっさとあぐらを組んだ。応《こた》えるように、少年の腹が鳴る。慎が顔をあげると、彼は恥ずかしそうにうつむき、大人しく正座した。

湯冷ましをまず口に運び、フィンガーチョコをおずおずとつまむ。しばらく口を動かした後、ようやく表情が緩《ゆる》んだ。

「おいしい」

「母さんが三越で買ってくるんだ。いつもこれ。福田会のほうが面白いものが出そうだけど。毎日、全国からいろんな菓子が届くって聞いた」

「日本のみなさんのご親切に、感謝しています」

妙になめらかに彼は言った。新聞記者などを相手に繰り返している言葉なのだろう。

「困っている人がいたら助けるのは当然のことだ。それで、君……ええと、まずは名前は？　僕は慎だ。棚倉慎」

「マコト。ぼく、カミルです」

「カミルか。何歳？」

「十歳」

「僕は九歳だ。カミルは、迷ったんじゃなくて、福田会から逃げてきたんじゃないのか」

カミルの動きが止まった。しかし、じっと見つめる目に、もう警戒の色はない。無言は、肯定の証《あかし》だ。

「どうして？　いま仲間とはぐれたら、ポーランドに戻れなくなるぞ。三日なんてすぐだ」

「いい」

「どうして」

「ぼく、帰れない」

「帰りたくないの？」

重ねて問うと、カミルは勢いよく首を横にふった。

「帰りたい。おとうさん、おかあさん、シベリアで生まれた。たいせつなふるさと。おじいさん、ポーランドのため、戦った、あい――あい、こ……か？」

もどかしそうに、カミルは首を傾《かし》げた。

シベリアに住む十万ものポーランド人の多くは、ロシアの支配時代に祖国の独立を取り戻すべく蜂起《ほうき》し、シベリア送りとなった愛国者たちの子孫なんだよ。父がそう言っていたことを思いだし、慎が「愛国者？」と口にすると、カミルは勢いよく首を縦にふった。

「そう、愛国者。ぼく、おとうさん、おかあさん、ポーランド見ていない。帰りたい、ずっと言ってた。うつくしい国。この目で、見たい」

「じゃあどうして」

カミルはうつむき、拳を強く握りしめた。

「帰れない。ぼく、わるいことをした」

「何を？」

カミルは答えない。ただ、握った拳がどんどん血の気を失っていくのが気になった。

仲間と喧嘩でもしたか。それとも、盗みやそのたぐいだろうか。金色の髪の中にあるつむじを眺めつつ、慎は言った。

「よくわからないけど、何かしてしまったなら、まず相手にきちんと謝ることだ。相手が許してくれるかはわからないけど、まずは筋を通すべきだ。逃げるのは、一番卑怯《ひきょう》だぞ」

悪戯盛りゆえに父から毎日のように拳骨《げんこつ》と一緒に貰う言葉だ。小言を言われるのは好きではないが、こうして人に言うのは悪くないなと思っていると、カミルは蚊の鳴くような声で、「無理なんだ」とつぶやいた。

「謝ってみないとわからないだろう」

「相手死んだ。だから、あやまれない」

慎は声を失った。死んだ？　そんな馬鹿な。孤児の多くが腸チフスにかかった話は新聞で読んだが、すでに全快し、死者は出ていないはずだ。

しかし少年の顔からは血の気が引き、明らかに思い詰めた目をしている。嘘《うそ》を言っているとは思えなかった。

「ぼくが、殺した」

口調ががらりと変わった。今までの拙《つたな》い喋り方が嘘のようになめらかに、だがよりいっそう平坦な声で彼は言った。

目を見開く慎を見て、カミルは口の端を片方だけほんのわずかに動かした。

「ぼくは、おかあさんといもうと、殺した。でも、ぼくは、こんなにしあわせ。ポーランド、行ってはだめ」

3

平原《ポーランド》の国。

この国名は伊達《だて》ではないと、車窓を流れる光景を眺めながらしみじみ思う。

車中で朝を迎え、窓越しにずっと外を見ているが、ひたすら地平線が続いている。南部のビェシュチャディ山脈をのぞき、ポーランドは国土の大半が平原なのだ。

十六世紀、ポーランド・リトアニア共和国は欧州屈指の強国だったそうだが、これだけ豊かな土地が開けていれば国が富むのも早かったろうと納得できるものだったし、その後に四方から攻められたのも無理はない。そう安易に考えてしまうのは、火山と海の国から来た身ゆえか。

淡い朝日が、平原を照らす。流れる白い靄《もや》は、繁栄の時も苦難の時代も、等しくこうして流れていたのだろう。

フランクフルト・アン・デア・オーデルで降りると宣言していたヤン・フリードマンは、慎が語るシベリア孤児の話にいたく興味を示し、結局そのまま国境を越えた。話が進むにつれ、彼の態度からは目に見えて警戒が薄らいでいき、最後は「あなたがポーランドに来るのは運命だったのでしょうね」と感慨深げに頷きすらした。一時間ほど前に疲労が限界を迎えたらしく、今は上段の寝台で寝息をたてている。慎は、記念すべきポーランドの最初の朝を、ひとり静かに見つめていた。

それまでほぼ同じ間隔《かんかく》で刻まれていた車輪の音が徐々に間をあけていき、とうとう列車はワルシャワ中央駅に到着した。朝の七時、すでに人でごった返しているプラットホームに降りると突き刺すような冷気に襲われ、慎は栗色《くりいろ》の外套《がいとう》の襟《えり》を慌ててかき合わせた。巨大な駅はまだ新しく、清潔だ。

しかし、すでに多くの乗客で賑《にぎ》わっているというのに、妙に静かだった。昨日、ベルリンの熱狂の中にいたせいでそう感じるのだろうか。灰色の空の下、アスファルトで整備された大きな広場には、客待ちのタクシーが整然と並んでいた。

「宿は決まっているんですか。ホテルブリストルなら、少し距離があります」

当たり前のように隣を歩いていたヤン・フリードマンは、ワルシャワ一のホテルの名を口にした。

「そんないいところじゃないよ。駅近くの……なんと言ったかな」

慎が外套の中から取り出したメモを横目で見やると、ヤンは「通りのむこうに見える、あのホテルです」と指し示し、ごく自然に慎から鞄を受け取った。そのままさっさとホテルに向かう彼をぽかんと見やり、しばらくして慌ててあとを追う。

「君は思ったよりずっと親切なんだな」

「借りはその日のうちに返しておく主義なんです。ワルシャワで二番目に美味《おい》しい朝食をご馳走《ちそう》しますよ」

　彼は勝手知ったる様子で進んでいく。駅とホテルの間に横たわるのはワルシャワを東西に走るイェロゾリムスキェ通りで、その道幅に思わず怯《ひる》む。パリのシャンゼリゼやベルリンのウンター・デン・リンデンといい、欧州首都の大通りのとほうもない広さには毎度驚かされる。西のほうから赤い車体の路面電車がやって来て、目の前で停車する。そこから大勢の人が吐き出され、さらに多くの客が乗りこんでいく。

　路面電車が去っても車や馬車が忙《せわ》しなく行き交う中を、ヤンは器用に道を渡った。慎も金魚の糞《ふん》のようにくっついていったが、生きた心地《ここち》がしなかった。

　通りに面したクリームイエローの宮殿のような建物が、今日の宿である。荷物を部屋に運んでもらい、コロニアルふうのロビーで新聞を読んでいたヤンと合流する。面白い記事はあったかと尋ねると、ヤンは新聞を畳みながら肩を竦《すく》めた。

「なにも。いつも通りですよ」

　二人は再び街へ出た。ヤンの案内する店は少し距離があるようで、路面電車を勧められたが、慎は断った。初めて訪れた場所は、自分の足で歩きたいのだ。そうすれば、街に体が早く馴染《なじ》む。

　イェロゾリムスキェ通りを再び渡り、道沿いに駅の東端まで歩くと、大きな十字路にぶつかる。南北へと走る大通りを指し示し、ヤンは言った。

「ワルシャワには南北に走る大きな通りが二本あります。これがその一本、マルシャウコフスカ通り」

　そこに入るのかと思えば、ヤンはなおもイェロゾリムスキェ通りを東に向かう。二区画ほど歩くと、また南北に走る大きな通りと交わる交差点に出た。

「こちらが、新世界通り《ノヴィ・シフャト》。途中でクラクフ郊外通り《クラコフスキエ・プシェドミエシチェ》と名が変わりますが、旧市街《スタレ・ミャスト》の王宮広場まで繋《つな》がっています。ワルシャワ南端のヴィラヌフ宮殿から王が行き来していた道だから、〝王の道《トラクト・クルレフスキ》〟とも呼びます。俺は呼んだことはありませんが。重要なものはたいていこの道沿いにあるから、まずはここを覚えておくといいのではないですか」

　まだ朝も早いというのに、新世界通りにはずいぶん多くの人出があった。背後から地面が揺れる音が近づいてくる。振り向くと、路面電車が近づいてくるところだった。入ってすぐの停留所で停まり、少なからぬ乗客を吐き出すと、またすぐに動きだした。

　左右に趣向をこらした看板やウィンドウを持つ店舗が並ぶ道は、まだほとんどが閉まってはいたが、明るさを増した空の下で薄いピンクや水色といった壁の色が軽《かろ》やかに映《は》え、心が浮き立つ。少し歩くと、右手に瀟洒《しょうしゃ》な通りが現れた。新世界通りと直角に交わるこの道はピェラツキ通りで、慎の新しい職場である日本大使館は、ここの十番地にある。

「十番地だと一番奥ですね。寄っていきますか」

「いや、どうせこれから毎日通うことになるからいいよ。それより、腹が減った。店はまだ先かい？」

「旧市街の近くなんですよ。だいぶあります。やはり路面電車に乗ったほうがいい」

「いや、歩く。せっかくこんな綺麗な街なのに、歩かないともったいないよ。ところで、なんでワルシャワで二番目に美味しい店なんだ」

「一番はうちの店ですからね」

得意げに胸を張るヤンに、慎は目を瞠った。ヤン青年は、慎が語るシベリア孤児と日本の話にはいたく興味を示したが、ここまでほとんど自分の素姓《すじょう》については語らなかったからだ。

「なんだ、それなら君の店に行こうじゃないか」

「ヴィスワ川のむこうなので、戻ってくるのが昼過ぎになってしまいますよ」

「そうか、それは残念だ。しかし必ず行くからな、その時は案内してくれよ」

「喜んで。母も喜びますよ。外国の大使館の職員が来てくれるなんて、初めてですから」

ヤンはうれしそうに笑った。昨夜に比べ、彼の態度は目に見えて友好的になっている。夜を徹して語らったのも大きいが、敵地から自分のホームグラウンドに戻ってきたというのも大きいのだろう。ここに来てようやく、彼は慎の質問に答える形で自分について語り始めた。

年齢は慎より三つ年下の二十四歳で、当時はドイツ領だった上《かみ》シロンスク（シレジア）のケーニヒスヒュッテに生まれた。大戦後、ケーニヒスヒュッテは、ドイツ系住民とポーランド系住民の激しい攻防を経てポーランド領となり、ホジュフと名を変えたが、八歳の時に父親が亡くなり、それを機に一家でワルシャワに移り住んだという。朝から晩まで身を粉《こ》にして働き、三人の子供を育て上げた母親は、今は小さなレストランの店主として毎日楽しそうに働いているらしい。子供たちもすでに全員成人し、母親にはゆっくり余生を楽しんでほしいと願っているが、働くのが一番の楽しみだと言ってきかないのだと零《こぼ》す彼に、慎は自分の母を重ね、深く頷いた。父のセルゲイが仕事を失い、心身ともにひどく落ちこんでいた時に、家計を支えていたのは母だった。

どこの国でも母は強しだな、と笑いながら新世界通りを北上していくと、突然、開けた広場に出た。右手には白亜の宮殿が朝日を受けて輝き、手前の広場の中央には、椅子に座った人物の銅像が建っている。新古典主義独特の、厳粛ながらも優美さを失わない白い宮殿を背景に、黒い銅像は広場の主《あるじ》のように堂々と腰を下ろし、はるか先を見つめている。コンパスを持つ右手は新たな知識を求めるように前へとさしのべられ、左手は天球儀を握っている。ポーランドが生んだ万能の天才天文学者、ニコラウス・コペルニクスだ。

「この広場から、クラクフ郊外通りと名前が変わります」

ヤンはコペルニクスに一瞥《いちべつ》もくれずそのまま歩き去ったが、慎が足を止めているのを見て振り向いた。

「ドイツが、コペルニクスの国籍について横槍《よこやり》を入れているのはご存じですか」

皮肉めいた笑みを浮かべて、彼は言う。

「いや、初耳だ」

「彼が生まれたのはポーランド王領プロシアの時代だったんですが、それから三百年後に、生地であるトルンがプロイセン領になったんです。それでナチスの連中が、コペルニクスはドイツ人だと言いだしましてね」

「馬鹿馬鹿しいが、まあよくある話ではあるな」

「もしポーランドがチェコスロヴァキアの二の舞になったら、コペルニクスはドイツ人に決まるんでしょうね。まあ、どっちでもいいですが」

ヤンはひとごとのように言って、再び歩きだした。

「どっちでもいいのか？　怒りそうなものだが」

「ドイツ系ポーランド人なんてこの国には山のようにいます。俺もそうです。その時の国境線によって決まるだけの国籍なんて意味がありませんよ」

慎は意外な思いでヤンの硬い横顔を見た。列車での経緯から、てっきり愛国心に燃える若者だと思っていたのに。それとも彼の誇りは、ドイツでもポーランドでもなく、ユダヤ人ということにあるのだろうか。

ユダヤ人。独自の文化を持ち、独自の言語を使う流浪《るろう》の民。一瞥してそうとわかる者たちもいるものの、多くのユダヤ人は混血が進み、その国の人々とまったく区別がつかない。キリスト教に改宗し、完全に同化した者も大勢いる。ユダヤ人とは、本来ならばユダヤ教を信奉する人間を指すので、改宗して完全に同化した者はそうとは呼べないはずだが、ことはそう単純ではない。とくに、ナチスがわけのわからない血統主義を持ち出してから、よけいにややこしくなった。

あれから一度も、ユダヤという言葉はヤンとの会話の中には登場していない。しかし、慎は強く興味を惹《ひ》かれていた。

ヤン・フリードマンの根は、どこにあるのだろう。

昨日出会った時にも感じたが、この青年は自分によく似ている。慎も何度、自問したかしれない。自分はいったい、何者だ。日本人なのか。ロシア人か。国とはなんだ。血とはなんだ。

熱い塊《かたまり》が体の奥から押し上げられてくるのを感じる。もうほとんど生涯の友のようにも思える、馴染み深い怒り。その後に訪れる諦観。同じものを、ヤンのブルーグレイの目に見た気がしたのだ。

ヤンはその後も、ワルシャワ大学や向かい側の聖十字架教会、広大なサスキ公園など、次々と左右に立ち現れる華麗な建築物や公園をガイドよろしく説明しながら、クラクフ郊外通りを案内してくれた。このあたりに来ると、優美な宮殿のような教会の姿が目立つ。教会は全てカトリックだ。それぞれの教会の前に人の姿が目立つのは、ちょうど朝のミサが終わった時間だからだろう。

通りの先は広場になっており、その中央には高い石柱が聳《そび》えている。慎たちが石柱を見上げた時、ちょうど雲の切れ間から太陽が顔を出し、柱の上部に建つ像を照らした。左手に大きな十字架を、右手に剣を構えて大地を睥睨《へいげい》するのは、ポーランド・リトアニア共和国時代の国王ジグムント三世だという。カトリック化を推《お》し進め、首都をクラクフからこのワルシャワに移した人物だと、ヤンは教えてくれた。

彼の背後には、明るい煉瓦色《れんがいろ》の壁を持つ宮殿が控えている。王宮だ。遷都以降、歴代の王が住んだ王宮は、現在は大統領執務室や士官学校などを兼ねているという。

「ここから旧市街です。もう少しですよ」

罅《ひび》の走る建物が建ち並ぶ古い石畳の道を行くと、広場に出た。色とりどりの建物に囲まれたこぢんまりとした広場は、中世の面影《おもかげ》を残している。朝日の下、ようやく目覚めた広場には、可憐《かれん》な花やプレッツェルのようなパンを売る露店が並んでいる。それすらも、中世から続いているように錯覚してしまいそうな空気があった。

「美しいね」

「そう思いますか？」

ヤンは薄く笑った。

「俺がワルシャワに来たころ、このあたりはひどいものでした。王宮は、ロシア支配時代は総督が住んでいたのでまだ手入れはされていましたが、その他はぼろぼろで、悲惨でしたよ。ロシア占領時代は、貧民窟《くつ》だったそうです」

慎は驚いてあたりを見回した。貧民窟だったとは、とうてい信じられない。だがそういえば、ここに来るまでの道は罅だらけだった。

「スタジンスキ市長の呼びかけで、ここまで修復が進んだんです。まだ完成はしていませんが、ずいぶん綺麗になりました。百年以上も他国に支配されながら、決して祖国の姿を忘れなかった執念はたいしたものだと思いますよ」

ヤンは近くの壁に指を走らせた。遠目ではわからなかったが、ここにも罅が入っている。よくよく見れば、あちこちに修繕の跡が見てとれる。

かつて三度にわたって分割され、ポーランドは国土を全て失った。とはいえ、三度目の分割が終了した一七九五年から、独立を回復した一九一八年まで、国民は手をこまねいていたわけではない。何度か発生した反乱の中でも最大のものが、一八三〇年に起きた十一月蜂起である。しかし翌年九月、大軍を率《ひき》いたロシアの将軍イヴァン・パスケヴィチ侯爵《こうしゃく》にワルシャワが制圧され、反乱は終わりを告げた。

この知らせは、当時パリにいたショパンのもとにも届き、反乱に参加できない苛立《いらだ》ちと敗北への怒りが、ひとつの傑作を書き上げさせたという。

ピアノ練習曲。作品10、第12番ハ短調。世に言う『革命のエチュード』である。

この敗北以降、ポーランドはロシアとの同一化が強制され、ポーランド語の使用も禁じられてしまう。ワルシャワ大学も、長らく閉鎖されることとなったのだった。

しかし彼らは、決して忘れなかった。大切に修繕されている旧市街はもとより、クラクフ郊外通り沿いに並ぶ教会が全てカトリック教会だったこともそれを証明している。ロシア正教と、宗教改革発祥の国に囲まれたポーランドは、敬虔《けいけん》なカトリック国なのだ。ロシア統治下ではロシア正教の教会もあったはずだが、全て取り壊されたのだろう。

信仰も文化も文字も全く異なる国に制圧され、百年以上にわたって奪われ続けても、彼らは決してそれを手放そうとしなかった。ひそかに子供たちに伝えられ、そして今こうして鮮やかに花開いている。

慎は建物に入る罅にそっと触れた。これは傷ではない。誇りに微笑《ほほえ》んだ口許のようにも見えていた。

滅亡の炎から不死鳥のごとくよみがえったこの国を、あたかも称えるように。

4

昨夜、ベルリンを発《た》つ時には、世界は平和が守られたことに歓喜していた。

しかし、あれからわずか一日で、少なくともナチスは平和なぞ全く望んでいないのだと慎は思い知った。

「ドイツ軍がズデーテン地方に侵攻」

慎は、たった今聞いた言葉を、丁寧に繰り返した。

ピェラツキ通りは、おそらく普段は閑静な通りなのだろう。朝方通りかかった時には、賑わう新世界通りから少し入っただけで、貴婦人の寝室をうっかりのぞいてしまったような心地がしたものだ。

しかし、昼に改めて訪れた時には、黄色く色づいたプラタナスを揺らす秋風に刺すような緊張を感じた。清潔感溢《あふ》れる真っ白な新古典様式の日本大使館の隣は、どうやらポーランド軍の集会所として使われているようで、頻繁《ひんぱん》に人が出入りしているのを見て、ドイツ軍が早速動いたのだろうと予想していたが、案の定だ。

「即時併合の宣言通り、素早いことだ。さて、問題はズデーテンだけで済むかどうかだな。まあ、済むはずがないのだが」

樫《かし》の執務机のむこうで憂鬱《ゆううつ》そうにため息をついたのは、日本大使館の主、酒匂秀一《さこうしゆういち》駐ポーランド日本国特命全権大使である。在ソ連日本大使館でも一等書記官や参事官として長く勤め、対ソ関係のエキスパートとして名の知れた彼は、本来気品を備えた端整な面差《おもざ》しだが、今は細面《ほそおもて》というよりも窶《やつ》れて頬骨が目立ち、肌も艶《つや》を失っている。九月に入ってからの情勢を考えれば無理もない。九月のポーランドは「黄金の秋」と呼ばれるほど美しいそうだが、その美を堪能する余裕もなかったにちがいない。

「そういうわけだ、棚倉君。初日から忙しなくてすまないね」

「私こそ間の悪い時に」

「待ちかねた書記生だ、間が悪いことなどあるものか。君はロシア語とドイツ語はもちろん、ポーランド語もすでになかなかのものだと聞いている。恥ずかしながら、この大使館でポーランド語がまともにできるのは織田《おだ》君だけだからね、君には期待しているよ。野口《のぐち》君が急に本国に呼び戻された上になかなか後任が決まらず、ずいぶん困っていたのだ」

野口とは、慎と入れ替わりで日本に戻った前任の書記生のことだ。面識はないが、慎の母校である哈爾浜学院の七期上にあたり、まだ大使館が公使館だった二年前にポーランドに赴任してきたベテランであり、また酒匂と同じ時期に在ソ連日本大使館に勤めたソ連通である。

独ソ間に位置し、伝統的に反ソ的な傾向を持つポーランドとの友好関係を促進すべし。

新たに公表された外交方針に従い、ポーランドの日本公使館は昨年、大使館昇格を果たしたばかりだ。発足《ほっそく》時より自分の手足となり尽力してくれた野口を失ったのは、大使にとっても痛手だったろう。

「欧州の大使館は、ここ数ヶ月で一気に顔ぶれが変わったようですね」

「私もたいがいたらい回しだが、正直覚えきれんよ」

苦笑する酒匂自身、二年前には開設したばかりの在フィンランド日本公使館にて初代特命全権公使を務め、その翌年には大使館昇格を果たしたばかりの在ポーランド日本大使館に初代大使として着任した。この一、二年、欧州の外交布陣は凄《すさ》まじい勢いで入れ替わっている。

理由は二つある。

まずはソ連への警戒。もともと日本政府はソ連を警戒し、その動向をとらえるのに腐心してきたが、支那事変の勃発《ぼっぱつ》により、さらに事態は深刻となった。なにしろ満洲とソ連は隣り合わせである。支那とやり合っている時に背後から襲いかかられたら、ひとたまりもない。

そこで、情報の拠点として、ソ連と隣接するバルト三国、北欧、トルコなどにも次々と公使館を設置した。その中で、対ソ情報収集の本拠地となっているのが他ならぬこのポーランドであり、酒匂ら文官だけではなく、大使館付きの武官室も軍きってのソ連通で固めている。彼らを統轄する陸軍武官の上田昌雄《うえだまさお》少佐とは、哈爾浜総領事館勤務時代に何度か会ったことがあるが、温和そうな容貌《ようぼう》と物腰に反し、対ソ諜報《ちょうほう》の第一人者とされている。もとより、日波《にっぽ》の軍部同士は、両国が外交使節を送り合う前から、満洲で協力し合うことがしばしばあった。長らくロシアへの抵抗を続けていたポーランドは、言わば対ソ諜報のエキスパートである。日本軍の情報組織にしてみれば、師といってよかった。そんな諜報の最前線に配属されたことは、慎にとっても武者震いがするほどの栄誉である。

しかし、問題はソ連だけではない。

ポーランドにとってもうひとつの厄介《やっかい》な隣国、ドイツにおける日本外交使節団の動向も、酒匂の頭をおおいに悩ませている。

「この人事の変動で最も割を食ったのは、なんといっても東郷《とうごう》さんだ」

ため息まじりに酒匂大使は言った。

「駐独大使になって一年足らずで大島《おおしま》武官に追い出されて、今度はソ連だからね。たしかに大島武官以上にドイツにお詳《くわ》しい方はいないだろうし、あちらの外務省からの信頼も厚い。東郷さんもドイツに造詣《ぞうけい》は深いが、外交姿勢としては吉田《よしだ》さんの英米派寄りだから、ドイツ側の信頼を得ていたとはいえないのは事実だが……。〝大島駐独大使〟を実現させるために、在欧州の大使館がスライドパズルのようになってしまった」

大使の目には、憂愁《ゆうしゅう》の陰とは別に、やるせない怒りがちらついている。

大島浩《ひろし》中将に押し出される形となった東郷茂徳《しげのり》は、すでに駐ソ大使への就任が決まっている。駐ソ大使だった重光葵《しげみつまもる》は駐英大使に、そして駐英大使だった吉田茂《しげる》は帰国。

意図は明白である。吉田茂や東郷茂徳といった親英米派を欧州外交の第一線から遠ざけ、強引に「ナチ以上のナチ」と揶揄《やゆ》まじりに称される大島武官を駐独大使に据えるということは、外務省の方針が従来の英米追随《ついずい》外交から、軍部を中心とする革新論者が提唱する打倒英米、独伊礼賛《らいさん》路線に大きく傾いたことを示している。革新派官僚のリーダーである白鳥敏夫《しらとりとしお》も駐イタリア日本大使として赴任してくるので、大島・白鳥が手を結び、独伊を軸《じく》に据えた戦略がいっそう展開していくであろうことは目に見えていた。

「東郷大使はじつにお気の毒です。しかし、政府は本気でヒトラーと手を組むつもりなんでしょうか」

「それに関しては、しばらく日本にいた君のほうがよくわかっているのではないか？　日本での空気はどうだった」

問い返され、慎は言葉に詰まった。

十七で哈爾浜学院に入学してから、ほとんどを大陸で過ごしてきた。学院で三年、哈爾浜総領事館で見習いとして半年、斉斉哈爾《チチハル》領事館で二年半、再び哈爾浜で四年。今年の夏、久しぶりの長期の休暇を得て日本に戻った慎が目にしたのは、戦時中とは思えぬ華《はな》やかな帝都の姿だった。軍部よりもむしろ、新聞や彼らに煽《あお》られた国民のほうが、支那をこてんぱんにやっつけろと威勢がよかった。しょせんは海のむこうの出来事、大陸の兵士を励まそうと帝都のデパートでは豪華な慰問袋も大流行《おおはや》りだが、結局は戦争をダシにしたお祭り騒ぎの域を出ていない。

その直前まで、満洲の最前線で、支那事変に乗じたソ連軍の動きを警戒し続け、神経をすり減らしていた慎には、にわかに信じられない光景だった。

しかしこれが、「島国」ということなのだ。明日にでも敵が国境線を突破してくる恐怖を知らぬがゆえ、理解もできない。

それは彼らの罪ではないとは思う。しかし、無責任に愛国心とやらを煽りたてる新聞はどうなのか。八紘一宇《はっこういちう》や挙国一致といった、今まであまり見なかったやたらと威勢のよい言葉が並び、好戦的なお祭り空気を盛り上げる。敵国を貶《おとし》める一方で、最近、頼もしい欧州の友として紙面を賑わすのはドイツである。十年前、慎が日本を発つ前、どちらかといえばドイツは険悪な相手だったはずだが、かつての友人や親戚たちも、「ヒトラーは存外しっかりしている」「欧州はああいう指導者を必要としているのだろう」などとしたり顔で褒《ほ》める始末だ。

慎のしかめ面《つら》を見て、酒匂は苦笑した。

「そういうことだ。日本と欧州の遠さは絶望的だよ、棚倉君。隣にいるとしっかりと見えることが、海を経て極東に届くころにはゼロになっている。我々が見ているドイツと欧州の光景と日本政府のそれは、まるで違うだろうね」

在日本ドイツ大使館もじつに優秀だから、と小さな声で皮肉をつけたすのも忘れない。ドイツ大使館による日本国内の報道への干渉が日に日にきつくなっていることは、慎も新聞記者の知人の愚痴《ぐち》で知っている。

「たしかに今のところヒトラーは外交では大きな失敗はしていませんし、国内の経済を建て直したのは評価しますが、あんなめちゃくちゃな主義思想を持つ党がまともなはずがありません。昨夜の列車でも、一等車にユダヤ人が乗っていたということで騒ぎになりましてね、SSまで出てきたんですよ」

大使の眉間に皺が寄る。

「それは災難だったね。問題はなかったかい？」

「はい、そのユダヤ人――かどうかも実のところあやしいのですが、彼には私のコンパートメントに来てもらいました。ドイツ系で、なかなか面白い人物でしたよ。礼だと言って、さきほどまで街を案内してもらいがてら、朝食もご馳走になりました」

「それはそれは。どこの店かな」

酒匂は面白がるような笑みを浮かべた。会って初めて、彼の表情が緩んだことがうれしい。

「旧市街の――申し訳ありません、名前は失念いたしました。小さな店ですが、プラツキ（ポテトパンケーキ）はたしかに絶品でした」

「食は大事だ。現地の人間と接触し、情報収集も万全。じつに頼もしいじゃないか、棚倉君。しかもなかなか興味深い人物のようだ。それにしても、今のドイツ国内でユダヤ人を助けるとは勇気があるね」

一歩間違えば外交問題にもなりかねないので、ひょっとしたら迂闊《うかつ》なことをしたと責められるのではないかと思っていたが、酒匂の表情はあくまでやわらかい。慎は胸を撫で下ろして続けた。

「哈爾浜におりましたので、ユダヤ人と聞いて黙っていられませんでした」

慎の意思をはかるように酒匂はわずかに首を傾げたが、すぐに得心がいったようで、頷いた。

「そうか、なるほど。樋口《ひぐち》君の無茶につきあわされたわけか」

今年の三月から四月にかけて、迫害が激化するドイツから逃《のが》れてきたユダヤ人が満洲《マンチュ》里《リー》にやって来たことがある。満洲里はソ連との国境の街で、ここから満鉄の経営する北《ほく》満《まん》鉄路に乗れば、哈爾浜を経由し、国際都市上海《シャンハイ》に向かうことが可能だ。すでに上海には亡命ユダヤ人コミュニティが形成されていたし、そもそもこのころの中華民国はビザなしで入国することができた。しかし、ドイツと防共協定で結ばれている日本政府には、「ユダヤ人を受けいれざるべし」との通告がドイツより届いており、満洲里領事館は入国許可を下すことができなかった。

そこで動いたのが、関東軍司令部隷下《れいか》・哈爾浜特務機関の樋口季一郎《きいちろう》機関長である。駐ポーランド武官の経験を持つ彼は、ドイツと密接な関係にある関東軍上層部の通達を無視して十八名の難民を迎え入れ、列車に乗せた。慎らは哈爾浜で待ち構え、あらかじめ用意していた食糧や衣服を渡し、彼らが目的地へ辿《たど》りつけるよう手配した。その後にやって来た難民たちにも全て同じように対応したので、当然ドイツはこれを裏切り行為と見なし、在日本ドイツ大使館を通じて日本政府に厳重に抗議した。哈爾浜でもわざわざ総領事館まで出向いて文句を言ってきた。しかし、逃れてきたユダヤ人から聞く迫害ぶりは、外に漏れ聞こえるものよりはるかに過酷なもので、ドイツがいかに横槍を入れてこようと、憔悴《しょうすい》しきった彼らを押し返すことなどとてもできなかった。ほぼ着の身着のままのユダヤ人たちが、涙を流して食糧を押し頂き、「ありがとう」と覚えたての日本語で何度も感謝を伝える様を見てきた慎は、彼らへの深い同情と、ドイツへの反感を培《つちか》っていたのだった。もとより、人種という理由づけで簡単に差別をする輩《やから》には、敬意など抱きようがない。

「関東軍もそれほどドイツに毒されている様子もなく、政府もドイツの抗議に取り合わなかったので安心していたのです。そもそも我が国は、国際連盟で初めて人種差別の撤廃を訴えた国です。否決されたとはいえ、その信条と誇りは忘れていないはず。それがここに来て、ナチス礼賛の大島閣下が駐独大使とは」

「だが、悪いことばかりではないよ。現在の最優先事項は、ポーランドとドイツに正規の安全保障条約を結ばせることだ。大島武官がはりきっている今ならば、ドイツも我が国の言葉を聞かないわけにはいかないだろう。ダンツィヒに火がつく前に、なんとしても抑えねば」

酒匂大使は表情を引きしめると、椅子の上で姿勢を正した。自然、慎の背筋も伸びる。

ポーランドで初めて出来た友人――ヤンが夜行列車の中でドイツ人医師ともめるきっかけにもなったダンツィヒは、ポーランドとは関税同盟で結ばれている。長らくプロイセンの支配下にあったがヴェルサイユ条約で自由都市として独立を取り戻し、同時にその周辺区域もあわせていわゆる〝ポーランド回廊〟としてポーランドの領土となった。この、まさに海への廊下とも言うべき区域のおかげでポーランドはバルト海への出口を手に入れたが、それまでバルト三国に至るまでの海岸線を全て領土としていたドイツは、ドイツ本国と東プロイセン地域に大きく分断されることになってしまった。

当然このポーランド回廊にはドイツ系の住民が多く、ダンツィヒも独立した自由都市とはいえ九割がドイツ人である。ヒトラーは再三ポーランド側にダンツィヒの返還と、ポーランド回廊への鉄道と道路の建設認可を求めてきたが、ポーランドは拒否を貫《つらぬ》いていた。

「ズデーテンで味を占めたヒトラーは、さらに強硬に迫ってくるでしょうね。しかし、安全保障条約ですか。不可侵条約では不十分だということですか」

ポーランドは一九三二年にソ連と、一九三四年にドイツとそれぞれ不可侵条約を締結している。不倶戴天《ふぐたいてん》の敵であるこの二国と条約を結ぶにあたり、国民からは猛烈な反発があったが、それを抑えこんで締結に至ることができたのは、ひとえに当時の首相ユゼフ・ピウスツキの絶大な権力と人望によるものだ。ポーランドの友人といえば、同じく歴史的にドイツと犬猿の仲であるフランスやイギリスだが、ピウスツキは彼らではなく、あえて宿敵の手を取った。

「条約を締結した翌年にさっさと再軍備宣言をしたドイツに、遵守《じゅんしゅ》する気があると思うかね？　それでもピウスツキ元帥《げんすい》がご存命ならば、ヒトラーももう少し遠慮はしたと思うが」

酒匂は重々しい表情で立ち上がり、執務机の奥に大きく貼り出された欧州地図の前に立った。

「元帥は、この欧州に恒久的な平和が訪れることはないとよくご存じだった。だから、たった十年を望んだ。わずか十年でも、ソ連やドイツからの侵攻を食い止め、その間に国力を充実させようとしたのだ。だが、まだ半分も経っていないのに、すでに均衡《きんこう》は崩れかけている」

地図上のオーストリア、そしてチェコスロヴァキアのズデーテンは、すでに赤く塗られている。おそらく年内には、チェコスロヴァキア全土が色を変えるだろう。となると、ポーランドの西側から南部にかけて、全てドイツと国境を接することになる。これを決して越えさせてはならないとばかりに、大使はその線を指先でなぞった。

「条約締結の翌年に亡くなられたことは、元帥もさぞ無念だったろう。あまりに偉大だった舵取《かじと》りの死は、荒れた海を行くポーランドという船にとっては致命的だ。後継者たちは、いずれも元帥を心から崇敬《すうけい》し、遺志に添おうとしているが……まあ、船頭《せんどう》多くして船山に登る、というところでね」

大使は言葉を濁《にご》していたが、ピウスツキの後を継いだ現ポーランド政府の評判については、慎も聞き及んでいる。彼らの代で、独波《どくぽ》関係は急激に冷えこんだ。横で堂々と再軍備をされれば無理もないが、ポーランド政府はピウスツキ時代よりはるかに強硬な態度で応対し、その一方で英仏へは積極的に接近し始めた。ドイツ側も警戒を強め、より強硬になる。悪循環だ。

「なんとか双方を説得して、まずは外相会談の席に座らせねばならない。そう考えれば、現在ドイツに大島武官がいるのはそう悪いことでもないさ。とにかく、戦争は回避せねば」

二十年前にようやく独立を果たしたポーランドが、再び地図から消える時を迎えることになったら。

それは、世界が再び破滅の道へ突き進むことを意味するのだ。

5

大使の案内で、新たな職場となる書記生室へ足を踏み入れると、煙草《たばこ》の煙と「やっと来たか！」という歓喜の声に迎えられた。

部屋の中央にある大きなテーブルには新聞が積み上げられ、他に束になった書簡やファイルが山をなしている。向かって右側の机では、三十代半ばの男がくわえ煙草で猛然とタイプライターを打っていた。酒匂大使に連れられてやって来た慎を一瞥すると、眼鏡を押し上げて、にやりと笑った。

「めでたい、これで今日は久々に家に帰れる。挨拶は後だ。新人君はそっちの新聞の確認を頼む。いま手が離せないんだ」

無精髭《ぶしょうひげ》のはえた顎が示した先は、部屋の中央の机に乱雑に積まれた新聞だった。ポーランド国内のものだけではなく、ざっと見たところ十数紙はある。

「織田君、何かあったのかね」

大使が眉をひそめて尋ねると、織田と呼ばれた男は顔もあげぬまま答えた。

「たったいま、アヴァス通信社から情報が入りました。ポーランド軍が動いたようです」

途端に、部屋に緊張が走った。

「なんだと？」

「上シロンスクのテッシェン方面のようですが、ご存じですか」

テッシェンは、かつてはポーランド南東部の一地方だったが、数度の分割によって、現在はチェコスロヴァキアの領土となっている。上シロンスクと聞いて、慎は再びポーランドで最初の友人の顔を思い浮かべた。ヤンは、同じ上シロンスクのホジュフ出身だ。しかし、ホジュフはヤンが語った通り、彼が生まれ育ったころはドイツ領で、現在はポーランド領だ。三国の国境が交わる場所ゆえ、上シロンスクは複雑である。

「いや、先日ベック外相とお会いした時は、それらしい話は何も出なかった。確認を急いでくれ。私もポーランド外務省に問い合わせる」

大使は慌てた様子で執務室へと戻っていった。部屋を出ていく時にちらと見た横顔には、怒りがあった。

「ドイツの尻馬に乗って、自分たちも裏では割譲を迫ってたってことか」

手近の新聞を手に取り、慎はつぶやいた。心の内で言ったつもりが声に出ていて焦ったが、けたたましく響くタイプの音に紛《まぎ》れてどうせ聞こえはしまい。

「時期が時期だから、チェコスロヴァキア大統領《ベネシユ》はおそらくポーランドとドイツが足並み揃《そろ》えて行動に出たと思いこんで、最後通牒《つうちよう》をあっさり受け入れちまったんだろう。泣きっ面に蜂《はち》だな」

　意外なことにすらすらと答えが返ってきたので、慎は驚いて織田を見た。彼の手は一瞬も止まる様子を見せない。あまりの熟練ぶりに、まさかここにはタイピストがいないのだろうか、とよけいなことが気になった。

「しかし、これはさすがにポーランドに非難が集中しますよ」

「そりゃあな。だが、どうせイギリスとフランスは黙殺して、割譲は認められるさ。昨日、やった者勝ちだと証明されたんだから。何度も分割されてきたポーランドは、身に沁《し》みて知っている。あれだけ憎んでいるドイツと協調して他国を分割するなんてのも、わけはないのさ」

「独波関係が悪化しているとのことでしたが、存外、両国の気は合っているようで安心しましたよ」

「ま、ドイツは何も知らされてなかっただろうがね。これがポーランドの首を絞《し》めることにならなければいいが。さて、お喋りはこのへんにして、新聞を頼む。仕事はわかってるだろう」

　どこの在外公館でも、新米の書記生がやることはだいたい同じだ。哈爾浜では、毎朝電信員から受け取った電報文を解読して書き直したり、何紙もの新聞に目を通して重要と思われる箇所をチェックして総領事に届けていた。

机の上に散乱する新聞の種類は多岐にわたっていた。英語とフランス語の一部の新聞には赤鉛筆の囲みがところどころ見られるので、チェックは済んでいるらしい。慎は椅子を引き、重ねてあったポーランド語の新聞をまず確認した。『ワルシャワ新聞』、『モルゲン急使』、『レプブリク』、購読対象が一発でわかる『労働者』など七紙の新聞が揃っている。ざっと目を通したところ、いずれもミュンヘン会談の成功について大きく取り上げてはいるが、ドイツの新聞のように熱狂的な調子は見られない。逆に、チェンバレン首相がクロイドン空港に到着した時に民衆が十重二十重《とえはたえ》に取り巻いて熱狂的に出迎えたとか、バッキンガム宮殿で国王と並んでバルコニーに出て歓呼を受けたといったエピソードを、「彼らは一瞬でもチェコスロヴァキアの民衆の涙を思いだしただろうか」と皮肉げに記している。

ドイツやイギリスだけではなく、フランスやイタリアでも平和の成立に人々は狂喜したらしいが、ポーランドはいたって冷静だ。今朝、ホテルのロビーで新聞を読んでいたヤンも、「いつも通りです」と言っていた。いつも通り、まったく正しい。今、この世界でポーランド人ほど、この平和が塵《ちり》より軽いものだということを知っている国民はいないのかもしれない。

タイプの音が響く中、慎は集中して新聞を読み進めていくが、なかなか進まない。ポーランド語力は、専門のロシア語やドイツ語に比べるとどうしても劣る。一紙読み終えただけで、目と頭に疲労がたまった。軽く目頭《めがしら》をもみ、次の新聞に取りかかる。その間に、織田はタイプした紙を摑《つか》んで部屋から出ていったり、戻ってきてはまたタイプを打ったりと休みなく動き回っていた。

「ふむ、なかなか。しかし、時間がかかりすぎか」

ポーランド国内の新聞のチェックを終えると、提出前に織田が軽く確認してくれた。頷いて新聞を戻され、ほっとする。

「明日からは効率をあげるよう努力します」

「結構結構。しかし君、話には聞いていたが、どこからどう見ても立派なスラヴ人だなぁ。ワルシャワを歩いていても、君ならじろじろ見られることはないだろう」

織田はわざわざ眼鏡をかけ直し、慎の顔を見つめた。六尺をゆうに超える背丈は日本でも目立つ上、肌は白く髪は明るい茶、目はほぼ灰色ときている。鷲鼻《わしばな》の父親よりはやや鼻梁《びりよう》の線はやわらかいが、他はほぼ父方の特徴を受け継いでいる。

「そんなに見られるものですか」

「他の欧州首都の比じゃないね。ワルシャワには、世界のどこにでもいる支那人すらいない。だから東洋人がよっぽど珍しいんだろう。誰が見ているかわからんから、下手なことはできんよ。だが君なら、民間人に紛れての情報収集活動にももってこいだな！　いい人間を寄越してくれたもんだ。しかしまあ、逆に日本では相当苦労しただろう、君」

怒濤《どとう》の勢いに呑まれ、慎は「はあ、まあ」としか言えなかった。ここまで正直に慎の容姿について触れてくる日本人は珍しい。国内ではたいてい、腫れ物に触るような態度か、逆にひどく馴《な》れ馴れしいかのどちらかだった。国外で会う日本人はそこまでではないが、さすがにここまであけすけな者はいない。逆にすがしさすら感じた。

「たしかお兄さんは、植物学の学者なんだったか。彼もやはり父親似なのかい」

「いいえ、兄は母似です。子供のころは、私と似たようなものでしたが」

兄の孝は幸いにも、長じるにつれ、母の血が強く出てくるようになった。今年、久しぶりに会った時には、髪の色が多少明るいぐらいでほとんど一般的な日本人と変わらず、まだ少女のように可憐な奥方との間に娘も生まれ、絵に描いたような日本の家庭を築いていた。

「ふむ、そうか。兄は父の研究を継ぎ、君は父の祖国への思いを継いだってところなのかな」

織田は遠慮なく踏みこんでくる。よく調べているな、と呆れまじりに感心した。

「父は、私が哈爾浜学院に行くのは厭がっていましたよ。ソ連に関わらせたくなかったようですね。留学するならば、欧州の他の国にしろと言われたんですが、私は父にどれほど言われても、ソ連——いや、ロシアへの憧《あこが》れが消えず、必死に説得しました。最後は折れてくれましたが、今思えば悪いことをしました」

「まあ、若いころというのはそんなものだ。そして親というのも、そんなものさ」

自身もすでに二児の父である織田は、しみじみと嘯《うそぶ》いたあと、改めて気の毒そうに慎の顔を見た。

「しかし、君はソ連勤務は難しいだろうねえ。そこは残念だな」

哈爾浜学院で三年を過ごした後、書記生見習いとして哈爾浜総領事館で半年かけて仕事を叩きこまれ、その後は斉斉哈爾《チチハル》領事館、そしてまた哈爾浜で勤務した。いずれはソ連へという思いはあったが、それがかなわないであろうことは、そのころには薄々わかっていた。白系ロシア人が身内にいる者は、基本的にソ連に入国できない。

「とんでもない。ソ連を知りたいのであれば、むしろポーランドほど相応《ふさわ》しい国はないでしょう。ソ連人は、国内ではGPU《ゲーペーウー》（国家政治保安部）を恐れて極端に口が堅いですが、その反動か、国外では結構喋ってくれます。ワルシャワでは、より充実した日々が送れると期待していますよ」

「頼もしいね。だが、大使から聞いただろうが、今はどちらかというとドイツのほうが問題でねえ。君にはつまらないかもしれんよ」

「ベルリンにも数日滞在して、観察してきました。簡単にまとめてきましたが、書記官に提出する前に、できれば確認していただきたいのですが」

慎が鞄からファイルを取り出すと、織田は両手をあげて降参の意を示した。

「君がとても頼もしい同僚であることはわかったよ。これ以上、字は読みたくない」

慎はファイルをしまい、「ご指導ご鞭撻《べんたつ》のほど、よろしくお願い申し上げます」と殊勝に笑った。どうやら、試験には合格したようだ。

新聞をまとめて大使に届けて戻ってくると、部屋の前で銀の盆を掲げた女性とかち合った。目の位置は慎の顎あたりで、額《ひたい》は狭い。茶のツイードのツーピースに包まれた体つきはじつに肉感的である。栗色の髪は顎のあたりで揃えられ、ふっくらした顔には緑がかった榛色《はしばみいろ》の目とゆるやかに傾斜する鼻、そして肉付きのいい唇がバランスよくおさまっていた。

彼女は大きく瞬《まばた》きした後、他の部位に比べてやや大きい口をさらに横に伸ばし、笑みの形をつくった。

「こんにちは。今日いらしたタナクラさんね。事務員のマジェナ・レヴァンドフスカです」

「はじめまして。これからお世話になります」

「到着早々お疲れ様でした。どうぞ一息ついてくださいな」

彼女が盆を片手に持ちかえ、扉を開けようとしたので、慌てて前に出て扉を押す。ありがとう、と微笑んで、マジェナは紅茶の薫香《くんこう》を漂わせて部屋の中へ足を踏み入れた。

「やあマジェナ、時間ぴったりだ。今日は君に、とっておきのお茶請《ちゃう》けを用意しておいたよ」

窓から差しこむ光に背を向けて、険《けわ》しい顔で紙の束を睨みつけていた織田は、マジェナの来訪に笑顔になった。

「あら、なんです？」

「日本産の美青年だ。どうだい？　大使館の日本人の中で唯一の独身だぞ。早いもの勝ちだ」

織田は足を組み、扉のところで立ち竦んでいた慎を指で示した。

「何言ってるの、トラチャン。タナクラさんに失礼よ。彼が魅力的なのは認めるけれど」

「おお、聞いたか棚倉君、第一関門突破だ。彼女、どう思う？」

突然水を向けられ、慎は動揺した。

「は、はあ、とても美しい方だと思います」

「おい、君、そんな面して、もしかして初心《うぶ》か。マジェナ、ますます君好みじゃないか」

「トラチャン、やめて。彼、困ってるじゃないの」

マジェナは呆れたように肩を竦めると、手際よく紅茶を淹《い》れた。ミルクはご自分で、という言葉とともに差し出されたカップとソーサーを受け取ると、花のような香りが鼻《び》腔《こう》をくすぐった。口に含むと、ほのかに日本茶に似た風味を感じる。

「それじゃ。後で食器は取りに来ますから、そのままにしておいてくださいね。あと、タナクラさん」

やわらかい緑を帯びた目が、慎をとらえる。

「トラチャンの言うことは八割は聞き流すこと。あんまりやかましかったら、奥様に告げ口すればいいですよ。一発で大人しくなりますからね」

マジェナは綺麗なお辞儀をして、部屋から出ていった。細く締《し》まった腰から臀部《でんぶ》への夢のようなラインについつい見とれていたところ、「美人だろ」と声をかけられ、我に返る。

「……とらちゃん？」

「やめろ」

織田は渋い顔をした。

「マジェナとは彼女が十歳のころからの知り合いでね。当時、友達のことは皆、ちゃん付けで呼んでたようだから、俺のことも、寅之助《とらのすけ》だから寅ちゃんと呼びたいと頼まれてな。十五年経ってもそのままとは思わなかった」

「十五年前から？　ちゃん付けって、つまり日本語で、ですよね」

「ああ、彼女はシベリア孤児なんだよ」

慎は思わず、マジェナが出ていった扉を振り返った。当然、扉は閉まっていて、むこう側に気配もない。しかし慎には、痩せた少年が一人、じっと聞き耳を立てているように思えてならなかった。

カミル。たった一日だけの友人。生まれて初めての、ポーランドの友。

「日本で会ったんですか？」

「いや。マジェナたちが日本に来た時のことは新聞の写真では見ていたが、実際に会ったのはこっちに留学してからだ。でもまあ、新聞で興味を持たなきゃ、ポーランドに留学することもなかっただろうな」

織田は紅茶に大量のミルクを注ぎ入れた。せっかくの東洋ふうの繊細な風味が損《そこ》なわれると、もったいなく感じたが、さすがに口には出さない。

「浴衣《ゆかた》姿で楽しそうに遊ぶ子供たちの写真を新聞で見て、かわいいもんだと思うと同時に、なんでシベリアなんぞにポーランド人の子供がこんなにたくさんいたんだろうと疑問に思ったのがきっかけだった。それまでは、ポーランドという名前と位置ぐらいは知っていたが、あとはショパンの国ということと、ナポレオンのワルシャワ大公国ぐらいしか浮かばなかったからな。そんなもんだろう」

「はい」

当時の日本でにわかにポーランド・ブームが巻き起こるまでは、ほとんどの者が欧州の中央に位置するこの美しい国を知らなかった。

皆、ドイツだイギリスだロシアだと、大国しか目に入らない。彼らが肥《こ》え太るために、どれほどの国が喰らわれ、涙を呑んできたか知られることはないのだ。

「このポーランドに、ロシアよりも古い独立国としての歴史があって、イギリスよりも長い自由と民主主義の伝統があることを知っている奴が、果たして世界にどれほどいるか。ヨーロッパにだってろくにいないだろうよ。俺は調べて初めて、一八三〇年の十一月蜂起を知った。その時、大量の政治囚がシベリアに流されたことも。あとは、欧州大戦の後、またロシアに組みこまれちまったところから逃げてきた捕虜たちか。そりゃあ俺たちもろくに知らないよな、なんせ百年以上も地図から消えていた国なんだから。だが、名前が消えても、言葉を取り上げられても、家や家族を奪われても、彼らはポーランド人であるという誇りは決して捨てることはなかった。たいした連中だと思ったね」

眼鏡の奥の目を細め、織田はしみじみと語った。

「とはいえ、シベリアの子供たちは、何もわからないままに親と離れて、ろくに知らない祖国に帰ったわけだろ。気にかかるじゃないか。だから留学してすぐに、彼らを世話していた人物に会って、行方を訊いた。ヴェイヘローヴォの孤児院にいると聞いたんで、訪ねていったんだ」

「ヴェイヘローヴォというと」

「バルト海の近く。ダンツィヒの郊外と言ったほうがわかりやすいか。なんせ今、一番熱い場所だからな」

織田は皮肉っぽく笑い、人差し指を上に向けた。一瞬意味がわからなかったが、地図で見てここから北、ということだろう。

「この状況ですから、ダンツィヒと聞くと落ち着かない気分になりますね」

「ダンツィヒに日本領事館をつくろうって計画もあったんだが、ポーランド側が血相を変えて反対してきて潰《つぶ》れたぐらいだ。相当、神経質になっているな。まあ、そんな微妙な場所だってこともあって、孤児院も数年前に閉鎖されちまったが、あのころはまだ孤児たちがたくさんいた。日本とポーランドの国旗を持って、そりゃあうれしそうに俺たちを出迎えてくれたよ。皆まだ日本語をよく覚えていて、日本から持ち帰ったものを見せてくれたり、『君が代』や童謡も歌ってくれた。かわいかったねえ。今でもよく思いだすよ」

瘦けた頰が緩む。懐《なつ》かしむように細められた目は、存外やさしかった。

「あの時、つくづく思ったよ。人が、人としての良心や信念に従ってしたことは、必ず相手の中に残って、倍になって戻ってくるんだと。彼らが日本に来た時、俺たちはただ子供たちを助けたいと願って手をさしのべたはずだ。弱き者を助ける、それは人として当たり前のことだからだ。そして今マジェナたちは、日波友好のために力を尽くしてくれている」

「孤児たちがですか？」

「元シベリア孤児たちが『極東青年会』ってのを結成してな。当時はワルシャワだけだったが、今はポーランド全土に支部があって、六百人を超える大所帯だ」

大正九年（一九二〇）七月に第一陣が上陸したのを皮切りに、翌年までに五回、大正十一年に三回、計八回で七百六十五人の子供が日本にやって来た。ポーランドに帰国した彼らはそれぞれ孤児院で共同生活を送り、その後独立していったが、一九二九年、ワルシャワでひとつの組織が結成された。「極東青年会」と名乗る彼らの目的は、社会に出たシベリア孤児の相互扶助と祖国への貢献、そしてシベリアでの体験を大切に維持し、恩義ある日本と祖国の交流を深めることにあった。発起人は当時十七歳のイエジ・ストシャウコフスキなる青年で、現在も会長を務めているという。

かつて、死の淵《ふち》から救ってくれた極東の島国への恩義を忘れなかった彼らは、日本大使館がまだ公使館だったころから積極的に接触してきては、両国の交流のために活動を続けているという。

「彼らの尽力は、涙ぐましいほどだよ。日本の文化を紹介する催し物やパーティーをよく企画してくれるし、日本から誰かが来れば、全力で歓迎する。五年前、国際連盟を脱退した松岡洋右《まつおかようすけ》首席全権がジュネーヴから帰る途中でワルシャワに立ち寄ったんだが、青年会の連中はもう胴上げせんばかりの大歓迎でね。松岡さんも驚いていたよ。彼らを動かしているのは、恩を返したいという純粋な思いだ。今、国外で、ここまで日本に誠意を尽くしてくれる者たちが他にいると思うか？」

「思いつきませんね」

「そうだろう。だからその思いに、俺たちもまた応えたいと願う。俺たちは立場上、どうしても自国にとっての損得で行動を考えがちだが、あの時の子供たちの笑顔を思いだすたびに、外交の本質はあそこにあるんじゃないかと思い直すんだ」

熱のこもった言葉に、慎は自分の胸も熱くなるのを感じた。

外交の基本は、信頼である。国と国といえども人と人であり、人間関係の信頼によって成り立つのと同じだ。だから我々は、常に信頼に足る人物でなければならない。哈爾浜総領事館で見習いをしていた時、哈爾浜学院の先輩にあたる人物が熱心に語っていたことを思いだす。

大使の手足となって動く我々は、情報を扱う。情報をもたらしてくれるのは、人だ。信頼されなければ、彼らは私たちに何も教えてはくれない。金で買収された人間の情報など、その程度のものでしかない。

彼ならば信じられる。そう思わせる人間になりなさい。人には誠心誠意、尽くしなさい。人は真心で動くのだから。

慎の胸の中に息づく言葉。目頭が熱くなり、賛同しようと口を開きかけたところで、にやりと笑った織田に先を越された。

「今、ちょっといい話だと思っただろ？」

「……今、この瞬間までは思っていました」

「これで女心を摑むんだよ。マジェナは先日失恋したばかりだから、今が好機だぞ」

真面目に聞いて損をした。さっさと仕事に戻ろうとカップの中身を飲み干すかたわらで、織田はまるで懲《こ》りていない様子で言った。

「現地民との交流は立派な仕事だ。大使や偉い方々は、フランス語を喋るような方々との交流でお忙しいだろうから、市井《しせい》レベルは俺たちで頑張らんとな。喜べ、この国は美人揃いだ。棚倉君はなかなかの男前だからな、期待しているぞ」

慎は無言でカップとソーサーを盆に戻し、次の仕事に取りかかることにした。

6

皿に山と積まれたピェロギが、凄まじい勢いで消えていく。

ピェロギは、大ぶりだが見た目はほぼ日本の餃子《ギョーザ》と同じで、中身は肉やじゃがいも、キャベツ、ベーコンなどさまざまだ。哈爾浜時代には大家がよくふるまってくれたし、ロシア料理にも似たような水餃子《ペリメニ》があるので、慎の好物のひとつでもある。

そう言ったためだろうか、マジェナが連れてきてくれた店は、多種多様なピェロギを取り揃えていて、彼女が次々頼んだ皿が所狭しとテーブルに並んでいる。注文したのはもちろんピェロギだけではなく、サラダやニシンの酢漬《すづ》け、豚肉も並んでいるが、ピェロギは最初から二皿来た。ひとつは焼いたピェロギで、ぱりっとした食感と溢れてくる肉汁がたまらない。もうひとつはアジアふうと銘打った店オリジナルのもので、フルーツが入っていた。どのあたりがアジアふうなのか不明だし、一口食べた時は予想外の食感と味にぎょっとしたが、慣れると意外に癖になる。

それは結構だが、一皿に十二個載っていたはずのピェロギは、あと一つずつとなっている。他の料理はすでに空《から》だ。慎もそれなりに食べたが、大半は目の前の華奢《きゃしゃ》な女性の胃袋におさまってしまった。

「三皿目いきましょうか。それとも、タルタルステーキにする？　シュニッツェルでもいいわね」

「ストシャウコフスキ氏が来てから頼んだほうがいいんじゃないかな」

「遅くなるって言ってたもの、食べましょうよ。イエジが来たらまた頼めばいいわ！」

輝くような笑顔で、マジェナはウエイターを呼ぶ。慎は額に汗が滲《にじ》むのを感じた。十月の半ば、狭い店内はまだ暖房を入れていないが、人々の体温と料理の熱で暑いぐらいだった。しかし、この汗はたぶん熱だけが理由ではない。

ワルシャワの日本大使館に勤めて半月が過ぎた。今日、マジェナと一緒に食事に行くと言った時、織田は「……頑張れよ」と肩を叩いてきたが、妙な間があった理由がよくわかった。

「マコがピェロギが好物だって言ってくれて、うれしいわ。なんの変哲もない家庭料理と言えばそうなんだけど、私、日本で初めて餃子を食べた時、それは感動したの。シベリアにいたころ、お母さんがつくってくれたペリメニによく似てたから。マコ、哈爾浜でペリメニ食べた？」

「ああ、よく食べた」

「私は、世界でこれ以上に美味しいものなんてあるかしらって思ってたわ。だからポーランドに来て初めてピェロギを出された時は、もう感極《きわ》まっちゃって」

最後の焼きピェロギを満足そうに飲みこむと、マジェナは幸せそうに頬を緩ませた。

「ここのお店、日本ふうの餃子もあるのよ。オリジナルのピェロギがたくさんあるから、それなら日本ふうもお願いって頼んだの。何度も試作品をつくってもらって、結構近い味になったと思う。イエジが来たら頼みましょうね」

「そうか。楽しみだ」

慎はなんとか笑顔で返して、グラスを口に運んだ。水のように澄んだ芋《いも》のウォッカは、すっきりしていて飲みやすい。哈爾浜学院時代、北満洲やソ連ではウォッカがなければ先方と話し合いひとつできないなどと言い聞かされ、毎晩酒場で酔い潰れつつ肝臓を鍛《きた》えたものだが、胃のほうはまだまだ甘かった。

「ええっと、それでどこまで話したかしら。ヴェイヘローヴォ？」

「そう、ヴェイヘローヴォの孤児院。織田さんが訪れたそうだね」

「あの時は日本人が来てくれたって、みんな大喜びでね。懐かしいわ。トラチャンもあのころは、シャイな好青年だったのよ」

懐かしそうにマジェナは目を細める。

「あそこは孤児院というよりも、リハビリのための施設って言ったほうがいいかしら。私たちみんな、シベリア育ちでしょう。ポーランドのこと何も知らないし、ポーランド語が喋れない子もたくさんいたぐらいだから」

マジェナが口に運んだグラスには、赤い液体が揺れている。胃の容量は度外れているが、酒はほとんど飲めないらしく、中身は黒スグリのジュースだという。

「そこで五年過ごして、みんな無事独立していったわ。イエジみたいに頭がよく、大学に行って偉くなった子もいるし、学校の先生になったり、私みたいな事務員になったり。一番仲がよかったアンナは、仲間と結婚して農業をやってるわ」

「今でも皆とは連絡を取り合っているのか？」

「ええ。そのための極東青年会だもの。だから、あなたが言ってたカミルだって、すぐに見つかる。イエジならすぐに調べてくれるから」

マジェナは誇らしげに胸を反《そ》らした。

先日、「シベリア孤児といえば、僕の家に隠れていた子供がいてね。彼は元気にしているのかな」と話したところ、マジェナはいたく興味を示し、捜《さが》す手伝いをすると約束してくれた。

とはいえ、慎が覚えているのは、一九二〇年七月に東京にやって来たグループの一人でカミルという名前と、金髪と菫色の目、そして当時十歳だったということだけだ。名字は名乗らなかったし、顔立ちももうほとんど忘れてしまった。これだけの情報で捜すのは、相当難しいだろう。マジェナは一九二二年に敦賀から大阪にやって来たグループなので、その二年前に東京にやって来たグループのことは全く知らないという。しかし、極東青年会会長のイエジ・ストシャウコフスキならきっとすぐにわかるから、と彼に声をかけてくれたらしい。

今日、そのストシャウコフスキ会長と、ここで会うことになっている。早く来てくれと、新たにやって来たピェロギの皿を見て心から願った。

彼がやって来たのは、三皿目が半分消えるころだった。入り口の見える席に座っていたマジェナが、軽く腰を浮かせて手を振る。振り向くと、長身の青年がグレイのコートと帽子を預けているところだった。こちらに気づき、笑顔で近づいてくる。

「遅かったじゃない、イエジ。先にちょっと食べてたわ」

「すまない、審議が長引いてしまってね」

イエジ・ストシャウコフスキは、椅子から立ち上がった慎に微笑みかけ、右手を差し出した。

「はじめまして、棚倉さん。ワルシャワにようこそ。お会いできて光栄です」

彼の口から出たのは日本語だった。途端に、言いようのない懐かしさが広がり、胸が締めつけられた。発音の仕方、アクセント。懐かしい。もうほとんど忘れかけていたカミルの声が、鮮やかによみがえった。

「はじめまして、ストシャウコフスキさん。大使からもよくお話はうかがっています。お会いしたかった」

こみあげる感動を抑え、にこやかに握手をする。大きな手だった。慎も背の高いほうだがさらに高く、亜麻色《あまいろ》の髪にふちどられた顔は端整で、いかにも温和そうだった。榛色の目は深い理知を、高い鼻筋は気高さを、そして常に微笑みを忘れない口許は忍耐深さと慈愛を示していた。

年齢は慎と同じ二十七歳で、ワルシャワ大学卒業後は司法省に勤めている俊才だ。かつてシベリア孤児たちのリーダーだった少年は、今や青年会を統率《とうそつ》する立場となり、また少年審判所の視察官として孤児教育に熱心に取り組んでいるという。

「野口さんの後任が同い年だと聞いて、すぐにでも挨拶にうかがいたかったんですよ。歓迎会にも行けず、申し訳ありません」

「その日は視察でクラクフに行かれていたとか。孤児の教育に取り組んでいらっしゃるそうですね」

「ええ、我々は親切な人々の支援があって、ここまでこられました。少しでも恩を返したいと思いまして」

「ご立派です」

「仕事の場でもないのに、二人とも何でそんなに堅苦しいの？　さあイエジ、座って。餃子食べるでしょう？」

握手したままの二人を呆れたように見やり、マジェナは席の奥に体をずらし、隣にイエジを座らせた。彼はすでに空になっている皿を見やり、苦笑した。

「それでは、ここからはざっくばらんに。タナクラさん、マジェナの胃袋には驚いただろうね」

「とても」

「日本に行った時、僕はマジェナと同じグループでね。ウラジオストックを出る時は、彼女は棒のように痩せていて、食べ物もあまり食べられなかったんだ。それが、日本で餃子が出たら、人が変わったようになって驚いたのなんの。いやあ、あれはすごかったな」

「もう、やめてよその話。東京組のカミルの行方はわかったの?」

「それなんだが」

イエジは申し訳なさそうに首をふった。

「一九二〇年夏のグループの名簿を見たんだが、カミルの名を持つ子供は三人いた。そのうちの誰かはわからない。ヴェイヘローヴォの施設も、僕らとは違う所だったしね。東京グループの会員に、福田会から迷子になった子供がいなかったかと訊いたんだが、自称『中尉さん』に連れ去られた子供のことは覚えていたが、その他はいなかったと言っていたよ。おそらく周りの大人たちが、子供たちに動揺を与えないように隠したんだと思うが」

「なるほど」

子供にとっては、とても長い時間だった。だが、振り返ってみれば、一緒にいたのはわずか二時間程度だ。

「じゃ、その三人のカミルに、片っ端から訊いてみればいいんじゃない?」

「全員ワルシャワにいるならそうするよ。しかし、全員ばらばらだし、この三人のうち青年会に入ったのは一人だけなんだ。ただ彼は黒髪のようだし、タナクラさんが言う特徴には合致しない」

「それなら、東京組が入っていた孤児院に……」

「いや、いいよマジェナ」

身を乗り出して言い募るマジェナを制し、慎はイエジに向き直った。

「捜してくれてありがとう。これ以上、君の時間をとらせるわけにはいかない」

「しかしこれだけじゃ、あまりにも。もう少し時間を貰えれば、見つけられると思う」

「いや、いいんだ。充分だよ。よくよく考えれば、一方的だったかもしれない」

ポーランドに帰れない。帰れるわけがない。思い詰めた菫色の目が、今も目に焼きついている。

十八年前のあの日、納戸に隠していたカミルは結局すぐ両親に見つかってしまった。すぐに福田会から迎えがやって来て、何度も両親に頭を下げて、帰りたくないと泣く少年を連れていってしまった。慎もひどく叱られた。菓子をとられた兄には拳骨も貰った。

その後は会えぬまま、三日後に大勢の日本人に見送られ、孤児たちを乗せた船は出港した。慎も見送りに行ったが、甲板《かんぱん》で泣きながら「君が代」を歌う子供たちの中に、カミルを見つけることはできなかった。もしかしたら、カミルはまた逃げだして、日本に残っているかもしれない。また僕を頼ってくるかもしれない。カミルが隠れているような気がして、それからしばらく庭を気にかけていた。新聞にはたしかに、船は一人も欠けることなく孤児を乗せて出発したと書いてあったのに、やはりそこにいる気がしてならなかった。

わずか二時間ほどの友達だった。それでも、ロシア語の本に囲まれた薄暗い納戸の中で、二人はたしかに友達だった。お互いに、誰にも話したことのない秘密を打ち明け合い、共有したのだから。もっとも、慎の秘密はそう呼ぶのも憚られるほど幼いものだったが、子供にとっては深刻なものだったし、カミルも真剣に聞いてくれた。拙い言葉で、一所懸命に慰《なぐさ》めてくれた。

その一方で、カミルが打ち明けた秘密は、慎にとって強烈にすぎた。冗談と流すには、彼の目は虚《うつ》ろだった。人生の深い苦悩など知らぬ子供でも、これは心がすり減ってしまったためにできた穴なのだとわかるほどに。

なぜそんな重い話を、出会ったばかりの異国の子供にしようと思ったのか。不思議だったが、大人になった今では、全く関係のない異国の人間だからこそだったのだろう、と理解している。

同じポーランドの仲間には、どうあっても知られたくなかったのだろう。だが、一人で抱え続けていくには重く、逃げだした先でたまたま見つけた同世代の子供にぽろりと零してしまった。そんなところだろう。重い十字架の一端を示したことで、カミルの心がわずかでも慰められていることを願う。

あの時、ただ言葉を受け取っただけの慎ですら、しばらくは錘《おもり》を吞みこんだようで、体が重かった。

月日が流れ、環境が変わっていくうちに、慎の記憶は薄れていったが、哈爾浜でポーランド人と会った時にまっさきに思い浮かんだのはカミルのことだった。

ポーランドに帰った彼は、どうしているだろう。ポーランドで仲間たちと過ごすうちに、重荷から解き放たれ、健《すこ》やかに自分の人生を歩んでいるならばそれでいい。だが、再び罪の重さに怯え、潰れてはいまいか。それとも、自ら告白し、贖罪《しょくざい》の道を歩んでいるのだろうか。


「やくそくして。だれにも言わない」

別れ際、少年は言った。

もう涙はなかったが、腫れあがった瞼《まぶた》は痛々しかった。誰にも打ち明けないはずの秘密を零してしまった彼は、その事実に怯えきっていた。

慎の口から罪が知れて、周囲から断罪されることを彼はひどく恐れている。だが今思えば、ひょっとすると、それをこそ望んでいたのかもしれない。望んでいなかったにせよ、むしろ知らせてやったほうが、彼の心を救えたかもしれない。

あの時、慎はたったの九歳だった。カミルも十歳だった。だから言葉のまま受け取り、思ったままを口にした。

「言うもんか」

カミルの目をまっすぐ見つめ、慎は言った。

「この世界で、君と神様と、僕だけが知っている。日本人は約束を守るよ。何があっても、誰にも言わない」

右手を顔の前に掲げ、小指だけを立てたまま拳を握る。指切りはさすがに知らないだろうかと思ったが、カミルはすぐにはっとした顔をして、同じように右手を出した。

ぎこちなく、小指が結ばれる。

——指切りげんまん嘘ついたら針千本飲ます。


右手の小指を見下ろす。あの時よりずっと長く、太くなった指。

せっかくポーランドにやって来たのだから、確かめたいという思いがあった。ありていに言えば、たぶん、安心したかったのだ。

青年会にも入っておらず、行方が知れない。それがカミルの答えなのだろう。

「まあ、縁があればいつか会うこともあるさ。元気にやっているなら、それでいいよ」

「でもこんな素敵な偶然、そうあるものじゃないわ。私、トラチャンが来てくれた時だってとてもうれしかったもの。日本は、私たちにとって文字通り天国なの。今も昔もね。そこから友達が来てくれるなんて、こんなにうれしいことなんてないわよ」

マジェナは熱心に言い募った。

「ね、イエジ、もうちょっと捜してあげて。私ももっと手伝うわ」

「もちろん、僕としてはやぶさかではないよ。ただ――」

イエジと慎の視線が交差する。彼は微笑み、隣のマジェナを見て続けた。

「僕たちにとって、日本で過ごした日々が人生で最も美しい記憶であるのは事実だ。だからこそ、シベリアでの地獄のような日々を思いだしても耐えられたし、皆で助け合ってここまで来られた。今となっては僕らにとって、シベリアでの日々はむしろ誇りであり、結束の象徴でもある。それでも中には、シベリアの記憶に今も苦しんでいる者が少なからずいる」

マジェナの目に悲しみが広がる。彼女は、母親によって救済委員に引き渡された子供だった。家には食糧もなく、冬が来れば飢え死にを待つばかりという状況の中、母は我が子だけでも祖国に帰したいと、救済委員のもとまで彼女を背負っていった。その痩せた背中の感触を、今でも忘れることはできないとマジェナは言う。

「日本での思い出が美しければ美しいほど、シベリアの惨《むご》さもありありと思いだしてしまうだろう。僕らと離れて、一からやり直したいという者だっているはずだ。彼が会いたいと思うまでは、待つほうがいいかもしれないよ」

穏やかに諭《さと》すような口調は、孤児の教育に携《たずさ》わっているからだろうか。これは大使たちがこぞって絶賛するわけだ、と慎は感じ入った。

カミルと何を話したかは、約束通り、今まで誰にも話したことはない。マジェナにも、迷子になった彼が庭に迷いこみ、そこで少し話をしたとしか言っていないが、イエジはこの短い時間で、カミルとの邂逅《かいこう》がどういったものだったか察したのだろう。

「そうね。ごめんなさい、私すっかりはしゃいじゃって」

マジェナはすっかり気落ちした様子で言った。

「いや、会ってみたいと言ったのは僕だ。君の気持ちはうれしかったよ。イエジもありがとう」

「縁があれば、会えるよ。そういうものさ」

「ああ。天に任せることにするよ。今日は、得がたい友に出会えたことに感謝しよう」

ちょうどそこへ、イエジが頼んだウォッカとスープが運ばれてきた。

グラスを掲げると、イエジとマジェナもそれに倣《なら》った。

この地で、すでに新たな友を多く得た。今必要なのは、この縁を信頼に育てることだ。

――カミル、君はあのとき僕が告げた秘密を、覚えているだろうか。

心の中で、もう追憶の中にしか存在しない友に語りかける。

君がポーランド人ではない僕にしか言えなかったように、僕も日本人ではない君にしか言えなかった。僕の秘密は、まだここにある。そしてそれゆえに、僕は今、君の祖国にいる。

傷は、人を弱くはするけれど、同時に突き動かす最高の原動力ともなりうる。君にとっても、そうであればいい。

そう願いながら、杯《さかずき》を干した。

第二章　柳と桜

1

ポーランド南部、ビェシュチャディ山脈より生まれ、流れ落ちた水は広大な平原を緩やかに蛇行《だこう》して進み、最後は北のバルト海へと注ぐ。ポーランド最長の川、ヴィスワ川である。

川の中流域に開けたワルシャワは、もとは川での漁業をなりわいとするごく小さな村だったという。ある日、漁師の夫婦の網にあやまって人魚がかかり、あまりに美しかったために漁師は家に連れて帰ったが、人魚が川に帰りたいと願うので、帰してやった。するとその日から魚が大量にかかるようになり、夫婦の魚を買い求める人が押し寄せ、村は発展していったという。

慎は目の前を走り抜けていく路面電車を見て、ワルシャワの伝説を思いだしていた。赤い車体に人魚が描かれていたからだ。左手に盾《たて》を、右手に剣を捧《ささ》げ持った勇ましい人魚は、このワルシャワの象徴でもあり、街のいたるところで絵や像が見られる。

電車が行き過ぎると、停留所のむこうに、道なりに旗が林立している様が見えた。赤地に白の円、黒い鉤十字《ハーケンクロイツ》。優美な街並みに似合わぬ派手な色彩だ。空を見上げれば、今にも雪が降りだしそうな分厚い雲が垂《た》れこめている。街が全て灰色にくすむ中、ハーケンクロイツの旗の赤だけは毒々しいほどに鮮やかだった。

四ヶ月ほど前、慎が初めてこの街に降り立った時に感じたのは、ベルリンの熱狂とは対極にある、冷めた静寂だった。それが心地よいと感じただけに、ベルリンで厭というほど見たあの旗がこの街にあると、強い違和感を覚える。寒気《さむけ》を感じ、慎はマフラーをいっそう引き上げた。

一九三九年一月二十五日。ドイツの外相リッベントロップが、会談のためにワルシャワを訪れた。鉤十字が並んでいるのはそのためだ。

この日に先んじて、年が明けてすぐに、ポーランドのベック外相が総統の別荘があるベルヒテスガーデンを訪れ、ヒトラーと会見し、リッベントロップとの会談を行った。

この会談を実現させたのは、酒匂大使の涙ぐましい努力である。何度もワルシャワの外務省に足を運び、さらにベルリンにまで出向いて大島大使を説得し、とうとう協力を取り付けることに成功したのだった。今回のリッベントロップの来波《らいぽ》はその返礼も兼ねており、両国の安全保障条約締結に至る最後の機会だった。

なんとしても、成功してほしい。

祈るような思いで、はためくハーケンクロイツを見上げる。どうか、これ以上は無茶をしてくれるなと。

鞄を抱え、急ぎ足で大使館に戻る。守衛のヴワドゥシが、コートで包んだ大柄な体を丸め、「寒いですなぁ」とぎこちなく笑った。いつも気持ちのよい笑みを浮かべる男だから、あまりの寒さに皮膚《ひふ》が固まってしまっているのだろう。

「大使は？」

「朝からずっとこもってらっしゃいますよ。ここのところ毎日出かけられていただけに、妙な気分です」

風邪をひくなよ、と肩を叩き、ホールへと足を踏み入れる。途端にあたたかい空気に包まれ、ほっと息をついた。それでも体はこわばったままだ。ぬくもりがあろうとも、緊張の糸はあちこちに張り巡らされている。

「ただいま戻りました」

書記生室の扉を開けると、煙が目に沁みた。何度か瞬きをすると、織田が書類と格闘しながら手をあげたのが見えた。

「お疲れ。どうだった」

「文化庁の許可はとれました。九月のワルシャワ交響楽団、小船幸次郎《こぶねこうじろう》氏の指揮で確定です。宝塚《たからづか》以来の、日本ものの舞台ですよ！」

重い空気を払拭《ふっしょく》しようと、明るい声で報告する。

「そりゃ楽しみだ。久々に、日本の歌をたっぷり聴けるな」
「懇親会も広めの会場に移せました。内容については、イエジに相談します」
「ちょうど『菊の夕べ』の時期だから、一緒にしたらどうだ？　マジェナも、ちょっとした日本舞踊ならできるぞ。まあ、真似事《まねごと》の域は出ないが、余興としては喜ばれる」
「ああ、それはいいですね。食べ物は――ベルリンの日本料理店から板前を一日借りられますかね」

何年も愛用している栗色の外套と帽子を脱ぎ、てきぱきと席につく。文化庁から持ち帰った書類をさっそくまとめにかかった。

大使館をあげて独波関係の改善に取り組んでいる中、慎が現在担当しているのは日波の文化交流分野だった。昨年秋に着任するなり、欧州巡回中の宝塚少女歌劇団のワルシャワ公演の準備に駆り出されたのをきっかけに、さまざまな催し物の準備に奔走《ほんそう》している。

日本が独波の仲介役を務めるならば、ドイツ、ポーランドいずれの信頼も勝ち得ていなければならない。ドイツとは防共協定があるが、ポーランドとは何もなかった。以前、ドイツは防共協定にポーランドも引き入れようとしたが、故ピウスツキ元帥はこれを拒否し、その後の政府も「どの旗の下にもつかぬ」という方針を貫いている。

ポーランドは、欧州の中でも親日の傾向が強い国だという。慎もこちらに来てしばしば実感する機会があった。以前、年の近い武官補と出かけた時、五十前後とおぼしきポーランド人に話しかけられ、ずいぶんと親切にしてもらったことがある。聞けば、日露戦争の年にロシア軍に徴兵され、捕虜となったが、日本軍はわざわざポーランド兵をロシア兵とわけて収容し、とても丁重《ていちょう》に扱ってくれたのだという。同行者の武官補が制服姿だったこともあり、男は熱心に日本軍のすばらしさを語り、感謝を捧げた。武官補もその熱意に感激し、しまいには涙ぐんでいた。

「ポーランド軍の将兵も、我々に非常に親切にしてくれるのだ。誠意をもって彼らを遇した先人に感謝せねばならない。我々は、先人が培った信頼を裏切らないようにしなければ」

その日は、文官や武官の垣根を越え、夜を徹して語り合ったものだった。

これらの「好意」が、どれほど日波の信頼関係を築くのを助けてくれたことか。国際連盟を脱退したことにより、貴重な情報収集の場を失った日本に、今なお総会の討議などの情報を教えてくれるのは、ポーランドぐらいなものだ。

それが、ここのところ急激に揺らいでいる。ドイツで大島武官が改めて駐独大使に就任し、リッベントロップ外相と「蜜月」と報じられるほど接近しているせいだ。

冷え始めた日波関係を改善すべく、日本大使館はさまざまな催し物を計画してきた。政治、軍事協定は難しくとも、文化面ならば手をとることができる。ポーランド外務省からも、それならばと許可を貰った上で、慎は薄れつつある両国間の絆を再び結ぼうと奔走した。その際、イエジ率いる極東青年会の協力は不可欠だった。

最初に青年会のことを聞いた時には、規模の大きい同窓会のようなものかと勝手に想像していたおのれを恥じる。極東青年会は慎の想像よりはるかに巨大で、また政治的な団体だった。なにしろ、彼らが催す「日本の夕べ《バール・ヤポンスキ》」と題したパーティーには、日本大使館の面々は当然ながら、ポーランド政財官界や軍の大物が必ず顔を出すのだ。外務省の幹部や勲章《くんしょう》を山ほどぶらさげた将官と、イエジが親しげに談笑しているのを見た時には驚いたものだ。

彼らの協力がなければ、外務省からここまで快《こころよ》く許可が下りなかっただろうし、行く先々で妨害を受けたかもしれない。青年会にはどれほど感謝してもし足りない。日波も、独波も、これ以上離れることがないように。寝る間も惜しんで仲介の労を取る酒匂大使の努力に添えるように。そう願いながら、慎は広報活動に打ちこんだ。

今回の酒匂大使の行動は、東京の本省からの指示でもベック外相からの要請でもない。欧州の在外公館の実質上のボスとなった大島駐独大使から言われたわけでもない。全ては、彼ひとりの意志。どうにかして独波関係を改善させたいと願う酒匂大使の行動に、部下たちも全力で応えた。

しかし、切実な願いは届かなかった。

結局、会談はなにひとつ成果を出せずに終わった。

リッベントロップは芝居がかった丁寧な態度で、条約締結どころか、ダンツィヒの返還についていっさいの妥協を拒否する姿勢を示したという。以前は譲歩を見せていたはずが、今回は無条件の割譲を迫った。四年前、故ピウスツキ元帥の葬儀の後まっさきにベルリンへと飛び、独波の友好関係は今後も変わらないとヒトラーに訴えたというベック外相も、これには激怒した。ピウスツキの腹心の軍人で固められた現ポーランド政権の中でも、反独・親英仏路線を隠そうともしない軍事総監のシミグウィ元帥などに比べると、ベックは親独と見なされていたが、彼はあくまでピウスツキが欲した「十年の平和」を守ろうとしただけであり、ドイツに全くその気がないとわかれば、シミグウィ以上に苛烈にリッベントロップを攻撃した。

「予想通りだ。連中は蛮族《ばんぞく》の時代から何も変わっとらん。条約など結ぶつもりは毛頭ない。ただダンツィヒを——いやポーランドを奪いたいだけだ」

ベック外相が怒りと諦観を滲ませる一方で、酒匂大使は傍目《はため》にも気の毒なほど落胆していた。リッベントロップがここまで高圧的に出るとは、彼も予想していなかったのだろう。

「そもそもリッベントロップが酒匂大使の言を入れて会談に応じたのは、ただの時間稼ぎだ。歩み寄ると周囲を油断させているうちに、前年から続いているチェコスロヴァキアの問題を解決するつもりなのさ。つまり我々は、ドイツに踊らされたピエロってわけだ」

織田などは、あっさりと切り捨てていた。慎も半ばは同意しつつも、ほかならぬ織田の口からその言葉が出たことが切なくもあった。

——人が、人としての良心や信念に従ってしたことは、必ず相手の中に残って、倍になって戻ってくるんだ。

ポーランドに着任した初日、慎にそう言ったのは織田だった。子供たちの笑顔を思いだすたびに、外交の本質はそこにあるんじゃないかと思いだす、と。冗談めかしてはいたが、あれは紛れもない彼の本音だろう。

ここまでその信条に従ってやってきたことが、ドイツに利用されたという結果に終わったことは、彼の心も深く傷つけたことだろう。織田は十五年あまり前にポーランドに留学して以来、大使館の中では最も長くポーランドに関わってきた。飄々《ひょうひょう》とした態度の下にはこの国への深い愛情があることぐらい、大使館の人間ならば誰でも知っている。

慎が彼にかける言葉を探していると、その表情をどうとったのか、にやりと笑って肩を叩かれた。

「まあそんな顔すんな。いつものことさ。ドイツとソ連に翻弄《ほんろう》されるのは、ここにいるかぎり宿命なんだ。俺たちも慣れないと」

マジェナやイエジといった、慎の周辺のポーランド人たちの反応も、みな似たようなものだった。

ドイツ人《ニエムツィ》が、こちらと「話し合い」なんぞした例《ため》しはない。いつも強引に奪って、都合が悪くなれば逃げだす。いつもその繰り返しだ。誰もがそう言う。

彼らの言葉を裏付けるように、ナチスはいよいよ本性を剝《む》き出しにしてきた。「ズデーテンさえ取り戻せればそれでよい、チェコスロヴァキアに興味なぞない」と繰り返してきたヒトラーは、三月に入るとあっさりと前言を翻し、中旬にはチェコスロヴァキア全土を実質的に併合してしまったのである。

英首相チェンバレンはこの裏切りに怒り狂い、議会で弾劾《だんがい》する演説を行ったが、ドイツの暴走は止まらず、二十三日にはリトアニアのメーメルまでも併合した。

これでポーランドは、わずか一週間のうちに、ドイツ軍に三方を囲まれた形となった。

それでもポーランド政府は屈しなかった。逆に防空演習を始め、その日の夜には灯火管制の中で緊急会見が開かれた。

「我が国は、オーストリアやチェコスロヴァキアとは違う。脅しには決して屈しない」

勇ましい声明の裏で、すでにブレスト・リトフスクの第九駐屯部隊と歩兵三個師団、騎兵一個師団を東プロイセン国境に動員し、一触即発の事態となった。

欧州じゅうが固唾《かたず》を呑んで見守る中、ドイツはダンツィヒ割譲とポーランド回廊における道路と鉄道の敷設《ふせつ》をいっそう強硬に迫り始める。ポーランドは声明通り、「ダンツィヒに手を出したら戦争になるであろう」とはねのけつつも、極力戦争を避けるべく、ダンツィヒの共同管理などの案を提示した。

しかし、ドイツ側も譲らない。目の覚めたイギリスがポーランドと安全保障条約を結び、フランスもこれに続いたため、ドイツとポーランドの間で戦端が開かれれば、欧州が巻きこまれることは確実となった。

刻一刻と増す緊張の中、酒匂大使は再び精力的に外務省とベルリンを頻繁に行き来するようになった。ミュンヘン会談のように他国の介入でどうにかなる段階は、とうにすぎている。もう無駄ではないか、ドイツはすでに一度日本の面子《メンツ》を潰したのだといさめる声も大使館内でないではなかったが、大使はただ、両国を交渉の場につかせるために走り回った。

「一度や二度の失敗がなんだと言うのか。今ここに、なんの面子が必要なのか。前回の会談は結果は残念だったとはいえ、ベック外相も会談の場を用意したことには感謝してくれた。あのリッベントロップとて、ああ脅迫はすれどもいざ戦争となれば、自国になんの益もないことぐらい重々承知だろう。我々外交官は、武力を用いずして問題を解決するためにいる。まだ道はあるはずだ」

酒匂大使は駐ソ参事官時代はくせ者揃いのソ連外務人民委員部相手に一歩も引かず、相手が音《ね》をあげるほど厳しい交渉を続けたという辣腕家《らつわんか》だ。その彼が、ただ信頼だけを携えて、何度も何度も足を運ぶ。権謀術数入り乱れ、二枚舌や三枚舌が賞賛されるような場であったとしても、突き詰めれば人と人の信の話。我が身をもって実行する大使の姿に、慎は賞賛を送らずにはいられなかった。

その一方で、毎朝の新聞チェックは憂鬱になることが多くなった。日々、相手への攻撃が激化していく二国の新聞はもとより、日本より届く新聞の内容もひっかかる。以前からその傾向はあったが、ここに来て急にドイツ寄りの記事が増えている。それだけならばまだいいが、ポーランドの記事が激減しているのだ。かつては、ドイツ贔屓《びいき》と同時に、ポーランドにも好意的な記事が多かった。判官贔屓《ほうがん》のお国柄もあるのだろうが、百年以上にわたって地図から消え、不死鳥のごとくよみがえった国というのは、日本人の心を揺さぶるのだろう。ブームが落ち着いても、ポーランドはしばしば大きく取り上げられていた。

それが、今ではほとんどない。逆に、批判は増えている。

四月某日、日本の同盟《どうめい》通信社が伝えた記事を読んだ時など、頭を抱えた。

『ポーランドにおいて、ドイツおよびソ連への憎悪はもはや宿痾《しゅくあ》といってよい。故ピウスツキ元帥は国民を救うべく、この病に打ち勝ち、両国と手を結んだ。理性が勝利したからこそ、共和国の繁栄があった。しかし巨星が堕《お》ちた後、光を反射する衛星に過ぎなかった後継者たちが、その輝きを自分のものだと思いこんでしまったことが、ポーランド悲劇の始まりである。彼らは宿痾に打ち勝てず、ドイツを強硬に撥《は》ねつけ、イギリスやフランスと安全保障条約を結んでしまった。

我が国では、ポーランドは虐《しいた》げられし悲劇の国という印象が強いが、ドイツの尻馬に乗りテッシェンを奪い取るしたたかさも備えている。ドイツを非難できる立場ではないのだ。かといって、他国に理解と助力を求められるほど外交も成熟していない。故ピウスツキの正統なる後継者、ベック外相は骨があるが、他は大局を見渡す器量があるとはとうてい思えない。政権内は分裂し、方針が定まらぬうちにドイツ軍に国を囲まれるに至り、慌ててダンツィヒの共同管理など持ちかけたところで泥縄である。ポーランドは、常に後手に回っている』

かなり手厳しい。おおむね正しいのがまた問題だ。おそらく、在日本ポーランド大使館はこれを読むだろうから、面倒に発展するかもしれない。

危惧《きぐ》は、翌々日に現実となった。朝、いつものように新聞チェックに勤《いそ》しんでいると、ポーランド外務省から遣いが来た。くだんの新聞を手にした外務省職員は、明らかに怒っていた。

「ここ最近、ワルシャワに支局を持つ新聞社があまりにドイツ寄りであり、我が国を貶めている。不公平な報道の意図をお聞かせ願いたい」

怒りに理解を示した大使は、すみやかに慎を同盟通信社ワルシャワ支局へと向かわせた。在ポーランド日本大使館は、ポーランド寄りの姿勢を前面に押し出して交渉の道を探っているのだから、背後から味方を撃つような真似は困る。ここでポーランド外務省に臍《へそ》を曲げられれば終わりなのだ。

が、いざ支局長に苦情を伝えると、相手は恥じ入るどころか烈火のごとく怒りだした。

「何も間違ったことは書いていないじゃないか。そもそも、ポーランドは我々外国人記者に対し、あまりにも高圧的だし、全く協力的ではないんだ。これでは何も書けない！」

ポーランドは現在、言論統制下にある。外国人の記者たちは、ポーランド外務省の記者会見でしか情報を得ることはできない。日本大使館の職員とて状況は同じだ。

しかし、会見を担当する外務省情報部は、ほとんど情報を落としてくれない。こちらから質問をしてもたいていは、「それは我々の管轄《かんかつ》ではない」の一言で一蹴《いっしゅう》される。木で鼻をくくったような態度は、日本に対してだけではなく他国の記者に対しても同様で、果たしてこの国はおのれの外交政策を理解してもらおうという気があるのかと、首を傾げたくなることもしばしばだった。

「だが、ことポーランドに関しては最も精度の高い情報を載せるロイターなんかは、そもそも記者を寄越していない。どうせ電話一本で、親切な高官から情報がとれるのさ。大切な同盟国様だからな。こっちが何時間も待たされたあげく、屑《くず》みたいな情報しか知らされない裏で。どの口が不公平と言うんだ」

「それは困りますね」

慎が相づちを打つと、勢いこんで支局長は続けた。支局長といっても、局員は彼ひとりだ。全てを自分でこなさねばならないのだから、無駄な時間を費《つい》やすのはよけいに腹が立つだろう。

「お隣のドイツからのほうが、よっぽど情報が回ってくるんだよ。たしかに彼らのポーランド評は偏《かたよ》っている。だが仕方ないだろう？　不満ならばもう少し対応を考えてほしい。情報はやらない、取材もさせない、だが好意的に書けなんて、無茶苦茶だ。そもそも酒匂大使があれほど尽力されているのに、この仕打ちは理不尽じゃないか！」

ポーランドへの不満を並べたてる支局長をその時はどうにか宥めたものの、正直なところ頷くところも多かった。この国の内弁慶ぶりや外交下手はどことなく日本に似ており、親近感を抱くところもないではないが、最近の対応は全くいただけない。

いただけないのは、広報関係だけではない。先日、書記官の一人が日波関係の改善に役立つからと、ドイツ在住の日本人をポーランド外務省に紹介しようとしたことがあった。ところが外務省の返答は、「日波がまことに親善関係にあるなら、改善のために会う必要はないだろう」と皮肉に満ちたもので、温厚な書記官も激怒していた。

ポーランド外務省もそれだけ切羽詰まっているのだろうが、完全に疑心暗鬼に陥《おちい》り、迷走している。

そのせいで、一月の会談までは一致団結していた大使館内にも、温度差が出てきたのは致し方のないことだろう。

「俺は訂正はしないぞ。このままでは独波関係以前に、日波関係が破綻《はたん》しかねない。いや、ポーランドが孤立しかねないんだ」

支局長は怒りを込めて吐き捨てた。その言葉は慎の胸に突き刺さった。ポーランドの孤立。重い響きだった。

2

刻一刻と不穏な空気が増そうと、毎年春はやって来る。

復活祭のあたりから、冬枯れにくすんだ街に、鮮やかな黄色を見ることが増えてきた。

公園や花屋の店先で春を主張するのは水仙《すいせん》だ。吹く風はまだ冬のものだが、まるで小さな太陽が落ちてきたようにいたるところで花開く水仙を見ると、すっかり季節が変わったような気がするから不思議なものだ。

そのころから次第に街に色が増え始め、木々はやわらかい新緑を纏《まと》い、新しい季節を言祝《ことほ》ぐ。初夏のような日差しや真冬のような曇天を繰り返し、めまぐるしく変わりゆく季節を感じる余裕は慎にはなかったが、気がつけば〝桜〟が満開だった。

「きれいだなぁ」

かたわらであがった素直な感嘆に、足を止めて木を見上げる。

ポーランドを代表する樹木といえば、優美なポーランド柳だろうが、小ぶりな花をたわわにつけた可憐な桜も美しい。欧州ではよく見られるセイヨウミザクラで、人々はどちらかといえば花よりもその後に生《な》るサクランボを気にかけるようだが、桜というだけでつい足を止めてしまうのは日本人の習性なのかもしれない。

「公会堂にも咲いていたかな。花見ができるんじゃないですか」

慎の言葉に、並んで歩いていた者たちが歓声を上げた。

「花見！　久しぶりだ」

「日本酒があればいいんだがなあ」

賑やかに笑いながら、外務書記生と武官補、そして同盟通信社支局長はワルシャワの街を行く。武官補は華やかな正装なので、実に目立つ。慎や支局長も礼服だが、軍人の時代がかった正衣《せいい》の横だと目立たないのはいいものの、結局まとめて注目を集めるので同じことだった。

彼らが正装をしているのは、今日が天長節《てんちょうせつ》（天皇誕生日）であるためだ。パリやベルリンでは、在留日本人全てに招待状を出し、盛大な祝賀の儀を執《と》り行うそうだが、ワルシャワの在ポーランド日本大使館での式典はささやかなものだった。

なにしろ、ワルシャワ在住の日本人民間人は、わずか四人しかいない。各新聞社のワルシャワ支局の記者が三名、もう一人は二十年近くポーランドに住んでいる梅田《うめだ》という人物で、以前はワルシャワ大学の日本語学科で講師を務めていたこともあり、現在は大使館の嘱託《しょくたく》として働いている。以前、織田が「東洋人は珍しい」と言っていたが、この四名と大使館の文官、武官室の武官、そしてその家族が、ワルシャワにいる東洋人のほとんど全てと言っていいだろう。

「独波の平和あってこそ、我が国の平和も保たれます。互いを尊重し理解することが、平和へ至る最善の道であります。この国には我々を信頼し、敬意を持ってくださる方が大勢おります。いくつもの国難を耐え抜き勝利した我々こそが、泰然と構えて規範を示し、友人が互いに手を取り合えるよう、努めようではありませんか」

大礼服《たいれいふく》姿の酒匂大使は穏やかに、しかし静かな熱を込めて、平和への努力は今後も続けると宣言した。もっとも、状況は厳しく、ドイツは昨日ポーランドとの不可侵条約を破棄したばかりだった。それでも故ピウスツキ元帥が望んだ十年を実現させるために、最後まで仲介の労をとると彼は改めて約束した。

祝賀の儀が終わると、参列者はパーティーが開かれる市の公会堂へと移った。大使夫妻や武官夫妻らは車での移動だったが、慎たち身軽な若者は、近いからと徒歩で向かう。

「ソメイヨシノはさすがにもう散っただろうな」

一人が寂しげに言った。

「うちは東北だからこれからだぞ」

「山桜もこれからだな」

「しかし、やっぱりソメイヨシノが懐かしいな。あの華やかさは格別だ」

しみじみとつぶやく武官補の声に、慎はふと口許をほころばせた。植物学者である慎の父が、日本の多様な桜が凄まじい勢いでソメイヨシノに塗り替えられていくのを嘆いていたことを思いだす。

「その土地だからこそ、そこの桜が美しいのに。ソメイヨシノになってから、いつしか桜はいっせいに咲き、あっというまに散るものだという認識に変わってしまった」

かつては東京で最も多かったというエドヒガンもずいぶん減ってしまって、と嘆いていたが、悲嘆の半分は、ソメイヨシノに合わせての花見はあまりに人が多くなるからではないかと慎は思っている。父は、人がたくさんいる場所が苦手なのだ。それならわざわざ行かなければいいと思うのだが、母と兄は花見を毎年楽しみにしていたし、家長として決死の覚悟で応えねばなるまいと思いこんでいるようだった。

慎も父と同じで、花見は苦手だった。無遠慮な視線を向けられる回数も多くなるし、酒が入ると難癖をつけてくる者が増えるのも厭だった。毛唐に日本の桜のよさがわかるもんか、といきなり唾を吐かれたこともある。かなり出来上がっていたその男よりも、父のほうがよほど桜を理解しているだろうに。

「花は桜木、人は武士というからな。我々も、かくありたいものだ」

ソメイヨシノが懐かしいと言った武官補は、わずかに潤《うる》んだ目で桜を見上げていた。

さきほど大使館に集まっていたのが、ワルシャワの日本人の全てである。自分たちのふるまいによって、ポーランド人の日本観はたやすく変わるだろう。

さきほどの大使の訓示を思い起こしているのだろう。

信頼を裏切らぬよう。日本人として、恥ずかしくないよう。常に、毅然《きぜん》と、美しく。桜を前にし、改めて身の引きしまる思いだった。

そこから公会堂には、十分程度で着いた。近づくと、明るい音楽が聞こえてくる。ヨハン・シュトラウスだ。中に入ると、祝賀の儀とはうってかわって、広大なホールに何百人もの老若男女《ろうにやくなんによ》がひしめいている。ところどころに日本人の姿もあるが、ほとんどはポーランド人だ。

「遅かったじゃない、マコ。なあに、あなたたち、まさか大使館から歩いてきたの？」

人の合間から、マジェナが満面の笑みで現れる。モーヴ色のワンピースが、白い肌と目の色によく似合っている。軽く上気した肌に弾《はず》む息、そして隣の青年に絡《から》めた腕は、今まで踊り続けていたことを証明している。

今日は、極東青年会が企画したダンスパーティーだ。ワルシャワ市民はダンスが好きで、週末はいたるところでダンスパーティーがあるが、今回は天長節に合わせ、「日本の夕べ」という題目で五百名以上呼んだという。

「今年は花見をする余裕もなかったから、ついでにね」

「さぞ目立ったでしょうねえ。マコ、あなた、そういう恰好《かつこう》とっても似合うわ。普段ももう少し気を遣えばいいのに」

慎は曖昧《あいまい》に笑った。普段も仕事柄それなりには気を遣っているつもりだが、洒落者《しやれもの》ではないことは自覚している。可能ならば、ずっと和装で通したいぐらいなのだ。この顔で、と笑われるが、父などよほどのことがなければ今は洋服など着ない。

「僕はそういうのは疎《うと》くてね。ラデックはどんな服でも着こなしそうでうらやましいよ」

慎はマジェナの隣にいる青年に笑いかけた。頑強そうな肉体と、少女のように繊細な面差しの赤毛の青年は、ラジスワフ・コジミィンスキと名乗った。二ヶ月前にダンスパーティーで出会ったという彼は、マジェナと笑い合う時、この世で最も大切な宝物を見つけたと言わんばかりの顔をしている。ラデックがワルシャワ工科大学の出で、今は建築関係の仕事をしていることや、出身地や細かい家族構成、果ては好きな食べ物まで、慎はすでに知っている。ラデックと出会った翌日に、マジェナが例によって大量のピエロギを食べながら、機関銃のように語ってくれたからだ。ラデックともあの店に行ったそうだが、彼はマジェナの食べる姿を見ても動じず、うれしそうに微笑んでいるだけで、それがとても素敵だったのだそうだ。よくわからないが、幸せそうで何よりだ。だが、幸福の絶頂そのものの光景を見ていると、微笑ましいと感じると同時に、わずかに胸が痛んだ。

「極東青年会のパーティーに来たのは初めてですが、凄いんですね。政財界の大物がたくさん来ている」

ラデックは興奮した様子で、周囲を見渡して言った。彼はシベリア孤児ではないが、パーティーには会員の家族や恋人、友人も来ている。しかし何と言っても目立つのは、各界の大物たちだ。酒匂大使と談笑しているのは経済省幹部で、上田武官と一緒にいるのは軍情報部のトップではないか。

「イエジの人脈には本当に驚かされるよ」

「でも、それもこれも、日本大使館の皆さんが、一人でチケットを百枚も買ってくれるからよ。イツモ、アリガトウゴザイマス」

最後だけ日本語で礼を述べ、マジェナは深々とお辞儀をした。さすがに今も百枚単位で買うのは大使と武官ぐらいだろうが、まだ極東青年会が発足して間もないころ、わずか四人しかいなかった日本公使館の職員たちはそういう形で資金援助をしていたのだという。それでも彼らは、イエジがここまで会を広げるとは思っていなかったのではないだろうか。今や極東青年会は日波交流に欠かせぬ存在、むしろほとんど中核といっていいかもしれない。当のイエジはといえば、織田夫妻に挟まれ、朗《ほが》らかに笑っている。

今日、このタイミングでパーティーを開いてくれたのは、実にありがたい。天長節は毎年開催しているそうだが、日波関係が冷えこんでいるだけに、とくに今年は貴重だ。

「あら」

マジェナが面白そうな顔をした。

ヨハン・シュトラウスが終わり、次の演奏が始まったが、旋律に覚えがある。日本人ならば誰でも知っている「愛国行進曲」だ。

歓声が沸いた。明るく浮き立つようなクイックステップ。それまで休んでいた人たちも次々と踊りだす。イエジも織田夫人と踊りだし、織田が青年会の若者たちと大笑いしていた。

「マコ、気づいている？ さっきからあなたのことをちらちら見てる人、たくさんいるわよ。踊ってきたら？」

マジェナは声をひそめ、悪戯小僧のような顔で言った。

「僕、踊れないんだけど」

「これ、踊りやすそうよ。知ってる曲でしょうに。はい、行ってらっしゃい」

背中を押され、たたらを踏む。気がつけば、目の前に女性が一人立っている。二十年前はさぞほっそりしていて美しかったであろう女性は、何も言わなかったが、期待に満ちた目でこちらを見ている。

一瞬、腰が引けた。ダンスは必要なのでひと通り習ったし、筋もいいと褒められたが、他人との接触が苦手なのだ。おそらく子供のころ、この肌や髪の色のせいで、汚い臭《くさ》いとよく言われたことが、今なおしこりになっているのだろう。長じるにつれ意に介《かい》さなくなったはずなのに、幼少期の傷というものは存外厄介なものなのだ。

慎はすぐに笑顔を取り繕《つくろ》い、手をさしのべた。

「一曲お相手願えますか」

たしかこの婦人は、外務省の某《なにがし》の奥方だ。イギリス大使館の夜会で見たことがある。

婦人は「喜んで」と優雅に微笑み、慎の手をとった。

せっかくイエジたちが素晴らしい機会をくれたのだ。自分も日波友好に励まなければなるまい。どんな形であろうとも。意を決して、慎は精力的に踊った。どのパートナーも、リードがお上手と褒めてくれたし、日本大使館の書記生だというと決まって驚いた。中には、慎のことをポーランド人だと思っていた者もいた。

「まあ、あなた、いっそこの国の人間になってしまえばいいのに。きっとそのほうが楽しいわよ」

無邪気にそう言った若い女性もいた。

「大人気ですね、パン・タナクラ」

さすがに息切れして飲み物をとりにいったところで、笑いを含んだ声をかけられた。振り向くと、カメラが小気味よい音をたてる。目を細めて見ると、カメラのむこうから見知った顔がひょいと現れた。

「コンニチハ」

痩せた顔に青灰色の瞳。ポーランドで初めて出来た友人、ヤン・フリードマンだった。

「やあ、久しぶり。君も来ていたのか。仕事かい？」

「はい。極東青年会のパーティーには大物が来るので」

首からぶら下げているのは、ライカのDⅡだ。七ヶ月前、夜行列車で出会った時、殴られても自分の体よりカメラバッグを死守していた姿を思いだす。あれから何度か顔を合わせているが、仕事をしているところを見るのは初めてで、しげしげとカメラを見つめた。

「それが君の命より大事な商売道具か。いいカメラだ」

「それはどうも」

再び彼はカメラを構える。カシャ、と小気味よい音がした。

「僕を撮ってどうするんだ」

「うちの社はジャンルに囚《とら》われず、広く娯楽を提供するんです。先日教えてくださったシベリア孤児の話と合わせてあなたの写真でも載せれば、ご婦人にさぞ受けそうじゃないですか」

皮肉っぽく笑う彼は、何度訊いても雑誌の名前は教えてくれなかったが、いわゆるゴシップ系の雑誌の社員であるらしい。

「君の飯の種になって、なおかつ日本大使館に悪くない話ならば、かまわないけどね。そのかわり記事は見せてくれよ」

「もちろん。ただまあ、美談は上が許可しなさそうですがね。それよりも醜聞《しゅうぶん》のほうが喜ばれますから」

「残念だがそういう方面では貢献できないな」

「先日、うちの店に美女を伴《ともな》ってきたようですが。うちの姉が落胆していましたよ」

ヤンの母の店は、プラガ地区にある。店を初めて訪れたのは、仮住まいのホテルから十分ほど歩いた場所にあるアパートへ引っ越した日だった。引っ越し作業を手伝ってくれたヤンが、「母がお祝いしたいんだそうです」と言って、店へと誘ってくれた。

クラクフ郊外通りを通って旧市街《スタレ・ミャスト》に行き、そこからヴィスワ川を渡った時には、いささか緊張した。プラガと呼ばれる区域はヴィスワ川の東岸一帯を指すが、川の西側《こちら》に比べると二流地区といった扱いで、全体的に薄汚れている。しかし人の数と活気は負けていなかった。

上が住居、下は店舗が入った煉瓦の建物の端に、ひときわ賑やかな店があり、そこが目当ての〈風見鶏《ジルエット》〉だった。とにかく大変な賑わいで、相当な人気があることは一目で知れた。通りを挟んだアパートの壁には美しいマリア像が飾られており、その愁《うれ》いを含んだまなざしが、店に入りたいのに入れない我が身を悲しんでいるように見えたほどだ。この一帯はユダヤ人が多いと聞いていたので、なぜマリア像が、と驚いていると、ヤンは笑って説明した。

「このあたりは改宗した人間が多いんです。うちもカトリックですよ。母は最初からそうですし、父はユダヤ系ドイツ人の家に生まれましたが、若いうちに改宗しています」

実際、店で出された料理は、ごく普通の家庭の味だった。出会いが出会いだっただけにユダヤ人という印象が強く、プラガ地区にもユダヤ人が多いと聞いていたので、店もそういうものだと思いこんでいたため、拍子《ひょうし》抜けしたものだった。

説明を聞くかぎり、ヤンはほとんどユダヤ人とは言えない。ただ、ドイツの「ニュルンベルク法」に従えば「第一級ユダヤ人混血」ということになり、当人はそれをむしろ面白がっているようで、列車でドイツ人の医者と口論になった時も「ドイツ人の思考がよくわかりました」と涼しい顔で言っていた。下手をすれば大怪我をしていた可能性もあるのに全く反省の色がない彼に呆れ、慎はヤンの母特製の肉とキノコのシチューを堪能しつつ、くどくどと説教をした。するとそれに乗じて、ヤンの倍ぐらいは体積がありそうな恰幅のよい母親が半年に一度しか顔を見せない息子の不義理を嘆きだし、さらに店を手伝っている姉が慎を見て騒ぎだし、食事の場はたいそう賑やかになってしまった。

辟易《へきえき》したのか、以来ヤンは慎を店に連れていくことはなかった。こちら側では何度か顔を合わせているが、プラガの店だけは頑として行こうとしない。しかし、すっかりフリードマン夫人のシチュー――ビゴスに魅入られてしまった慎は、その後も月に一度は通っている。織田や武官補を誘うこともあったし、一人で行くこともあった。

「二週間前のことかな。それなら大使館の同僚だよ。あそこにいる彼女だ」

慎は、ラデックと踊るマジェナに目を向けた。幸せそうな空気をまき散らしている二人を見て、ヤンは合点《がてん》がいったように頷いた。

「なるほど。ふられたんですね」

「君ねぇ。マジェナは食べることが大好きなんだよ。ワルシャワに来てから一番うまいビゴスを食べたと言ったら、ぜひ連れていってくれとせがまれてね。君の店を絶賛していたよ」

「母が喜びます」

「それなら君も、もう少し帰ったらどうだ。あれから一度も顔を見せないと、おふくろさんが嘆いていたよ」

「うちの会社、四人しかいないんで、忙しいんですよ。せめて食事の時間は安らぎたいです」

ヤンはうんざりした顔で、カウンターに手を伸ばした。レモネード、ワイン、ウォッカ、蜂蜜酒《ミュート》が並ぶ中、迷わず蜂蜜酒を手に取る。あの独特の甘みが苦手な慎は、幸せそうにグラスを口に運ぶ友人を信じられない思いで眺めていた。

「君の酒は不安になるな」

「ご迷惑をおかけしたのは一度だけでしょう」

「その一度が強烈なんだ。ドイツ人相手にあんな挑発するなんてどうかしている」

「挑発したわけじゃないんですよ。ただあのナチ野郎が、ダンツィヒはドイツのものだとやかましくてね。おまえも元ドイツ国民なら祖国に協力すべきじゃないのかと言いだしたので鬱陶《うっとう》しくなって、俺はユダヤ人だからドイツ人でもポーランド人でもないって言っただけです」

慎の背後で硬い音が響いた。叩くように、グラスをカウンターに置いた音だった。たまたまかもしれないが、抗議のように感じて、慎はヤンを促《うなが》し、カウンターから離れた。

「ちょっと出よう。ここは暑い。少し外の空気を吸いたい」

人の波を縫って、外へと向かう。

扉をあけると、纏いつくような熱気から解放され、ほっと息が漏れた。頰を撫でるひんやりとした風が心地よい。

まず目を惹いたのは、降りしきる黄金の雨をそのまま花の形に封じ込めたような連《れん》翹《ぎょう》だった。群生する連翹はまさに輝く滝で、春に芽吹く命の喜びを謳《うた》っている。そこから視線をあげれば、幾重《いくえ》にも薄い布を重ねたような緑の花が、心地よさそうに揺れている。

「ああ、ここにも桜が」

慎がつぶやくと、間髪《かんはつ》いれずに背後から「楡《にれ》ですよ」と訂正が入った。

たしかに、よく見れば明らかに桜の幹《みき》ではない。しかし、透き通った緑の葉が集まり、やわらかく重なった様は、八重桜にそっくりだ。

「京都に、御衣黄《ぎょいこう》という桜があるんだ。一度だけ見たことがあるんだが、ちょうどこんな澄んだ緑色の八重桜でね。京都はわかるかい？　ポーランドで言うと、クラクフのようなところだが」

「はい。かつて都があった場所でしょう。先日、絵はがきを見つけました。とても美しい街ですね。秋の京都でした」

得意げにヤンは言った。出会った当初、彼は日本のことなど何も知らなかったが、今ではいっぱしの日本通だ。慎にもしょっちゅう質問してくるが、自分でもずいぶん調べているらしく、時々こちらが驚くほど細かい知識を披露してくれることもある。極東青年会の者たちにも負けていない。異国の友人が、祖国について興味を持ってくれるのは、うれしいものだ。

「ああ。最も美しいのは紅葉の季節だが、桜の季節も格別だ」

「日本人は本当に桜が好きですね。楡を見てまで、桜だと思うなんて。国花だそうですが、なぜそんなに好きなんでしょう」

「古来の死生観に合致するからね。それを言うなら、なぜ君たちは柳が好きなんだ？」

池の近くには、枝垂《しだ》れ柳が深緑の葉をやわらかく揺らしている。

「柳ですか」

つられて柳に視線を向けたヤンは、首を傾げた。

「祖国を遠く離れたポーランド人が、祖国の光景としてまっさきに思い浮かべるのが、柳だと聞いた。ワジェンキ公園のショパン像も、柳の下にいるだろう」

一九二六年につくられたというショパン像を最初に見た時は、ショパンが天使の翼に守られていると思った。が、大きな翼に見えたものは、じつは風に吹かれる柳の枝葉だった。ショパンは大きな柳の下で物思いに耽《ふけ》るのを好んだという。ウィーンで蜂起の知らせを聞いた時も、やはり柳の下で、祖国に思いを馳《は》せることもあっただろう。

「改めて訊かれると、なぜなんでしょうね。美しいですが、墓石の意匠にもよく使われますし、不吉な印象もあるのに」

「まさにそこなんじゃないかな」

慎の返答に、ヤンは怪訝そうな顔をした。

「君たちが柳をことに愛すると聞いて、桜を愛する日本と似ているなと思ったんだ。そういえばナポレオンも、セント・ヘレナ島では柳の下で瞑想《めいそう》するのを好み、死後はその柳の下に埋められたそうだね」

「よくご存じですね」

「全て父の受け売りだよ。桜も死を想像させる花だ。だがどちらも、暗い印象はないだろう。昔から墓地の象徴である糸杉《いとすぎ》と比べると、明るくやさしい印象だ。死の重々しさよりも、悼《いた》む心や感傷の美しさを際立たせる」

「なるほど。亡国にはふさわしい木だったわけですね」

揺れる柳を、ヤンはしみじみと見つめた。

「しかし日本は、国を失ったことはないでしょう」

「ないね。いつか国を失ったら、人々は桜をどう見るのだろう。国に帰れなくなった者たちは、きっと似た木を探しては涙するのだろうね」

慎は再び、楡に目をやった。近づいて、そっと触れてみる。八重桜の花びらに似た葉は半透明で、かげろうの羽のように儚《はかな》い。いや、ひょっとしたら葉でもないかもしれない。種子なのだろうか。

「不思議なものだ。日本にいたころは、花見なんて興味はなかったはずなんだが、今はしてみたいと思うんだよ。〝ふるさとは遠きにありておもうもの、そして悲しくうたうもの〟とは、よく言ったものだ」

室生犀星《むろうさいせい》の詩は、半ばひとり言のつもりだったので日本語のまま口にしたが、ヤンはすぐに反応した。

「今なんと言ったんですか?」

「ああ、すまない。日本の抒情詩人の詩でね」

意味を説明すると、納得したように頷いた。

「俺もいっそ離れてしまえば、この国が愛《いと》おしいと思えるようになるのかな」

「ポーランドが好きではないのか?」

「好き嫌い以前に、よくわかりません」

ヤンは柳の葉を握りこんだ。

「ドイツ領にいたころはポーランド人と言われ、ポーランド領になってからはドイツ人と言われました。そしてナチスから見ればユダヤ人。どこの国の人間かわかりませんし、そもそもそれがそんなに重要なことだろうかと思ってしまいます」

「……ああ。その感覚は、わかるよ」

やはり彼は自分に似ている。出会った時の直感は、間違いではなかった。思いが伝わったのだろう、ヤンもかすかに口許をほころばせた。

「この国の人間には言えませんが、正直なところ最近の空気は苦手です。ドイツが不穏なので仕方ありませんが……時々、息苦しくなります」

　ひょっとしたら、戦争になるかもしれない。そうした危惧が、今のワルシャワには常にある。危機感は愛国心を倍増させるものだ。だがそれは、国民たる自覚を持ちきれぬ人間には当惑するものでしかない。

「もし隣国と戦争になったら、君はどっちで戦うんだい？」

「そりゃあポーランド軍でしょう。召集されるでしょうから。本音を言えば、どっちのためにも戦いたくはありませんが。そうだ、いっそ日本に行こうかな。パン・タナクラが日本に帰る時は一声かけてくださいよ」

　冗談めかした言葉に、慎は笑った。

「はは、いいとも。そうだな、日本に行ったらぜひ花見をしよう。なぜ日本人が桜を愛するか、わかるかもしれないよ」

「ああ、それは素敵ですね。ぜひ写真を撮りたいです」

　ヤンの目は夢見るように輝いていた。社交辞令ではなく、本心であることが、かつて哈爾浜に行くことを熱望していた慎には手にとるようにわかった。

　生まれ故郷を憎みたい者はいない。いつかヤンも、心から故郷を愛おしむことができればいい。ここに立つおのれを誇れる日が来るといい。そう願いながら、今の彼のままでいてほしいという思いもあった。

イエジやマジェナたちの、ポーランドへの思いは美しい。日本への信頼もまぶしいほどだ。それらはあまりにまっすぐで、慎のような人間には時に痛い。無心に国を愛し、純粋な信頼を寄せてくると、自分はそれに値《あたい》するような人間ではないのにという思いが顔を出すことがある。だからだろうか、ヤンの冷めた目を見るとほっとする。

「どちらにせよ、戦争になったら日本に連れていくこともできないからね、せいぜい回避に向けてしつこく全力を尽くすとするよ」

「期待していますよ。いつか本当に、日本の桜を見せてください」

ヤンは楡に憧れるような目を向けた。

満開の時には闇を払うがごとき輝きを見せながら、いっせいに散っていく。あの光景を見た時、彼ならばなんと言うだろう。どんな光景を写真におさめるのだろう。慎も、無性《むしょう》に知りたくなった。

3

ワルシャワは、いくつかの区域に分けられる。

まずは、イエロゾリムスキェ通りの南側に広がる官庁街。南北に走るウヤズドフスキェ通り沿いには、政府関係の建物や商店が集中し、南東部には広大華麗なワジェンキ公園が広がっている。ポーランド最後の王スタニスワフ・ポニャトフスキがつくらせた夏の離宮であり、ショパン像を囲む薔薇《ばら》が美しい。

　そして〝王の道《トラクト・クルレフスキ》〟を北上した先にある王宮と旧市街《スタレ・ミャスト》。そのさらに北側、城壁を取り払った先につくられた新市街《ノヴェ・ミャスト》。もっとも、新といっても、十四世紀につくられた旧市街に比べて新しいというだけで、十五世紀につくられたものである。

　王宮の右手を流れるヴィスワ川を渡れば、ヤンの母親の店もある東岸のプラガ地区に出る。労働者街だ。プラガはチェコスロヴァキアの首都プラハのポーランド語読みと同じらしいが、全く関係はないらしい。〝焼く〟という動詞に由来した名前で、森や野原を焼き払ってつくったことで付けられたという。もともとワルシャワとは別の独立した村で、十八世紀に統合されたのだそうだ。

　そして最後が、この区域。王宮の西側から、〝王の道〟に面したサスキ公園の北側にまで至る区域——ユダヤ人居住区である。

　ナレフキ通りは、〝王の道〟やマルシャウコフスカ通りと平行して走る、ワルシャワの主要な大通りのひとつである。

　しかし、他の通りとは明らかに違う点があり、慎の興味をいたくそそっていた。

　路面電車が走り、大きな店がいくつも並んでいるのは変わりはなかったが、行き交う人々の様子が異なる。流行の服で全身を固めた若い女性と洒落た麻のジャケットを持った青年のカップル。その斜め後ろには、頭陀袋《ずだぶくろ》を抱えた老女がのろのろと歩いている。

すっぽり足先まで覆《おお》う古びた花柄のワンピースにくたびれたカーディガンを重ね、厚手のスカーフで頭部を覆っている。その後ろには、黒いカフタンに黒い山高帽、もみあげを長く伸ばした男たち。あるいは黒いヴェールとショールを纏った女たち。合間を縫って颯爽《さっそう》と歩くファッション誌から抜け出してきたようないでたちの青年は、小さな皿状のかぶり物を頭に載せていた。

「あれはキッパというんだったか」

特徴的なかぶり物に目を留めてつぶやくと、隣を歩いていたヤンも同じものを見て頷いた。

「そう、キッパ。ユダヤの」

あたりからは、ポーランド語にまじって、硬い響きの言語が聞こえる。イディッシュ語だ。

ナレフキ通りはユダヤ人居住区の目抜き通りで、ポーランドとユダヤの光景がなんの違和感もなく並存していた。ポーランドは、ヨーロッパの中で最も多くのユダヤ人を抱えており、このワルシャワなどは住民の四割がユダヤ人と言われているので、街のどこに行っても彼らはごく当たり前にいるが、このあたりに来るとやはりユダヤの息吹《いぶき》を色濃く感じる。

慎がこのワルシャワにやって来て、はや十ヶ月近くが過ぎた。しかしここに足を踏み入れたのは、今日がようやく二回目である。

一回目は、まだワルシャワに来てまもないころ、クラシンスキ公園のあたりをぶらぶらしていたらいつのまにか入りこんでしまい、あまりに人がごった返していることに驚いていたら、突然イディッシュ語で話しかけられて商品を押しつけられたので、あたふたと逃げ出してしまった。以来無意識に避けていたが、招かれたヤンの家がここにあるとなっては仕方ない。

彼が住むニスカ通りはユダヤ人共同墓地に近く、それもまた躊躇《ちゅうちょ》する理由のひとつだったが、せっかくの招待をいつまでも断るわけにはいかない。

「しかし、どうしてまたここに住もうと思ったんだ？」

慣れた様子で人混みの中を泳いでいく友人を、早足で追いかける。プラガもユダヤ人が多い地区だったはずだ。ユダヤというのはやはり彼にとって大きな要素なのだろうかと思ったが、返ってきたのは「会社に近いからです」というそっけない答えだった。

「会社もこの辺なのか」

「カルメリツカ通りにあります。会社といっても、崩れそうなアパートの一室ですけどね。でもまあ、面白いところですよ。同じユダヤ人居住区でも、プラガの区域より裕福な人が多いし、活気がある。それにヨーロッパの縮図のような場所ですから」

二つの文化が混在する大通りは、活気に溢れている。笑い声、怒鳴り声。ポーランド語、イディッシュ語。麻の明るい上着に、黒ずくめの超正統派。

「彼らは幸せだな。お隣とは大違いだ」

思わず、そうつぶやかずにはいられなかった。

反ユダヤ主義自体は、ヨーロッパの長い歴史の中に常に存在し、世相が不安な時には暴動や虐殺《ぎゃくさつ》といった形でしばしば表面に表れる。しかし、一国の与党が現実の政策として「合法的に」実行していくという点において、ナチスの異常性は際立っていた。現にドイツでは、ユダヤ人が公職から追放され、住《す》み処《か》も奪われている。

前年十一月にドイツ全土で起きた、大規模な反ユダヤ主義暴動──〝水晶の夜《クリスタル・ナハト》〟の知らせを聞いた時の、胃の腑が縮《ちぢ》こまるような不快感と怒りは忘れられない。以降もユダヤ人迫害はとどまるところを知らず、耐えかねてワルシャワに逃げてきた人々も少なくなかった。

一方、ポーランドは珍しく、ユダヤ人の迫害をほとんど行わない国だった。十三世紀にユダヤ人を保護する「カリシュ法」が制定されたため、全世界からユダヤ人が殺到することになったという。中世の時代、欧州の各都市にはユダヤ人を隔離するゲットーがつくられたが、ポーランドは唯一、ゲットーの存在しない国だった。

もちろん、近世に入ってロシアに抑圧されていた時代には、民族主義の高まりとともに反ユダヤを掲げる者たちも少なからず存在した。しかし一九一八年にポーランド第二共和国として独立し、戦争の英雄ピウスツキが政権をとると、彼らは徹底的に排除された。ピウスツキが目指したものは、民族主義の対極にあった。純粋なポーランド人だろうがユダヤ人だろうが、全ての民族が平等である世界である。

四年前にピウスツキが死ぬと、その体制が多少揺らぎはしたが、平等の理念は受け継がれ、現在——一九三九年七月になっても欧州最大のユダヤ人コミュニティは大きな差別を受けることなく、街の他の区域と同じように賑やかに発展していた。

「まあ、差別がないとは言いませんけどね。感情ばかりはどうしようもない。でも、わけのわからない法令がないだけはるかにましです。万が一、ナチの連中がこの国に流れこんできたらと思うとぞっとしますよ」

ヤンの言葉に、慎は胸が痛むのを感じた。

「そんなことはさせないよ」

「サコウ大使もさすがにもう諦めたと聞きましたけど」

彼の言う通り、日本大使館はなおも戦争回避のために活動してきたが、七月も終わる今になって、酒匂大使と大島駐独大使は、もはやこれ以上の仲介は無意味との判断を下した。

「まだ諦めてはいないよ。本国の政府のほうからヒトラーに戦争回避を呼びかけてもらうよう、大使が内地に交渉中だ。誰だって戦争なんか望んじゃいない」

慎の言葉に、ヤンは肩を竦めた。

「ヒトラー以外はね。彼は戦争をしたくて仕方がなさそうだ」

「だが、ムッソリーニも必死に説得している。仮にも軍事同盟のパートナーだ。ヒトラーだって無下《むげ》にはできまい」

ドイツとイタリアは、今年の五月二十二日に通称〝鋼鉄協約〟を締結した。従来の協力関係が、とうとう軍事同盟に格上げされたことになる。当然、日本にも同盟に加わるよう圧力がかかっており、ヤンも「日本もドイツの同盟国になれば、もっと発言力が増すんじゃないですか」と慎をからかった。

「やめてくれ。ただでさえ肩身が狭いのに、そんなことになったら君たちの国の外務省に出入り禁止を喰らう」

「大丈夫ですよ、あなたたちには極東青年会がついている」

今度は、はっきりからかう響きがあった。むっとして言い返そうとした時、

「おーい、ヤン!」

重い空気を吹き飛ばす、場違いに明るい声がした。

ヤンの視線を追って右前方に目を向けると、男が手を振っている。背が高い。百九十センチ近くあるだろう。こちらが近づくまでもなく、むこうから小走りでやって来た。白っぽいジャケットを肩にひっかけ、頭にはパナマ帽。帽子のつば《ブリム》の下からのぞくのは、明るい金髪だ。頭上の夏空のような青い瞳、屈託のない笑顔。スマートな服の着こなし。どうしてアメリカ人というのは、欧州のどこにいても一発でそうとわかるのだろう。

「奇遇だね。ハーニャを見なかったかい？　店にいなくてさ。今日は店に出てるはずなのに、かわりにあのおっかない親父《おやじ》がいて追い出されちまった」

ドイツ語だ。弾むような声は若々しい。間近で見ると、顔立ちもずいぶん若かった。

「まだ追いかけていたのか。あそこの親父は手強《てごわ》いからやめとけと言ってるのに」

「大事なのはハーニャの気持ちだろ。ええと、こちらは――」

アメリカ人の目が急にこちらを向いた。名乗ろうかと口を開くと、慌てたように両手で制止された。

「待って、思いだすから。ええと、あー……そうだ！」

ぱっと男の顔が輝いた。

「日本大使館のタナクラサン！　はじめまして！」

サン、まで日本語で発音して、男はどうだと言わんばかりに慎を見た。

「どこかでお会いしましたか」

「いや、正真正銘初対面だよ。でも、パーティーで遠くから見たことはある。ワルシャワの各国大使館のメンツは、ココに入っているんだ。仕事柄、人の顔を覚えるのは得意なんだよ」

と、彼はパナマ帽のブリムを指で押し、その手をすっと前に差し出した。

「レイモンド・パーカーだ、よろしく。シカゴプレスの記者をやっている。レイと呼んでくれ」

その名には覚えがあった。『シカゴプレス』は毎日ではないもののよく目を通す新聞である。ドイツに関する記事に、パーカーの名がよく記されていた。

「よろしく。改めまして、棚倉です」

握手を交わすと、レイは目を細め、ぐっと握る手に力を込めた。眉をひそめて相手を見ると、笑顔のレイは英語に切り替えて続けた。

「ところで君たち、本気でドイツなんぞと同盟を結ぶつもりなのか？」

「……何だって？」

痛みよりも、なぜそんなことを突然問われるのかわからず、慎は不審も露わに尋ね返した。

「おや、英語は苦手かな？」

「いや、突拍子《とっぴょうし》もないことを言うものだから」

「おいおい、ミスター・オオシマがあんなに頑張ってるのにそれはないだろ。まあ、おすすめしないね。あいつらの言うことは何ひとつ信用できない。組むに値しない相手さ。日本みたいなちっぽけな島国なんか、利用されるだけされてすぐにポイだ。日本の国力じゃあ、そうなったら復活できるかわからない。欲をかかずに、適度なところで手を引くべきだと思うよ」

今度ははっきり眉根が寄った。なんだ、この男は。手を振り払おうとするが、強い力で握られていて離れない。

「離してくれないか。僕個人がどうこう言える問題じゃない」

「なら君の意見はどうなんだ？」

「こんな場所で、初対面のアメリカ人と語るに相応しい話題とは思えない」

一段と声のトーンを落として吐き捨てると、レイは軽く目を見開き、それから満面の笑みになった。

「たしかにね！ なら今度、相応しい場所でじっくり話そうじゃないか」

「手を離せ」

「まあまあ。お近づきのしるしに、ひとつ教えてあげるよ」

顔を寄せ、レイは笑みを口許に刷《は》いたまま囁《ささや》いた。

「ドイツとソ連は近々手を組む。少なくともソ連に関しちゃあドイツは味方だと思っているなら、裏切られるよ」

「何を馬鹿な。防共協定がある」

「君たちももう知っているだろう。あれの仮想敵国をソ連と考えているのは、君たちぐらいだよ。ドイツとイタリアは、イギリスを叩きたいだけ。欧米の駆け引きについていけないなら、身を引くべきだ」

こめかみが脈打つのがわかった。アメリカでは今、反日感情が頂点に達していることは知っている。二年前には揚子江《ようすこう》で日本の航空部隊がアメリカの艦船を誤爆する事件が起き、一時は一触即発だった。

離すつもりがないのなら、このまま柔道技に持っていけないだろうか。慎が真剣に考えだしたとき、

「レイ、君が男も口説《くど》く趣味があったのは初めて知ったが、困っているから離してやってくれないか」

ヤンが笑いまじりに言った。

「これは失礼。つい」

レイは再びドイツ語に戻り、ようやく手を離してくれた。

「それじゃまた改めて、タナクラサン。ああヤン、もしハーニャに会ったらいつものカフェにいるって伝えておいてくれ」

「会えばな」

「あ、あと、愛してるって」

「それは言わない」

「まあそうだね、それは自分で言うよ。それじゃ！」

場違いなほど明るい笑顔を残し、レイモンド・パーカーは去っていった。

嵐のような男だった。無礼千万なところも含めて。

「悪かったですね。仕事でよく会うんですが、まあ、ああいう奴なんです。あれぐらいじゃなきゃ、いいネタはとれないのかもしれませんが」

決まり悪そうに、ヤンは顎を掻《か》いた。

「短い時間でどういう人かよくわかったよ。ある意味、わかりやすくて親切だな。ハーニャっていうのは？」

「俺がよく行く書店の看板娘です。一目惚れしたらしくて、毎日求婚に行ってとうとう親父に出入り禁止にされて、おかげでこのへんじゃすっかり有名人ですよ」

「すごい行動力だねえ」

慎は苦笑し、アメリカ人の顔を記憶から消した。また会うことはあるかもしれないが、記憶する必要はなかろうと判断した。

しかし翌月、慎は否応なく彼のことを思いだすことになった。

4

窓から差しこむ陽光に瞼を撫でられ、目を覚ます。

枕元の時計を確認すると、六時を回っている。目覚ましをかけたはずだが、どういうわけかこの時計は三回に一回は仕事をしない。哈爾浜学院時代から愛着のある時計だが、そろそろ寿命かもしれなかった。

起きてまず窓をいっぱいに開けるが、部屋はそれほど明るくはならない。この部屋が二階建ての一階部分で、西側を向いているというのもあるが、全体的に窓が小さいのだ。天井は高く、床面積はそれなりだが、建物自体が古く、常に薄暗い。最新型のアパートとはちがって蛇口から熱湯が出るようなこともなく、全て沸かさねばならない。シャワーは時間によっては熱湯を使えるが、慎が帰宅するころには水しか出ないこともしばしばあった。

要するに、おおむね不便だった。

しかし慎は、この部屋が気に入っている。冬の間はなにかと難儀をしたが、夏の間はさして苦労することもなかったし、なによりワルシャワ中央駅まで歩いて十五分という立地は最高だった。

下宿先は、駅から南へ一キロほど下ったところにある八月六日通り《シュステゴ・シェルプニャ》沿いで、ワルシャワ市内だけではなく、どこへ行くにも便利だった。紹介してくれたのは、この近くに住む極東青年会の幹部である。大家のカミンスキ氏とはチェス仲間で、一年近く空《あ》いたままの部屋の店子《たなこ》について相談を受けていたという。真面目で信頼できる、できればチェスも強い人物、という注文だったそうだ。

この素晴らしい立地からすれば家賃はずいぶん控えめに抑えられてはいたが、彼はすでに部屋を借りていたし、青年会の友人たちの給金では手が届かず、言葉を濁していたところに、慎がワルシャワにやって来たという次第だった。慎にとっても渡りに船だった。

むろん大使館に頼めば住居は紹介してくれるが、友人の親切を無下にしたくはなかったし、カミンスキ夫妻の人柄も好ましかった。もとは納戸だったところを改装したらしく、少し狭くて申し訳ないと言われたが、一人暮らしには充分な広さだったし、浴室も手洗いもついているので言うことはない。また、運がよければ、カミンスキ夫人の夕食にありつけることもありがたかった。

台所へ陣取った慎は薬缶《やかん》を火にかけ、手早くソーセージと目玉焼きを焼く。子供のころから筋金入りの堅焼き派なので、しっかりと焼く。コーヒーに使う湯を沸かす間に、ライ麦のパンにラードを塗った。ミンチにしたベーコンや玉葱《たまねぎ》が混ぜ合わされたこのラードはシュマルツと呼ばれ、ポーランドでは一般的なものらしく、慎はこれを毎朝たっぷり塗っていた。その上にピクルスを載せるのが気に入っている。

毎朝ほぼ同じメニューを十五分ほどで平らげ、ざっと新聞に目を通し、身支度《みじたく》に取りかかる。

一九三九年、八月二十四日。開けた窓から入りこむ風はだいぶ涼しくなったが、今日も天気はよさそうだった。

八時過ぎに家を出て、近くの停留所から路面電車に乗りこみ、イェロゾリムスキェ通りを東へと向かう。路面電車の中はいつもと同じような顔ぶれだ。

新世界通り《ノヴィ・シフャト》で降りてピェラツキ通りに足を踏み入れると、違和感があった。朝の八時半、普段ならこの時間はまだこの通りはそれほど人通りがないはずだが、今日はやけに人の姿が目につく。

守衛のヴワドゥシに挨拶をして大使館へと入り、書記生室へと向かう。受け取った電信を確認した慎は、目を見開いたまま動きを止めた。

フランスのアヴァス通信社が、衝撃的な事件を二つ告げていた。

一つは、ノモンハンで長らくソ連軍と交戦中にあった日本軍の大敗。内地から届く新聞では、戦況有利としか知らされていなかったはずなのに。

そしてもう一つ。こちらはさらに信じられず、目を擦《こす》り、もう一度読み直す。しかし文章は変わらない。

――ドイツとソ連が不可侵条約を締結。

たしかに、そう書いてあった。


ファシズムとコミュニズムの両巨頭の握手は、全世界を驚倒させた。

この条約を阻止できなかった英仏は、すぐさまポーランドと相互援助条約を締結すべく動きだす。

一方、ドイツとの防共協定を無視された形となった日本政府は大混乱に陥った。独ソが今月に入ってから妙に接近しているとの知らせは政府にも届いてはいたが、ソ連と英仏が手を結ぶならばまだしも、この二国が条約を結ぶなどまずあり得ないと判断し、酒匂大使らの懸念はほぼ無視されていた。現在の平沼《ひらぬま》内閣にとってみれば、ほとんど青天の霹靂《へきれき》といってよい事態だったことだろう。

「これで全ては無駄になった。ベック外相が、独ソの条約が日波の関係に変化をもたらすことはないと約束してくれたのが救いだが」

疲れきった様子で嘆く酒匂大使が、気の毒でならなかった。

日本大使館は、対ソ情報収集の精度をあげるべく、西ウクライナと国境を接するルヴフに副領事を任命したばかりだっただけに、ドイツのこの裏切りは応えた。

独波関係は暗礁《あんしょう》に乗り上げ、日独関係も先が見えない。混乱した日本の外務省から指示はなく、欧州の外交陣を引っ張っていた大島駐独大使も、信じていたドイツ外務省に裏切られた形で今回はさすがに元気がない。

しかし、世界が右往左往する中にあっても、独ソに挟まれたポーランドだけは平静を保っていた。慎が今朝、目にした通りだった。

今すぐドイツ軍が攻め入ってきてもおかしくはないというのに、号外が出ることもない。総動員令もない。

これがベルリンあたりなら即座に総統の演説が行われ、士気高揚の行進が続くだろうし、東京あたりならば、声高《こわだか》に危機を訴える弁士などが街頭に立つはずだが、そんなものも見当たらなかった。

出勤の際、ちらほら浅緑や黄色の制服を着た将校を見かけはしたが、それは近くに参謀本部があるからで、珍しいことではない。市民が高揚して彼らに話しかけるようなこともない。

いつもと同じ日常の光景は、慎の中にこのワルシャワに来た日の記憶を呼び覚ました。

昨年の十月一日、ミュンヘン会談が成功し、欧州の平和は守られたと人々が歓呼していた日。このワルシャワだけは、熱狂とは全く無縁だった。

同じだ。左右から食い荒らされた分割の記憶が再びよみがえろうとしているというのに、彼らはその恐怖をはねのけるように日常を過ごす。驚きだった。

「全くいつも通りってわけじゃないわ。動員がかかったもの。早朝の駅、すごいことになっていたんだから」

そう話してくれたのは、事務員のマジェナだった。

彼女が紅茶とともに書記生室を訪れる時間は、慎にとって楽しみの一つである。いつもマジェナが運んでくるわけではないが、彼女がやって来た時にはたいてい会話が弾む。今日も、ポーランド人の平常心はすごいねと切り出すと、珍しく椅子に腰を下ろし、熱心に語りだした。誰かに喋りたくて仕方がなかったらしい。

「動員だって？　告知は出ていないよね」

「ええ。ゆうべはラデックのところにいたんだけど、真夜中にいきなり警官が来て、叩き起こされたの。彼は怒っていたけど、赤い紙を渡されて顔色が変わったわ。召集令状だったの」

慎の脳裏《のうり》に、天長節の祝賀会で紹介されたマジェナの恋人の姿が浮かんだ。あの、いかにも争いごととは無縁そうな青年が軍服を着たところを想像しようとしたが、うまくできなかった。

「どこの国でも召集令状ってのは赤いんだな」

紅茶を啜《すす》りつつ織田が感想を漏らすと、マジェナは苦笑して続けた。

「どこもそうかは知らないけど。四時間以内にワルシャワを発って、所属部隊に集結せよって。それからは大慌て」

「ラデックは予備役将校だっけ」

「ええ、砲兵隊の。ゆうべは遅くまで二人で友達のパーティーに参加して、そこには現役の将校もいたんだけど、彼からは何も聞かされなかったし、いつもと変わった様子もなかったから、そりゃあ驚いたわ。だからこれはきっと、ごく一部の人間に下った極秘の命令なんだって思って、慌てて支度したの」

「極秘なのに話していいのかい」

「ワルシャワ中央駅に向かったら、軍人でごった返していたもの。軍用列車が待ち構えてるんじゃ、極秘も何もないじゃない。その時は混乱したけど、夜中に独ソ不可侵条約が調印されたと知って納得した」

「ポーランド政府が非公式の動員にしたのは、ドイツを刺激しないためなのかな」

「イギリスあたりからストップがかかったんだろ」

織田はぼやき、マジェナに目を向けた。

「君たちは疎開しなくていいのかい」

するとマジェナは目を丸くし、笑いだした。

「そんな大げさな！　ラデックたちは、たぶん一ヶ月程度で帰ってくることになるだろうって言ってたわ。なんだかピクニックにでも行くみたいだった」

「前の大戦でも、若者たちはみんなクリスマスまでには戻ってくると言って出征していったそうだが、そのうちの何割が戻ってこられたか」

「織田さん」

慎は小声でいさめたが、マジェナはかまわないというように首をふった。

「トラチャンの言いたいことはわかる。でも、もうポーランドは一人じゃないもの。ドイツだって、イギリスやフランスとはやりたくないでしょ。それより、ドイツとソ連が手を組んだら、日本も困るんじゃないの？　モンゴル国境でソ連と戦ってたんでしょう」

「まあ、戦況は思わしくないね」

ノモンハンでの大敗という言葉は、いちおう控えた。まだ事実を確認できていないからだ。内地の新聞とアヴァス通信社の情報が食い違うのはよくあることで、経験上、こと日本の戦況に関しては後者のほうが断然信用できることを知っていたが、わざわざマジェナに伝えることでもない。

「なのにそのソ連と、よりにもよって防共協定を結んでいるドイツが手を組むとは思わなかったから、政府も混乱しているだろう。裏切り同然だからね」

「お気の毒。ドイツを信じていたのね。ドイツやソ連との約束なんて、羽根より軽いんだから。破られるためにあるようなものよ。ポーランド人なら、みな知っているわ」

「身に沁みたよ」

「でも、これできっと日本も、ドイツと軍事同盟を結ぶなんて考えは捨てるわよね。そう思えば、悪いことじゃないわ。同盟が実現する前にわかってよかったじゃない」

慰めるようなマジェナの言葉に、記憶が刺激された。

——あいつらの言うことは何ひとつ信用できない。組むに値しない相手さ。

嘲笑まじりの声。明るい金髪と青い目のアメリカ人。

「そういえば先月、初対面のアメリカ人にいきなり、ドイツとソ連は手を組むから同盟なんぞやめとけと言われたな。あの時は何を言っているんだと思っていたが、それらしい情報は摑んでいたってことか」

織田の目がにわかに鋭くなった。

「誰だ、そいつ」

「シカゴプレスの記者です。名前は、ええと、たしかパーカーだったかな」

「レイモンド・パーカー？」

「ご存じですか」

「六月にベルリン支局から移ってきた奴だな。どこかの大使館のパーティーに行くとたいていいる。ナチの高官とも親しいらしい」

「じゃあ全く根拠がない情報というわけでもないんですかね」

「まさか高官もブン屋にそんな情報を摑ませるはずがないだろう。口だけの信用ならん奴さ」

「でも、話題が豊富で面白い人よ。ベルリンにいればナチ高官にも友達が多いのはおかしいことではないし、それだけで信用されにくいのがちょっと気の毒ね」

織田とマジェナの口調は、同じ人物を評しているとは思えないほど対照的だった。

「マジェナも知っているのか」

「ええ、極東青年会の本部に取材に来たの。それで仲良くなって、あのピェロギの店にもお招きしたんだけど、彼すっごい食べるのよ！　私は楽しい人だと思うけど、ラデックは大言壮語《たいげんそうご》ばかりだと言って警戒していたわね」

「その通り。棚倉、パーカーが言うことは気にするな。ああいう手合いはいかにも重要なことを知っていると見せかけて近づいてくる。そしてこっちから逆に情報を引き出そうとするのさ」

「しかし、今回は当たってましたね。誰も予想してなかったのに」

「下手な鉄砲も数撃ちゃ当たる。それにソ連は、今年に入ってからドイツと英仏の両方に接近していた。近々どっちかと手を組むかもしれないということは、注意深く動向を追っていれば予想できてもおかしくない。たまたまおまえが日本人だったから、よりダメージが大きそうなドイツを例にあげたんだろう。ま、どうせ本当に何か知っているなら、不可侵条約に含まれているであろう密約について教えてほしいもんだね」

「密約って？」

マジェナの質問に、織田は紅茶を一口飲むと、なんでもないことのように続けた。

「ドイツがポーランドを占領した場合、ソ連とどう山分けするか」

一瞬、沈黙が落ちた。

「第四次ポーランド分割ってわけ？　やっぱりトラチャンの冗談は面白くないわ」

マジェナはため息をつき、椅子から立ち上がった。そしてお茶請けのクッキーを一つつまむと、「じゃあね」と足早に出ていく。

「織田さん、今のはさすがに言いすぎですよ」

「どこが？　あいつらは暢気《のんき》すぎだ。ドイツはとっくにやる気で軍を配備しているだろう。イギリスの牽制《けんせい》なんぞもう効《き》くものか。この期《ご》に及んで対外的配慮なんぞと吐《ぬ》かしている暇《ひま》があれば、早く総動員令を出して迎撃の準備をすべきだろうに」

「だとしても、マジェナに言ってどうなるんです。彼女だってああ見えて、ラデックを案じているに決まっているのに」

怒りを込めて非難すると、織田は一瞬痛みをこらえるような顔をして嘆息した。

「そうだな。すまん。俺も苛ついていたらしい。結局はナチの掌《てのひら》の上かと思うとな」

珍しく苦悩を滲ませた表情に、胸が痛んだ。

この大使館で最もポーランドの未来を憂《うれ》えているのは、間違いなく彼だろう。それゆえの激しい苛立ちを、理解しきれなかった自分が歯がゆかった。

「まだ開戦と決まったわけではありません。戦争回避の努力を続けましょう」

そう言った瞬間、慎は部屋の空気が再び冷えるのを感じた。

「俺たちにできることは、もう何もないさ」

慎は反論に相応しい言葉を探したが、結局何も言えず、冷めかけた紅茶を口に運ぶことしかできなかった。

5

不可侵条約締結の翌々日には、イギリスはポーランドとの相互援助条約を締結し、フランスも続いた。両国はドイツがチェコスロヴァキアを併合してすぐに、ポーランドと安全保障条約を結んでいたが、ここにきてさらに一歩踏みこみ、ポーランドがドイツから攻撃を受ければすみやかに援軍を出すことを約束したのである。

ドイツとソ連の動向には無反応だったワルシャワの市民も、これには沸いた。ちょうど金曜の晩ということもあってか、勤務を終えて外に出ると、いつもはあまり人通りのないピェラツキ通りにも人の姿がちらほらある。新世界通りに出ると、その数は一気に増えた。

「マコ、離したら駄目よ。この人混みじゃ、一度離れたら終わりなんだから」

慎の左腕に右腕を絡めたマジェナが、悪戯っぽく笑う。今日の夜は、イエジたちと久々に会う約束で慎も楽しみにしていたが、あまりの人混みに、果たして目的地まで辿りつけるか不安になった。

新世界通りを北へと進むほど、賑わいは増す。ワルシャワ大学を右に見て、クラクフ郊外通りへと入ると、さきほどから風に乗って流れてきたコンチネンタル・タンゴがより鮮明に聞こえてきた。この明るい旋律は、映画「会議は踊る」の挿入曲「ただ一度だけ」だ。

昨年、慎がヨーロッパにやって来た頃、コンチネンタル・タンゴが爆発的に流行しており、今もワルツと並んでどのパーティーでも当たり前のように踊られる。夏の間などは、夜帰る時にタンゴの調べを聞かない日はなかった。

八月の終わりまで一週間を切り、夜風はだいぶ冷たくなった。さすがにワルシャワの夏の風物詩であるヴィスワ川の納涼船《スタテック》も最近は見なくなったが、それでも人々はタンゴの調べに誘われて夜遅くまで街中をそぞろ歩き、アイスをなめ、コーヒーを飲み、大いに夜を満喫するのだ。

喧噪《けんそう》に不穏な色はなく、ただただ、終わらんとしている夏を惜しむように人々ははしゃぐ。彼らの間を泳ぐように歩いていると、もう戦争が始まったかのように気をもんでいるのが馬鹿げているように感じられた。

道の両側を彩《いろど》っていた建物が急に消え、左手に途方もなく大きな広場が現れた。手前は平らな白い石で舗装されたただっ広い空間で、その奥には宮殿がある。

手前の白い広場は、共和国の初代元首の名を冠したピウスツキ広場だ。なぜこれほど広く、何もないのかと言えば、十数年前までは、ここにロシア正教の大聖堂があったからだ。アレクサンドル・ネフスキー大聖堂は、当時ワルシャワで最も高い建物で、まさにロシア支配の象徴と言えた。本国で革命が起こり、ロシア軍が撤退すると、ポーランド人はワルシャワの空を取り戻すために、念入りにロシアの異物を破壊した。

おかげで大変風通しがよくなった広場では、楽団が奏でるタンゴの調べに乗って、幾組もの男女が踊っている。プロはだしの者もいるが、ほとんどは音楽に合わせてそれらしく動いているだけだ。十代とおぼしきカップルから老夫婦まで年齢はさまざまだが、みな笑顔だ。

「マコ、踊りましょうよ」

マジェナがさっそく誘いをかけてくる。

「踊れないよ」

「あら、『日本の夕べ』で、その端正な容姿とステップで女性客の心をさらっていった東洋の貴公子の話、もう一度聞きたい？」

「やめてくれ。ワルツは習ったからかろうじて踊れるけど、タンゴは無理だ。それに僕が君と踊ったりしたら、ラデックだっていい気はしないだろう」

「どうせラデックもタンゴは踊ってくれないもの。恥ずかしいからって」

「ポーランド人が恥ずかしいなら、日本人はもっと恥ずかしがると思わないかい」

「トラチャンは全然恥ずかしがらないけどね」

「彼は突然変異だから」

　慎が苦笑して応えた時、曲が変わった。

　今までの明るい曲調とはうってかわって、気怠《けだる》げで甘美な調べ。

「夜のタンゴ」。

　同名のドイツ映画の主題歌で、主演のポーラ・ネグリはポーランド出身の女優だ。スクリーンの中でポーラは、移り気な歌姫のつかのまの愛と深い孤独を哀愁たっぷりに歌いあげていた。

　今奏でられている曲に歌は乗せられていなかったが、それだけに曲に込められた切なさが純粋に際立ち、胸が締めつけられる。

　華やかな夏の夜は、じき終わる。つかのまの喜び。

　マジェナは目を閉じ、曲に聴き入っていた。笑みの消えた白い横顔に、慎は目を奪われる。

　マジェナは美人だが、横顔はまさに完成された美の具現だった。丸みを帯びた額、控えめに落ちくぼむ瞼、驚くほど長い睫毛《まつげ》。すっと隆起した鼻の典雅なこと。軽く開いた唇の愛らしいこと。

　横顔にはその人の本質が、最もよく表れると慎は思う。

　美しい。そして、ぞっとするような孤独がそこにあった。

　こんなものを見てしまったら、きっと誰だって心を奪われてしまう。白い肌の下にあるものに触れたくて仕方がなくなる。孤独を忘れさせたいと願わずにいられなくなる。

「マジェナ」

無意識のうちに名を呼んでいた。試しに一曲ぐらい踊ってみようか。そう続けるつもりだった。彼女が一瞬でも楽しいと思えるなら、恥を忍んでそれぐらい——

「あ」

マジェナは、ぱっと目を開いて慎を見ると、途端に恥ずかしそうに笑った。彼女を覆っていた近寄りがたい空気が、一瞬にしてかき消える。

「ごめんなさい。ちょっとぼうっとしちゃった。遅れちゃうわね、行きましょ！」

慎の手を取り、急ぎ足で歩きだす。さきほどの空白を埋めるように、勢いよく喋る彼女に相づちを打ちながら、慎は伸ばしかけた右手をきつく握りしめた。

彼女が一瞬でも楽しいと思えるなら？　言い訳だ。今、単純に、マジェナと踊りたかったのだ。ほかならぬ自分が。

それは自分の役目ではない。あの曲は、遊び半分でもラデック以外が踊ってはならないのだ。

ピウスツキ広場を奥へと進むと、ポーランドの誇るもう一人の英雄、ユゼフ・ポニャトフスキ大公の像が現れる。ナポレオンの二十六元帥の一人であり、ロシア遠征の失敗後、フランス軍への支援を最後まで続け、ライプツィヒで戦死した。彼がナポレオンに従い戦ったのは、分割されていた祖国の復興を夢見てのことだったが、ナポレオンの権勢に翳《かげ》りが見えるなりロシアと通じ始めた同胞を尻目に、最後までかの皇帝に忠実だった義の人物だ。彼の死後、ポーランドでは熱狂的なポニャトフスキ崇拝が巻き起こったという。

ポーランド分割時代、彼の像は祖国独立の象徴として人々に勇気を与えていた。しかし一八三〇年の十一月蜂起が失敗に終わると、ワルシャワを制圧したロシアの将軍イヴァン・パスケヴィチ侯爵は、この像を持ち去ってしまった。しかし像が重すぎて橋を渡れず、侯爵はあっさりと像を解体して持ち去ったという。以来、英雄の体はばらばらになったまま、ロシア西部の都市、ミンスクの倉庫で眠り続けた。

ポーランド第二共和国が成立すると、政府はすぐさまロシアにポニャトフスキ像の返還を迫った。分割された体は再びひとつになり、今こうして人々を見下ろしている。

その奥にひろがる優美な建物が、ポーランド陸軍省として使われているサスキ宮殿だ。ファサードの一部はアーケードになっていて、その下には花が捧げられた石碑があり、両側を直立不動の兵士が護っている。無名戦士の墓だ。欧州大戦と、続くポーランド・ソヴィエト戦争で死んだ兵士たちを弔《とむら》うものだという。大戦の後は、どこの国でもこうした追悼記念碑を建てるのが流行った。それだけ、あの戦争が欧州に大きな傷跡を残したということだろう。

壮麗な宮殿を横目に見ながら、慎はふと、以前ヤンから聞いた話を思いだしていた。

以前、この無名戦士の墓が出来る前、この広場には馬鹿みたいに大きな記念碑があったという。「皇帝に忠実なポーランド人のために」と彫られたそのオベリスクは、十九世紀にロシア皇帝によって建てられたもので、十一月蜂起に加わらずロシアに寝返った七人のポーランド人将校を称えるものだったそうだ。

ワルシャワ市民たちは、そのオベリスクを通り過ぎる時、必ず唾を吐いたという。話しこんでうっかり何もせずに通り過ぎてしまった場合は、わざわざ戻ってまでそうしたと聞き、なにかと強烈な欧州にあって、どちらかといえば大人しく、当たりもやわらかいポーランド人に潜《ひそ》む苛烈さと誇り高さを知った気がした。

彼らは誇りを何よりも重んじる。卑怯とそしられるぐらいならば、死を選ぶ。

今、自分は卑怯者になりかけていた。何もしなかったが、心が動き、自分に言い訳をした時点でもう駄目だ。

マジェナは自分に好意を持ち、信頼してくれている。それはたしかだ。だが、信頼の根底は棚倉慎が日本人であるという点にあり、マジェナが頻繁に慎を連れ回すのは彼女が極東青年会のメンバーだからだ。

忘れてはならない。自分は、彼女たちにとって、よき日本人なのだ。過去の幸せな思い出の象徴を、私心で汚してはならない。

宮殿の奥は広大な公園となっていて、大勢の市民が夏の夕暮れを楽しんでいた。噴水に手をつっこんではしゃぐ子供たちを眺めながら、賑やかな公園をゆっくりと歩いていく。これほど人がいて、活気に満ちているというのに、夏の終わりというだけで胸が締めつけられるのが不思議だった。

　公園を抜けて大通りを渡り、いくつか小径《こみち》を曲がったところに目当ての店があった。店に足を踏み入れると、どのテーブルも人で埋まっている。周囲を見回しながら人波を掻き分けると、奥のほうに見知った集団があった。

「やあ、マジェナ、マコト」

　まっさきに気づいて声をかけてきたのは、極東青年会の会長イエジ・ストシャウコフスキだ。頬がほんのりと赤い。彼はこうした場ではたいてい最後まで素面《しらふ》だったが、今日は珍しく酔いが回っているようだ。

「いい夜だね、イエジ。今日は皆、ことのほか楽しそうだ」

「ああ、イギリスとフランスには感謝だ。マジェナ、心配することはない。この相互援助条約は、ナチへのこの上ない牽制となる。戦争になんてならないさ。ラデックはすぐに戻ってくる」

「ありがとう、イエジ。でもそうなったら、きっと彼は不満たらたらよ。敵をこの手でやっつけられないまま帰ってくるなんて、悔しいでしょうから」

　笑うマジェナのもとにはすぐに女友達が寄ってきて、二人は大仰《おおぎょう》に抱き合った。どうやら彼女の恋人も動員されたらしい。

　見渡せば、いつも見かけた顔がちらほらと欠けている。会合に参加できた者たちも、ドイツ野郎《シュファビ》に目にものみせん、と意気が揚《あ》がっている。今回のような動員ではなく、堂々と総動員を布告してくれればいいのに、と嘆く声も聞こえた。

「君も戦いたいと思っているかい、イエジ」

運ばれてきたウォッカで乾杯し、イエジに声をかけると、彼は肩を竦めた。

「感情としてはね。だが、避けられるなら避けたい。ドイツの兵力は百八十五万。世界第三位の軍事力だろう。マコトはポーランド軍の兵力を知っているか」

「平時兵力は九十五万程度だったか。今回動員されたのはどれぐらいなんだろう」

「さあ。ドイツもどれぐらい回しているかはわからん。あちらは騎兵は少なく、機甲師団と航空機が充実している。こちらは歩兵三十万、騎兵は十万、そして独立旅団。精強な部隊だとは思うが、その一方で空軍と機甲部隊は貧弱だからな」

「フランスが敵に回った以上、ドイツ軍も西部戦線に多く部隊を割かねばならないはずだ。イギリス軍も航空機を多く保有している。ドイツもそうそう大部隊は展開できないだろう」

「たとえイギリスとフランスの支援がなくたって、俺たちがドイツ野郎に膝《ひざ》を屈することは断じてないぞ！」

突然、背中に衝撃と圧力がかかった。何かと思えば、後ろから大柄な男が慎を抱えこむようにして肩を抱いている。この中では最年少のタデクだ。日本に来た当初は五歳だったという彼はまだ二十二歳という若さで、愛国心がひときわ強い。かつては騎兵隊に熱烈志願していたが、シベリアで患《わずら》った肺のせいで許可されず、そのためドイツと派手に戦争をやって徴兵されるのを待ちかねているようなふしがあった。

「君だって知っているだろう、ヴィスワ川の奇跡を。他国の軍なんぞ当てにならん。あれは我らの最強かつ最速の騎馬軍団だからなし得た勝利だ。今回だって、ドイツ野郎が攻めてきても、同じことが西で起こるだけさ！」

タデクは胸を張り、ポーランドではすでに伝説となっている戦いを語る。

ロシア革命後に起きた内乱に乗じ、ポーランドはかつての領地を取り戻すためロシアに侵攻した。当初は自慢の騎兵の機動力を活《い》かしてキエフを占領するなど怒濤の進撃を見せたが、フランスの軍事顧問団が作戦に関わってくるようになると騎兵の機動力が削《そ》がれて赤軍の反撃を許し、ついには一九二〇年六月ワルシャワが包囲される事態となった。

そこで共和国初代元首、故ピウスツキ元帥がフランス軍事顧問団の反対を押し切って騎兵隊の大軍の長距離進軍を敢行し赤軍を包囲、みごと撃退に成功したのだった。

ポーランドの騎兵はもともと非常に勇猛で機動力が高いことで有名だが、二十世紀にあっても充分な兵力となることを証明し、現在も軍の中核を担《にな》っている。

ポーランドの地形は、騎兵には最適だ。平原は機動力を最も活かすことができる。

しかし、平原であれば装甲部隊にとっても理想的な戦場であるはずなのだ。ろくに装備が整っていなかった当時の赤軍と、現在のドイツ軍を同格に扱うには無理がある。ベルリンでの今年の軍事パレードで次々現れた最新の戦車部隊の偉容は、大使館でも話題になったほどだ。

とはいえ、もちろん慎は野暮なことは口にしなかった。血気盛んな青年の愛国心に水を差したくはない。

極東青年会の若者たちは、シベリア生まれだ。生まれた時からポーランドにいたわけではない。成人するまで孤児院で過ごしてきた彼らの愛国心は、ある意味、この地で生まれ育った者たちより強い。自分たちが遠いシベリアにいた時代に起きた奇跡を、まるで見てきたように大切に語る。

「最強の機甲師団だかなんだか知らんが、戦車は小回りがきかない。その点、騎兵はどこへでも行ける。それに、地形を熟知した砲兵隊にかかれば、戦車だってひとたまりもない。負けはしないさ」

紅潮した顔で語るタデクを、イエジは慎重にたしなめた。

「その意気はいいが、あちらには航空機もある。イギリスの支援がなければさすがに厳しいぞ」

「たとえ支援などなくとも、最後の一兵まで戦い抜くさ！」

タデクは鼻息も荒く、断言した。

「国を売るぐらいなら、名誉の死を選ぶ。ポーランド気質とはそういうものだ。日本の武士道と通じるところがあると教えてくれたのは、イエジじゃないか」

「それはそうだ。だがそれは、備えなしに突き進む蛮勇とは違う」

「備えはある。それでも兵力差はいかんともしがたい。それは事実だ。だが、日本とロシアが戦った時、誰もが日本が負けると思ったのに、マコトたちは勝ったじゃないか！」

イエジから思ったような反応が得られず激昂したタデクは、再び慎の肩を強く摑んだ。

「勝利をもたらしたのは、まさに武士道だ。なあマコト、ヴィスワ川の奇跡には、日本人の軍事顧問が何人も参加していたっていうじゃないか」

「そのようだね」

ここでは当たり前のように語られているが、慎もポーランドに来るまでは知らなかった。日本人が参加しているとなると外交上都合が悪いため、日本の公式記録にはいっさい残っていないからだ。しかし、武官室の面々にとっては常識の話らしく、「ポーランドの情報部には、満洲でずいぶん世話になっていたから、それぐらいは協力しないとね」と微笑まれた。

「だろう？ やはり勝利の秘訣《ひけつ》は、日本人が持っているんだ。ピウスツキ元帥だって、日本がロシアに勝ったのを見て、精強な軍隊が必要だと確信したっていうじゃないか。鍛錬《たんれん》、規律、そして勝利に最も必要なのは、何がなんでも国を守るという執念だ。なあマコト、そうだろう？」

拗《す》ねたようにタデクはこちらに顔を寄せてくる。酒臭い。

「俺たちは日本に行き、日本人に触れたからこそよく知っている。ポーランド気質と日本の武士道はよく似ているよ。我々にもたしかに武士道はある。そう思わないか？」

「ああ、思うとも」

酒臭いのは困りものだが、同意したのは嘘ではなかった。

大島駐独大使などは、日本人とドイツ人は勤勉なところなど共通点が多いとよく言っているが、慎はポーランド人とのほうが近いのではないかと感じていた。単に身贔屓と言われればそれまでだが、体面を重んじ、美しいものをこよなく愛し、心の機微にも聡《さと》いところは、重なるような気がするのだ。一見大人しいがそのじつ非常に誇り高く、時に痩せ我慢がすぎたり、空回りするところも、懐かしい友を見ているような気持ちになる。

「俺たちには日本という偉大な先達《せんだつ》がいる。重要なのは目に見える兵力じゃない。すぐれた指揮官のもと、いかに戦うかだ。マコト、君たちもまた、大和魂《やまとだましい》を見せてくれるだろうね」

タデクの視線は射貫《いぬ》くようだった。

気づけば、周囲の者たちもみな揃ってこちらを見ている。イエジも、静かな表情だったが、まっすぐ慎を見つめていた。

言わんとしていることは、ひとつ。

第二の祖国である日本よ、どうか我が母国を裏切ってくれるな。

その思いは切実だ。

慎は微笑み、力強く頷《うなず》いた。

「我々がドイツに与《くみ》することはない。ポーランドとの友情は、消えやしないよ」

その言葉を裏付けるように、三日後の八月二十八日、日本では平沼内閣が総辞職をした。

ソ連を封じこめるべくドイツとの軍事同盟を討議していたため、独ソ不可侵条約締結の責任をとってのことだった。

「欧州の天地は複雑怪奇」との声明を最後に彼らが退陣したことで、ドイツとの同盟は白紙に戻った。

イエジやマジェナたちは、それをことのほか喜んだ。

日本大使館側はとくに反応を示さなかったが、おそらく多くの者が胸を撫で下ろしたであろうことを、慎は感じていた。

そして八月三十一日夜になって、ポーランドはとうとう総動員令を布告する。

ドイツ軍が雪崩《なだ》れこんできたのは、翌日未明のことだった。

第三章　開戦

1

　窓ガラスが割れた。

　飛び起きた慎は、まずそう思った。深い眠りを一瞬にして振り払う炸裂音《さくれつおん》と激しい揺れが慎を襲う。

　とっさに窓を見るも、割れてはいない。しかし断続的な地響きは続いている。

　まっさきに頭に浮かんだのは、「また軍事演習か」だった。ここ数日、ドイツ軍の襲来に備えて、航空機の姿や爆音らしきものが聞こえていたから、それだろうと思ったのだ。

　が、立て続けの轟音《ごうおん》とただならぬ叫び声に、ベッドから飛び降りる。

「爆弾だ！　飛行機が爆弾を！」

　女の悲鳴にまじって聞こえるのは、隣室のミハウ・ソシンスキの声だ。妻と二人暮らしの三十代半ばの男で、慎が来たおかげで大家のチェスから解放されたと喜んでいた。夫婦喧嘩が多く、ときどき奥方の金切《かなき》り声《ごえ》や食器を叩き割る音が響いてくる以外は、それなりにつきあいやすい相手だ。

爆弾と聞いて、慎は慌てて窓を開け、身を乗り出した。するとと西の空から、航空機が一機、また一機と飛来してくるのが見える。そのたびに、ズシン、ズシンと地響きが起きた。

十数機程度だろうか。爆撃機のように見えるが、奇妙なことに迎撃するはずの高射砲の音や機銃音はいっさい聞こえない。

「演習？」

慎のつぶやきに、隣室の窓からミハウがおっかなびっくり顔を出す。慎の姿を見ると、ほっとしたように頬を緩ませた。

「オケンチェ飛行場のほうだよな。演習なのか」

「敵の爆撃なら、普通は高射砲なりなんなりで迎撃するだろう。それがないから、演習なんじゃないか」

「なんだ、やっぱりそうか。今日はひどい音だから驚いたじゃないか。まったく朝っぱらから人騒がせな」

ミハウはぼやいて窓を閉めた。慎もため息をついて窓に手をかけたが、閉める直前に、道のむこうから響く声を聞いた。

「おい、ありゃあドイツ野郎《シュファビ》だ！　ドイツ野郎の爆撃機が爆弾を落としてやがる！　胴体と翼に鉄十字があった！」

慎は急いで顔を洗い、朝食もとらずに支度に取りかかった。

部屋を飛び出すと、大家夫妻があたふたとアパートのガスシェルターに逃げこむところだった。ドイツとソ連が不可侵条約を結んだころから、彼らはアパートのシェルターがきちんと機能するかしきりに気にしており、業者を呼んだが一週間先まで予約がいっぱいだと憤慨《ふんがい》していた。どこも考えることは同じらしい。前回の戦争でどれほどドイツ軍の毒ガスが脅威だったたか、わかろうというものだ。

「マコ、早く地下へ行くのよ。危ないわ！」

カミンスキ夫人が青ざめた顔で叫ぶ。

「いえ、これから大使館へ行きます」

「正気なの？　ガスマスクは持ったでしょうね？」

「はい。情報が入りましたらお知らせします！」

急いで外へ飛び出すと、すぐに違和感を覚えた。いつもこの時間はそれなりに人が出歩いているが、今日はしんと静まり返っている。人の姿はあるにはあるが、皆、空を眺めている。恐怖というよりも、ただ奇異なものを目《ま》のあたりにして、茫然《ぼうぜん》としているといったほうが正しい。

それも当然だ。彼らは皆、爆撃など初めて体験するのだから。慎も例外ではない。何度も空を確認しながら道を走る。路面電車は動いていたが乗る気になれず、息せき切ってピェラツキ通りを目指した。

　途中、人だかりに行き当たり足を止めると、壁に大きなポスターが貼ってある。大統領からの通告だ。ドイツ軍が攻めこんできたと、大きな文字で記してあった。その下の細かい文字までは読めなかったが、充分だ。

「戦争が始まったんだ……」

　ざわめきの中、震える声を耳が拾う。恐怖ではなく、興奮に震えているように思えた。慎の中にも、不思議と恐怖はなかった。周囲の人々は、ほとんど皆ガスマスクを持ってはいたが、パニックに陥ってはいない。日常とさして変わらぬ光景を包むのは、底抜けに青い空。おかげで慎は、大使館に着くころにはすっかり平静に戻っていた。

　大使館では、上階に住んでいる酒匂夫人と子供たち、女中が総出で窓の目張りをしている。急いで慎も手伝おうとするが、夫人に「あなたは早く書記生室へ！」と叱咤《しった》され、慌てて部屋へと向かう。ラジオをつけ、急いで電信を確認する。放送は緊急ニュースを繰り返していたが、「ドイツ軍が侵攻してきた」としか言わない。どこから入ってきたのか、爆撃された場所はどこかといった情報はいっさいないようだった。

　アヴァス通信社の電信を見るかぎり、どうやらドイツ軍は宣戦布告もなしに攻撃してきたらしい。

　突然、凄まじいサイレンの音が響き渡った。街灯に据えつけられた拡声器が吠《ほ》え立てている。

「ワルシャワ市、緊急警報。警戒せよ《ウヴァガ》。敵軍、侵攻中！」

外で響き渡る音声は、たった今つけたラジオから流れてくるものと同じだった。目張りをしていた女性陣や子供たちが、地下シェルターへ逃げこんでいく。

「すまん、遅くなった」

織田が息せき切って到着した。眼鏡がずれている。こんなに汗まみれで余裕がない彼を初めて見た。

「サイレンが鳴って、シェルターに逃げる連中と職場に向かう連中がもみ合いになって大変だった。宣戦布告はあったのか？」

「なかったようです」

「あいつら」

織田は舌打ちし、汗を拭《ぬぐ》った。他の職員たちは広間に集まっているらしい。そこにあるラジオが一番大きく、感度がいいのだ。

ラジオのほうは、突然通常放送に戻ったり、ニュースに切り替わったり、『軍隊ポロネーズ』が流れたりと大混乱で、その後何度かサイレンが鳴った。そのたびに、街中から人が消える。

朝早くから大使館に来ていたために、サイレン攻勢が一段落つくと、耐えがたい空腹に襲われた。まだ昼には少し早かったが、織田に一言ことわり、大使館の向かい側にあるレストランへと向かう。大変な混雑だった。席に座れない者も、サンドイッチ片手に興奮した様子でまくし立てている。

「すでに西の街が陥《お》ちたとか」「朝方爆撃していたのはハインケルHe111」「機銃掃射の音を聞いたぞ」

さまざまな声が乱れ飛んでいた。慎の姿を認めると、顔見知りの客が寄ってきた。

「外国の通信社はなんだって？　ラジオの情報じゃ全く埒《らち》があかないんだ」

「いや、どこも同じようなものだ。カトヴィツェとチェンストホーヴァでドイツ軍と交戦中ということだけしかわからん」

慎の答えに、顔見知りは舌打ちした。

「何ひとつ準備が出来てない。政府の総動員令が遅すぎたんだ！」

賛同の声があちこちであがる。誰もが怒りに顔を染めて、政府を罵《ののし》っていた。

ポーランド軍が総動員令を布告したのは、昨日の夜六時だ。せめて一日早ければ、と客は口を揃える。

ドイツ軍が国境まで迫っていることを知りながら、ここまで布告が遅れたのは、おそらくは英仏の意向なのだろう。戦争回避の努力は当然諦めるべきではないが、この期《ご》に及んでもまだ、明らかな侵略の意図を見せる敵にポーランドが構えた銃をはたき落とすような真似をするとは、いったい何を考えているのかと慎も厭な気持ちになった。ポーランドは、オーストリアやチェコスロヴァキアとは違う。決して膝を屈しない。ベック外相は何度もそう言ってきたというのに。

午後も情報収集に奔走したが、ラジオは相変わらず同じことの繰り返しだ。外電に頼ろうにも、どうやら通信連絡施設がやられたらしく、こちらも難しい。おかげで慎は、爆撃に怯えつつ何度もポーランド外務省との間を往復することになったが、目新しい情報は何もなかった。

夜の七時過ぎになってようやく、外務省で外国人記者に向けて会見が行われた。しかし内容は、最初の発表とほとんど変わらない。戦況の報告がなかったことから、ドイツ軍の奇襲にポーランド側が全く対処できていない現状は容易に察せられた。朝の爆撃にいっさい反撃しなかった件について記者団から質問があったが、外務省情報部の返答は、「撃墜しては街中の市民に被害が出るので市街地の外へ追い払うことに専念したから」とのことだった。しかし慎は、朝だけではなく爆撃音のたびに何度も空を見上げたが、ついぞポーランド軍の航空機を見ることはなかった。

「万が一の事態に備え、退避の準備を整えるように」

大使館の職員を集め、酒匂大使が厳しい面持《おもも》ちで告げた時、誰もが戦況の不利を悟らざるを得なかった。

帰路についたのは、夜遅くになってからだった。いつもは日常を崩さぬワルシャワの街にも、この日ばかりは重苦しい空気がたちこめていた。独ソ不可侵条約が締結された日から灯火管制が敷かれてはいたが、昨日までは人々は陽気に歩いていたし、店からは音楽や笑い声が聞こえていた。しかし今日は、誰もいない。

足早に帰宅し、シャワーを浴びる。疲れてはいたが緊張で眠れず、ランプのかすかな光を頼りに起き出してラジオをつけた。

昼と同じように、ラジオは「警戒せよ《ウヴァアガ》」と呼びかけている。が、何に注意し、どこに避難すべしといった指示はいっさいない。そしてただ、「警戒せよ」の合間にピアノの音が何十分も延々と続く。曲ではなく、ただ規則的に鍵盤を叩いている音だ。何かの合図なのかもしれないが、暗闇の中ずっと聞いていると気が狂いそうになるので、結局ラジオも消した。

夜が明けて暗闇が消えても、心は晴れない。疲れを残したまま出勤する。ポーランド政府からは発表らしい発表はない。かわりに噂は乱れとんでいた。西のほうでドイツ軍機が撃墜されたが機体もパイロットの装備もお粗末なものだった、連中自慢の戦車がとろくさくて恰好の標的になっている、といったものから、国境の街が陥落《かんらく》して部隊は全滅といった悲観的なものまでさまざまで、噂の常として、あっというまに願望と好奇心の尾ひれがついて何倍にも膨《ふく》れあがっていく。そして空には今日も爆撃機が現れ、サイレンが鳴り響き、爆弾が降ってくる。被害はたいしたことはなかったが、敵機が一日何度もたやすく首都にやって来る状況に、戦況は予想よりはるかに悪いのではないかと人々も気づきはじめた。

それでも慎が見るかぎり、悲観的な空気はほとんどなかった。どの住居の窓にも目張りがされ、すでに食糧の値段があがり始めてはいたが、人々はまだ充分平静を保っていた。昨日は一部の食料品店に客が殺到することもあったそうだが、政府から食糧の心配はないから買いだめはしないようにと通告があってからは落ち着いた。

自軍の不利を薄々察していながらも、彼らが比較的冷静なのには理由があった。

「大丈夫だマコト、すぐにイギリスとフランスが助けてくれる。彼らはドイツをやりこめたくて、この時を待ってたんだから！」

今朝も出勤する際に、カミンスキ氏に明るい顔で励まされた。明らかに自分に言い聞かせるための言葉ではあったが、ワルシャワ市民のほとんどが同じように考えているようで、昼に行ったレストランでも帰りの路面電車でも、いつ彼らは参戦するのか、いやもう参戦したはずだという話題でもちきりだった。

そんな状態だったから、翌九月三日の午前中に、政府から重大発表があるという放送が流れた時は、誰もが目を輝かせた。

その日は日曜で、午前中はカミンスキ氏とチェスをする習慣があったので、慎はチェス盤の前で放送を待つこととなった。重大発表があるという予告はあったものの、肝心《かんじん》の放送は時間が来てもなかなか始まらず、カミンスキ氏は苛立ちのあまり指し手をミスし、「政府は何をやっとるんだ！」と癇癪《かんしゃく》を起こして席を立ったので、チェスは中止となった。紅茶も冷め、夫人がお湯を沸かし直そうとした時、ようやくラジオから「ドンブロフスキのマズルカ」が流れた。「ポーランドはいまだ滅びず、我らが生きるかぎり」

で始まるポーランドの国歌である。そして、その後に続いたのは――

「ジョージ！　ありがとう！」

突然、カミンスキ氏が叫んだ。窓の外でも爆発するような歓声があがる。ラジオが流しているのはイギリス国歌「神よ、国王（女王）を護り給《たま》え」。イギリスの現国王はジョージ六世だ。

とうとうイギリスが参戦したのである。

静かな日曜は、途端にお祭り騒ぎに変わった。カミンスキ氏は「こうしちゃおれん」と言って、帽子とステッキを持って飛び出していった。ぽかんとして夫人を見ると、彼女は呆れた様子で「イギリス大使館に行ったんだと思うわ。お茶ぐらい飲んでいけばいいのに」と首をふった。しかし、彼女の褐色の目にもふくよかな頬にも、先日孫が生まれたと息子が報告してきた時と同じぐらいの喜びが浮かんでいた。

午後に街に出てみると、昨日までとは街の光景が一変していた。白と赤のポーランド国旗にまじり、ユニオンジャックがいたるところで翻る。人々の顔は喜びに弾け、ジョージ六世やチェンバレンの名を叫び、プラカードには英語で感謝の言葉が綴《つづ》られていた。イギリス大使館の前には多くの市民が駆けつけて「万歳《ニエフ・ジイエ》」を叫び、ベック外相もイギリス大使館に駆けつけてケナード駐波イギリス大使に抱きついた。この話を聞いた時には、慎も「あの強面《こわもて》のベック氏が」と驚いたが、同時に胸に熱いものがこみあげた。外務省にはなかなか苦労をさせられているし、とくに強情で辣腕家のベック外相は底が知れないところがあるが、彼とて不安でたまらなかったのだ。

イギリスに遅れること四時間、フランスもドイツへ宣戦布告したと放送があってからは、ますます民衆は熱狂した。

慎は、街を練《ね》り歩き、歓喜に沸く人々を眺めた。昨年十月にワルシャワに着任してからというもの、ワルシャワ市民がこれほど感情を爆発させたところは初めて見る。

これで戦争は終わる。ポーランドは、もはや一人ではない。ドイツの野心は挫《くじ》かれ、ポーランドは勝利する。誰もが涙を流し、約束された平和を喜んだ。

「よかった」

自然と笑みが零れた。つくづく、日本政府が早まってドイツと同盟を結ばなくてよかったと思う。

そのとき視界の端に、カメラが映った。歓喜に沸く人々を熱心に撮っている男がいる。見知らぬ男だったが、そこにヤンの姿が重なった。

ヤンも今ごろ、この街のどこかでカメラを構えているのだろうか。開戦してからこっち、あまりに慌ただしくて、全く連絡をとれていない。無性に彼に会いたくなって、慎はユダヤ人居住区へと向かった。

ナレフキ通りもまた、同じように人でごった返している。イギリスとフランスを称える声が飛び交う中、たちこめる熱気に汗を滲ませて慎は進んだ。共同墓地の近くまで来るとさすがに人の数も減り、頬に触れる風も心地よい。ほっと息をつき、ところどころ煉瓦の欠けたアパートの前で足を止めた。門から伸びる通路の先は中庭になっており、その一角にある扉から中に入れるようになっていた。扉は開け放たれており、前回来た時に見かけた大家とおぼしき老人が、機嫌よく鼻歌を歌いながらモップをかけている。

「こんにちは」

声をかけると、驚いたように手を止め、慎を見た。骸骨《がいこつ》のように痩せているが、いついかなる時も動いている化け物だとヤンが評していたことを思いだす。

「こんにちは。ああ、たしかあんたはヤンの……」

「はい。彼は今日おりますか？」

あまり期待せずに尋ねたが、大家の返答は予想もしないものだった。

「何言ってんだ。彼は徴兵されたよ」

時が止まった。慎は目を見開き、痩せているわりには妙に色つやのよい老人の顔を見つめた。

「徴兵……」

「そう、先月の最終日に。まあ、ついてないねえ。ヤンはこの国のことなんざ屁《へ》とも思ってないだろうに」

老人の声が遠い。

そうだ、なぜ考えなかったのだろう。徴兵される可能性だって充分あった。マジェナの恋人もそうだったのに、なぜヤンはワルシャワにいるとなんの疑問もなく考えていたのだろう。

あの急な動員では、家族や友人に挨拶する間もなかったはずだ。これは戦争。そういうことも充分起こり得る。

「ま、一月《ひとつき》もすりゃ戻ってくるって。むしろあいつならいいネタが出来たと喜ぶんじゃないか。安心してなって」

よほどひどい顔をしていたのか、老人は気の毒そうに眉尻を下げ、慰めてくれた。慎は慌てて笑顔を取り繕い、適当なことを言ってその場を後にした。

さきほどまで体を浮き立たせていた喜びは、もうすっかり消え失《う》せていた。残ったのはただ、心にあいた虚ろな穴だけだった。

三日にポーランドじゅうを沸かせた喜びは、残念ながらすぐに萎《しぼ》むことになった。すぐにもドイツに攻め入り、侵略者を叩きのめしてくれるはずだった友軍は、なかなか動こうとしない。いたずらに時間が過ぎていき、情報は入らず、かわりに国境近くから逃げてきた人々や、前線から逃げ帰ってきた兵士たちが続々とワルシャワへやって来た。彼らによって、ワルシャワの人々はようやく現実を知ることになる。

ドイツ軍が国境を越えてわずか数時間のうちに、ポーランドの全空軍基地は爆撃されて戦闘不能状態になったという。六十以上の地区が破壊され、数万の死者が出て、部隊は敗走。ドイツ軍はすでにワルシャワの真北百キロにまで迫っている。

そして頼もしきフランス軍は、一度はドイツとの国境を越えたものの、十キロと行かぬうちに砲火を浴び、一発も反撃せずに逃げ帰った。イギリス軍はベルリンの上空に侵入したが、彼らが落としたのは爆弾ではなく、侵攻をやめよと訴えるビラだった。彼らがポーランドと結んだ条約に従って行った軍事支援は、これで全てである。

数々の悲惨な話を、ワルシャワの人々はなかなか信じようとしなかった。逆にフランス軍が大勝利したという噂が流れれば、そちらに飛びついた。

しかし、四日の午後七時にポーランド外務省が行った記者会見によって、どうやら本当にポーランドは孤立してしまったらしいと彼らは確信せざるを得なくなった。

「ポーランド政府は東南部某所に移転する。希望者は汽車を手配するので、すぐに申し出るように」

開戦からわずか四日である。ワルシャワ市民は動揺し、中立国の大使たちはすぐさま会議に入った。

酒匂大使が大使館の職員を集め、無念の表情で告げたのは、その日の九時近くのことだった。

「我々もポーランド政府と共に移転することになった。ただちにワルシャワの在留邦人全員に、至急準備を整え、明朝大使館に集合するよう連絡を」

大使の命令に従い、書記官及び武官たちは大急ぎで書類をまとめ、一方残留組は籠《ろう》城《じょう》の準備に取りかかった。

大使が避難した後、大使館を取りしきるのは、西ウクライナ国境のルヴフに着任する予定だった後藤《ごとう》副領事である。ルヴフはソ連の動向を探るべく新たに設置された領事館だったが、着任する前に独ソ不可侵条約が締結されたために意義を失うという不運に見舞われた。が、今や大使館の留守を預かる責任者という大任を負っている。

慎や織田といった書記生も残留組である。後藤副領事の指示のもと、慎はマジェナらポーランド人の職員たちとともに食糧の確保に走り、断水への準備を進めた。ひとまず、米、砂糖、塩および缶詰が半年分は確保できた。それらの整理とリストアップを済ませると、今度は在留邦人のもとへ連絡に走る。

新聞記者たちはさすがに情報が早く、すでに退避の準備を進めていたが、最後の一人、教師の梅田だけは説得に骨が折れた。

「私はポーランドに渡ってもう十七年。人生のほぼ半分をこの国で過ごしてまいりました。当然ポーランドに骨を埋《うず》める覚悟です。友人が苦境に陥っているのに、私ひとり逃げだすことなどできますか」

自宅まで説得にやって来た慎を居間に通し、丁寧にもてなしながらも、梅田は退避勧告をきっぱりとはねつけた。

二十二歳でドイツへ留学する予定で日本を出たものの、船中で意気投合したポーランド人の紹介でワルシャワに単身やって来たという彼は、現地の人間と全く変わらぬポーランド語を喋る。日本の公使館がようやくワルシャワに設置された時期にあたり、誰よりポーランド文化に精通していた彼には、大使館側もずいぶん助けられたという。

この国への思い入れは、まだポーランドに来て一年足らずの慎とは比べものにならないだろうし、自身ももうほとんどポーランド人だと思っているのだろう。

「お気持ちはわかります。しかし、共に銃をとって戦うわけにもいかないでしょう。あなたは日本人で、日本大使館の庇護《ひご》下にあります。ワルシャワの外から支援することだってできるではありませんか」

「たとえばどのように」

「梅田さんは時々、『朝日《あさひ》新聞』にも寄稿しているでしょう。ポーランドの置かれている状況を日本に、そして世界に訴えることができるでしょう」

「今までしてこなかったとお思いですか。また、そうしたところで他国が動くと思いますか。イギリスとフランスですらあの状態だというのに」

痛いところを突かれたが、慎は顔に出さず、「最初から無理だと諦めるのはいけません」と言い返した。我ながら、全く説得力がない言葉だと思った。梅田は目を細め、探るように慎の顔を見つめる。

「棚倉さんだって残られるのでしょう」

「はい。ですがおそらく、我々も漸次《ぜんじ》脱出することになるでしょう」

「ならばそれまでは私も残ります」

「しかし……」

「これ以上は妥協いたしません。大使館の人数が減るのであれば、私も役に立つはずです。それに、大使館にいれば危険もないでしょう」

「梅田さん、残った我々も漸次脱出すると言いましたが、実際のところどうなるかはわからないのです。ご存じの通り、ワルシャワにも爆撃はあります。明日ならば、日の丸を掲げた大使の車と一団になって移動しますから爆撃を受けることもないでしょうが、その後は安全とは言いかねます。汽車だって、いつまで動いているか」

「承知の上です。棚倉さん、私はこの国で、日本語と日本文化を教えてきたのですよ。日本の武士道も説いてまいりました」

武士道。その言葉は、先日タデクやイエジたちと交わした会話を否応なく思いださせる。

「あなたもポーランドの歴史はご存じでしょう。彼らは常に裏切られ、侵略されてきたのです。今回も、誰も頼りにはならない。自分たちだけでドイツに立ち向かわねばならんのです。そんな友の姿を見てなお黙って立ち去るなど、人としても、日本人としても、この上ない恥だと思いませんか。日波友好のため心を砕いてきたあなたがたなら、この気持ちもわかってくださるでしょう。どうか、お願いします」

梅田は深々と頭を下げた。

慎は、どうあっても相手を説得できないことを知った。なにより慎自身の中に、梅田の言葉に賛同する思いしかないのだから。

梅田は民間人であり、自分は外務省の人間だ。心では賛同すれども、同胞を逃がさねばならない。そうとわかっていても今の慎は、梅田を強引に避難させようという気にはもうなれなかった。

2

五日朝、ポーランド外務省より正式な通告が届いた。

——政府は、ワルシャワ東南百六十キロの地点にあるナウェンチュフに一時的に避難する。各国外交団は、三時間以内にワルシャワから退去せよ。

予期していたことだったので、出発準備はすみやかに進んだ。

まず最初に、酒匂大使夫人、上田武官夫人を筆頭に、夫人と子供十六名を三台の乗用車に乗せ、荷物は後続のトラックに積んだ。彼女たちはナウェンチュフには向かわず、ソ連との国境ストウプツェ駅に行き、そこからシベリア鉄道で日本に帰ることになっている。

ポーランド人の職員や使用人たちの涙に見送られ、夫人たちはワルシャワを去っていった。

夫人たちを駅まで送った車が戻ってくるのを待って、大使たちも出発する。大使のキャデラックには、酒匂大使、蜂谷《はちゃ》参事官らが乗った。武官の車には上田少佐ほか武官たちが、そして朝日新聞、同盟通信社、大阪毎日新聞《おおさかまいにち》の三記者は手配したもう一台に分乗した。

「この大変な時に離れることを申し訳なく思う。必ず戻ってくるから、それまでどうか耐えてくれ」

酒匂大使は目に涙を浮かべ、職員ひとりひとりと握手をし、抱擁を交わした。慎の番がやって来て、酒匂は固く手を握り、年若い書記生を笑顔で見上げた。

「棚倉君、君は極東青年会のメンバーたちと実にいい関係を築いてくれた。一年足らずで、ここまでやってくれるとは思わなかった。本当にありがたく思っているよ」

「織田さんや前任の野口さんが築いてきてくださったものを引き継いでいるだけです。全て、大使や皆様のご尽力あってのことですので」

「いや、私は結局なにもなし得なかった。そしてそのまま去ろうとしている」

かなうことなら残りたい、と酒匂大使は全身で訴えていた。日波および独波関係の改善に全力を注いできた彼の無念はいかほどだろうか。

「だが、君たちがワルシャワに残っていると思えば、まだ救われる。ポーランドに来て日の浅い君を置いていかねばならんのは心苦しいが、君たちは、我が国とポーランドの間を繋ぐ最後の糸なのだ。どうか、くれぐれも頼む」

大使は深々と頭を下げた。その姿が、先日の梅田に重なる。

一人は去り、一人は残る。だが、頭を下げる思いは同じ。そして今、慎の心にこみあげてくるものもおそらく同じ。

「もちろんです。全力で使命を果たします」

力強く応じたつもりが、声がかすかに震えた。これはきっと武者震いだ。今日よりワルシャワに残る日本人は、五人のみ。見捨てられたこの国で、最後まで恥じぬ行いをしなければ。慎は、大使の姿に改めて固く誓った。


退避の準備でしばらく大使館に泊まりこんでいたため、慎が我が家に帰るのは二日ぶりだった。

大使館を出たのは、午後九時を回っていた。路面電車も停まっているので徒歩だ。歩いてもさほど苦ではない距離だが、灯火管制のため暗闇に閉ざされた街を歩くのはぞっとしない。以前は夜遅くまで聞こえてきたタンゴの調べや人々の笑い声も聞こえず、ただ夜風が無人の街を唸《うな》るように渡るだけだ。

夜を掻き分けるように足早に歩いていた慎は、あともう少しで中央駅に到着するというところで、突然恐怖に襲われた。

足が止まる。周囲を見渡す。

誰もいない。これほど大きい通りだというのに、人っ子ひとりいない。建物の窓から漏れる灯りもない。そもそも正面から叩きつけるように吹く風からは、生命《いのち》の気配が感じられなかった。

血の気が引いた。まるで、世界にたったひとり自分だけが残されたようだ。そう思った途端、あの朝聞いた爆撃の音が耳を貫いた。弾かれたように空を見上げる。そこには薄い雲越しに、ぼんやりとした光を投げかける月があるだけだった。

こんな夜に爆撃機が来るものか。そう言い聞かせても、あの音は耳から離れてくれない。何度も何度も繰り返す。

ドイツ軍がやって来る。誰も彼もが消えたこのワルシャワへ。自分ひとりが待つ、この街へ。

慎は勢いよく地面を蹴った。見えざる手から逃れるように、全速力で駆ける。そうでもしなければ、叫び出しそうだった。早くアパートへ。いや誰でもいい、ちらとでも姿を見せてくれれば。この異様な孤独感を消してほしい。

今この瞬間まで、恐怖を感じたことはなかった。爆撃の音を聞いた時も、そして大使たちの退避が決まった時も、ただ目の前のやるべきことをこなすのに集中していた。不謹慎ではあるが、ワルシャワ市民にとっては悲惨な状況であるにもかかわらず、籠城に備えてあれこれ準備する緊張感は快くすらあった。皆でここで戦い抜くのだという不退転の決意は、慎を高揚させるものだった。

それなのに、一人になった途端にこれほど恐れを感じるとは。まるで誰も彼もから見捨てられたような気持ちだ。

ひた走る慎の脳裏に、一人の少年の怯えた顔がふと浮かぶ。見開かれた目の虹彩《こうさい》は、傾きかけた日差しの中できらきらと輝いていた。涙が浮かんでいたせいだろう。慎の家の庭で、紫苑のむこうにうずくまっていたカミル少年は、きっとこんな気持ちだったのだろう。全てから見捨てられ、たった一人で、あそこで膝を抱えていたのだ。

孤独という言葉からまっさきに連想するのは、いつもあの光景だ。だが、今この瞬間ほど、カミルを理解できたことはなかったような気がした。

寂しいなどという生《なま》やさしいものではない。孤独とは、紛れもない恐怖だ。息があがる。これほど必死に走るのは、何年ぶりだろうか。肺が破れそうだ。だが、今ここで足を止めてしまうほうがよほど恐ろしい。この薄ぼんやりした月明かりの中、ひとり取り残されることなど耐えられなかった。

ようやく懐かしい商店街が見えてきて、わずかに速度を緩める。灯りはない。祈るような気持ちで小路に入り、そのまま一気にアパートまで駆け抜ける。

見慣れたベージュ色の外壁を認め、慎はやっと足を止めることができた。全身が心臓になったようで、あまりに激しい脈動に吐き気がこみあげる。ゆっくり歩きながら、何度も大きく口を開け、酸素を取りこんだ。

アパートの玄関の鍵を開け、静かに扉を開ける。玄関ホールにも当然灯りはなく、がらんとしていた。奥の部屋からも、また大家が住む二階からも物音ひとつしない。扉を閉めて鍵をかけると、思いがけず大きな音が響いた。慎はできるだけ足音をたてぬようにして、一番端の自室へと向かった。

「マコト！」

突然、名を呼ぶ声が響いた。驚いて声のほうへと目を向けると、隣室のミハウ・ソシンスキが扉から顔をのぞかせていた。

「やあ、ミハウ。こんばんは」

ようやく会えた人間にほっとして笑顔を向けると、ミハウは感極まったように目を潤ませた。押し出されるように勢いづけてホールに出てきたと思ったら、その後ろから妻のアニタも転がり出てくる。

「マコト、帰ってきたのね！　心配していたんだよ！」

「おい皆、マコトが帰ってきたぞ！」

ミハウが声を張りあげると、一階のもう一つの部屋の扉も開き、二階でも足音が続いた。寝間着姿のカミンスキ夫妻があたふたと階段を降りてきて、まるで長らく会っていなかった息子が帰ってきたかのように次々抱擁されるに至り、慎はようやく驚きから脱して口を開くことができた。

「いったいどうしたことですか、これは」

「てっきり、もう戻ってこないものかと」

カミンスキ夫人は、節の目立つ手で慎の存在を確かめるように頬を撫でた。そのやさしい感触に、夫妻の息子の存在を思いだした。昨年のクリスマスに一度だけ会ったことがあるが、年は慎とほとんど変わらず、母親ゆずりの繊細な顔立ちの若者だった。普段は妻とともにポーランド西部のポズナンで過ごしていると聞いた。彼はどうしているのだろう。

「まさか。この二日、忙しくて帰ってこられなかっただけですよ」

「だが各国の外交官たちは、政府と共にワルシャワを捨てて逃げ出したと聞いた。だからてっきりマコトも行ってしまったのかと」

カミンスキ氏も声を震わせ、慎の肩に手を置く。ミハウやアニタも、そしてほとんど交流のなかったもう一人の住人にも、なぜか握手を求められた。みな一様に、よく帰ってきてくれたとねぎらうように口にした。

「捨てたわけではありません。それに、避難したのは偉い人たちだけですよ。明日からはいつも通りの業務に戻りますから、もっと早く帰ってきます」

いつも通り、と言っていいのかはわからないが、ひとまず退避準備に追われることはない。

「本当ね？　大使館は閉鎖されないのね？」

背の低いアニタが、下からのぞきこむようにして確認してくる。

「しないよ。そんなことをしたら、酒匂大使に怒られてしまう」

「サコウ大使は戻ってくる？」

「もちろん。今回はあくまで一時的な避難だ。外交使節は、その国の政府と行動を共にしなければならない決まりがあるから」

おそらく彼らが最も欲しているであろう言葉を、慎は口にした。効果は絶大だった。慎を取り巻く人垣を繫いでいた妙な緊張の糸が、ふっと緩んだのがわかった。

「そうか。では我々は、まだ見捨てられてはいないのだな」

カミンスキ氏は、声を絞るようにして言った。

「もちろんです。他の国だって、きっとそうですよ」

「同盟国のイギリスとフランスは見捨てたというのに?」

「もたついていますが、見捨てたわけではありませんよ。今回、ドイツ軍の動きが急に過ぎました。準備を整え、じき援軍を寄越してくるでしょう。それまでの我慢です」

慎は、一人ひとりの目を見て、励ますように声に力を込めた。

たった今、外で慎が感じた底知れぬ恐怖。それを、彼らも否応なく味わっているのだ。世界に見捨てられ、たったひとり死の淵に取り残されたような感覚を。

なんという国だろう。それを歴史上、何度も味わい、そのつどさらに深い絶望に叩き落とされてきたのだ。

胸が掻きむしられるような憐《あわ》れみと共感が、慎の中から溢れ出る。同時に、背筋が伸びた。

自分は一介の書記生にすぎない。しかし今、縋《すが》るような目を向けてくる人々の前に立っているのは、紛れもなく日本の代表である外交官なのだ。

自分がここにいるかぎり、世界はまだポーランドを見捨てていないと彼らは信じることができる。孤独に戦っているのではないと、希望を抱くことができるのだ。

「同盟国を助けない国などありません。そして私たち日本もまた、ポーランドの友人です。多くの者があなたがたを助けようと望んでいるのです。もう少しの辛抱ですよ」

半ば自分に言い聞かせるための言葉だった。カミンスキ氏たちの顔に、ようやく生気が戻り、かすかにだが笑みも浮かんだ。

この安らいだ微笑みを奪われぬよう、力を尽くそう。それが今、自分にできる唯一のことなのだから。

3

黄金の秋。

九月のワルシャワは最も美しい季節であり、そう称えられる。

ポーランドは一年を通じて曇天が多く、街中の建物の華やかな色彩にもかかわらず、灰色の印象が強い。しかし、黄葉《こうよう》した木々の葉が陽光を反射してきらめく様は、まさに街中が黄金に輝くようで、それは美しいのだという。

昨年の十月に慎がやって来た時にも、黄葉はまだ残ってはいたが、美の盛りは過ぎていた。それだけに、今年の九月を楽しみにしていた。

しかし一九三九年の九月、ワルシャワ市民に黄金の秋を堪能する余裕はなかった。一日から始まった爆撃は日ごとに激しさを増し、今では日に最低でも五度はやって来る。

五日に政府が去ってから、美しかったワルシャワは激変した。その変貌ぶりは、まさに「一夜にして」という表現が相応しいほど急激だった。

まず最初に、ラジオが沈黙した。放送局が閉鎖されたためだ。人が逃げだし、同時に多くの避難民が溢れ、道は塵と汚物であっというまに汚れ、悪臭がたちこめた。掃除をする者がいないのだ。

大砲による砲撃があったのは九日だった。

この日、大使館に勤めるポーランド人の職員が真っ青な顔で遅刻してきたが、その理由が「爆撃機は来ていないからと安心していたら、急に近くのアパートが破壊された」というものだった。そのアパートの住民はほとんどが逃げだしていたが、近くを歩いていた老婦人に飛び散ったガラスが突き刺さり、大騒ぎになったのだという。

砲撃が始まったということは、ドイツ機甲部隊がいよいよワルシャワ近郊に迫ったことを示す。

しかし混乱は、すぐに新たな秩序にとってかわられる。政府は逃げだしたが、首都防衛文民委員を兼務する若きワルシャワ市長ステファン・スタジンスキは、ワルシャワを要塞化することを宣言した。

「先日ワルシャワは砲撃を受けたが、我が軍の正確な反撃により、ドイツ軍の侵攻は阻《はば》まれている。プラガでの反撃の準備はすでに整いつつあり、イギリスとフランスも必ず準備を整えてやって来る。我らの役目は、友軍や全土の部隊が救援に駆けつけるまで、敵の主力をワルシャワに引きつけておくことである。最も厳しい役目であり、この首都ワルシャワにしかできぬことだ。ワルシャワ市民よ、今こそ誇りにかけて立ちあがれ。この試練を越えて勝利せよ。ワルシャワ市民よ、立ちあがれ！」

復活したラジオからは、市長の力強い演説が流れ、絶望に沈んでいた人々の心を奮《ふる》い立たせた。ショパンのポロネーズの調べを聞きながら、市民は総出で物資を運び、市街地には対戦車壕《ごう》やバリケードが張り巡らされた。防御線が突破され、戦車部隊が市街地に雪崩れこんできても仕留められるように、公園と広場には重砲が並べられ、大通りには深い対戦車壕がいくつも掘られた。

市外から物資も届かず、食糧の不安も膨れあがる中、それでも市民たちの意気は高かった。誰もが飢えていたし、水道も止まっていたが、略奪はほとんど起きていない。

「すごいな」

井戸の前に並ぶ長蛇の列が、ほとんど女性と子供で占められていることに、慎は感嘆の声をあげた。誰もが、自分にできることを果たそうとしている。ヴィスワ川の近くまで来ると、バリケードの数が格段に増えた。テーブルや箪笥《たんす》といった家具も山のように積み上げられ、積極的にこれらを供出したであろう人々の思いに胸が痛くなる。ヴィスワ川むこうのプラガ地区に視察へ行く、と慎が言いだした時、後藤副領事や織田は「正気か」と目をつりあげて反対した。しかし、ここにいては何も情報が入らない。ラジオは相変わらず市長の演説と軍隊調の音楽を流し続けているが、詳しい戦況は入ってこない。

「酒匂大使がお戻りになった時、できるだけ正確にワルシャワの状況をお伝えしたいのです。この戦争がどうなるにしろ、それは必要となるはずです」

止める二人に、慎は訴えた。

この戦争がどうなるにしろ、とは言ったが、戦争開始二週間にして、慎はほぼ確信していた。ポーランドは、負けるだろうと。

市民たちはいまだにイギリスとフランスが助けてくれると信じているが、それはない。昨年、両国がチェコスロヴァキアを売ったのは、まだ自国の軍備が充分ではないという理由が大きかった。わずか一年で劇的に改善しているとも思えないし、あの老獪《ろうかい》な国々ならば、ポーランドひとつでドイツの気が済むのならそれでよいと判断するだろう。それは後藤や織田も同じ思いだろうが、マジェナやポーランド人職員の前では決して口にしなかった。昼は大使館でいつも通り仕事をしている職員たちは、終業時間になるなり飛びだして、「市民の義務」に精を出す。マジェナは今、毎日増えていく怪我人の救助の手伝いをしているらしい。いま彼らを支えているのは、友軍の存在だ。

　この戦争は、負けるだろう。となればここは占領され、ドイツのものとなる。大使館も閉鎖される可能性が高い。酒匂大使は、おそらく一度は日本に帰ることになる。その時のために、この国の正確な情報を集めて、渡しておきたかった。

「それに、イエジも今はプラガの部隊を率いていると聞いています。彼にも一度、会う必要があります。今ならば、ドイツ軍の砲撃もやんでいますから」

　イエジ・ストシャウコフスキの名を聞いて、後藤は折れた。逆に、少しでも足しになるのならと、小麦と砂糖を持たせて送り出してくれた。背嚢《はいのう》におさめられるだけなのでたいした量ではないが、充分に重い。命と同じ重みだ。大使館には充分な備蓄はあるものの、市民は開戦当初の政府の勧告を信じて買いだめもほとんどしていなかったので、小麦も砂糖も底をついている。

　歩いてプラガに向かうには、一時間はかかる。空には雲一つなく、重い荷物を背負って歩くと滝のように汗が流れた。じきヴィスワ川に架かる橋に着くというところで、ふと顔をあげると、空に銀色の光がきらめいた。途端に、周囲の人々が蜘蛛《くも》の子を散らしたように逃げだす。慎も大急ぎでその場を離れた。

　空の異物に向かい、対空砲が火を噴《ふ》く。

　このころになると、もう空襲警報など鳴らない。爆撃はもはや日常だった。ドイツ軍の狙いは明らかに軍事施設や政府の建物にあり、住宅街は気まぐれのように一発か二発お見舞いされる程度だったが、それだけでも充分脅威である。当たるか当たらないかは、完全に運だった。

爆撃が一段落して、今のうちにと橋を渡る。当然のように封鎖されていたが、大使館の身分証明書を掲げ、「ストシャウコフスキ隊長に至急伝えたいことがある」と言えば通してくれた。イエジは予備役将校で、今やプラガ防衛の責任者の一人だ。彼の麾下《きか》には極東青年会やその関係者もいるので、日本大使館の名を出せばたいていはなんとかなった。

「マコト、よく来てくれた！」

案内されたのは、すでに中のテナントは退避済みだというビルで、武装したイエジは満面の笑みで慎を迎えてくれた。

「問題はないか？　みな心配している。少ないが、食糧の足しにしてくれ」

荷物を渡すと、イエジは目を輝かせた。

「助かるよ、ありがとう。砂糖を見るのは何日ぶりかな。皆、喜ぶよ」

彼は小麦と砂糖を部下に渡して指示を出すと、慎を連れて付近の案内をしてくれた。部隊に正規の軍人はほとんどおらず、みな思い思いの武装をしている。銃が行き渡らなかったとかで、百年前の十一月蜂起で使ったのではないかと疑いたくなるようなマスケット銃を背負っている老人もいた。

「皆、食糧も武器もない状態で、本当によくやってくれている。士気は驚くほど高いよ」

強固に構築されたバリケードを見上げ、イエジは言った。誇らしげではあったが、頬はいくらか窶《やつ》れ、目にもどこか陰りがあった。

「立派なバリケードじゃないか。これなら、そう簡単にドイツ軍は突破できない」

「簡単にはね。だがいつかは突破するだろう」

周囲に人影はなかったが、イエジは声を潜めて言った。眉根がきつく寄せられている。聡明な彼は、やはりわかっているのだ。救援など来ないと。

「君、本当はワルシャワから脱出する予定だったそうだね」

慎の言葉にイエジは一瞬肩をこわばらせたが、すぐに力を抜いて苦笑した。

「ああ、タデクたちに誘われた。ここにいても、ポーランドを救うことはできないから」

街を脱出したのは、戦火を恐れた市民だけではなかった。早々にポーランド軍に見切りをつけ、イギリス軍やフランス軍に合流して戦うことを選んだ兵士や若者も大勢いた。血気盛んなタデク青年も、いちはやく脱出した一人だった。

「だが、スタジンスキ市長に説得されたんだ。この戦いで親を失う子供たちがたくさんいるだろう。彼らを助けてほしいと。そう言われたら、残るしかないだろう」

なるほど、そうだったのか。慎は深く納得した。タデクたちが出ていったのに、イエジが残ったと聞いて、怪訝には思っていたのだ。

イエジは指揮官としても非常に優秀だ。予備役とはいえ将校教育を受けているのは青年会幹部の中でも数名しかいないし、リーダーとしての資質に優れているのは誰もが認めているところだ。

純粋で激しい愛国心を持つ彼らならば、イエジのもとで戦いたいと望むのは当然だった。だが、それを断った理由もまた、イエジらしいものだった。

彼らは皆、孤児である。自分と同じように戦乱で親を失った子供たちを、見捨てられるはずがないのだ。

「苦渋の選択だっただろうが、君が残ってくれたことは、子供たちにとって何よりの救いになるだろう」

「ああ、彼らを守ることはポーランドの未来を守ることだからね。僕も、君たちが残っていてくれてうれしいよ」

「共に銃をとって戦うわけにはいかないが、最後まで共にいるさ。僕らは一蓮托生《いちれんたくしょう》だからな」

「心強いね」

実際はいつまでワルシャワにいられるかはわからない。辞令ひとつで、世界のどこにでも行く身だ。だがかなうことなら、この街の運命が決するまではせめて彼らと共にあれますように。そして彼らの前で、最後までよき日本人であれますように。そう願うばかりだった。

イエジと別れた後、せっかくプラガに来たのだからと、ヤンの母の店へと足を運んだ。閉まっている店も多いのであまり期待していなかったが、いつも通り営業していたので、逆に驚いた。

「おやマックス、いらっしゃい。まだワルシャワにいたんだねえ！」

息子とは正反対の、横幅と厚みのある体が慎を抱擁する。フリードマン夫人は、なぜか慎のことをマックスと呼んだ。マコトだと訂正するとその時は直るが、五秒後にはマックスに戻っているので諦めた。

「お店、開けていらっしゃるんですね。避難したほうがいいのでは」

「避難するったってねえ、行くところなんてないよ。あたしたちのふるさとはもうとっくにドイツに占領されているだろうしね」

彼女はおおげさに肩を竦め、店を見回した。店内は薄暗く、かつては壁からぶらさがっていたにんにくや野菜はきれいさっぱり姿を消していたが、客はそこそこ入っている。どのテーブルも寂しかったが、人々は小さなパンやソーセージを慎重に割って食べていた。

「もう食糧もろくにないんだけど、不安な時、皆で集まってあたたかいコーヒーでも飲めば、安心するだろ？　だから、開けてんのさ。ま、肝心の豆や水ももうほとんどないんだけどさ。まあこの戦争が終わったら、また食べにおいでよ！」

フリードマン夫人は豪快に笑って、慎の背中を叩いた。白いものがまじった褐色の巻き毛に、明るい茶の瞳。体つきは豪快だが、顔立ちはやわらかい。前の戦争の後、彼女の故郷である上シロンスクでは、ドイツ系住民とポーランド系住民の間で熾烈《しれつ》な戦いがあったと聞いている。そこでどんな修羅場を見たのか想像のしようもないが、この状況で動じずにいられるのは、その経験があってこそなのだろう。

ドイツ領にいたころはポーランド人と言われ、ポーランド領になってからはドイツ人と言われました。ヤンの言葉が脳裏によみがえる。

「ヤンから便りはありましたか？」

「ないね！　ヨハンは手紙なんて寄越すような子じゃないよ」

あっさりと、フリードマン夫人は言った。彼女は息子を、ヨハンとドイツ読みで呼ぶ。生まれた時から呼んでいたのだから、今さら変えようとも思わないのだろう。

「大丈夫、あの子は悪運が強いから戻ってくるさ。ま、そしたら一緒に来てちょうだい。栄養つくもん食べさせてあげなきゃね」

励ますつもりが、励まされてしまった。

やはり、母は強い。ふと、遠い母のことが懐かしくなった。

4

ドイツ軍が侵攻してきて十六日目。ワルシャワが包囲されてちょうど一週間が経った日、いつものようにドイツ軍の航空機がやって来た。しかしこの日は、爆弾を落とすかわりにビラを撒《ま》き、一般市民は十二時間以内に指定の二本の道路を通ってワルシャワから退去するようにと通告した。だが、指定された道路はいずれもドイツ軍の猛烈な砲撃に晒《さら》されており、とてもではないが逃げられる状態ではない。これは単純に、ドイツ軍の部隊間の連絡ミスだったが、ワルシャワ市民にいっそう抗戦の意思を固めさせるだけの結果に終わった。

「こんなものを撒くってことは、いよいよドイツ人《ニエムツィ》がワルシャワに乗りこんでくるってことね」

マジェナは拾ったビラをいまいましげに破り捨てていた。恋人ラデックの安否はいまだ知れない。しかし少なくとも槙の前ではラデックのことを口に出すことはなく、日々の仕事をこなし、大使館を出た後は陣地へ物資を運んだり、炊き出しをしたりと寝る間も惜しんで働いているようだった。うっすらと隈《くま》が出来、頬もやや窶れていたが、目の力はあくまで強かった。

翌十七日、ワルシャワ放送はドイツ軍に向けてあるメッセージを流す。一般市民と各国外交団の退去のための停戦交渉を行うべく、将校を派遣するというものだった。

対するドイツ側は、翌日午前八時までの無条件降伏を要求。指定の時間までに返答を持った将校が現れなければ、総攻撃を行うと返答した。

ポーランド側が要求を呑むはずはなく、ドイツ軍は再び爆撃を開始する。

「またか」

書類の整理をしていた慎は、舌打ちした。

今日はこれで三度目だ。耳障《みみざわ》りな、空気を容赦《ようしゃ》なく切り裂くような音が大使館の窓を震わせる。

空気が鳴動する。

サイレンに似た音は、空襲警報とはまた違う。

ユンカースＪｕ87《シュトゥーカ》。ドイツ軍の急降下爆撃機だ。シュトゥーカは急降下の際にサイレンのような音をたてるため、すぐわかる。最初は何事かと思ったが、今や死を告げる悪魔のサイレンと誰もが知っている。

彼らの狙いは正確である。まず目標物を外さない。

標的はほぼ軍事施設に絞られているので、市街地にそれほど被害は出ていなかったが、この音を聞くたびに体が反射的に竦んでしまう。腕にたった鳥肌をさすっていると、雷鳴のような爆音が響いた。同時に床が浮きあがり、棚に並べられていたファイルや本は全て崩れ落ち、机に置いてあったカップがひっくり返る。地響きだけではなく、四方から激しい揺れが来る。耳を劈《つんざ》く爆音に続いて、機銃掃射の音が響いた。屋根が破壊され、崩れ落ちる音。機銃を喰らって窓が破裂するように割れる音。以前の生活ならば知りようもなかった音も、もうすっかり馴染みになっている。

「近い」

慎はつぶやき、転がったカップを直した。以前使っていた陶製のカップは、開戦二日目にして早々に割れたので、今はブリキ製のものに替えている。

サイレンと機銃の音が去り、急いで外へと出る。同じ通りに並ぶ建物が、濛々《もうもう》と土煙をあげている。ポーランド軍将校の集会所だ。ネオバロック様式の優美な建物だったが、上部は無残に潰れている。

まさか、このピェラツキ通りまで狙われるとは。思わず茫然と立ち尽くし、惨状を眺めていたが、血まみれの男が飛びだしてきたのを見て、慌てて駆け寄った。

「大丈夫か！」

反射的に尋ねて、後悔した。どう見ても大丈夫ではない。男は頭から上半身を真っ赤に染めているというのに、痛みなどまるで感じていない様子で慎に縋った。

「中に下敷きになってる奴がいる！　手を貸してくれ！」

「わかった！　誰か、医者に連絡を！　あと水！」

わらわらと集まりだした人々に声をかけると、慎はハンカチで鼻と口を押さえ、半壊した建物の中に飛びこんだ。

織田や他の職員、そして近所の者たちも次々と続く。消防隊を待ってはいられない。

おそらく今の爆撃は、ついでのようなものだろう。本命の施設に爆弾の雨を降らせた帰りに土産として置いていった程度。これぐらいでは、呼んだところで消防隊は出動してはくれない。今、ワルシャワのどこかで、もっとひどい火災が起きている。今まで毎日そうだったように。

対応が早かったために、建物内部の火災は最低限で抑えられ、火の手が回る前に下敷きになっていた人物も引っ張り出すことはできた。もっとも、できたのはそこまでだった。落ちた梁《はり》が胸から腹を押し潰していたのではどうしようもなかった。

三時間近く奮闘し大使館に戻った慎は、疲れ果てていた。これほど体が重いと感じたのは久しぶりだった。生命を救えていたのなら、せめて心は軽かっただろう。しかし、助けられなかったという現実が、今の慎には重かった。

見知らぬ、だがまだ若い青年だった。目を見開いたまま、事切れていた。

おそらく、ほとんど即死だっただろう。せめて、そうであったことを祈りたい。

このワルシャワでは、毎日同じような死が量産されているのだ。それは日ごとに増えている。ワルシャワの外では、もっと容赦のない殺戮《さつりく》が続いていると聞いた。

おそらくここも、じき地獄になる。

幸い、友人たちやアパートの住人はみな無事だが、爆撃機の狙いがいつ民間人に向くかはわからない。国境付近の街では、市街地も容赦なく爆撃と砲撃に晒され、多数の民間人が犠牲になったのだから。

もし、ここを直撃したら。

横たわっていたあの青年が、自分だったら。あるいは織田だったら。マジェナだったら――

「おい」

不機嫌そうな声をかけられて、慎は我に返った。

顔をあげると、織田が声に相応しい表情をして見下ろしている。

「整理、全然進んでないじゃないか」

そう言われて初めて、めちゃくちゃになった書記生室の整理をしていたのだったと思いだす。それなのにいつしか床にしゃがみこみ、今更こみあげる吐き気に震えている。

「申し訳ありません」

「まあいい。副領事が呼んでる。顔洗っていけよ」

そう言いながら顎をしゃくる。面倒くさそうに書類を拾いだした織田に一礼し、慎は書記生室を後にした。

忠告に従い、手洗いで顔を洗う。鏡をのぞきこむと、たしかにひどい顔をしていた。青いを通り越して土気色《つちけいろ》だ。

遺体を見るのは初めてではない。だが、こういう形で命を奪われた人間を見るのは初めてだった。

濡れた頬を叩き、気合いを入れる。手ぬぐいで顔を拭き、一度大きく深呼吸をして廊下に出る。

壁にかかった絵画が、さきほどの爆撃のせいか微妙に曲がっているのを見つけ、元の位置に正す。いつもならば使用人たちがまっさきに気づくところだが、今日は彼らもそれどころではなかったのだろう。

「副領事、棚倉です」
と、ノックすると、すぐに返事があった。失礼します、と断って扉を開ける
領事室の扉を葉巻をくわえた後藤副領事がにこやかに迎えた。
「さきほどはご苦労だったね、棚倉君。君がまっさきに飛びこむとは思わなかった」
東京外国語学校を卒業して以来、ソ連や満洲の領事館を転々としていた後藤副領事
も、ロシア通として名高い人物である。ワルシャワに来てまだ一ヶ月足らずでポーラン
ド語はほとんど喋れないが、その快活な性格もあって、すでに職員ともすっかり馴染ん
でいた。
「私が玄関に一番近かったので、最初に辿りついただけです。申し訳ありません、まだ
整理が終わっておらず……」
「ああ、それはいいんだよ。ただ、近々このあたりも爆撃されるだろうからね、資料の
保管方法も考え直さなきゃならん。さすがにここが爆撃されることはないと信じたい
が。日章旗はパイロットから見て見やすいものだろうかね」
後藤はおどけた様子で天井を指さしたが、慎の表情がこわばったままなのを見て、苦
笑しながら葉巻を口に運んだ。ゆったりと煙を味わうと、笑みを残したまま続ける。
「さて、単刀直入に言おう。数日中に、各国外交官はワルシャワを脱出する。現在、ノ
ルウェー大使がドイツ軍と交渉中だ」
慎は驚かなかった。呼ばれた時点で、そういう話だろうと察しはついていた。

市民と各国外交官の避難のため一時停戦を呼びかけたポーランド軍の申し出は拒否されたが、外交官が居座っていてはドイツ側としても都合が悪い。

ドイツ軍がワルシャワを完全に包囲していながら、急降下爆撃機での限定的な爆撃と砲撃のみにとどめているのは、各国の外交官がまだ残っているからだ。

ワルシャワに残留している外交官は、武官も含め二百名ほど。ポーランド軍の申し出が拒否されてから、残留組を取りしきるノルウェー大使が改めてラジオでドイツ軍に呼びかけたのだった。

「我々もいよいよワルシャワを去るのですか」

「私は残る。君と織田君は、武官補と共に退避してくれ。前回は強引に居残った梅田氏も、今回は引きずってでも連れていってもらうことになるだろう。さすがにこの状況で民間人を残してはおけない」

やや疲れた様子で後藤は言った。理由は容易に察せられた。教師の梅田は大使館の業務を手伝うかたわら、戦地に向かった友人たちの家に赴《おもむ》いては、その母や妻たちを励まして回っているのだ。文字通り寝る間も惜しんで飛び回っているので、疲労のためか数日前から高熱を出して寝込んでいる。このままワルシャワに置いておいては、過労で死ぬか爆撃を喰らって死ぬかのどちらかだ。

「梅田さんについてはもちろん賛成いたします。ですが、副領事は残られるのでしょう」

「そりゃまあ責任者だからな」

「ならば私も残ります」

織田君もそう言ってきかなかったんだよ。しつこいから追い出したがね。通常業務はないに等しいし、あとは現地職員がいれば事足りる」

「何があるかわからないこの状況で、副領事を一人で残すわけにいかないでしょう」

「一人いれば充分さ。この戦争は、そう長くはかからない。なんせ、ポーランド政府はすでに国を出て、ルーマニアに逃げたからな」

慎は一瞬、何と言われたのかわからなかった。逃げた？　政府が？　ワルシャワ市民が総力をあげて戦おうとしているこの時に？

「五日、ワルシャワから脱出したポーランド政府や各国外交使節団が避難した街も爆撃を受けて、さらに南へと移動したそうだが、それでも爆撃からは逃れられなかったようでね。先日、ルーマニアへ脱出したそうだ。日本の外交団には一言もなかったという話を聞いた」

「……信じられません」

「そうだろう。まったく、ずいぶん馬鹿にされたものだ。まあ、大使もその後、なんとかルーマニアに脱出されたからよかったものの……」

後藤が怒りをこらえるように頭をふった。

「ワルシャワ市民がいかに健気《けなげ》に戦おうが、すでに国は消えたも同然だ。そこに、とどめだ。昨日、東部国境よりソ連軍がポーランドに侵攻した」

今度こそ、頭が真っ白になった。

「ソ連が？」

「ドイツ軍が、すでにワルシャワが陥落したとデマを流したようだ。それで、ソ連軍がおこぼれを貰おうと慌てて軍を動かしてきたのだろう。第四次ポーランド分割だな」

つい最近、同じ単語を聞いた。

ああそうだ、織田だ。独ソ不可侵条約締結の翌日。すでに両国の間には分割の密約があるのだろうと言って、マジェナに面白くない冗談だと怒られていた。

たしかに、全く面白くない。織田の予言した通り、現実になってしまったのだから。

「政府は国外逃亡、そして東からはソ連軍。イギリスとフランスはもう援軍を寄越さないだろう。ポーランドには、万が一にも勝ち目がない。そういうわけで君たちは脱出して、酒匂大使と合流してほしい。ここでやることはないから」

「副領事、私は」

「この上残りたいと願うのはもはや感傷にすぎんよ、棚倉君」

慎は拳を強く握った。

「ポーランド政府もあんな状態なのでね、酒匂大使も不自由されている。身軽に動いて情報収集してくれる者が必要なんだよ。君はその容姿といい、うってつけだ。数日のうちには出発することになるだろう。準備を整えておくように」

こちらの返答を聞くまでもなく、後藤は話を終えた。

慎は口を開きかけたが、結局なにも言わずに一礼し、退出した。

5

重い体を引きずって書記生室に戻ると、織田はいなかった。しかし直前まではいたのだろう、煙草の香りが残っており、つけっぱなしのラジオからは『英雄のポロネーズ』が流れている。

窓から差しこむ明るい日差し、煙草の苦い香り、ショパンの美しい調べ。それだけ並べれば、なんということのない平和な光景だ。窓越しに見えるプラタナスも黄金色に染まり、黄金の秋の名に相応しい。

しかし部屋は爆撃の震動でめちゃくちゃで、通りのむこうでは凄惨な光景が広がっているのだ。慎は近くのソファに腰を下ろし、大きく息をついた。

「感傷、か……」

大使たちを見送った夜の、圧倒的な孤独を思いだす。あのおぞましい感覚は、忘れられそうにない。

そして、慎が帰ってきたと涙ぐんでいたアパートの住人たち。日本は見捨てないだろうかと問うてきた仲間たち。

慎は手で顔を覆った。さきほど見た青年の遺体が、ここで出会った人々に重なる。これが、果たして感傷なのか。

——あの時、つくづく思ったよ。人が、人としての良心や信念に従ってしたことは、必ず相手の中に残って、倍になって戻ってくるんだと。俺たちは立場上、どうしても自国にとっての損得で行動を考えがちだが、あの時の子供たちの笑顔を思いだすたびに、外交の本質はあそこにあるんじゃないかと思い直すんだ。

顔を覆っていた手の下で、慎は目を見開いた。手を下ろし、キャビネットの上のラジオに目を向ける。

ポロネーズが終わり、しばし無音が続いたと思ったら、馴染みのある旋律が流れてきた。

ポロネーズのような軽やかさはない。全てを押し流す激流と、全てを燃やし尽くす炎が真っ向からぶつかり合い、喰らい合うような激しい旋律。

『革命のエチュード』。

その時、雷鳴のようにひとつの光景がまた浮かびあがった。

懐かしい、自宅の庭。月明かりの下、紫苑がやわらかく揺れている。慎はそれを、濡れ縁から眺めていた。江戸切子《えどきりこ》の酒器を載せた丸盆を挟み、丈長い痩身を藍染《あいぞ》めの浴衣に包んだ父が座っている。

客間から聞こえるのは、『革命のエチュード』だ。家のピアノではない。母がショパンのエチュード集のレコードをかけているのだ。

父が弾くと荒々しい嵐そのもののような旋律も、雑音まじりのレコードで聴けば、夏の終わりの夜に溶けていくようだった。

「私がこの曲をあまり好きではないのは、責められているような気分になるからだ」

それまで黙って耳を傾けていた父が、ぽつりと言った。

「責められる?」

「おまえは何をしているのか、と問われているように感じてしまう。自分の中に負い目があるからだろう。戦わず、ただ膝を屈したのだと責められているようでな」

革命で祖国を失った父は、同じように国に帰れなくなった日本国内の白系ロシア人を救済する組織で働いていた。

組織を通して、何人もの同胞がアメリカに亡命していったという。その中には、祖国を取り戻すためにアメリカで同志を募り、戦い続けるという情熱を持った者も少なからずいたそうだ。

しかし、父はそうしなかった。すでに日本で家庭を持っていたことも大きいが、そうでなかったとしても、アメリカでなお祖国のために戦い続けようとしたかどうかはあやしいと、自嘲ぎみに笑っていた。

祖国には家族もいた。戻れずともよい、せめて安否がわかれば。革命当初はそう願っていたが、いつしかその願いも薄れていった。

父は日本人として生きることを選んだ。今の家族を守ることを選んだ。それを悔やんだことはないが、この曲を聴くと、祖国のために一度として戦わなかったことを恥じずにはいられないのだという。

誇りのために、命を賭《と》して戦え。そういう声が聞こえるのだと。

父からそう聞いた時、慎は驚いた。父があまりこの曲を好いていないことは知っていたが、理由まで聞いたことはなかったからだ。

父がずっと秘めてきた内なる声を明かすつもりになったのは、慎が日本を発つ前夜だったからだろう。

「慎、おまえの赴任先がロシアではなくポーランドになったことは、とても幸せなことだと思う」

父は決して「ソヴィエト連邦」という言葉は使わない。昔通り、ロシアと呼ぶ。

「おまえがロシアに憧れ、学ぼうとしてくれたことは、本当はとてもうれしかったんだ。自分の祖国を子供が愛してくれる。こんなにうれしいことはない。それでも反対し続けたのは、私が戦わなかったせいでおまえに重荷を全て背負わせているような気がしてならなかったからだ」

「そんなことはありません。たしかに哈爾浜学院に行こうと決めたきっかけは、父さんです。ですがその後、ロシアという国に強く惹かれたのはたしかなんですから」

「わかっているとも。ただ、おまえは昔、シベリアから来たポーランドの孤児を匿《かくま》おうとしたことがあっただろう。たしか、カミルと言ったかな」

懐かしそうに父は言った。

「必死にあの子を庇《かば》うおまえを見て、胸が痛かった。おまえが出会って間もないあの子にあれほど肩入れしたのは、彼の中に自分を見いだしたからだろう。この国には、自分の居場所がない。そう感じていたのではないか」

息を呑む。慎は、どういう表情をしていいのかわからなかった。

まさか、父が気づいているとは思わなかった。

幼いころから、慎の容姿にはスラヴの要素が濃く現れていた。一緒にいると恥ずかしいなどと言われたこともあったが、ほとんどの幼なじみは気にしてはいないようだった。だが、学校に通うようになれば、気にしない者のほうが極端に少ないのだと思い知った。厭な思いをしたことは数えきれない。

ロシアに生まれていたら、どうだっただろう。いつしか、そう仮定して想像する遊びに夢中になっていた。広大な帝国、多様な人種。あの国ならば、誰もじろじろと見たりはしなかっただろうと。

「おまえは、そうしたことは決して口にしなかった。そうすれば、私や母さんが悲しむと知っていたから。賢くてやさしい、自慢の息子だ」

動揺する息子に、父は穏やかに笑いかけた。

「だが、それが悲しくもあったよ。おまえがロシアへの興味を深め、熱烈に憧れていくのを見るたびに、必死にもがいているように思えてならなかった。私があのとき戦っていれば、あるいはおまえは自由の国で、毛唐などと嘲笑《あざわら》われることなく生きられたのではないか——何度もそう考えた」

日本に滞在して三十年。父の日本語は、声だけ聞いていれば日本人が喋っているとしか思えないほどに上達していた。

「露骨な差別にうんざりしたことはありますが、子供のころの話です。当時は、どんな些細《ささい》なことでも人生の一大事のように思えたものですから」

「それが実際に、人生の一大事になることが多いものさ」

父は力なく笑い、遠くを見るような目をした。

「あのポーランドの子供は、私を見て怯えていた。おまえがあの子を庇う理由はすぐに思いついたのだが、なぜあの子が私を怖がるのか、当時はその理由がよくわからなくてね。情けないことだ。祖国があの子の国にしてきたことに関してはまるで無自覚だった。彼らをシベリアに追いやったのはロシアであり、おそらくはあの子自身、ロシア人に惨い目に遭わされていたのだろう。あの場ですぐにそこまで思い至らなかった不明を恥じるほかない」

慎は黙って聞いていた。父の言うことは、おおむねあたっている。

カミル少年は、納戸に積んであった本のキリル文字を見てひどく緊張していた。慎にも、ロシア人かと尋ねた。その質問は慎の傷を抉《えぐ》ったが、カミルにとっては何をさしおいても知っておかねばならないことだったのだろう。

父と同じように、慎も当時は何もわからなかった。だが、ロシアに親しみ、その歴史を知るにつれ、カミルの立場や当時の感情のうつろいを少しは理解できたと思う。当時の日本では、孤児と重ねてポーランドに同情する気運があったために、その悲劇に涙するのもそう難しいことではなかった。

しかし、生粋《きっすい》のロシア人である父にとっては、逆にそれも難しかったのだろう。

慎から見る父は、典型的な学者気質だ。興味のある物事には驚異的な集中力を見せるが、それ以外のことにはほとんど頓着しない。時に日常生活もあやうくなるほどだ。植物学の分野では名が知られていたとしても、自国に潰された国の歴史になど、ちらとも興味を持ったことはなかっただろう。

「だからこそ、慎がポーランドという国に行くことを、私はうれしく思う。ロシアとドイツ、オーストリア、周囲の強国に食い荒らされ、地図から消えたことのある国。そうした国から見える世界は、今まで我々が見てきたものとはまるでちがうことだろう。そしておそらくは、それこそが、最も正直な世界の姿なのだと思う」

「最も正直な世界、ですか」

「人が歩んだ歴史は一つだが、その姿は見る者の数だけ存在する。基本的に歴史は強国によって語られる。呑みこんだ敗者について思いを巡らせる者はあまりいない。呑みこまれた当事者以外はね。そしてその当事者だけが、イデオロギーや利害に関係がない、最も素直な世界を見ることができる」

父は江戸切子を口に運ぶでもなく、中で揺れる無色透明の清酒をじっと見つめている。が、その目が急にこちらを向いた。

「おまえがポーランドから見る世界は、過酷かもしれないがきっと美しい。子供のころから、謂われなく虐げられることがあることを知るおまえなら、この国やドイツを覆うまやかしに惑わされることもないだろう。慎、おまえは真実と共にあれ。おまえが正しいと信じたことを、迷わず行えるように」

奔流《ほんりゅう》のようなエチュードに合わせ、懐かしい光景がまざまざとよみがえる。激情のメロディとは似ても似つかぬ、ごく穏やかな記憶だというのに、この二つはしっくりと馴染んでいた。

それはきっと、父のあの穏やかさが、人にはうかがい知れぬ無数の激流を越えた先にあったものだからだろう。それをおぼろげながら感じ取れる程度には、自分も大人になっていた。

動乱の時代を迎えた今、息子は再び日本に戻れないかもしれない。これが今生《こんじょう》の別れやもしれぬ。その思いが、普段は多くを語らぬ父の口を動かしたのだろう。

ポーランドから見る世界は、過酷かもしれないがきっと美しい。

ああ、その通りです、父さん。この国は、あまりに過酷だ。だからこそ、その中に輝くかすかな光を、僕は守らねばならない。

鋼鉄と火薬がつくる絢爛《けんらん》たるまやかしの夢に呑みこまれ、消えてしまわぬように。

6

九月二十一日正午。

日本大使館の職員たちは整列し、門前から走り去るキャデラックに手をふり、見送った。

車に乗っているのは武官補と高熱でぐったりしている梅田、そして織田である。あのあと決死の覚悟で後藤に抗議して、結局、家族のいる織田は予定通り退避し、独り身の慎は残ることになった。

「覚えてろよ」

織田は最後まで怒っていた。その証拠は、慎の左の頬にしっかりと残っている。

屋根に大きく日の丸を描いたキャデラックは小さくなり、やがて道を折れて消えた。

慎は、ほっと息をついた。

この日、ワルシャワを去ったのは日本大使館の面々だけではない。ノルウェー大使の申し出を受け入れたドイツ軍は、時間と使用道路を指定し、必ず所定通りの手順で退避することと指示を出してきた。

次々と走り去る各国の車を、ワルシャワ市民たちはどんな思いで見ているのだろう。考えると胸が痛かった。

「さて諸君、顔をあげよう。まずは屋上を見たまえ」

涙にくれる職員を集め、後藤副領事は陽気に言った。

「屋上?」

一同は怪訝な顔で、視線を上へと向けた。新古典様式の建物に、日章旗が翻っている。

「といっても、ここからじゃあ見えないが。まずは皆で、大きい日の丸を屋上に描こうじゃないか」

楽しげな副領事の口調に、慎たちは首を傾げる。「どれぐらい大きい日の丸ですか」とマジェナが尋ねると、「とにかく大きく」という要領を得ない答えが返ってきた。

「おそらく大規模な無差別爆撃が始まる。弾よけは万全にしなければならん。緊張でがちがちになった新米のパイロットでもはっきり見えるように」

副領事は笑顔のままだったが、慎たちは息を呑んだ。

「心配するな。日の丸あるかぎり、ここは爆撃を受けない。イギリスとフランスの大使館はまっさきにやられるだろうがね。数ある中立国の中でも、我が国はドイツにとって友軍寄りだ。君たちにとっては複雑かもしれんが、だからこそここは、ワルシャワが攻撃を受けても残る可能性が高いのだ。なればこそ、この立場を充分に使おうではないか」

後藤はいかつい顔に笑みを浮かべ、一同を見回した。

「私はこの大使館を酒匂大使からお預かりした。君たちごとだ。いいかね、ここは必ず無傷で残す。たとえ閉鎖命令が来ても、我々はこの地を死守する」

ポーランド人の職員や使用人たちは、驚いたように顔を見合わせた。

「諸君、我々は同盟国同士ではない。だが、友であることに変わりはない。それをどうか忘れないでくれたまえ。私たちは、この家にあってはみな等しく家族だ。ドイツ人に門を開くつもりはないが、君たちにはいつでも門を開こう」

後藤副領事の言葉に、職員たちは感極まって泣きだした。嗚咽《おえつ》を漏らし、中にはほとんど雄叫《おたけ》びをあげて副領事に抱きつく者もいる。

慎は隣で泣き濡れるマジェナにどう言葉をかけるか悩んでいたが、後藤に目で合図され、やむなく抱擁することにした。

「おお、これは感動的。カメラを持ってくればよかったな」

突然、場違いな明るい英語が聞こえた。ご丁寧に口笛まじりだ。

声のほうに目をやると、先日爆撃を受けた集会所から長身の男が出てくるところだった。慎は目を疑った。茶の中折れ帽のかぶり方、無残な跡地から出てきたにしては異様に爽《さわ》やかな笑顔。シカゴプレスの記者、レイモンド・パーカーだ。

なぜこんなところに？　慎は目を細めた。外国人ジャーナリストは全員避難済みのはずではなかったか？

「そんなところで何をしているんだ、パーカー君」

まっさきに鋭い声をかけたのは、後藤だった。

「やあゴトウサン、お久しぶり。単に爆撃された場所を巡っているだけだよ」

「ネタ探しか。ご苦労さんだな」

後藤の皮肉に、レイは大仰に肩を竦めた。

「そうなんだよ、封鎖された上に限定的な爆撃だけだと、記事としては面白みがなくってねえ。せっかく無理を言って残った意味がないんだよ。戦争ってのは、遠い国での出来事なら最高の娯楽になるのにさ。もっとも、ようやく面白くなりそうで、ここ数日が楽しみだよね」

頭上に広がる雲ひとつない晴天のような笑顔で、レイはひどく無神経なことを平然と口にした。

しかし、顔色を変えたのは後藤と慎だけで、ポーランド人たちはきょとんとしている。彼らはロシア語、ドイツ語、また上流階級も含めればフランス語を解する者は多いが、英語となるとごく一部の知識階級に限定される。マジェナはごく簡単な会話ならこなせるそうだが、レイの英語は完全にアメリカ英語で早口なので、全く聞き取れないようだった。それでも、日本人二人の表情が変わったことで剣呑《けんのん》な空気を察した職員たちは、不躾な闖入者《ちんにゅうしゃ》を睨みつけた。

「少し冷えてきたかな。さて、紅茶でも飲んで仕事に取りかかろう」

後藤副領事は笑顔に戻り、職員たちを促して大使館の中へと入っていった。最後にマジェナの肩を抱いた慎が続くと、

「タナクラサン、ちょっと」

レイに呼び止められた。顔をしかめて足を止める。一緒に止まったマジェナが不安そうに見上げてきたが、大丈夫だというように頷いてみせ、先に行かせた。

「何か用か？」

彼らが扉のむこうに消えたのを確認してから、いかにも渋々といった様子でレイに向き直る。レイは気分を害した様子もなく、相変わらずにこにこ笑っていた。

「人払いするほどのことでもないんだけどね。君、なんでワルシャワに残ったんだ？」

「それはこっちの台詞《せりふ》だ。ネタ探しに残るとは正気の沙汰《さた》じゃないな」

「日本の記者たちは、とっとと逃げていったっけね」

「それが普通だ。他の国の新聞社だってそうだろう。だいたい、今のワルシャワじゃあ外電ひとつ満足に打てないってのに、何を考えている。死ぬかもしれないんだぞ」

「質問に答えてくれよ。なんで残ったんだ？」

顔は完璧な笑みをつくっているのに、青い目だけは笑っていない。七月にユダヤ人居住区で会った時もそうだった。

なぜだろう。初対面の時にもぼんやりと感じていたが、今回で確信した。この男は、

なぜか自分に敵意を持っている。

　何かしただろうか。覚えはない。そもそも接触する機会がほとんどなかった。

　子供のころから理由のない悪意をぶつけられることには慣れているが、だからといって何も感じないわけではない。慎は事務的に、「大使館の職員が大使館に残るのは当然だ」と答えた。

「そういうことじゃない。哈爾浜学院の出身なら、対ソ連の諜報員だろう。ワルシャワに残ってやることなんてないじゃないか」

　血の気が引いた。

　たしかこの男は、ワルシャワにいる各国大使館のメンツの顔と名前を全て覚えていると言っていた。しかし、経歴まで把握しているとは聞いていない。大使や武官、参事官あたりならばまだわかるが、書記生の履歴を知っているのは尋常ではなかった。

「ずいぶん人のことを嗅《か》ぎ回っているんだな」

　地を這うような声に、レイはまるで銃でも突きつけられたように両手をあげた。

「そんなに警戒しないでくれよ。ヤンに聞いただけさ。彼、生きているといいんだけどね」

「生きているに決まっている。縁起でもないことを言うな」

「悪かったって。まあ、せいぜい生き残るように気をつけなよ。大使館に閉じこもっていれば、ドイツ兵は手出しできないだろうけど」

「ご忠告ありがとう。君もネタに夢中になるあまり、戦車の前に飛び出すようなことはするなよ」

一方的に会話を打ち切り、慎は大股で大使館の敷地に足を踏み入れた。

守衛が門を閉める音を背中に聞き、玄関の扉を開く。最後に振り向くと、レイモンド・パーカーはさきほどと同じ場所に立っていた。

ただ、帽子《ブリム》のつばの位置が大きく下がっており、どんな表情をしているのかは見えなかった。


後藤副領事の予言は的中した。

織田たちが去って三日後、九月二十四日。

午前八時、ワルシャワ上空に現れた航空機の数は、今までの比ではなかった。

その数、千百五十機。

今まで軍事施設だけを狙ってきたドイツ空軍は、今や市街地にもまんべんなく死の雨を降らせた。高性能爆弾のほか、今まではあまり使われなかった焼夷弾《しょういだん》も多く投下されたため、各地で大規模な火災が起こり、発生した煙で街は夜のように暗くなった。ワルシャワ市民は煙に目と喉《のど》をやられながらも必死に消火をし、死者を運び、兵士たちへの補給に走った。

翌日には千七百七十六機の爆撃機が投入され、さらに陸軍砲兵隊の猛攻撃も始まった。

　もはや天地の境なく飛び交う砲弾に、ワルシャワでは文字通り地獄絵が展開された。旧市街《スタレ・ミャスト》の象徴である王宮をはじめ数々の建物が破壊され、吹き飛び、死の雨から逃げ惑う人々は一瞬にして潰され、破裂し、または生きながら焼かれた。

　美しい黄金の秋は、濛々と立ち昇る黒煙と赤い炎に呑みこまれ、跡形もなく消えてしまった。

　しかし、この猛烈な無差別攻撃の中にあっても、日本大使館は傷ひとつ負うことはなかった。後藤副領事の言葉通り、イギリスとフランスの大使館は破壊されたが、日本大使館はピェラツキ通り十番地に端然と佇《たたず》んでおり、「日本大使館はドイツ野郎《シュファビ》も避ける」という噂を聞きつけ、周辺の住民が敷地内に押し寄せることもあった。

　ごく例外的に、こうして全く影響を受けない場所もあったが、ワルシャワはあっというまに追い詰められた。封鎖されて以来、電気と水道は止まっていたし、食糧もすでに底をついている。

　崩れ落ちそうな市民の心をかろうじて支えているのは、今やラジオから絶えず流れるスタジンスキ市長の演説と、ショパンの曲だけである。爆音と断末魔の叫びが轟《とどろ》く中を、華麗なポロネーズが軽やかに駆け巡った。

　二十六日、とうとうドイツ軍の歩兵部隊が突入する。防衛軍は進ませまいと立ちはだかり、次々と倒れ、市民たちもわずかな弾丸を銃に詰めて迎え撃つ。

しかし、兵力で大きく劣る彼らに、万が一にも勝ち目はなかった。市民総出で、電車まで使ってつくりあげたバリケードは猛烈な爆撃と砲撃の前に跡形もなくなり、弾も尽きた。死者は加速度的に増え、もはや亡骸《なきがら》を埋める余裕もなくなり、瓦礫《がれき》の上に並べるほかなかった。

消えぬ炎、強烈な死臭が街を覆う中、九月二十八日、ポーランド軍のユリウシュ・ルンメル将軍は、とうとうドイツ軍に無条件降伏を申し入れる。

ドイツ軍がポーランドに侵攻して、約一ヶ月。

ワルシャワは陥落し、ポーランドは降伏した。この包囲戦でワルシャワの十五パーセントの建物が破壊され、死者は約五万人にのぼった。

ポーランド人は誇りを持って戦い、そして敗れた。

7

一年前のこの日、慎はワルシャワの地に降り立った。

ミュンヘン会談の「成功」にベルリンやヨーロッパ各都市が沸く中、ワルシャワには平静——いやむしろ冷ややかな沈黙が漂っていたことを覚えている。そして日本大使館に初めて出勤した慎を出迎えたのは、ドイツ軍がチェコスロヴァキアのズデーテン地方に侵攻したという知らせだった。

あれからちょうど一年。一九三九年十月一日、ドイツ軍はこのワルシャワにやって来た。征服者として、堂々と。

降伏を申し入れたのは九月二十八日だったが、ワルシャワをすっかり包囲していたドイツ軍が入城するまで数日の間が空いたのは、彼らの進軍に備えて瓦礫やバリケードを撤去し、塹壕《ざんごう》を埋める必要があったからだ。市民たちは総出でかつて自分たちが掘った穴を埋め、瓦礫をまとめ、その下から死体を引きずり出しては共同墓地へと運んだ。

安全を確認したドイツ軍がワルシャワに乗りこんできたこの日、慎は日曜にもかかわらずあえて大使館に出向いた。ドイツ軍司令部が置かれるのは、あの美しいサスキ宮殿である。どんな顔でやって来るのかこの目で見てやろうという思いだった。

電撃戦《ブリッツクリーク》という新しい戦術を編《あ》み出し、一月足《ひとつき》らずでポーランドを粉砕した隣国の軍は、ワルシャワ市民にとって恐怖と憎悪の対象である。彼らほどではないにしても、慎ら日本人にとってもドイツ軍はいまいましい存在だった。独ソ不可侵条約という形で日本を愚弄《ぐろう》した上に、平和への努力を鼻で笑った連中だ。

しかし、いざ廃都を整然と進む彼らの姿を目のあたりにした時、胸をよぎったのは、怒りや反感ではなく安堵だった。

栄養の行き届いた堂々たる体躯《たいく》に立派な制服を纏《まと》い、一分《いちぶ》の乱れなく行進する男たち。彼らの血色のいい頬と、まっすぐ伸びた姿勢を見て、久しぶりに秩序という言葉を思いだした。

ワルシャワは、とっくに崩壊していた。単純に建物が破壊されたという意味ではない。食べ物も物資も底をつき、強奪と争いが横行しているのだ。

開戦当初、政府は食糧は充分に備蓄があるから買いだめはしないようにと国民に通告したが、それがあだになった。人々はその言葉を信じたが、その後すぐ政府は逃げてしまった。ワルシャワのスタジンスキ市長は最後まで残り、市民とともに戦ったが、食糧はどうにもならず、追いつめられた人々はもはや強奪に頼るほかなかった。

爆撃の恐怖が消えた中、ドイツ軍を迎え入れるために塹壕を埋めていた市民たちを襲ったのは耐えがたい飢えと、早々に逃げ出した政府への怒り、そして間近に迫った厳しい冬への不安である。

また、死者は共同墓地に運ばれたとはいえども、なにしろ五万を超える数である。とてもではないが埋める余裕はなく、ただ公園や広場に死体が並べられている状態だった。さらに軍が残した大量の馬の死骸《しがい》は放置されたままで、街を覆う悪臭は日増しにひどくなっていく。そして飢えた人々は、この腐った馬の肉を切り出して食べざるを得なかった。

日本大使館には幸い半年はもつ食糧の備蓄があったので、爆撃以外で慎が生命の危険を感じることはなかったが、日ごとにひどくなる悪臭には辟易したし、人々が数少ない食糧を求めてパン屋や肉屋に長い列をつくっては相争う様を見るたびに胸が痛くなった。しかし、列があるうちはまだましで、戦況が悪化してからは少なくない店が市民の強襲に遭い、商品が根こそぎ奪われた。

心身ともに痩せ衰えた人々がひしめく街にやって来たドイツ軍は徹底して統制されており、サスキ宮殿に司令部を置くと、まっさきに市民へ無償でパンを提供することを宣言した。

それまで死んだように息を潜めていた人々は我先にと押し寄せ、宮殿前のピウスツキ広場はあっというまに埋め尽くされ、長い列はクラクフ郊外通りにもとぐろを巻くようにして続いていた。

慎は列には加わらなかったが、少し離れた場所からその光景を眺めていた。人々は、今や爆弾ではなくパンを受け取り、涙を流して感謝を捧げている。列の中には、見知った顔がいくつもあった。アパートの大家であるカミンスキ夫妻もいた。カミンスキ氏とは目が合ってしまい、非常に気まずそうな顔をして視線を逸らされた。にわかに、ひどく悪趣味なことをしているような気がして、慎は急ぎ足で広場から離れた。

頭上ではさきほどから、ドイツ軍の航空機が旋回している。機体が飛来した時、空襲の恐怖が身に染《し》みついている人々は一様に身をこわばらせたが、単に撮影のためにやって来た偵察機だった。きっと明日には、欧州じゅうの新聞に、惜しみなく施《ほどこ》しを行う慈悲深きドイツ軍の姿が載るのだろう。

彼らほど宣伝をうまく使う者を、慎は知らない。国内においても国外に向けても、自在に印象を操作する。だからこそ、当初はあれほど警戒されていたヒトラーが存外話のわかる男として周囲に受け入れられ、迂闊にも人々は彼とその国家を信じ、そのたびに裏切られてきたのだ。宣戦布告をしたイギリスやフランスはもはや騙《だま》されることはないだろうが、翻って遠い祖国を思うと胸が騒ぐ。

八月の独ソ不可侵条約に対しては、それまでドイツ礼賛一色だった日本国内でもさすがに批判が巻き起こったが、日独の防共協定はまだ生きている。平沼内閣が総辞職した後、阿部《あべ》内閣が組織され、欧州の大戦には不介入との方針を明らかにしているが、電撃戦であっというまにポーランドに勝利したドイツ軍の圧倒的な強さに、心を動かす者も少なからずいるだろう。

実際に、この絶望的な戦闘のさなかにいた慎ですら、彼らを見て奇妙な安堵を感じたほどなのだ。ヨーロッパと極東の島国の間に横たわる気が遠くなるほどの距離は、事件の本質も経過も曖昧にして、ただ結果だけを強調して伝えてしまう。日本大使館も長らく外部の情報から遮断された状態にあるので内地の様子は詳しくは知らないが、おそらくこの戦果は絢爛たる装飾を施されて日本国民に喧伝《けんでん》されていることだろう。

だからこそ、自分たちがよく見ておかなくては。これからはソ連だけではなく、ドイツの動向にも今まで以上に注意を払わねばならない。

ここワルシャワは、今日から彼らの支配する土地となった。占領地では、軍の本質が出る。彼らがどのようにこの地を支配するつもりなのか、全て見ておこうと固く誓った。

翌日には総統護衛隊長のエルヴィン・ロンメル少将が乗りこんできて、廃墟の整理が始まった。総統を迎えるに相応しい秩序を取り戻すべく、腐った死骸と瓦礫で覆われた道という道は大急ぎで片付けられた。

さすがにドイツ軍が加わったことで、効率は飛躍的にあがったが、彼らは復興にかこつけて早々に本性を現し始めた。

ドイツ軍がやって来て二日後の夕刻、慎は業務を終えて外に出た。現在は夜間外出禁止令が出されているので、八時になるまでには家に帰っていなければならない。しかし八時まではまだ間があるので、司令部周辺の様子を確認してから帰ろうと、日がだいぶ傾いた空の下、新世界通り《ノヴィ・シファト》を北上する。サスキ公園に近づくと、ここ数日で見慣れてしまった列を目撃した。こんな時間までパンを配っているはずがない。震えるほどの寒さだというのに、外套を着ていない者がちらほらいる。怪訝に思い、列に近づき声をかけてみた。

「これはなんの列ですか？　そろそろ外出禁止の時間になりますよ」

突然話しかけられたことに驚いたのか、それまでうつむいていた人々は弾かれたように頭をあげ、怯えた様子で互いに顔を見合わせた。皆、一様に窶れ、薄汚れている。何名かキッパをかぶった男がいて、どうやらここにいるのはユダヤ人らしいと見当をつけた。

「我々は許可証を求めているのです」

しばらく互いを牽制するように視線だけで会話をしていた彼らを代表し、近くにいた灰色のセーターを着た男が口を開いた。背中を丸め、髪にも髭にも白いものがまじっているが、声は存外若い。

「許可証？」

「昨日、いきなりドイツ軍が家にやって来て、着の身着のまま追い出されたんです。せめて荷物を取りに帰りたいのですが、地区に立ち入るには許可証がいるからと。ここにいるのは、同じノヴォリプキとカルメリツカの住民ばかりです」

ノヴォリプキもカルメリツカも、ユダヤ人居住区にある通りだ。

「なぜです」

「わかりません」

男は力なく首をふった。

「突然兵士たちが雪崩れこんできて、ここはドイツ軍が接収すると……。ご覧の通り、外套を着る余裕もありませんでした。財布どころか、靴紐一本持ち出せませんでした。今朝になって、爆撃で建物が崩れかけていて危険だから一時的な避難に過ぎない、しばらくすれば戻れると言われましたが、信じられません」

「……お気の毒に。寝る場所はありますか」

「近くに親戚が住んでおりますので、ひとまずそちらに」

「ならばよかった。どうか、外出禁止時間が来るまでにはお戻りになってください」

「しかし、朝からずっと並んでいるんです。妻や子供たちが、今か今かと許可証を待っているのに。せめて金と、子供たちの服だけでも運び出したいんです」

男は同意を求めるように周囲を見回した。並んでいた者たちも暗い面持ちで頷く。どうやら皆、朝からずっとここに立ち尽くしていたらしかった。

「許可証を受け取った人はいるのですか？」

「数名は。でもそれは、賄賂《わいろ》を払う余裕のある連中だけです」

苦々《にがにが》しい口調に、周囲から不満げな賛同の声があがった。

「胸中お察しいたします。ともかく、今日はすぐにでも帰られたほうがいい。時間がありません」

こんなこととしか言えない自分が歯がゆい。しかし、禁止令を破った彼らがドイツ人にどんな目に遭わされるかと思うと、ぞっとするのだ。

それでも、せっかく並んだのにとか、一日も早く戻らなければ何もかも盗まれてしまうとしばらく愚痴りながら彼らは留まっていたが、刻限が迫り、広場に自分たちと武装したドイツ兵しかいなくなっていることに気がつくと、青ざめて帰っていった。

翌朝、気になって司令部まで来てみれば、やはりユダヤ人たちは昨日と同じように並んでいた。近くには配給の列もあるので、宮殿前広場の人口密度が凄まじいことになっている。

空には今日も灰色の雲が垂れこめ、今にも雨が降りだしそうだった。この気温では、おそらく霙《みぞれ》になるだろう。

配給の列は順調に進んでいるが、許可証を求める列はいっこうに動いていない。おそらくドイツ軍は、最初から許可証など出すつもりはないのだろう。彼らが予感していた通り、家はもう戻ってはこないのだ。

「しつこいぞ、失せろ！」

突然、怒声が響いた。ドイツ語だった。

許可証待ちの列ではない。配給の列のほうだった。とっさに目を向けると、列の先頭からよろめくようにして小柄な影が離れる。黒ずくめの女性のようだった。力ない足取りで列から離れたと思うと、何かに躓《つまず》く。その瞬間、慎は駆けだしていた。

「大丈夫ですか」

転んだ人物を助け起こすと、六十前後とおぼしき老婆《ろうば》だった。瘦せこけた顔には深い悲しみがあり、大きな黒い目は涙に濡れていた。怪我は、と尋ねると、首をふる。見たところどこかを痛めたわけではなさそうだったがひどく消耗《しょうもう》しており、立ちあがる力は残っていないようだった。

「お願いします、パンを。どうかパンを」

嗄《しゃが》れた声で、ただひたすら繰り返す。濡れた目は虚ろで、おそらく慎の顔もろくに見えていないだろう。

「並んでいたのでしょう？　貰えなかったのですか」

老婆が頷くと、その拍子に涙が流れ落ちた。

「ユダヤ人にくれてやるパンはないと……」

かつては黒かったであろう髪、そして大きな目。ユダヤ人といっても千差万別で、むしろぱっと見ではそうとわからない者のほうが多いぐらいだが、この老婆は一目でユダヤ人とわかる顔立ちをしている。

「昨日は夫が並んでくれたのですが駄目でした。戦いで怪我をしていたのに突き飛ばされて腰を打ち、起きあがれません。もう何日も水以外口にしていないんです。お願いします」

喋るのも辛《つら》そうなのに、老婆は途中何度も咳《せ》きこみながら必死に訴えかける。慎の外套の袖《そで》を掴もうとする痩せた指が哀れだった。

腹の底から怒りが湧《わ》きあがる。昨日といい今日といい、街にやって来ていきなりこれか。今すぐ司令部に抗議に行きたかったが、この女性を冷たい石畳にひとり置き去りにするのも不憫《ふびん》で、慎は顔をあげた。

「すみません、どなたか――」

途中で言葉を呑みこむ。不自然なほど、誰とも視線が合わない。おそらくさきほどまで二人を見ていたであろう者たちも、慎が顔をあげた途端にさっと目を逸らしてしまった。

慎は少なからぬショックを受けた。

ワルシャワの住民は、四割がユダヤ人である。市街戦では、みな等しくポーランド人として団結してドイツ軍に立ち向かっていたはずだった。

しかし今やはっきりと、ユダヤ系とそれ以外は区別されている。誰も老婆を助けようとしない。それが現実だ。

胸の中央が、引き絞られるように痛む。彼らとて好んで見捨てているわけではない。それはわかる。ここに並んでいるのは、弱く貧しい者たちだ。ユダヤ人に味方をすれば、今日の糧《かて》を受け取ることができなくなる。

こみあげてきたものを呑みこむように、慎は大きく息を吸いこむと、彼女に声をかけた。

「私の職場が近くにあります。少しでよければ、お分けいたしましょう。立てますか?」

老婆は目を見開くと、まじまじと慎を見つめた。ようやく彼女は、相手がドイツ人でもポーランド人でもないと認識したようだった。

「……外国の方?」

「そうです。さあ、ゆっくり」

腰を支えると、すっかり萎《な》えていた足に力を込めて立ちあがる。何度も感謝を述べる彼女を支え、慎はピエラツキ通りへと向かった。慎の足ではたいした距離ではないが、今の老婆には辛いだろうと思い直し、途中で背負うことにした。老婆は恐縮しきって辞退していたが、やはり辛かったらしく、最終的には慎の言葉を受け入れた。背中に乗せた体は驚くほど軽く、胸が痛む。

「どうしました、パン・タナクラ」

長い時間をかけて大使館に辿りつくと、守衛のヴワドゥシが目を瞠った。

「転んで怪我をしているんだ」

「すぐ椅子を持ってまいります」

「いや、ホールに連れていくよ」

「それはいけません。ゴトウ副領事に許可を取ってからでなければ」

険しい声に、慎は目の前に立ちはだかったヴワドゥシを見た。

「ヴワドゥシ、彼女は衰弱しているんだよ。寒風の中で待たせておくわけにはいかない。許可は後で取るから」

「しかし」

「どけ」

こんなところで押し問答をしているわけにはいかない。苛立ちのままに低い声で命じると、ヴワドゥシは渋々と道をあけた。

「申し訳ありません。私はここで結構ですから……」

蚊の鳴くような声で、老婆が言った。

「お気になさらず。さあもう少しです、頑張って」

慎が老婆の体を支え直そうとすると、急にその体が軽くなった。驚いて見れば、反対側からヴワドゥシが渋面で彼女の体を抱えていた。

「私のほうが力があります。お任せを」

ヴワドゥシはいとも簡単に老婆を抱きあげると、いつもよりずいぶん慎重な足取りで玄関へと向かった。一瞬惚《ほう》けていた慎は慌ててあとを追い、玄関を開ける。

「悪い、ご婦人をそこの椅子に。食べ物を取ってくる」

言い置いて厨房《ちゅうぼう》へと向かい、自分の昼食をいま出してほしいと頼むと、調理師は目を白黒させつつもパンを出してくれた。缶詰のスープは皿にあけずそのまま受け取り、急いで厨房を出る。できることならば貯蔵庫から老婆の夫のぶんも持ち出したかったが、さすがに勝手に手をつけることはできない。自分の昼食の分で我慢してもらうしかなかった。書記生室に飛びこみ、机からビスケットや飴をかき集めて袋に入れる。部屋に備えつけの消毒用のアルコールや包帯も一緒に入れた。

急いでホールに戻り、慎は足を止めた。玄関ホールの椅子に腰を下ろした老婆の前で、マジェナが跪《ひざまず》いている。老婆の手には、湯気をたてる琺瑯《ほうろう》のカップがあった。

「マコ、あなたが彼女をここに連れてきてくれたんですってね」

足音に振り向いたマジェナは、うれしそうに微笑んだ。

「ひょっとして、知り合い？」

「いいえ。でも、もう友達になったわ。ヨアンナ、彼は書記生のマコトです」

するると老婆は微笑んで会釈をした。紅茶を飲んだためか、青ざめきっていた顔にはわずかに血色が戻っている。

「ありがとうございます。日本の方だったのですね」

両手で包んだ琺瑯のカップから立ち昇る湯気に誘発されたのか、充血した目には再び涙が盛りあがっている。

「よろしければ、これもどうぞ。少なくて申し訳ありませんが」

慎は包みを老婆の膝の上に載せた。彼女は充血した目を何度も瞬かせ、大事そうに押し頂いた。

「ありがとうございます。なんとお礼を申しあげればいいのか」

「しばらくこちらで休んでいてください。のちほどヴワドゥシに自宅まで送らせましょう」

「いいえ、大丈夫です。これ以上親切にしていただいては、罰《ばち》が当たりますよ。それに主人が待っていますから」

老婆は紅茶を飲み干すと、「こんなに甘くて美味しい紅茶は久しぶりだったわ」とマジェナに礼を言ってカップを返した。そして包みをとびきりの宝物を扱うような手つきで手提げ袋に入れると、ゆっくりと立ちあがる。慌てて支えようとしたが、彼女は右手をあげて制した。

「マコト、マジェナ、ありがとう。あなたがたのご親切は忘れません」

「そんなことはいいんです。ご夫君《ふくん》が早く快復されるよう祈っております」

「私もあなたがたの幸福を祈ります。祝福がありますように」

老婆はやわらかく微笑むと、玄関へ向かい、ゆっくりと歩きだした。扉を開けようと慎は急ぎ足で追ったが、マジェナはその場に立ち尽くしたままだった。

「ヨアンナ」

慎が開けた扉からヨアンナが足を踏み出した瞬間、マジェナは彼女を呼び止めた。ヨアンナと慎が揃って目を向けた先には、今にも泣きだしそうな顔があった。

「どうか、希望をお捨てにならないでください。今は皆、絶望と飢えで、あまりに余裕がないだけなんです」

「ええ、わかっております。ポーランドの国民は皆、私の兄弟。全てはドイツ軍が悪いんです」

ヨアンナは穏やかに返した。

「彼らはいつも嵐のようにやって来ては全てを奪っていくけれど、いつまでも留まりはしません。いつか必ず出ていくのです。前の戦争の時もそうでした。ですからお互い、それまでの辛抱です。私は、このワルシャワにあなたがたのような方がいたというだけで、心楽しくその日を待つことができるでしょう」

静まり返ったホールの中、彼女の言葉は古代の賢者の預言のように響く。目を擦り、マジェナが頷くと、ヨアンナは安心したように頷き返し、今度こそ出ていった。

腰はわずかに曲がってはいたが、来た時とは別人のような、しっかりとした足取りだった。たっぷり砂糖とミルクを入れたあたたかい紅茶は、彼女の体を充分によみがえらせたらしかった。

「勝手に連れてくるなんて。大使館は日本の領土なのよ。ゴトウ副領事に怒られても知らないから」

門から出ていった彼女を見送ると、マジェナはぽつりと言った。まさか彼女に責められるとは思わなかったので、慎はいささか傷ついて、「あんなところを見て、放っておけないだろう」と反論する。

「状況はヨアンナから聞いたわ。でも、彼女がマコのことを言いふらしたらどうするの？　食にありつけないユダヤ人が日本大使館に大挙して押し寄せてくるかもしれないのに」

「その可能性は考えなかったわけじゃないが」

我ながら歯切れの悪い口調になった。全員を救えないのなら、安易に手をさしのべるべきではない。場合によっては、大使館の職員を危険に晒すことになりかねない。

それでもやはり、捨て置くことはできなかった。ドイツ人だけではなく、同胞であるポーランド人からも見捨てられた女性。昨夜会った、突然住み処を奪われた人たち。生まれ育った故郷から突然見放された現実は、きっと飢えや寒さ以上に彼らを打ちのめしたにちがいなかった。

あるいは自分は、倒れ伏したまま動かぬ彼女に、かつての自分を重ねたのかもしれない。

故郷を失うかもしれないという恐怖。自分にはどうしようもないことで、突如仲間から弾き出される悲哀。厭になるほどよく知っている。

「私がマコだったら、たぶん見て見ぬふりをしたと思う」

マジェナは言った。呻くような声だった。

「ゴトウ副領事は、日本がドイツの友好国であるかぎり、ここは安全だと言った。それは私たちにとって何よりの救いなの。だからこそ私、ユダヤ人をここに連れてくるという選択は絶対にしなかったと思う。ここを守るために」

「すまない。考えが足りなかったよ」

「ちがう。責めているわけじゃないの」

マジェナは力なくうなだれた。

「自然にそう考えてしまった自分が厭なだけ。きっとヴワドゥシもね。信じて、私たちは反ユダヤ主義者なんかじゃない。あの人たちだってポーランド人だって思っているの。でも、彼女を見た時、まっさきに思ったのは、なぜここにいるのってことだった」

「君は紅茶を淹れてくれたじゃないか。それにヨアンナと友達になっただろう」

「……そうしなきゃいけないと思ったから」

「君もヴワドゥシも、何も間違っていない。ここを守ろうとしてくれたのも、その後でヨアンナをいたわったのも、どちらも人として正しいことだと思う」

別れ際、マジェナがヨアンナを引き留めてかけた言葉は、おそらく彼女自身が必要としていたものだったのだろう。

今は皆、混乱している。落ち着けばきっと。

悪夢のような包囲戦の間、マジェナは大使館での仕事を終えると極東青年会の本部へと走り、負傷者の手当や武器の運搬に精を出すという過酷な日々を送っていた。疲れ果て、日に日に痩せていきはしたが、気丈な態度は崩さなかった。むしろ、寝る間も惜しんで働き、戦うことが、救いになっていた部分はあるのだろう。前線に行ったラデックや友人たちと共に自分も戦っていると感じることは、家族を持たない彼女にとって重要だったのではないかと思う。

降伏が決まった時、他の職員たちは泣いていたが、マジェナはむしろほっとした様子だった。これで皆、帰ってくる。遠くを見る目は、如実《にょじつ》にそう語っていた。

三週間近くにわたる包囲戦の間、地方からは続々と避難民が押し寄せ、その中には敗走してきた兵士たちも多くいたが、ラデックが所属していた部隊の兵士は見当たらなかった。しかし戦争が終結したならば、戻ってくるはずだ。そう、生きてさえいるならば。

いまだにラデックの生死は知れない。どうやら、彼が所属していた部隊は開戦して数日のうちに降伏することになったそうだが、どこの収容所にいるのかもわからない。

戦争中よりも、かりそめとはいえ平穏が戻った今のほうが、よほどマジェナの心は不安定になっている。孤児である彼女に、心のよりどころとなる家族はいない。故郷を失う恐怖は、マジェナをも深く蝕《むしば》んでいるはずなのだ。

「マジェナ、自分を責めるな。間違えたらいけない。ヨアンナが言った通り、悪いのはドイツ軍だろう」

「……ええ、でも」

「君は、君と仲間を守ることを考えればいい。今日のことは僕の勇み足だ。外国人ゆえに不用心にしでかしたことなんだから」

マジェナはまだ納得できない様子だったが、どうにか宥めたところで、後藤副領事が呼んでいると伝言があった。

覚悟を決めて部屋まで出向くと、後藤は呆れた様子で釈明を聞きはしたが、怒りはしなかった。ただ、苦虫を噛み潰したような顔で忠告した。

「無断で敷地に入れたのは問題だが、やってしまったことは仕方ない。だが棚倉君、我々はドイツ軍とうまくやっていかなきゃならんのだ。今後、ユダヤ人には近づくな。我々の間における最大のタブーが彼らだ。居住区に立ち入るのもいかん。仮に、今日のご婦人がまた来たとしても、今度はヴワドゥシに命じて丁重に帰っていただくように」

その口調には、隠しきれぬ怒りが滲んでいた。慎に向けたものではない。おそらく、そう言わねばならない自分とドイツに対しての、どうにもならぬ苛立ちだろう。

「ご迷惑をおかけして申し訳ありませんでした」

深々と頭を下げると、後藤は息をついた。

「迷惑はかけられとらんよ。今はまだ、な。だが今後もあるようならば、ここの存続もあやうくなる。気をつけてくれ」

もう一度頭を下げて、慎は領事室を後にした。


十月五日には、とうとう総統アドルフ・ヒトラーその人がやって来た。

ワルシャワ南東部のワジェンキ公園に面したウヤズドフスキェ通りには、所狭しとハーケンクロイツの旗が翻る。軍楽隊の勇壮な演奏が高らかに鳴り響く中、第八軍の将兵たちが誇らしげに行進する様を、ヒトラーは右腕を高くあげるナチ式の敬礼をもって閲《えっ》兵《ぺい》した。

もっとも、慎はその光景を直接見てはいない。ウヤズドフスキェ通りの周辺から住民は全て閉め出されており、ドイツ軍以外は近づくことすらできなかったからだ。ただ、ラジオから流れる仰々《ぎょうぎょう》しい音楽と威圧的な言葉から、光景は容易に想像することができたし、実際思った通りの光景が翌日の新聞には載っていた。そこには、廃墟と化したワルシャワの写真が何点も載せられ、ドイツ軍の圧倒的な強さと、手をさしのべることのなかったイギリスとフランスの卑劣さをこれでもかとばかりに訴えていた。

ヒトラーは式典の後、総統専用車で新世界通りにもやって来てひと通り観光らしきものもしたらしいが、ワルシャワ市民の前で得意な演説をすることもなく、その日のうちにドイツへ帰っていった。そして翌日には国会で、堂々と英仏へ休戦を呼びかけた。ヒトラーは両国が停戦を望むと踏んでいたふしがあるが、イギリスとフランスがこの申し出を頑として拒否したことに、ワルシャワ市民はひそかに歓喜した。

いっさい自分たちを助けてくれなかった同盟国への怒りは、深い。街には、この惨状はチェンバレンのせいだと罵るポスターがいたるところに貼られていた。ドイツ軍が貼ったものだが、市民の中にも賛同する思いは少なからずあっただろう。次は連中がこうなる番だと吐き捨てる者もいた。

しかし、開戦から五日でワルシャワから逃亡した政府はルーマニアを経由し、九月三十日にパリで正式に亡命政府を樹立している。この布告に合わせ、すでに脱出したポーランド軍の兵士や市民が続々と集結しているという。

このワルシャワからも、ドイツ軍の突入前に決死の覚悟で逃げだした者たちがいる。無事に国外へ抜けられたかはわからない。ワルシャワ以外の地域はほとんどドイツ軍に制圧されていたのだからきわめて厳しい道のりだったはずだが、それでも彼らは戦い続けることを望んで脱出した。

俺たちにも武士道はある。彼らはそう言っていた。

無事に脱出できた者たちは、祖国解放のために同盟国とともに戦いを続けるだろう。

彼らの勝利はポーランドの解放に繋がる。
もちろん、ポーランドを離れた者たちに、慎たちができることはない。
しかし、あえて残った者たちの道を守る方法は、残されているはずだった。

第四章　抵抗者

1

「マコ、大変よ！」

血相を変えたマジェナが飛びこんできたのは、軽い昼食を食べているさなかのことだった。あまりにも凄まじい勢いだったので、慎はパンを喉に詰まらせかけた。慌ててコーヒーで流しこむ。

「何だい、そんなに慌てて」

「食べてる場合じゃないわ、イエジのところから使者が来たの！」

今度は慎が顔色を変える番だった。

「なんだって」

「早く！　外にいるから！」

手を引かれ、ホールへと急ぐ。

「わかった、君は後藤さんに報告してくれ。何かあったらすぐに救援を」

門を出ると、十二、三歳の少年がヴワドゥシの周囲を苛ついた様子で歩き回っている。が、慎の姿を認めると、ぱっと笑顔になった。

「トメック、君が知らせてくれたのか」

「うん、早く来て！　イエジがドイツ野郎《シュファビ》に連れていかれちゃう！」

トメックは慎の腕を摑むと、そのまま通りを駆けだした。小さな体に似合わぬ、凄い力だった。そういえばこの子は孤児院の中で最も足が速いんだったな、と思いだす。

先月までプラガで部隊を率いて戦ったイエジは、現在、日本大使館の近くで孤児院を経営している。市長が予言した通り、一ヶ月にわたる戦いでワルシャワには多くの孤児が残されることとなり、イエジは銃を捨てて彼らを受け入れた。その孤児院にドイツ軍のパトロールがやって来て、施設じゅうをひっくり返しているという。

「いったいなんだってそんなことになったんだ」

走りながら慎は訊いた。

「俺たち、ただ歌を歌ってただけなんだ。そしたらいきなり殴りこんできやがった！」

「歌？」

なぜそんなことで、と言いかけて、はっとした。

「まさかポーランド語で歌ってたんじゃないだろうな？」

「ポーランド語に決まってんだろ、俺たちポーランド人なんだから！」

トメックは慎を睨みつけたが、おそらく後ろめたさもあるのだろう。

ポーランドの楽曲を演奏したり歌うことは禁じられている。もしこの禁を破れば即刻逮捕。彼らとてそれはわかっているのだ。

だが、きっと何かのきっかけで歌ってしまった。なにしろ彼らはまだ幼く、孤児院に入って日も浅い。食糧も乏《とぼ》しく、ドイツ軍に抑えつけられる生活は耐えがたく、誰か一人が反抗心に突き動かされるままに歌いだしたのだろう。誰かが穴をあければ、ぎりぎりのところで保たれていた秩序は崩壊する。きっとイエジたちの制止も間に合わず、あっというまに大合唱となり、運悪くドイツ軍のパトロールに聞かれてしまったのだ。

ピェラツキ通りから新世界《ノヴィ・シフャト》通りに出て少し南へ進めば、ワルシャワを東西に貫くイェロゾリムスキェ通りに出る。イエジの孤児院はその通り沿いにあるために、日本大使館からもそう時間はかからないのが幸いだった。

見慣れた、飾り気のない薄い茶色の建物が視界に現れる。爆撃による崩壊を免《まぬが》れたこの建物を、イエジは孤児院に改造した。ここで彼は、行き場のない孤児たちに家を与え、食事を与え、そして教育を施した。

初めの二点はともかく、最後のひとつは今のワルシャワでは問題となる。現在ポーランドでは、楽曲だけではなく、さまざまなものが禁じられている。中等学校以上は全て閉鎖され、初等科でもポーランド語の教育は禁じられている。イエジはあくまで孤児院の日課のひとつと主張しており、今のところは許可が出ているが、調査が入るのはまずい。万が一イエジが連行されれば、確実にパヴィアク監獄に放りこまれるだろう。

ドイツ軍がワルシャワを占領してから、何度かワパンカと呼ばれる強制連行があった。その対象となったのは、教育者や教授といった知識階級が中心だった。他にも著名なオリンピック選手、議員など、名の知れた人物が多い。抵抗組織のリーダーとなりうる人物を片《かた》っ端《ぱし》から捕らえているのだということは、すぐに知れた。その基準でいくと、イエジ・ストシャウコフスキも非常に危険なのだ。

今のところ、パヴィアク監獄に連行された者たちは、一人も戻ってきていない。パヴィアク監獄からトラックの荷台に乗せられた囚人たちが、ワルシャワ郊外のパルミーリの森に運ばれるところを見た者が何人もいる。森には収容する施設も何もない。おのずと彼らの運命は知れようというものだ。

パヴィアクに連行されたら終わり。裁判なんて手間を連中がかけるはずがない。市民たちは皆、知っていた。

駆けつけた孤児院の扉は閉ざされていたが、中から何かを壊すような音が聞こえてくる。思わずトメックを見ると、

「あいつら、棚やベッドを全部ひっくり返してやがるんだ！」

と泣きながら言った。

慎は大きく息を吸いこみ、ノックをする。返答はない。もう一度、大きくノックする。すると荒々しい足音が近づき、勢いよく扉が開いた。と同時に、眼前に黒い穴が現

れた。

喉が上下した。声を漏らさなかったのは上出来だろう。

慎に銃を突きつけたドイツ兵は、「誰だ」と恫喝《どうかつ》するように訊いた。

「日本大使館の者です。外務書記生、マコト・タナクラ」

「日本大使館だと？」

兵士は毒気を抜かれた顔で慎を見た。だが、銃は突きつけたままだ。

「こちらが身分証です」

慎は背広の隠しから身分証明書を取り出し、彼に差し出した。兵士はしかめ面のまま受け取り、中身を確認する。顔写真と慎の顔を交互に見やると、困惑した様子で銃を下ろした。

「……失礼しました。ところで、日本大使館の職員の方がなんの用ですか」

「孤児院に問題があったと聞きました。我々はこちらを支援しておりますので、問題が生じたのであれば我々にも責任が生じます」

兵士は目を瞠った。

「あなたがたが？」

「院長のストシャウコフスキ氏が会長を務める極東青年会と日本大使館は、非常に関係が深いのです。彼らシベリア孤児が、かつて日本に救われたことをご存じですか？ストシャウコフスキ氏はご自身と同じ孤児を救おうと尽力され、それに感銘を受けた我々もできうるかぎりの支援をしております」

　すると兵士は、なんともいえぬ顔でかたわらの兵士と視線を交わした。

「なるほど。しかしどうも、愛国心を煽るような教育をしているようで、ワルシャワの治安維持のためにも看過できんのですよ」

「子供なんですよ。つい先日までポーランド語で喋り、歌っていたのです。いきなり禁じられても無理でしょう」

「しかしここが地下組織の拠点となっている疑いも……」

「地下組織？」

　慎は、ぎょっとして声をはりあげた。

「なんと恐ろしいことを。ここは孤児院ですよ。子供たちがあなたがたに何をすると言うんです」

「子供たちにも反抗心を煽るような教育をしていると聞きました」

「馬鹿な。ストシャウコフスキ氏や職員、孤児たちの身元はみな確認済みです。我々が保証します。何も問題はありません。彼に会わせてください」

「そう言われましてもなぁ」

「会わせてもらいます。いいですね？」

　慎は怒りも露わに一歩踏みだした。兵士は迷う様子を見せたが、結局道をあけた。

　案の定、入ってすぐ左手にある事務室兼院長室にイエジはいた。扉を開けると、四人のドイツ兵がいっせいにこちらを見た。面倒くさいので、最初に身分証を突きつける。

「マコト!」

フィールドグレイの制服の壁のむこうから、イエジがほっとしたように名を呼んだ。顔には深い憔悴の色があったが、怪我はなさそうだった。

「やあイエジ。珍しいお客が来ているね」

「急な来訪でね、驚いたよ。トメックが知らせてくれたのかい?」

慎の左腕にしがみついている少年を見て、イエジは目許を和らげる。

「速かったよ、彼は」

腕にしがみついているトメックの頭を、もう一方の手で撫でる。慎を引きずるように走ってきた勢いはどこへ行ったのか、少年は孤児院についてからずっとうつむいたままだった。

腕から伝わる震えが、彼の思いを痛いほど伝えてくる。

これは、怒りだ。

親や友人を無残に殺したドイツ兵への憎悪。顔を伏せているのは、激しい殺意がどうこらえても目に宿ってしまうことを自覚しているからだ。ここで反抗的な態度をとれば、イエジや仲間の命が失われてしまうと彼は知っている。

「ありがとう、トメック。曹長《そうちょう》さん、彼が説明してくれた通りです。ここには本当に、あなたがたとの戦争で親を失った子供たちしかおりません」

　イエジが手をさしのべると、トメックはぱっと慎の手を放し、イエジに抱きついた。その様子を無感動に眺めていた「曹長さん」は、表情を和らげることなく冷ややかに言った。

「話は聞いたが、禁じられている教育を行っていると通報があった。他にもレジスタンスの会合場所になっているという噂など、不審な点が多いのでな」

「根も葉もない噂です。教育といっても、ただ歌を歌ったり本を読んだりしているだけですよ」

「保証しますよ。私も何度か来ていますから」

　慎が援護したが、ドイツ兵たちは引き下がらない。押し問答を続ける彼らに、慎はため息まじりに言った。

「ならばイエジ、ここで成果を見ていただいてはどうだ」

「成果？」

　イエジと曹長が、揃って怪訝そうに慎を見やる。

「君の教育の成果を。子供たちを集めて、歌を聞かせてさしあげるといい。彼らは、歌を聞いてここまで来たんだろう？」

　イエジはわずかに目を見開き、それからにやりと笑った。

「それはいい。では皆さん、どうぞ中庭に。我々の教育の成果、どうぞご覧ください」

十分後、中庭には数十名の孤児が全て集められていた。

そのまわりをぐるりと兵士が囲み、子供たちは怯えている。しかしイエジが前に立ち、「いつもの歌を歌うよ」と笑顔で促すと、おそるおそる口を開いた。

澄んだ声が中庭にひろがる。

最初はどこか遠慮がちに始まった歌声は、すぐに力を得て倍ほどの大きさになり、晩秋の空に高らかに響いた。

慎は、その憂愁を帯びた美しい調べに聞き入った。

一方、隣に立っていた部隊の曹長は茫然としている。

この独特の音階は、欧州の人間には耳慣れないものだろう。当然、歌いあげるのも難しい。

しかし子供たちはいっさい音を外さず、歌いあげた。

最後の余韻《よいん》が残る中、曹長は額にうっすら汗をかきながら、「これは……」とつぶやいた。

「日本の国歌ですよ」

すかさず応じると、曹長は目に見えてうろたえた。

「あ、ああ、そういえば。不思議な曲ながら、どうりで聞いたことはあると……」

歯切れの悪い感想に、慎の口許が緩んだ。

「日本語の発音も完璧です。素晴らしい。この地で、こんなにみごとな『君が代』を聴けるとは奇跡ですよ」

慎は惜しみない拍手を贈った。子供たちの表情もようやく緩み、振り向いたイエジも得意そうな顔をしている。

「せっかくですからもう一曲。『愛国行進曲』を」

「君はそれが好きだね、イエジ。今年の天長節でも歌ってくれた。大評判になったっけ」

「明るくて楽しい曲だからね。子供たちも大好きなんだ。きっと皆さんも気に入りますよ」

イエジは兵士たちに笑いかけると、再び子供たちに向き直り、右手をふりあげた。

「見よ東海の空あけて、旭日《きょくじつ》高く輝けば」

子供たちの伸びやかな声が、再び空に響く。「愛国行進曲」は二年前に国威宣揚《こくいせんよう》のためにつくられた曲で、明るく快活な曲調が特徴である。子供たちはおそらく歌詞の意味もよくわかっていないだろうが、いかにも楽しそうに歌っている。

普段から「奴らの趣味は行進か」と皮肉まじりに言われるほど行進を繰り返すことで有名なドイツ軍の面々にも、この行進曲は響くとみえて、いつしか真剣に聞き入っていた。中には頭を揺らし、拍子をとる者もいる。

その様子を見渡し、慎は安堵の息をついた。

実のところ、ドイツ兵たちの疑いは全て事実である。

イエジはここで孤児たちを守り、教育を施す一方で、プラガでの戦いに続き、極東青年会の幹部を招集してレジスタンス活動に加わることを決めた。青年会のメンバーを中心に編制された「特別蜂起隊イエジキ」の活動拠点は、まさにこの孤児院である。イエジは、地下組織を創設したことをすぐに慎に話してくれた。イエジの許可を得て、後藤副領事にも話は通してある。副領事はいっさいの迷いなく、イエジの支援を約束した。

日本大使館が彼らを守り、イエジたちは大使館に情報を与える。極秘の協定が結ばれ、ドイツ軍が踏みこんできた時のために、孤児たちに日本語を教えていたのである。大使館と極東青年会の関係は戦前からのことで何も後ろ暗いところはないが、イエジキ部隊の存在が気取《けど》られるのは避けなければならなかった。

イエジの指揮のもと、子供たちは三番までみごとに歌いあげた。

頰を紅潮させた子供たちが、丁寧なお辞儀をする。これもイエジが教えこんだものだ。慎が大きな拍手を贈ると、ドイツ兵の中からもぱらぱらと音が続いた。

「これはいい曲ですな」

曹長も、今度は心から感心した様子で感想を述べた。

「二年前に我が国でつくられた行進曲です。国歌や童謡、最新の流行歌まで、彼らはなんでも歌えますよ。皆、歌が大好きなのです。練習をしているうちにきっと、ついつい幼いころから慣れ親しんだポーランドの歌も歌ってしまったのでしょう。どうかこは、大目に見てやっていただけませんか」

　慎は丁重に言った。さきほどまでは全く付け入る隙《すき》もなかった強面の曹長も、子供たちの歌声には心動かされたのか、表情を和らげる。

「日本大使館の方にそこまで言われてしまっては、仕方ありませんな。いいでしょう、今回はあなたがたの顔をたてましょう」

「寛大なお心に感謝いたします」

「しかし、二度目はありませんぞ」

　最後に念を押し、曹長は兵士を集めると足早に立ち去った。その統率のとれた動きや素早さは、さすがにドイツ軍と言わざるを得なかった。

　彼らがイェロゾリムスキェ通りの彼方《かなた》に消えるのを見届けると、イエジは門を固く閉ざし、力が抜けた様子で玄関ホールに座りこんだ。

「助かった。本当に助かったよ、マコト。来てくれてありがとう」

　ドイツ兵の前では毅然とした態度を崩さなかったが、内心は恐慌《きょうこう》を来《きた》していたようだ。みごとに使命を果たした子供たちは、一人また一人とホールに出てきて二人を取り囲む。

「何かあったらすぐに駆けつける約束だったじゃないか。礼なら、光より速く大使館まで知らせにきてくれたトメックに言うべきだ」

「うん。トメック、今日は食後のお八つをおまけしてあげるよ」

ほんと?」 誰より早くイエジのかたわらに立っていた彼は、頬を薔薇色に染めた。

「ああ、もちろん」

イエジは少年の頭を撫でると、立ちあがった。うらやましそうにトメックを見ている子供たちをぐるりと見回すと、とびきりの笑顔で宣言した。

「もちろん皆にも報酬はあるぞ! 君たちのおかげで、ドイツ兵を撃退できたんだからね。君たちは、我がポーランドの勇敢な兵士だ!」

イエジの言葉に、子供たちはわっと沸いた。

「マコ、日本語の歌ってすごいな! ドイツ野郎《シュファビ》を追い払ったぞ!」

「オジギも面白いし、すごいね。皆でオジギした時のあいつらの間抜け面《づら》ったら!」

孤児たちは慎にもまとわりつき、はしゃぎ始めた。

うれしそうな彼らの顔を見ると、ほっとする。初めてここに来た時、彼らの顔は一様に虚ろだった。かつてのカミル少年のように底なしの暗い目は、時々ドイツ兵への激しい憎悪に燃えあがり、そうなると収拾がつかなかった。家を失った孤児たちは街をうろつき、あっというまに悪徳に染まり、身を堕としていく。それだけでも悲劇だが、彼らは憎悪をもてあまして頻繁にドイツ兵に復讐をしかけるのだ。彼らの身が危険なのはもちろんだが、あまりに繰り返されると、今のところは従順に従っている市民たちまで危険に晒されることになる。

イエジが孤児院の設立を急いだのは、そういう理由もあった。

二十年前、ロシア兵に親を殺された青年は、ドイツ兵に親を殺された子供たちに帰る場所を与えた。憎悪を誇りに、絶望を希望に変えようとしている。彼らの心は容易には癒《い》えないだろうが、ポーランド人としての矜持《きょうじ》が彼らをかろうじて支えているのは間違いなかった。

「そうだぞ、皆で歌うなら日本語の歌にしような。ポーランド語の歌は、もっとこっそり歌うんだ」

注意をすると、子供たちは目に見えてしゅんとした。

「ごめんなさい、イエジ」

「ぼく、がまんできなくて。こんなことになると思わなかったんだ」

今にも泣きだしそうな子供たちの頭を順番に撫でて、イエジは言った。

「いいんだ。大切なことは反省することだからね。それに君たちは、決して悪いことをしたわけじゃない。ただ、ポーランド人として生きるために、少しばかりずるくなってほしいだけなんだ。わかってくれるね？」

子供たちは滲んだ涙を拭き、揃って「はい！」と元気よく返事をした。

「しかし、うまくごまかせたんだろうか」

すでに昼寝の時間だったが、興奮した子供たちはいっこうに眠る様子がない。仕方なく中庭に送り出し、ミルクと菓子でも用意しようと厨房に向かった途端、イエジは再び不安そうに眉をさげた。

「わからない。だがまあ、軍のパトロールでまだよかった。ゲシュタポだったら、ああ簡単には引き下がらなかっただろうね」

「また来る可能性はあるな」

「その時はいつでも呼んでくれ。書記生じゃ力不足だと言われたら、後藤さんを連れてくればいい。もうすぐ酒匂大使も戻ってくるし、なんなら大使だって喜んで来てくださるさ」

「だったらゲシュタポでも一発で退場だな！」

二人は顔を見合わせて笑った。

「本当にありがとう。近々、ルヴフの仲間から、ソ連軍の動向について報告があるはずだ。届き次第、連絡するよ」

「ああ、助かる」

何か愉快なことでもあったのか、中庭で子供たちの弾けるような笑い声があがった。子供の楽しげな声は、いいものだ。聞いているだけで、心が和《なご》む。

イエジが命を賭しても子供たちを守りたいと願うのならば、自分はイエジを守るのだ。それは、日本人としても、また棚倉慎個人としても、きっと正しいことにちがいなかった。

2

劈《つんざ》くような叫び声で、慎は目を覚ました。

暗闇の中、飛び起きる。慌てて灯りをつけて時計を見ると、朝の四時だ。女の悲鳴に続いて、何かを倒すような音がする。

「隣か」

ガウンを着て部屋から飛び出すと、ホールの玄関口でカミンスキ氏が立ち尽くしている。白い髭は右側だけ潰れていて、直前まで眠っていたことを示していた。

いったい何が、と問おうとした時、隣の部屋から人影が現れた。黒い外套姿の見知らぬ男二人。その間に、寝間着姿のミハウ・ソシンスキとアニタがいた。

ホールのおぼろげな灯りでもはっきりとわかるほど二人の顔は青ざめており、慎と目が合うと、救いを求めるように口を開いた。が、すぐに唇を噛みしめ、目を伏せる。

「失礼、起こしてしまいましたか。まだ早い、どうぞベッドにお戻りを」

かわりに慎に声をかけたのは、ミハウの右腕を摑む男だった。ドイツ語だ。南部の訛りが強い。

黒い外套、黒い制帽。一瞥してわかる。ゲシュタポだ。

「彼らが何を」

「何、ちょっと話を聞くだけです。お戻りを」

ゲシュタポは声を荒らげることはなかったが、声の冷たさには決して逆らうことを許さぬ重みがあった。動きかけた右足が竦む。右手に鍵を持ったカミンスキ氏が、慎に向かって必死に首をふる。逆らうな、と訴えていた。

「ご協力ありがとうございました、大家さん。夜分失礼しました」

口調だけは丁寧に、男は言った。もう一人の男とソシンスキ夫妻は最後まで何も言わぬまま、出ていった。去り際、アニタが一度だけ振り向いた。縋るような目だった。

アパートの前に停められた車に彼らが乗りこむのを見届けると、カミンスキ氏は聖母の名を唱《とな》えながら扉を閉めた。鍵の音が響いた後は、耳が痛いほどの沈黙が落ちる。

「今のはいったい」

「呼び鈴《りん》がうるさいから開けた。それだけだ」

うつむいた大家が喋ると、顔の前が白く染まった。

「ミハウたちは何かしていたのですか」

「知らんよ。何も知らん」

カミンスキ氏は頑なに首をふった。

「まだ朝は遠い。部屋に戻りなさい。いらぬものを聞かぬうちに」

「……いらぬもの？」

カミンスキ氏は何も答えぬまま、階段を上る。その後ろ姿はひどくくたびれて見えた。

慎も仕方なく部屋に戻り、ベッドに潜りこむ。しかし目が冴《さ》えてとうてい眠れそうになかった。

ミハウは学校の教師で、アニタは事務員だと聞いている。占領以来ミハウは失業中と聞いていたが、あるいは地下学校で教鞭をとっていたのかもしれない。職を奪われた教師たちが、ひそかに子供たちを集めている話はイエジからも聞いていた。

考えられるのはそれしかない。改めて、イエジは危ない橋を渡っているのだとぞっとする。

ミハウとアニタはどうなるのだろう。イエジの孤児院に来たのはゲシュタポではなかった。そもそも昼間のことだったから、撃退もできた。

しかしゲシュタポが、それも夜明け前にやって来る時は、本当にまずい。二人はパヴィアク監獄か、それともシュフ通りのゲシュタポ本部に連れていかれるのか。

慎は呼吸と共に思考を止めた。

風の音ひとつしない、全てが死に絶えたような静寂の中、短い音が連続して聞こえた。遠く、かすかではあるが、何かが破裂するような音だ。

この音を、慎はよく知っている。

そして、パヴィアク監獄の周辺に住む者は毎晩のように悩まされ、夜のワルシャワではいつどこで響くかわからないと言われているもの。

銃声だった。

ルーマニアに避難していた酒匂大使一行が、ドイツ軍の許可を得てワルシャワに帰還したのは、十一月半ばのことだった。

二ヶ月ぶりに帰還した大使館の正面玄関に足を踏み入れた大使は、留守を守っていた職員がずらりと並んで出迎えた光景に瞬きも忘れ、立ち尽くした。そして一人ひとりの顔を見つめ、一人も欠けていないのを確認すると、ぐっと唇を引き結び、深々と頭を下げた。

「戦火の中、よくぞ留守を守ってくれました。ありがとう」

声には張りがあったが、語尾はわずかに震えていた。

その言葉に、留守を守っていた者たちの感情も弾け、涙となって頬を伝う。

ようやく主が帰還した。しかし彼がワルシャワに戻ってきた理由を、すでに皆知っている。

「ここで私に残された時間は長くない。だがその間に、日波のためにできるかぎりのことをすると約束しよう」

大使はその言葉を裏切らなかった。不在の二ヶ月を埋めるように、後藤たちに現地の情報を求め、また自らの足でワルシャワを見て回った。この時期すでに復興は進んでいたため、「予想より綺麗だ」と驚いていたが、市街戦の凄惨さ、ユダヤ人居住区における状況の報告や、ゲシュタポによるほぼ言いがかりに近いワパンカの報告を聞くと、顔つきは徐々に険しくなっていった。

「噂はあったが、ひどいものだ。国外には、ワルシャワはドイツ軍の完璧な統治によって復興が進んでいるという情報しか届かない」

「彼らは、スラヴ人とユダヤ人を人間だと思っていません。我々の目がある時はさすがに行動を控えますが、先日、隣人夫妻が夜明け前に乗りこんできたゲシュタポに連行されました」

「その後、そのご夫妻は」

「どうなったかわかりません」

ソシンスキ夫妻が連行されて一週間が経つが、音沙汰がない。無事だと信じたかった。あの銃声はきっと空耳か、もしくは別の被害者のものだったのだろう。少なくとも、翌日の新聞には何も書かれてはいなかった。

「悲しいことだ。無事を祈ろう。イエジが集めてくれた地方の情報も非常に興味深い。彼にも礼を言っておいてくれ」

酒匂は硬い表情を崩さぬまま言った。

極東青年会はポーランド各地に支部がある。従って、イエジキ部隊もこのワルシャワだけにあるわけではない。イエジのもとには、作物を運ぶ農民に身をやつした仲間が情報を携えやって来るのだった。

「はい。ですが、どうか日本に帰られる前に、彼らにも会ってやってください。きっと、心の大きな支えとなるでしょう」

「そうだな。必ず機会をつくろう」

酒匂は来年一月に駐波大使の任を解かれ、帰国の途につくことになっている。一緒にルーマニアから戻ってきた他の書記官や織田たちも、すでに次の任地が決まっていた。

後任の大使は来ない。正式な閉鎖命令は来ていないが、大使館としての使命はほぼ終えることになる。

一方、慎と後藤副領事にはまだ内示は来ていない。ルーマニアからは、大使館職員だけではなく、一度避難した新聞記者たちも一緒に戻ってきていたので、現在は邦人の民間人もワルシャワに数名いることになる。そのため大使は離れても、領事館としての機能は残す必要があるとの理由で、このような処置になったらしかった。もちろん、実際の理由は対ソ情報収集のためだ。

大使と共に戻ってきた上田武官から聞いた話だが、ソ連軍が便乗して国境を越えてきた時、ポーランド軍情報部の事実上のトップが驚くべき話を持ちかけてきたという。彼はフランスに亡命することになるが、彼が抱えていた対ソ諜報組織を接収しないかという内容だったらしい。結局、ドイツとの防共協定が壁になって実現はしなかったが、それぐらい対ソ諜報に関してはポーランドと日本は密接に結びついているということだ。

そもそもこの地に日本公使館が出来るずっと前から、日本陸軍とポーランド軍は浅からぬ交流を持っていた。陸軍内には、第三師団長の山脇正隆《やまわきまさたか》中将を筆頭にポーランド通が何人もいる。ドイツとソ連という大国に挟まれているポーランド軍情報将校の優秀さは有名で、現在日本の在外公館のどこでも必ず行われている、新聞や公開文書を分析して諜報活動に活かす技術は、ポーランド軍の指導によって急激に精度をあげた。満洲における対ソ諜報でも以前より協力関係にあった彼らに対し、酒匂大使がずいぶん気を遣っていたことは慎もよく知っていた。

大使や武官がルーマニアに移った後も、日本大使館がポーランド寄りの姿勢を崩さず、イエジたちを支援した一因はそこにある。ドイツに占領されたこの地では、ポーランドの情報将校たちの動きは極端に制限されるが、国外ではその優秀さを遺憾《いかん》なく発揮していた。彼らの情報への対価が、ポーランドやリトアニアにおける在外公館の現在の行動、つまり地下組織への支援である。

少なくとも情報分野において、日本はドイツよりもはるかにポーランドを信用しているというこの現実は、改めて思い返してみると奇妙ではあった。

「こちらにも占領軍の圧力があるようだが、本国のほうでもポーランド大使館を閉鎖せよと、ドイツからの横槍が凄まじいらしくてね。ポーランド大使館は決して閉鎖させないと本省からの返答があったが、こちらはこれが最大限の譲歩の結果だ。君たちには苦労をかけることになってすまないが」

「身に余る光栄です。現日本政府のドイツに屈せぬ姿勢、安堵いたしました」

「あれだけ虚仮《こけ》にされればね。だが、内地でのドイツの宣伝活動は実に凄まじいそうだ。九月の戦役も、ポーランドを救う救世軍のように吹聴《ふいちょう》して回っている」

「特別行動隊《アインザッツグルッペン》やゲシュタポの悪行は伏せているのでしょう」

慎は、口調に怒りが滲むのを止めることができなかった。

占領当初こそ、ポーランド人に対し寛容にすら感じられたナチスの本性は、一月《ひとつき》半ほど経った今ではすでに露わになっていた。

最初ワルシャワに入城してきたのは正規の国防軍だけだったようで、ユダヤ人以外にはそれほど強引なことはしなかったが、その後にやって来た者たち――とくに特別行動隊と呼ばれるSS（ナチス親衛隊）と警察の混合部隊はひどいものだった。正規部隊についてやって来た彼らは、制圧した土地で聖職者や知識人を根こそぎ狩り、その場で殺し、あるいは収容所へと送ったという。ポーランド各地で暴れ回った彼らがワルシャワに到着すれば、同じ悲劇が起こるのは自明のことだった。

ワルシャワの多くの知識人と聖職者が危険分子としてまとめて捕らえられ、市内のパヴィアク監獄に送られたが、先日そのパヴィアク監獄で初の公開処刑が行われた。エルジュビエタ・ザホルスカとエウゲニャ・ヴウォダシュという二人の「きわめて危険な」女性政治犯だったそうだが、実際のところはドイツ軍のプロパガンダ用ポスターを剝がしただけだという。

この知らせは、日本大使館の面々にも少なからぬ衝撃を与えた。危険分子を収容するのは当然のことだが、それだけの罪状で女性を公開処刑に処すとはさすがに予想していなかった。しかし思い返してみれば、ナチスがドイツ国内で共産党員や、同じ党内のSA（ナチス突撃隊）を一掃してきたやり口とそっくり同じである。

罪状など何でもいい。重要なのは処刑という結果だ。後でいくらでも、もっともらしい口実などつけられるのだから。

「言うはずがない。それでも、今のところ国内の新聞の多くがポーランドに同情的でね。それがドイツには面白くないのだろう。いっそう宣伝に力を入れてくるだろうが、阻止せねばならない」

酒匂大使は、机に積みあがった報告書に手を置いた。

「あまさず、国に報告する。この国でドイツ軍が行った全てを。ナチに染まったドイツは決して我らの友になり得ぬと本国に確信させることが、大使としての私の最後の使命だ」

決然と告げた声には、重い覚悟が宿っていた。

3

玄関から外へ一歩踏みだすと、冷たい風が全身に突き刺さる。外套の襟元をかき合わせ、ふっと息を吐くと白く染まった。

もうすぐ十一月も終わる。朝の寒さが応える季節だ。足早に駅へと向かおうとしたところで、突然横から声をかけられた。

「パン・タナクラ」

ぎょっとして目を向けると、大きな楡の木に隠れるように男がひとり立っている。古ぼけ、肘《ひじ》に継ぎ当てのある焦《こ》げ茶色の外套、だぶだぶのフランネルの紺色ズボン。いかにも地方から出てきた農夫といったいでたちの男の顔は、下半分が髭に覆われている上にひどく汚れていて年齢が判別しにくい。しかし、今たしかに自分を呼んだ声は若かった。

「誰だ」

「ひどいな、もう忘れたんですか」

目深《まぶか》にかぶった鳥打ち帽をわずかに持ちあげると、青灰色の目が露わになった。細めた目とわずかに緩んだ口許を見た途端、慎は体に電流が走ったように感じた。

「ヤン？」

かすれた声で尋ねると、見知った目はますます細くなった。

「久しぶりです、パン・タナクラ」

大股で近寄ると、脂《あぶら》と汚れが入りまじった臭いが強烈に鼻をついた。かまわず肩に手を置き、顔をのぞきこむ。間違いなく、ヤン・フリードマンだった。ポーランドで初めて出来た友。そして八月の末に軍に召集され、行方知れずだったポーランド軍の下士官。

なぜここに。今までどうしていたのか。怪我はないのか。

さまざまな思いが駆け巡り、とっさに言葉が出てこない。すると、ヤンのほうがあたりを憚るように声をひそめて言った。

「突然やって来て申し訳ないですが、家に入れてもらえないでしょうか。ドイツ軍に見つかるとまずい」

そう言われてようやくはっとして、慎は周囲を見回した。

幸い、ドイツ兵の姿はない。慎は足早にアパートへ戻り、部屋にヤンを押しこんだ。おそらく誰にも見られていない。二階に住むカミンスキ夫妻には窓から見られていたかもしれないが、後で事情を説明すればいいだろう。

部屋の扉を閉め、鍵をかけると、ヤンがほっと力を抜いたのがわかった。

「恩に着ます。出勤するところに申し訳ありません」

「僕の記念すべき初遅刻、一緒に言い訳を考えてくれよ。それより無事で何よりだ。その変装も悪くない。今、健康そうな若い男は、見つかるとその場で強制労働に連行されることが多いんだ」

「ええ、知っています。ワルシャワに来る列車の中で聞きました。この服は、脱走した俺を匿ってくれた農夫がくれたものなんです。俺の軍服と交換でね」

脱走。さらりと出た言葉に、慎は唾を呑みこんだ。

　この男がヤンと知った瞬間から、脱走してきたのだろうと見当はついていた。捕虜が解放されたという話はないのに、二ヶ月以上音信不通だった軍人が突然ここに現れたということは、それしかない。

「中央駅や大きな通りにはドイツ野郎《シュファビ》が張っていて、身分証の提示を求められるというから、わざわざ手前で降りたんです。そこから自宅近くまで行ってみたんですが、とても近寄れない状態で」

「残念だが、今ユダヤ人居住区に近づくのはやめたほうがいい」

「そのようですね」

「プラガには？」

「行ってません。パン・タナクラ、これ以上あなたを引き留めるわけにもいかないし、詳しいことは後で話しますが、あなたが帰ってくるまで、ここで眠らせてもらっていいでしょうか」

　ヤンは玄関の手前の床を指し、申し訳なさそうに言った。

「もちろんだ。居間のソファを使ってくれ。いま毛布を」

「ここでいいです。俺が寝たらあなたのソファが蚤《のみ》だらけになりますよ」

「蚤なんぞ後で退治すればいい。シャワーも自由に使ってくれ。お湯が出るかは運次第だが。待ってくれ、着替えを出す。いやその前に何か食うか、あいにくパンぐらいしかないが」

「ありがとう、でも寝かせてもらえればいいです。あなたは仕事に行ってください」

そう言うなり、ヤンは本当にその場に横になろうとした。慎が室内では日本から持参した雪駄《せった》を愛用し、親しい友人が来た時も靴を脱いでもらっていることをよくよく知っているからだろう。

「こんな時に気を遣うな」

ほとんど強引に腕を引き、彼を居間へと連れていく。靴ぐらいは脱いでもらおうか、と思わなくもなかったが、おそらくこの状態では脱いだところでたいして変わらないだろう。

ソファにヤンを座らせ、キッチンから水差しとパン、今ではとびきりの貴重品となったマーガリンを運び、テーブルに置く。その間にもう、ヤンは舟をこぎ始めていた。

「目が覚めたら、部屋にあるものは何でも自由に使ってくれていい」

「ありがとう」

あやふやながら、ヤンはかろうじて返事をした。苦笑が零れる。この部屋でそれだけ警戒を緩めてくれたとは、うれしいことだ。

崩れるようにソファに横になった彼に毛布をかけてやり、窓のカーテンを隙間なくしっかりと閉めたのを確認すると、今度こそ慎は家を出た。

その日は、なかなか仕事に身が入らなかった。こうしている間にも、部屋にゲシュタポが雪崩れこんではいないか。もしくは自分が帰る前に、ヤンはふらりと出ていってしまうのではないか。次から次へと不安が押し寄せる。

「マコ、どうしたの。なんだか落ち着きがないわね」

紅茶を運んできたマジェナにも心配されるほど、動揺が顔に出ていたらしい。どうにか一日やり過ごし、慎は急ぎ帰路についた。こういう時にかぎって、やたらとドイツ兵と遭遇する。いや、こちらにやましいことがあるせいでそう感じるのだろうか。周囲に気を配り、一歩ごとに高まる緊張を表に出さぬようにしていたために、扉を開けた時には疲れきっていた。

ヤンはすでに起きていた。継ぎ当てだらけの上着は裏返して丁寧に畳まれ、床に置かれている。砂色のセーターもあちこちほつれてはいたが、上着よりは綺麗だった。なにより、その上の顔からはすっかり髭が消え去り、皮膚も本来の青白さを取り戻している。髭がなくなったことで、頬がひどく痩けていることも判明したが、見慣れた顔が復活したのは慎にとってもうれしかった。

「顔を洗わせてもらいました。あとパンもありがたく頂きました」

「ああ。君はもっと食べるべきだね。持ち帰ってきたよ」

「ワルシャワでは、パンの配給が一人あたり一日二百五十グラムしかないらしいじゃないですか。ドイツ軍は我々を飢え死にさせようとしているとしか思えませんね」

「おかげで闇市が大繁盛さ。コーヒーでいいかい」

「パンはもう充分です。貴重品でしょう。それより蜂蜜酒《ミユート》があれば」

「すまん、切らしている」

「じゃあウォッカでもいいんですが」

切実な表情で乞《こ》われて、慎はさっそくウォッカを用意した。以前は蜂蜜酒も用意していたが、戦争が始まって食糧がなくなってきたころに、ソシンスキ夫妻に譲ってしまった。そういえば、あの酒はどうしたのだろう。まだ、彼らの部屋にあるのだろうか。蜂蜜酒を譲った時の彼らのうれしそうな笑顔を思いだし、胸が痛んだ。

「生き返りますね」

グラスの中を一気に干すと、ヤンは満足そうな息をついた。目尻が面白いほど緩み、うっすら涙まで滲んでいる。慎は苦笑して、空になったグラスに新たにウォッカを注《っ》いだ。ハーブ・スパイスとドライフルーツを原料に加えたウォッカで、甘みの中にすっきりとした苦みがある。ニガヨモギなども入っており滋養強壮に効果があるというので、気休めかもしれないが、今の痩せこけたヤンには相応しい気がしたのだ。

「ずっと飲めなかったのか」

「ええ、召集されてからずっと。まいりました」

「君、どこにいたんだ」

「部隊が最初に向かったのは、オシフィエンチムでした」

オシフィエンチムはワルシャワのはるか南方、チェコスロヴァキアとの国境にほど近い村だ。

「でも九月一日――朝の五時前でした。俺たちはまだ寝ていました。いきなりドイツ空軍の編隊がやって来て、焼夷弾の雨を降らせたんです。あたり一面火の海で俺たちが右往左往している中、今度は戦車の大部隊がやって来て、建物も人間も根こそぎ粉砕しました。陣地はものの数時間で破壊され、俺たちはクラクフ方面へ逃げるしかなかった。ドイツ野郎《シュヴァビ》に目にものみせん、と念入りに銃を手入れしていたのに、一度も使う機会がありませんでした」

自嘲ぎみに彼は語った。

戦闘が始まって数時間で敗走。九月一日を前線で経験した兵士のほとんどが同じことを口にする。

航空機と新型戦車の連携のもと、一気に街や村を破壊するいまだかつてない作戦の前に、ポーランド軍はなすすべがなかった。極東青年会のタデクはかつて、戦車は小回りがきかず機動力に劣ると嘲《あざけ》っていたが、ヤンが見たドイツの機甲師団は非常に速かったらしい。文字通り、ポーランド軍は蹴散らされたのだ。

「部隊でなんとか列車に乗れたのはよかったんですが、ドイツ機の編隊が飛んできて、爆弾と機銃掃射をこれでもかとばかりにお見舞いされましてね。俺が乗っていた車輛は奇跡的に無事でしたが、前の車輛はほぼ全滅。列車も壊れて、生き残った俺たちは仕方なく徒歩で移動することになりました」

口調はあくまで軽く、それがかえって彼の中の空白を感じさせる。ヤンはその後も行く先々で無数の死を見た。オシフィエンチムや列車のように激しい爆撃を受け、その後さらに容赦ない砲撃でとどめを刺され、破壊し尽くされ、廃村となった場所。ドイツ軍の破壊は迅速《じんそく》で、徹底的だった。進めば進むほど死臭は濃くなり、逃れるように部隊は東方を目指す。今やドイツ軍はポーランドのどこにでもおり、唯一彼らに蹂躙《じゅうりん》されていないのは、ポーランドの東部――つまりソ連にほど近い区域だけだった。

「忘れもしない、九月十七日。俺たちは、ソ連兵が国境を越えてきたのを知りました。連中は投降を呼びかけてきましたよ。ソ連もポーランドも同じスラヴ民族の国で兄弟である、スラヴ民族にとって許しがたい仇敵《きゅうてき》ヒトラーを倒す軍に合流せよ、と。冗談じゃないと思いましたが、他に選択肢はありませんでした」

「ソ連側の捕虜になったのか」

「ええ」

ヤンは再び酒を呷り、暗い目で空になったグラスを見つめた。

「収容所《ラーゲリ》での生活については……まあ、省《はぶ》きます。どうやら、ワルシャワも大差なかったようですから」

「ラーゲリよりはましだろうさ。よく逃げだせたな」

ワルシャワでのドイツ兵のふるまいを見るに、ドイツ軍の捕虜収容所が快適とはとても思えなかったが、それでも前線兵士の帰還を待つ家族たちの願いはひとつだ。

――せめて、ドイツ軍の捕虜となっていてほしい。

ポーランド国民は、ドイツもソ連も忌《い》み嫌っているが、ソ連にはシベリアというこの世の地獄がある。

「ドイツ軍とソ連軍の間で捕虜の交換があったでしょう。あれがなければ、さすがに脱出はできなかったと思います」

ヤンの乞うような視線に負けて、慎は再びウォッカを注いでやる。

今月頭、独ソ不可侵条約に則《のっと》り、捕虜の交換が行われた。つまり、ソ連軍が捕虜としたドイツ系ポーランド人およびナチスに併合された地域で生まれたポーランド兵を、ドイツ軍に〝返還〟せねばならない。逆もしかりだ。

「貨車にすし詰めにされて、ドイツの捕虜収容所があるラドムに列車で向かいました。夜中に森へ差し掛かった時に、ポーランド解放のためにここから逃げて戦おうと一人が叫んだんです」

ヤンは、みたび酒が満たされたグラスを両手で包みこんだ。口に運ぶ様子はなく、ただグラスを揺らし、澄んだ酒の表面がさざなみを立てる様をじっと見つめている。

「最初は皆で止めたんですが、その男はどうあってもここから脱出すると言って、同行者を募りました。正気の沙汰じゃないと思いましたね。こいつが逃げたことがばれたら、それをみすみす逃した俺たちも皆殺しにされかねない。いっそこいつを殺してでも止めようって空気にまでなったのに、それでも彼は主張をやめなかった。このままでいいのか、俺たちは一度も戦うことなくまた国を失ったというのに、諦めて逃げだして同胞に恥ずかしくないのかと。どれほどの犠牲をもって、先祖たちがこの自由を勝ち取ったのか忘れたのかと」

グラスの中の波が、にわかに高くなる。慎は黙って言葉を待った。

「まあ、俺としちゃ知ったこっちゃないんですが、周囲の連中は泣いてましたね。そして、十数名が一緒に行くことに決まった。乗じて、俺も逃げたというわけです」

「よく決断したな」

「俺は第一級ユダヤ人混血にあたります。ドイツの収容所に移るほうが危険なんですよ」

そして列車が森の奥に進み、速度を落とした頃合いを見計らい、貨車の小窓から一人ずつ脱出した。周囲の兵士たちが脱走者を抱えて頭から押し出したという。

速度が落ちたとはいえ、列車は走っている。視界はまったくきかない。落ちた場所に何があるかわからないし、列車の最後尾には監視台があり、定期的にサーチライトの光が列車を撫でていく。

一人、二人と列車の外に落ちたところで、監視台の兵士たちが気がついた。サーチライトの強烈な光、連続して響く銃声。

俺は六人目でした、とヤンは語った。銃声の中に押し出された恐怖、背中から地面に叩きつけられた激痛、遠くで響く悲鳴。

痛みに呻きながらも、近くの木の陰に転がりこみ、周囲の地面を照らすサーチライトを遣り過ごす。再び銃声と悲鳴が聞こえた。列車が停まり、ドイツ兵が降りてきたら一巻の終わり。頼むからそのまま行ってくれと、ひたすら祈ることしかできなかったという。

銃声も光も、やがて遠くなった。夜の闇を重々しく震わせながら列車が去っていくのを感じ、ヤンは周囲にいるはずの仲間に向かって声をかけたが、返ってくる声はひとつもなかったという。

「皆、死んでしまったのか」

慎の問いに、ヤンは力なく首をふった。

「さあ。落ちる際に足を折ったのかもしれないし、警戒して反応しなかったのかもしれない。いずれにせよあの晩、あそこを歩いていたのは俺だけでした。とにかく線路から離れることだけを考えました」

明け方にようやく林道らしきものを見つけ、辿っていくと、やがて広々とした麦畑に出た。近くの農家に助けを求めると、彼らもまたひどく飢えてはいたが、パンとスープでもてなしてくれたのだという。そこで彼は食と休息を得て、そしてもはやこの世にポーランドという国は存在しないことを知った。予測してはいたが、衝撃は大きかったという。しかし、久しぶりに我が家に帰った息子を迎えるようにヤンをもてなす農夫に母のことを思いだし、十日かけてワルシャワまで戻ってきたのだった。

「なのにプラガに行かなくていいのかい」

「下手に会いに行ったら、母も危険になります。生きているとわかればそれでいい。……生きているんですよね？」

青灰色の目が、縋るように慎を見る。

「お元気だよ。ほとぼりが冷めたら顔を見せてやれ」

「……ええ。いつか」

ヤンは、ほっと息をついた。

「これからどうするつもりだ？　地下組織に加わるのか。それとも国外へ？」

「わかりません。どっちにしろ、地下組織に接触する必要があります」

「あてはあるのか」

「まあ、辿ればどこかに繋がるでしょう。たくさんあるとは聞いています」

「ワルシャワを動き回るなら、まず偽の身分証が必要だ。そいつがないと、今はすぐに捕まって強制収容所行きだ。下手に動き回らないほうがいい」

「そうですが、ここに隠れていても身分証は手に入らないでしょう。それとも日本大使館が用意してくれますか」

「そうだ」

ヤンは、ぎょっと目を剝いた。

「いやいや、冗談ですよね」

「数日待ってくれるか。大家には事情を話しておく」

「休ませてもらえたのは感謝していますが、これ以上留まるつもりはありません。あなたまで危険になる」

「いや、ここそ一番安全だと思うけどね。なんせ、下手にゲシュタポも踏みこめない。君もそれを知っているから、ここに来たんだろう?」

慎がおどけて両腕をひろげると、ヤンは頭を掻き、大きく息をついた。

「すみません。恩に着ます」

「君に恩に着られるとうれしいもんだね」

冗談めかして返すと、面白くなさそうな顔をされるかと思いきや、彼は穏やかに微笑んだ。

「あなたがまだこのワルシャワに残っていた奇跡に、感謝します。俺はあまり神は信じていませんが、いるのかもしれませんね」

予想外に素直な反応に、慎は耳を疑った。まじまじとヤンを見ると、すぐに仏頂面《ぶっちょうづら》に戻ってウォッカをなめ始める。

ヤンの言う通り、神はたしかにいるのだろう。こうして再び、友と会わせてくれたのだから。

灰色の世界は日ごとに重々しい色彩を帯びながら進んでいく。まるで先は見えないが、時々こうして、美しい奇跡を見せてくれることもある。今のところはそれで充分だと、慎は思った。

四日後の日曜日、慎の部屋にやって来た客人を見て、ヤンはなんとも言えぬ顔をした。

「こんにちは、ヤン。たぶん、はじめましてではないと思うけど」

イエジはにこやかに手を差し出した。ヤンはむっつりしたまま、その手を握る。そして慎を睨みつけた。

「大使館が用意してくれるんじゃなかったんですか？」

「日本大使館とイエジは運命共同体だからね。似たようなものさ。彼に頼むのが一番早くて確実だ」

「安心してくれヤン、必要なものは揃えてきた」

イエジは持参した鞄から封筒を取り出し、中身をさっとテーブルに並べた。いずれも慎には見慣れたものだったが、ヤンは興味と嫌悪半々といった顔で眺めていた。

「噂には聞いていたけど、悪趣味だ」

ヤンから見て左側から、人種証明書、身分証明書、そして配給カードが並んでいる。

「まったくだ。さて、この人種証明書に応じて身分証明書と配給カードが発行される。人種によって配給量が決まっていてね、ドイツ人は二千六百十三キロカロリー。非ドイツ人――つまり混血およびアーリア化が可能な人種は六百六十九キロカロリー。そしてそれ以外が百八十四キロカロリー」

「百八十四キロカロリー？」

ヤンは失笑した。あまりに馬鹿げた現実に直面した時、人は笑うしかない。

居心地《いごこち》の悪さを感じ、慎は無意識のうちに目を逸らした。日本大使館の日本人職員は、最も多い〝ドイツ人〟の何倍もの配給カードを貰っている。おかげでヤンに存分に食事はふるまえるが、どうにも気まずい。

「悪趣味の極みだが、まあこの人種証明書の偽造はすぐできる」

「それは結構ですが、あなたがたも充分悪趣味じゃないか」

ヤンが指し示した人種証明書は、最上位のドイツ人のものだ。

「君の容貌と出身地を利用させてもらった。君は〝民族ドイツ人《フォルクスドイチェ》〟ということになる」

ドイツ人に相当するのは、まず本国の帝国ドイツ人《ライヒスドイチェ》。そして、ドイツ系ポーランド人である民族ドイツ人だ。

ドイツ系住民が多い街では、ドイツ軍の侵攻に合わせ、民族ドイツ人が昨日までの隣人たちに銃を向けたという。彼らはドイツ軍に占領された後、民族ドイツ人としてあらゆる特権を受けた。共に対ドイツ戦を戦い抜きながらも、ドイツ人の血を持つと証明できれば民族ドイツ人として認められると聞いて慌てて証明書を出し、ふんぞり返っている者もいるという。

幸い、寝返った民族ドイツ人はそう多くはなかった。大半のドイツ系移民はもう何代もこの地で暮らしており、ドイツ人という意識など全くない。ヤンと同じだ。特権を餌《えさ》にされても、祖国を捨てて、憎き仇敵に尻尾《しっぽ》をふる屈辱を選ぶ者は多くはない。だからこそ、寝返った民族ドイツ人は蛇蝎《だかつ》のごとく嫌われていた。ある意味、帝国ドイツ人より憎まれていると言っていい。彼らはゲシュタポと通じ、積極的に密告をするからだ。

「君はドイツ語も巧みだと聞いた。民族ドイツ人だと潜入できる場所も多くなる。心情的に複雑なのは承知だが、頼みたい」

「潜入、ね。まあ、ただで用意してくれるとは最初から思っていなかったですが」

「最終的に選択するのは君だ。ひとまず、最後まで説明させてもらう」

イエジは真ん中の紙を手に取った。翼を広げた鷲《わし》にハーケンクロイツというお馴染みのマークの下に、身分証明書《ケンカルテ》と書いてある。

「これが、人種証明書をもとに発行される身分証明書だ。今、ポーランドで生きていくには、こいつが命より大事だってことはマコトから聞いているね？　ちなみにこれは僕の身分証明書だ」

二つに折った紙を開くと、左側に名前と生年月日、出生地や現住所などが記されており、右側にイエジの写真が貼ってあった。顔は、正面よりやや右を向いている。ドイツの身分証明書の写真は、全てこの向きだ。耳の形に人種の特徴が現れており、とくにユダヤ人は一目でわかるからだという。初めて聞いた時、慎はたちの悪い冗談だと思ったが、どうやらナチスはこの荒唐無稽《こうとうむけい》な人種学を本気で信じているようだった。

「これをつくるにあたって、君の写真が必要だ。話は通しておいたから、明日、ヴォラ地区の写真店に行ってくれ」

イエジの指示に、慎はつい「ヴォラ地区の写真店？　指定なのか？」と尋ねた。するとイエジは悪戯が成功した子供のような顔で笑った。

「前世紀からやってる写真屋で、一見どこにでもありそうな店だが、どんな顔でもどこにでもいそうな顔に撮る名人なんだよ」

「なるほど。それは今ワルシャワで、最も必要とされる技術にちがいないな」

「そうだろう？　君の名前は、フェリクス・バランだ。新しい住居も用意してある。ジョリボシュ地区のクリーニング屋だ。四十代の夫妻が経営していたが、夫は戦死。十五歳の息子がいる。話は通してあるから、写真を撮ったら行ってくれ。身分証明書が出来たらそこで渡す」

てきぱきとイエジは指示を出す。青年会の友人といる時や、孤児院で子供たちに向けるものとは全くちがう、冷徹な指揮官の顔だった。有無《うむ》を言わせぬ迫力で進められていく話に、ヤンもいつしか真剣に聞き入っている。

イエジに頼んだのは正解だった。今、ワルシャワには星の数ほど組織があるらしいが、皆てんでばらばらに行動しているそうで、どこが信用できるかもわからない。そもそも日本人である自分が信用してもらえるとは思えないので、必然的に話をするのはイエジになる。最初は、イエジの紹介でどこかの地下組織に接触できないかと考えていたが、「それならば僕がやったほうがいいんじゃないか」と彼が言ってくれた。

「ジョリボシュ地区ですね、わかりました。それから？」

「次の指示は、改めて新しい住所に出す。すぐに行くかもしれないし、何日も待つことになるかもしれない。だが、指示は必ずあるから安心してくれ」

「その言い方だと、指示を出す者は他にいる？」

「今、国内外には無数の地下組織がある。互いにとても把握しきれないが、連携しようとしているところだ。そもそもドイツを相手に本気で戦うには、指揮系統を一本化しなければ無理だからな。関係ある他組織と相談の上、君の任務が決まる。だが、対ドイツ関係なのは間違いない。民族ドイツ人のふりは、厭がる者が多くてね」

　ヤンは小さく笑った。

「そりゃあそうでしょう。しかしそんな大役を俺に任せていいんですか？　ドイツ軍に接近するのはかまわないけど、俺はあなたたちを売るかもしれないんですよ」

　慎はぎょっとしてヤンを見たが、イエジは苦笑しただけだった。

「そうなったら、マコトと僕の目が狂っていたということで諦めるしかないな」

　ヤンは顔をしかめ、気まずそうに舌打ちする。

「……そんなことはしませんよ。どうせ裏切った時点で、俺がユダヤ人って情報がドイツに流れるんでしょうし。最初から、逃げ道は塞がれてるってわけだ」

「気が進まないなら、断ってもかまわない。地下組織への参入は決して強制ではないし、たとえ祖国に尽くしたい気持ちがあっても、少しでも迷いがある者、もしくは能力が足りない者は必要ない。むしろ邪魔だ」

イエジの口調は淡々としていた。が、その眼光の鋭さは、隣にいる慎から見ても息を呑むものだった。

「最後までポーランドのために戦い抜く覚悟、どんな拷問《ごうもん》を受けても仲間を売らない覚悟、そして過酷な任務に耐えうる能力。それがなければ、仲間とは認められない。抵抗運動は、傷つけられた自尊心を慰める戦争ごっこではないんだ。そして、信頼もなしに、利害関係で取引する商売でもない。いいか、ヤン・フリードマン。今日一日、よく考えるんだ」

しばらく沈黙した後で、ヤンはかすれた声で「何を」と訊いた。

榛色《はしばみいろ》の目をまっすぐ彼の面《おもて》に向けたまま、イエジはきっぱりと言った。

「君は、自分がポーランド人と認められるか。そして君の祖国は、君の命を賭すに値するものかをだ」

4

マルシャウコフスカ通りとイェロゾリムスキェ通りが交わる十字路には、いつも人が絶えることはない。

九月戦役の市街戦で死者が激増する中、人々はここの石畳を剝がし、運ばれてきた死者を埋葬した。アパートと大使館を往復する際に必ず通るので、慎は毎日、ここに跪いて祈る人々を見ていた。街から色が消えても共同墓地から花と蠟燭《ろうそく》の灯が絶えることはなく、それはドイツ軍がやって来てからも変わらなかった。

十二月に入って最初の日曜、慎は久しぶりに歩いて十字路までやって来た。ポーランドの国教に倣っていえば、待降節《アドヴェント》第一主日にあたる。慎の父が信仰するロシア正教には待降節は存在しないが、かわりに「聖フィリップの斎《ものいみ》」と呼ばれる似たような斎があり、その期間は食事が質素になるため、あまりいい思い出がない。かわりに、斎が明けてようやく訪れるクリスマスは楽しかった。

昨年ワルシャワで迎えたアドヴェントは、どうだっただろうか。わずか一年前のことだというのに、記憶がおぼろだ。独波の外務大臣を和平交渉のテーブルにつかせようと大使館一同が奔走している時期だったというのもあるが、この一年、あまりに多くのことがありすぎた。

慎はじっと、冬の大地には不自然なほど華やかな花の墓を見つめた。

吹きすさぶ寒風に負けぬよう、外套を着込み、帽子を目深にかぶった人々は、吸い寄せられるようにここにやって来ては、帽子を脱いで跪き、祈りを捧げる。灰色の空の下、灰色の彼らが祈るのは、蠟燭の灯に囲まれていきいきと咲き誇る花の群れ。墓だというのに、この街の中で、ここだけが鮮やかな命が息づいているようだった。

もっとも、この下にもう死者はいない。戦いが終結しても弔問《ちようもん》に訪れる市民の数が減らず、ここがワルシャワ市民の聖地になりつつあることに気がついたドイツ側が、遺体を掘り起こし、改めてきちんとした墓地に埋葬し直したからだ。

しかし人々は変わらずやって来る。ここはすでに、紛れもなく聖地なのだ。まだ埋葬もできず、ただ公園や広場に同胞の遺体を横たわらせておくことしかできなかった、あのころから。

今は、街はすっかり落ち着きを取り戻している。通りの街灯にはあかあかと灯りが点っていたし、あれほど悩まされていた悪臭も遠い過去の話だ。店には商品が並び、また地方から押し寄せた人々が道ばたで農産物を並べては、客たちとやかましく値段の交渉をしている。酒匂大使もワルシャワの活気には大いに喜んでいた。

跪き、十字を切る。手を合わせ、ただ静かに祈る。街の中央にあるというのに、ここは喧噪とはまったく無縁だった。

その時、視界の端に何かが引っかかった。

視線を向けると、家族連れとおぼしき四人組が、こちら目指して歩いてくるところだった。父親は四十前後、母親もおそらく同じぐらいの年齢だろう。子供は十歳ぐらいの少年と、ずっと年下の妹で、顔立ちがよく似ている。二人とも母親似らしい。父親の黒い外套は、慎の栗色のそれよりも明らかに上等だった。

裕福な、ごく普通の幸せそうな家族だった。

にもかかわらず、一瞬で慎の目を奪った原因は、彼らの左腕に揃って大きな黄色い星の描かれた腕章が巻かれていたためだ。

服に不似合いな、大きな六芒星《ろくぼうせい》。通称〝ダヴィデの星〟。悪い冗談のような腕章を、彼らはお揃いで巻いている。

「幽霊でも見えるかい、タナクラサン」

背後から、笑いを含んだ声がした。反射的に鼻の付け根に皺が寄る。振り向かずともわかる。レイモンド・パーカーだ。

「せっかくサコウ大使が戻ってきたのに、近々日本に帰国するそうだね。君は残るんだって？」

声の主は隣に立ち、この厳粛な場に不似合いな笑顔で慎を見た。

「相変わらず耳が早い」

「それが商売だからね」

「たしかにずいぶんご活躍のようだ」

レイはどこへでも行く。ナチ高官とも親しく、ドイツ軍に顔がきくというのは嘘ではなかったようで、彼らの許可のもと自由に飛び回っていた。最近ワルシャワで見ないと思ったら、クラクフの取材に行っていたという。かの地にはナチスの総督府がある。

「だが、胸くそが悪いことが増えてきたよ。なあ君、この墓をどう思う？」

レイは親指を立て、花で飾られた墓を指し示した。

「悲しい記憶だが、同時にポーランド人が最後まで誇りを失わず戦った証だ。祈る人が途切れないのもよくわかるよ」

「ポーランド人の誇りか。君、そんなこと言っているとドイツ軍に睨まれるよ」

「あいにくもう睨まれている」

「ああ、そうだったね。君の活躍も聞いてるよ。イエジの孤児院の子供たちに日本の歌を歌わせるなんて、なかなか愉快な戦法だ」

慎は舌を巻いた。そんなことまで知っているのか。

「それにしても不思議な現象だ。まさか君たちが、ドイツに睨まれるのを承知で彼らを助けるなんて。あれだけ尻尾をふっていたのに」

「前から思っていたが、君はよっぽど日本が嫌いらしいね。もしくは僕個人か」

レイは肩を竦めた。

「心外だ。今のはただ、日本という国に対する一般論さ。少なくとも、一部のポーランド人を除けば、世界じゅうからそう思われてるって話だよ。とくに、俺の国じゃ今、君たちの評判は最悪だからね。ナチと区別なんかついちゃいない。もっとも俺も、ワルシャワに来るまではそう思っていたところがある。なんせベルリンにいる君の仲間ときたら、ナチ以上にナチらしかったからね」

大島大使のことだろうが、あれはあれでまた特殊な例だ。そう言ってやりたかったが、まともに相手をするのも面倒なので聞き流すことにした。

「つまり何が言いたいかというと、やはり実際に現場に来て、人間と喋ってみなければ何もわからないってことさ。そこでどうだい？　相互理解のためにちょっとつきあってくれないか」

「どこへ」

するとレイはにやりと笑った。

「おそらく、君が最も見なければならないところさ」


予想していたことだったが、レイが向かったのはユダヤ人居住区だった。

慎が大人しく彼についていきたのは、目的地が同じだったからだ。

ユダヤ人居住区には入るなと言われている。今日まで忠実に守ってきたが、酒匂大使はワルシャワの現実をあまさず国に報告すると言っていた。

ならば、ここは避けて通れない。

レイに誘われたのは、渡りに船だった。一緒にいてあまり愉快な男ではないが、どうやら彼は頻繁にこの居住区に出入りしているらしい。このあたりの地理はさっぱりなので、詳しい人間がいるのは助かる。そういえば、初めてレイと出会ったのもこのユダヤ人居住区だった。ナチと親しいと言われている男がこの地に足しげく通っているというのも奇妙な話だ。

「ここに足を踏み入れるのは久しぶりか？」

ナレフキ通りに入って目に見えて口数が減った慎に、レイがからかいまじりの口調で言った。

「ああ。九月以降は一度も来ていない。君はここによく来るようだが、ナチに睨まれるんじゃないか?」

「はは、問題ないさ。連中は、俺が女に夢中で我を失っていると呆れているから」

「なるほど、書店の娘とやらを追いかけていたのはそういうわけか」

「いや、ハーニャにはもちろん本気さ。でもここに来るのはそれだけじゃない。ここここそ、今という時代の最先端だからね。全ての本質がある」

「本質?」

「宣伝で華々しく虚飾されたヒトラーとその国民たちの。そして、自分の悲劇に酔いしれるポーランド人の」

嘲る色を感じとり、眉が寄った。

「ヒトラーはともかく、後者はどういう意味だ。実際、悲劇だろう」

「さっき、彼らが祈っていた聖地。あそこに眠る〝ポーランドの英雄〟に、ユダヤ人は含まれていると思うか?」

慎は口を引き結んだ。

色とりどりの花と揺れる灯。跪く人々。そして、そのむこうからやって来る、〝ダヴィデの星〟の家族。

周囲を見渡せば、道ゆく人々のほとんどが、同じ腕章をつけている。老いも若きも、金髪も黒髪も。

ダヴィデの星。ユダヤ人の証。

ポーランドを含むドイツ領に住む全てのユダヤ人は、今月から外出の際には必ずこの星を身につけるよう義務づけられた。規則に背《そむ》いた者はその場で捕らえられ、パヴィアク監獄に送られる。

もちろんユダヤ人たちだけではなく、今までに多くの知識人や活動家が捕らえられている。ポーランド人たちも、いつ何の理由で捕らえられるか、誰にもわからない。何が正しく、何が法に触れるのか、正確に知る者は誰もいない。おそらくドイツ人でさえも。

その中にあってもユダヤ人は、このしるしをつけているだけで、他のポーランド人よりも法に触れる確率が格段に高くなる。しかし、つけなければ死へ直行だ。

「ワルシャワのポーランド人とユダヤ人は、以前から必ずしも友好関係にあったわけじゃない」

キャメル色のコートのポケットに両手をつっこみ、レイは迷わず道を進む。喋りながらとは思えぬ速さだった。

「ピウスツキ元帥は多民族国家を目指していたから差別は許さなかったが、それでもユダヤ人の大学入学が制限されたり、彼の死後は民族主義者どもがずいぶん暴れたもんさ。ナチとは規模がちがうが、言っていることや計画自体はたいして変わらない。何かの間違いで彼らが政権をとれば、そっくり同じことが行われたはずだ」

「仮定の話は意味がない。大学に関しては気の毒だが、そもそもユダヤ人学生が多くなりすぎたからだろう。とくに法学部と医学部なんぞは、九割がユダヤ人だったと聞いた」

「それの何が問題だ？　みな、ここで生まれ育った生粋のポーランド人であることに変わりはないのに。ハーニャもそれで大学に入れなかった」

レイはふと足を止め、あたりを見回した。

「最初に君と会ったのは、このへんだったかな。夏だったね。半年も経っていないのにずいぶん様変わりしただろう」

　様変わりしたどころではなかった。夏と冬というちがいだけではない。

　あの日は、人でごった返していた。メインストリートだというのに、今はずいぶん閑散としている。爆撃を受けたまま放置されている建物もある。近くにあるユダヤ教会堂《シナゴーグ》は、入り口が封鎖されていた。

「人が激減したよ。俺がここに来るたびに、誰かが消えていた。戦闘は終わったのに、だ。インタビューの約束をしていた相手が、当日の前夜にゲシュタポに連行されたのには参ったよ」

　おおげさに嘆きながら、レイはナレフキ通りから伸びる街路に入った。さらに横道に入ると、露店が並ぶ市場に出る。道ばたに直接布を敷き、野菜を売っている者もいる。このあたりに来ると、薄汚れた花柄のスカートをはき、頭部を布で覆った女性の姿が一気に増える。ようやく人の営《いとな》みらしい光景を見て、慎はほっとした。しかし彼女たちの腕にもやはりあの黄色い星が巻かれているのを見て、暗澹《あんたん》たる気持ちになる。

夏にユダヤ人居住区に来た時は、さまざまな恰好の者がいたし、人種も入りまじっていた。超正統派の規則に則った恰好の者から、ポーランド人となんら変わらぬ見た目の者もいて、一目でユダヤ人とわかる者はそれほど多くなかった。

しかし今や一目で判別がつく。個人の色を全て殺し、ただユダヤ人という枠《わく》に押しこめられている。

救いは、このあたりが熱気に溢れ、食べ物もそこそこ揃っているということだった。以前一度だけ大使館に連れていったあの老婆も、これなら食糧を手に入れることができるだろう。そう思ってふと露店の値札を見て、目を剝いた。想像の十倍近い値がついている。

地方から農作物は大量に流れこんではきたが、結局は一部の者が買い占めて売りに出すので、とんでもない値段がつくのだ。ユダヤ人居住区の外でも同じ現象は見られたが、これはひどすぎる。貧乏人に死ねと言っているようなものだ。

いや、実際にそう言っているのだろう。ドイツ兵の手をわずらわせることなく、この冬の間にさっさと死ねと。

「どこまで行くんだ。ずいぶん歩いた気がするが」

足下から這いあがるような寒気を感じ、振り切るように乱暴な口調で問いただす。レイは「もう少し、もう少し」と笑って、すいすいと市場を抜けていく。三日に一度は来るというのは嘘ではないらしい。

以前会った時もユダヤ人居住区だったことを考えると、彼がこの地区に通いだしたのはワルシャワに赴任してきてすぐなのだろう。まだ戦争が遠かったあの時期ですら、慎は一人で足を踏み入れようとは思わなかったのに、レイはまっさきにここに来た。

――ここに、本質がある。ドイツの。ポーランドの。

おまえはそれを避けているのだ、と言われたような気がした。

「おっと」

隣を歩くレイが足を止めた。目の前の小さな十字路を、子供たちが勢いよく横切っていく。笑いながら駆け去っていく少年たちは元気だったが、皆ずいぶんと痩せていた。

その後ろ姿をじっと見やり、レイが何かを思いだしたような顔をして言った。

「タナクラサン、イエジの孤児院を援助するなら、ドム・シェロトも当然訪れただろうね？」

「孤児たちの家《ドム・シェロト》？」

「知らないのか？　老コルチャック博士の孤児院だよ。イエジは彼を尊敬していたはずだけど」

その名を聞いて、ようやく思い至った。医師であり、児童教育の第一人者でもあるヤヌシュ・コルチャックが院長を務めるユダヤ人孤児のための孤児院で、ワルシャワでは三十年近い歴史がある。市街戦の後は戦災孤児も受け入れ、百五十人を超す大所帯となったとかで、何人かがイエジのところに回ってきたと聞いた。イエジにとっても尊敬すべき大先輩だが、コルチャックには唯一、現在のワルシャワではきわめて不利に働く事情があった。彼もまた、ユダヤ人だということである。

「イエジの孤児院のように、レジスタンスの拠点として疑われるようなことはさすがにないみたいだが、食糧ひとつ手に入れるにも何かと妨害されるようでね。むしろ、彼らのほうがイエジたちより庇護を必要としているんじゃないかな」

「コルチャック博士は立派な人物だが、あいにく接点がない。昔から交流のあるイエジたちとは問題が違う」

「ま、そうだね。ポーランド人ならともかく、ユダヤ人まで庇いだしたら、さすがに君たちも強制退去待ったなしだろうから」

言葉に詰まる。

レイの言う通りだ。ユダヤ人は、まずい。まっさきにそう思ってしまう自分が厭になる。二ヶ月前、ドイツ軍がやって来た当初は、何も考えずにヨアンナを助けたというのに。気まずそうに目を逸らすばかりのポーランド人に、悲しみを覚えたはずだったのに。

今、もし同じことが目の前で起こったとしたら、あの時と同じ行動がとれるだろうか。この二ヶ月、いろいろと理由をつけて、一度もここに来なかったような人間が。

「そんな死にそうな顔をしないでくれ。ただの提案のひとつなんだから」

珍しく、レイが慰めるように言った。慎は隠すように顔を背け、「君は、博士と親しいのか」とごまかすように尋ねた。

「一度話を聞きに行っただけだ。その時は、博士とドム・シェロトの話は、きっとアメリカ人に受けると思ってね」

「ああ、アメリカはユダヤ人口は世界一だったな。反響はどうだった」

「残念ながら、ナチの太鼓持《たいこも》ちの記者なんぞに話すことはないと追い返されてしまってね。記事は書けなかったんだよ」

レイは、ずいぶん古びたアパートの前で足を止めた。二階建てで、ひとつの階に四つずつ部屋がある。二人は、一階の左奥の角部屋の前に立った。

「ハーニャ、俺だよ。入れてくれないか?」

呼びかける声は、別人のように甘かった。

5

呼び鈴も、同じ物件に住んで何かと気にかけてくれるような大家もいない。客は辛抱強く扉をノックするほかなかった。

だいぶ長い間叩いたが返事がなかったので、先方は寝ているか外に出ているかのどちらかだろうと慎は思ったが、レイはかまわず呼びかけ続ける。

「ハーニャ、いるんだろう？　今日は遠い国の友人を連れてきたよ」

すると、ようやく鍵が開く音がして扉が揺れた。

「あんまり叩かないで」

かすれた声は、慎が怯むほど不機嫌そうだった。しかしレイは全く頓着する様子もなく、扉に手をかけ、より大きく開けた。

「やあ、ハーニャ」

開いた扉のむこうから現れたのは、小柄な人物だった。声を聞かなければ、きっと少年だと思っただろう。強い巻き毛の黒髪は顎の線より短く、緑灰色《りょくかいしょく》の分厚いセーターを着ていてもひどく痩せているのがわかる。顎も尖りぎみで、女性らしいやわらかみはほとんどない。

わかったことは、もうひとつ。

癖の強い黒髪、濃い睫毛に縁取られた大きな黒い目、意志の強そうな鷲鼻。見たこともない遠い砂漠が、なぜか慎の脳裏をよぎった。同時に、ヨアンナのことを思いだす。造作《ぞうさく》が似ているというのではなく、民族の特徴がはっきりと現れているのだ。

家の中にいるためダヴィデの星をつけてはいないが、ほとんどの者が一目で彼女はユダヤ人だと言い当てることができるだろう。全てを見通すような大きな目は、ちょうど慎の胸あたりの位置にある。

彼女は、探るように慎を見上げていた。

「紹介するよ、ハーニャ。こちらは――」

「知ってる。日本人《ヤポンチック》のタナクラサン」

慎は目を見開いた。

「どこかでお会いしましたか?」

「いいえ。とりあえず入って」

彼女は顎をしゃくり、先に部屋へと入っていく。勝手知ったるといった様子でレイが続き、慎は「お邪魔します」と断ってから足を踏み入れた。

あまり馴染みのない香りが、鼻腔を刺激する。そこは、部屋というより穴蔵だった。

小さなテーブルと二脚の椅子、子供用としか思えないベッド、積み上げられた二つの木箱。それが部屋にあるほとんど全てだった。窓は奥のひとつだけで、カーテンがわりなのか、奇妙な模様の毛織物が無造作にかけられており、昼だというのに薄暗い。

レイはまずその毛織物をくるくると巻きあげ、椅子の背にかけられていた紐で器用に結んだ。外の光が入り部屋が明るくなると、家具はどれも古びている上、色が合っていないことがわかった。

さらに窓の前にもうひとつテーブルがあり、大きな燭台《しょくだい》が置かれていることにも気がついた。中央の太い幹から左右にそれぞれ四本ずつ枝が伸びたような形で、九本の蠟燭をその先端に立てるユダヤ教独特の燭台、メノラーである。

いや、メノラーは七本ではなかったか、と頭に浮かんだ疑問は、すぐに解決した。

「そうか。もうすぐハヌカか」

紀元前二世紀、シリアのギリシャ人から圧政を受けていたユダヤ人が反乱を起こし、エルサレム神殿を奪い返した故事に由来する、ユダヤの祭りだ。解放した神殿で唯一無事に残っていた油壺《あぶらつぼ》には一日分の油しか残っていなかったが、灯を点すと八日間燃え続けたという奇跡に倣い、八日にわたるハヌカの祭りの間は、メノラーに代わってこのハヌキヤという燭台を使う。中央の、種火《シャマシュ》を点す幹のような一本のほかに、蠟燭を立てる枝が八本あるのは、一日一本ずつ灯を点していくからだ。

「今年のハヌカは中止だそうだ。シナゴーグも閉鎖されていただろう？」

慎のつぶやきを拾ったのだろう。レイはハヌキヤをそっと撫でた。この部屋の空虚さ、ものがいいとはとても言えない家具の中にあって、このハヌキヤだけは異彩を放っている。おそらく純銀製。毎日丁寧に磨《みが》いているのだろう、最初に目につかなかったのが不思議なほどやわらかい輝きを纏い、細かい彫刻を優美に見せていた。

「中止とは気の毒だ」

「まったくだ。まあ家の中で祝うぶんには、制限されてはいないだろうけどね。もっとも、ナチの連中なら無粋《ぶすい》に乗りこんできて燭台を壊しそうだ。紀元前のギリシャ軍のように」

「家から持ち出せたのは、それだけでした。メノラーも駄目だった」

入るなり、すぐに右側の台所に引っこんだ部屋の主は、盆にカップをふたつ載せて戻ってきた。座るように目で促され、慎は「失礼します」と椅子を引く。彼女は慎の前にカップを置くと、もうひとつのカップは窓際に立ったままのレイに渡した。紅茶で満たされたカップも揃いのものではなく、慎の前に置かれたものにはソーサーがついていたが、レイに渡されたものにはなかった。

「持ち出せた？　では、もともとは違う場所にお住まいだったのですか」

「はい、ノヴォリプキ通りに。自宅と店がありました」

ノヴォリプキ通り。たしかまっさきに強制退去をさせられた場所だ。

「ああ、書店でしたね」

「はい」

女は盆を戻すとそのまま台所と部屋の境に立ち、腕組みをしてじっと慎を見つめた。気まずい。なぜ座っているのは自分ひとりなのだろう。内心汗をかきながら、慎は紅茶を口に運んだ。異様に苦かったので、噎《む》せかけた。

「改めて紹介するよ。こちら、ハンナ・シュロフシュテイン嬢だ。そして、ハーニャは知っているようだけど、彼が日本大使館のマコト・タナクラ書記生だ」

いつもは鬱陶しいレイの明るい声が、今は救いだ。慎はカップを置いて立ちあがり、頭を下げた。

「はじめまして、棚倉です。パニ・シュロフシュテインは私をご存じのようですが」

「ハンナで結構です。あなたは以前、ヨアンナを助けたでしょう」

懐かしい名が思いがけない人物の口から出たことに、慎は目を見開いた。

「あの場にいたのですか」

「私は許可証の列のほうにいました。だから直接見たわけじゃないけれど、あなた、このへんじゃしばらく有名人だったんですよ。ヨアンナは、あなたに迷惑がかかるといけないからと言って名前は口にしなかったけれど、ポーランド人にしか見えない日本人なんて一人しかいないから。すぐにわかりました」

「そうでしたか」

苦い思いを隠し、慎は曖昧に微笑んだ。あれからしばらく、ヨアンナが仲間を引き連れて押し寄せてきたらどうしようかと怯えていたなどと、誰が言えよう。

「日本にはユダヤ人差別が全くないから日本に亡命したいと言いだす人も増えました。タナクラサン、本当に日本には差別がないのですか。だって、あのいまいましいナチと友達なんでしょう」

「差別がないというより、日本人にとって理解という点でも距離がありすぎて、ぴんとこないというのが正しいでしょう。それに、たしかにドイツとは防共協定を結んではいますが、あの人種論に共鳴している者はほとんどおりません。これも、残念ながら人道的見地というよりも、やはり理解できないというのが正しいのかと思いますが」

「なるほど。誠実に答えてくださって、ありがとうございます」

ハンナは生真面目な顔で言った。

「ヤンも言っていました。日本人は——少なくともこの国にいる日本人は、みな誠実な人々だと」

「ああ、ヤンとお知り合いなんですね」

「はい。彼はうちの店の常連で、去年の秋から急に日本の本はないかと頻繁に言うようになったんです。彼からあなたの話も聞いていました。だから、ヨアンナの件があった時、すぐにそうだとわかりました。タナクラサン、単刀直入に訊きます。日本に亡命することは可能ですか」

話の流れから予測できた質問だったが、いざ突きつけられると狼狽《ろうばい》した。返す言葉を探している慎に、ハンナはなおもたたみかける。

「今、どんどんユダヤ人が亡命しているんです。この街の閑散ぶりを見たでしょう。だいたいはリトアニアやラトヴィア、あと、正気を疑うけどソ連。パレスチナへ向かう人もいます。ですが、私は日本に行きたい。どうですか、タナクラサン」

その呼び方は、レイそっくりだ。窓際の彼に目をやると、紅茶を手に面白そうにこちらを見ている。

「私は一介の書記生に過ぎません。今の時点では何とも」

「ぜひお願いします」

　ハンナは頭を下げた。お辞儀もヤンに習ったのだろうか。

「お言葉ですが、それならばアメリカのほうがいいのでは？　あちらには巨大なユダヤ人コミュニティがありますし」

「それが、ルーズヴェルトがもう受け入れられないと言うんだよ。ドイツからあまりに大量の難民が流れこんできたものだから、去年からビザの発給をストップしてしまっている。他の西欧諸国も同じだ」

「……ああ、そうだった」

　苦い顔で慎は頷いた。

　昨年、増え続けるユダヤ難民についてエヴィアンで会議が行われたが、無制限の受け入れを宣言できる国はなく、結局何も決まらぬまま閉会となった。

　慎はハンナの顔をまともに見られなかった。

　ここにいるのは、世界じゅうから見捨てられることが約束されている人々なのだ。そして彼女たちは、そのことをよく知っている。

　もはや、ポーランド人も味方ではない。彼らもまた、自分たちを守らねばならないのだから。

「安請《やすう》け合いはできませんが、大使に話してみましょう。亡命を希望するのは何名ですか」

「私一人です」

慎は不審に思った。たしかにこの部屋には彼女しか住んでいないようだったが、家族もいるはずだ。疑問が顔に表れたのだろう、ハンナは淡々と続けた。

「家族はみな死にました。母は五年前に亡くなっております。上の兄は九月の市街戦で戦死。父は先々月、自宅で殺されました」

「自宅？」

「十月の終わりにようやく申請が通って、二時間だけ自宅に戻ることを許されたんです。私と父、下の兄の三人で喜び勇んで帰宅しましたが、家には何もありませんでした。商品も家具も金庫も、思い出の品も何もかもいっさい。私たちの洋服も持ち出され、カーテンも剝ぎ取られていました。父は完全に我を失って、監視のドイツ兵を問い詰めました。私たちは慌てて父を止めましたが間に合わず、ドイツ兵は父を外に連れていきました。その後すぐ、銃声が聞こえました」

慎の背を冷たい汗が伝う。一月《ひとつき》ほど前、夜明けに聞いたかすかな銃声が耳の奥によみがえった。

「この部屋には、下の兄と住んでいたんです。でも先月の頭、私の目の前で連れていかれました。その日は、若いユダヤ人男性が何百人も強制労働のために連行されたのです。無事を祈っていましたが、先日死亡通知が届きました。肺炎で亡くなったそうです。とても信じられませんが」

「……辛いことをお話しさせてしまって、申し訳ありません」

「いいえ。これが、この街の日常ですから。家族が誰も殺されていない者など、ここにはおりません」

　ハンナは口許に、淡い笑みすら浮かべていた。しかしその黒々とした目は、ほとんど瞬きもせずにまっすぐ慎に向けられている。もっとも、それはあくまで向けられているだけで、慎を映してはいなかった。

「私たちは最初に強制退去になって、何もかも奪われましたが、家や店が無事に残った人たちも悲惨です。ドイツ兵も、ユダヤ人居住区までものを買いに来るんです。彼らはものを盗みはしません、お金は払います。ただしそれは、彼らが決めた金額です。パンひとつだろうが新しい靴を買おうが、どちらも一ズウォティということも珍しくありません」

「それはひどい」

「ドイツ兵だけならば、まだいいんです。問題は、彼らに感化されたドイツ系ポーランド人が——時々、他のポーランド人まで、同じことをすることです。先日、古いつきあいの毛皮店が根こそぎやられました。でも、どこにも訴えられません。だって、盗みは起きていないのですから」

「巧妙だよね。そういう場に居合わせたことがあるよ」

　レイが口を挟む。当時の光景を思いだしたのか、苦い顔をしていた。

「俺は書店だった。ハーニャが紹介してくれた店でね、輸入書籍の品揃えがいいからよく通っていたんだが、稀覯本《きこうぼん》を五ズウォティで買うなどと馬鹿なことをほざいている奴がいたから、割りこんで俺が買ったよ。もちろん定価でね。あれは残念ながら、ドイツ系ではないポーランド人だったな。でもハーニャ、あんな奴らはごく一部だよ。大半のポーランド人は、君たちに同情的だ」

「わかってる」

ハンナは、ふっと息をついた。それまで全身を鎧のようにこわばらせていた力が抜け、肩の位置がわずかにさがる。彼女は壁に寄りかかり、前髪を無造作にかきあげた。

「でも、あんな光景を日常的に見ていれば皆、麻痺してくるものよ。それが普通だと思うようになって、いつしか同じことを、ためらいもなく私たちにし始める。友人だと思っていた人が、ある日突然、笑いながら拳をふりあげてくるようになる。私たちはみんな、その恐怖をよく知っている。そしてナチスは、人をそういうふうに仕向けることに長《た》けているわ」

「ハーニャの意見に賛成するね。俺も二年ほどベルリンで奴らのやり口を見てきた。連中がワルシャワでどうするかは予測できたし、今のところその最悪をいっている。金がなくてゲットー計画がひとまず延期になったのはよかったが、白紙に戻ったわけじゃない。壁なんぞ出来たら、それこそ亡命もできなくなる」

レイも苦い顔で同調する。ハンナは壁から身を離すと、静かに慎に歩み寄った。

「お願いします、タナクラサン。私はこのまま、ただなぶり殺しにされる日を漫然と待つのは厭なのです。シュロフシュテイン家最後のひとりとして、人間としての生を全《まっと》うしたい」

口調は変わらず落ち着いていたが、大きな目に初めて感情が宿っていた。人の目というのは本当に不思議なものだと慎は思う。色が変わるわけでもない、形が変わるわけでもない。なのになぜ、こんなにも強く、その中にあるものが透けて見えてしまうのだろう。怒りや悲しみといった名前をつけられぬような、得体の知れぬ心の大きなうねりまで。

「そして、祖国ポーランドを、これ以上憎みたくもないのです。どうか、力を貸してください」

燃えるような瞳が消える。かわりに慎の視界を埋めたのは、彼女の黒い頭、そしてそこから伸びるすんなりとした白い首。

ハンナはお辞儀をしていた。

天皇への最敬礼のように、深々と。

ハンナの家を出た時には、もうあたりは暗くなっていた。時間は三時を回ったところだったが、この時期はとくに日が短い。

「悪かったね。近いうちに君を連れていくと約束していたものでさ」

往路よりさらに閑散とした街を歩きながら、レイは明るい声で言った。

「亡命斡旋《あっせん》まで請け負うとは、シカゴプレスの記者は忙しいな」

「ハーニャにだけさ。ちょっと前までは、何を話してもろくに反応してくれなかったんだ。その中で唯一興味を示してくれたのが、日本の話だったんだよ」

「そうだったのか」

「ヨアンナの一件は家を奪われた直後の話だったから、強く印象に残っていたんだろう。君と知り合いだと言ったら、一度会いたいと言ってきた。正直面白くなかったが、まあ一時的にでもハーニャの気が晴れるならいいと思ってね。つきあってくれて感謝するよ」

「……気晴らしか」

レイは、ハンナの亡命がほとんど不可能に近いことをよく理解している。断らざるを得ない慎の心の負担を軽くしようとしてくれているのだろう。

「レイ、君はユダヤ人ではないんだろう？」

「ちがうね」

「頻繁にここに来るのはハンナのためだけじゃないだろう。君はずいぶん、ユダヤ人に肩入れしているように見える。なぜだ？」

話を交わした回数こそ少ないが、レイが記者として相当優秀な部類であろうことは慎にもわかる。独ソ不可侵条約締結もいち早く予見していたし、そもそもこの若さで、べルリン、ワルシャワといった欧州の重要都市の特派員を任されているぐらいだから、観察眼や行動力は相当なものだろう。

その彼が、ことにユダヤ人を気にかけている理由が気になった。

「肩入れねえ。まあ、ユダヤ系の友人はそれなりにいたけど、ベルリン・オリンピックの取材でドイツに行くまで、たいして意識したことなんてなかったよ。オリンピックが終わるまではさすがにナチスも大人しかったが、その後はまあ——衝撃だったね」

ひょいと眉をあげ、口を歪めるこの表情を、レイはよくする。

「それまで俺は、ナチにむしろ好意的だったんだ。オリンピックはみごとだったし、あの悲惨な敗戦からよくこの短期間で復活したものだと感心すらしていた。狂った独裁者だと思っていたヒトラーだって、いざドイツに来てみればずいぶんまともだった。少なくとも、当時はそう見えた。だから太鼓持ちのような記事をずいぶん書いたよ。おかげで連中には気に入られた。だが皮肉なことに、幹部と親しくなって内情が見えてくると、一気に反動が来ちまった。情けないことに体調まで崩して、こっちに異動になったというわけさ」

慎は目を丸くして彼の横顔を見た。

「聞いてみなければわからないものだな。ナチと親しいからと、君を警戒しているポーランド人も多いのに」

「親しかったのは事実だから仕方ない。おかげでワルシャワでもいろいろ融通《ゆうずう》はきくし、悪いことばかりじゃないさ」

「つまり、君がユダヤ人を助けようとするのは、罪滅ぼしのようなものか」

「助けたい？　おいおい、言ったろ。俺が助けたいのはハーニャだけだ」

とびきりの冗談を聞いたかのように、レイは肩を揺らして笑った。

「君は善良なんだろうね、タナクラサン。俺はただ、知りたいだけだ。この狂気の沙汰がどこに行きつくのか。誰よりも早く、正確に見たい」

「なんのために」

「夜に出会ったとびきりの美女。素顔はどんなものか見てみたいだろう」

「……悪趣味な譬《たと》えだ」

「イデオロギーや国のご都合で歪められたものではなく、本物が見たい。そういう時は、底辺に叩き落とされた連中のもとに降りていくのが、一番いいってことさ」

慎は目を見開き、レイの顔を見つめた。

――最も正直な世界。ポーランドから見る世界は、過酷かもしれないがきっと美しい。

忘れられぬ、父の言葉。

国はちがえども、この男も同じものを見ようとしている。そう思うと、ただひたすら胡散《うさん》臭かったレイの横顔が、ほんのわずかだが近しく思えた。

第五章 灰の壁

1

中央駅で路面電車から降りた時には、空はだいぶ暗く陰っていた。

車輛から吐き出された群れの中から抜け出したところで、号外と叫ぶ声を聞いた。目をやると、新聞配達の少年が新聞を掲げて叫んでいる。よく響く声に誘われ、路面電車から降りた人々が次々と手を伸ばす。

もっとも、その顔はあまり明るくはない。周囲には警戒にあたっているドイツ兵がたむろしており、じっとこちらを監視している。今このワルシャワで、堂々と号外と叫ばれるということは、占領者であるドイツにとっての吉報以外にはない。つまりそれは、ワルシャワ市民にとっては悲報である。

号外が何を知らせているか、すでに大使館の外電で知ってはいたが、慎も少年に近づき、一部手にとった。

一九四〇年四月九日。ドイツ軍がデンマーク、およびノルウェーの全ての港を立て続けに占領したことを、号外は告げていた。デンマークに至っては、開戦してわずか二時間で降伏したという。

昨年の九月、このポーランドに侵攻したドイツ軍はしばらく沈黙を保っていたため、冬のあいだ欧州の注目を集めていたのは、ドイツと不可侵条約を結んだソ連のほうだった。十一月末にソ連がフィンランドに侵攻したことで始まった冬戦争は三ヶ月以上続き、先月フィンランドが一部の領土をソ連に割譲する形で休戦となっている。

春になれば、おそらくドイツ軍が動きだす。今度こそ、フランスとイギリスが連中を叩きのめしてくれるだろう。今年中には、この戦争も終わる。ワルシャワ市民の間には、いまだにそうした楽観的な空気があった。占領軍に支配された鬱々とした日々の中、それは輝ける唯一の希望となって彼らを照らしていたと言っていい。

たしかに、春の訪れと同時にドイツ軍は動きだした。北海《ほっかい》にはイギリス軍も展開していたはずだったが、侵略者たちはまたもあっさりと立ち塞がる敵を撃破したのだった。

慎は号外を乱暴に丸めて手に持ったまま、アパートへと歩きだした。足音が続く。ここは大通りで、人通りも多い。珍しいことではない。しかし、明らかにある意思を持ってついてくるものがひとつあった。

そうとわかるのは、もう何ヶ月も、同じものにつけ回されているからだ。スパイ入り乱れる哈爾浜で相当鍛えられたのだ、こうした気配にはいやがおうでも敏感になる。

昨年中から時々感じることはあったが、今年に入ってからは先方も隠す気はないのだろうと思うほどだ。

意味ありげに人気《ひとけ》のない場所まで行って立ち止まり、とびきりの冗談でも浴びせてみたいと思わなくもなかったが、あいにくセンスもないので、慎はいつものように足早に自宅を目指した。

横道に入り、見慣れたアパートの外観が目に入る。大家のカミンスキ夫妻が住む二階の窓からは灯りが漏れている。外扉の鍵を開ける際に、一瞬後ろを振り向いた。人影はない。振り向かれて、慌てて隠れるようなへまはしない相手だ。

中に入り鍵をかけ、薄暗いホールを横切り、今度は自室の鍵を開ける。中に入ってすぐに鍵を閉め、足下を見る。扉を開けた時に、小さな紙片がひらりと落ちた。朝、出がけに挟んでおいたものだ。いま落ちたということは、朝自分が出ていってから今まで、誰も開けていないということになるのだろう。だが、まだ安心できない。灯りをつけた後、外套も脱がぬまま室内をひと通り見回す。最近は、靴から雪駄に履き替えることもなくなった。

誰かが入った形跡はないか、念入りに検分する。棚に並べた本の位置が変わってはいないか、テーブルに出したままだったカップの位置がわずかでもずれてはいないか。

全て確かめて、異状なしと確信し、ようやく外套を脱ぐ。重みが肩から消えて、ほっと息をついた。

薬缶をコンロにかけ、背広からセーターに着替える。コーヒーを淹れて口に運ぶと、さきほどより大きな吐息が零れた。

監視がきつくなったのは、今年の一月。酒匂大使が帰国してからだ。

大使が日本に到着して数日後、占領軍が怒鳴りこんでくる事態があった。ドイツに占領されたワルシャワの現状が、日本で詳細に報道されたことを彼らが知ったのだ。

かつて大使とともにルーマニアに逃れていた日本の新聞社の記者たちは、「決して記事にはしない」と約束した上で、一度ワルシャワに戻ってきた。たしかに彼らはワルシャワの現状を記事として送りはしなかったが、帰国した酒匂大使が公表したためドイツ側の牽制は無意味となった。当然、日本にあるドイツ大使館は猛抗議をしたそうだが、日本側が公表を撤回することはなかったらしい。

ポーランドに残った慎たちの立場は厳しいものとなったが、覚悟の上だ。ゲシュタポの監視については後藤副領事に報告はしたが、彼にも監視はついているし、ドイツ側に抗議したところではぐらかされるだけなのは目に見えている。

「まあ、捕まらんようにな。極東青年会はたしかにいい情報源だが、しばらくは表だっての接触は控えるように。マジェナにも監視がついているようだから」

そう釘を刺されたのには、理由があった。

昨年の十一月、ドイツの捕虜収容所に向かう列車から脱走してきたヤンを、五日にわたって匿っていたことがある。大使館に報告するつもりはなかったが、なぜか後藤は知っていた。カミンスキ氏は口は堅いが、なかなか立ち去らぬ居候《いそうろう》のせいで大事な店子がゲシュタポに狙われたらと恐れるあまり、後藤に相談してしまったらしい。

あの時の後藤の雷と、申し訳なさそうなカミンスキ氏の顔を思いだし、苦笑が浮かぶ。ほころんだ口許にカップを運ぶと、熱すぎて味がわからなかった。

昨日のことのようにも、ずいぶん遠い過去のようにも感じるが、四ヶ月以上前のことだ。

今日一日、よく考えるんだ。イエジにそう言われたヤンは、真新しい人種証明書をじっと見つめながら、本当に一晩、一睡もせずに考えこんでいた。そして翌日、「お世話になりました」と礼を述べて出ていき、以来音沙汰がない。一週間後、孤児院を訪れた際にイエジから聞いた話によれば、新しい任務に精を出しているらしく、ワルシャワにはいないという。居場所を訊いても、教えてはもらえなかった。というよりも、イエジも知らないようだった。彼はあくまで紹介者であり、イエジキ部隊以外の者に指令を出すことはできないらしく、すでにヤンは彼の手を離れたため、いっさいの情報が入らないそうだ。

担当者がその時々で替わり、関わりを最低限に抑えるのは、捕まった時に彼らの口から情報が漏れぬようにするための鉄則だ。

「何も教えられなくて悪いが、何も知らせが来ないということは、少なくとも無事だってことだ」

申し訳なさそうにイエジは言った。

無事ならば、それでいい。どのみち今、会うのは互いにとって危険だ。慎自身、以前よりも地下組織と接近しているが、表向きはたまにイエジの孤児院を訪れる程度だ。そこで情報をやりとりすることもあるが、マジェナを通し、大使館内で受け取ることが多い。

以前は時おり人を招いていたこの部屋にも、今は誰も入れていない。ここに近づけば、相手は強制連行《ワパンカ》の網にかかる確率がはねあがる。

しかし今この瞬間、それが急に耐えがたくなった。

大使館にはもう、酒匂大使もいない。参事官も書記官も、織田書記生も、そして武官たちもいない。

残った日本人は、後藤副領事と慎だけだ。

外ではいい。気の置けぬ友人と会う時にゲシュタポの目を感じることがあっても、そつなくふるまえる。しかし家に帰ると、時おりこうして、どうしようもない寂寥《せきりょう》に襲われる。九月戦役が始まってまもないころ、帰り道の誰もいない真っ暗な闇の中で、世界でたった一人きりになってしまった錯覚に怯えたように。今やこの孤独が、もっとも馴染み深い友となってしまった。

それはおそらく、今の自分の立場が半ば宙に浮いていることにも起因しているのだろう。

まだ辞令は下りていない。後藤副領事も、そして日本の外務省も粘ってはいるが、おそらく大使館は今年いっぱいももたないだろう。夏までには次の赴任地が決まるのではないかと、後藤にも言われている。

どこに行くかはわからないが、おそらく東欧のどこか、もしくは満洲に舞い戻ることになるだろう。

そこでもやるべきことは無数にある。だが、ワルシャワを離れたくはなかった。哈爾浜総領事館時代も離任の時は辛かったが、ここまで身を切られるような思いを味わいはしなかった。

戦争が長期化し、このワルシャワが再び戦火に見舞われることがあったら。日本は、このよき友人を見捨てねばならないのか。そんな事態に陥った時には、おそらく日本の未来もひどく危ういものになっているだろう。

慎は頭をふった。やめよう。こういう晩に一人で考えこむのは危険だった。

落ち着こうとコーヒーを淹れている場合ではなかった。こういう時はアルコールの力を借りてさっさと寝るにかぎる。

まだ半分も減っていないコーヒーを流しに捨て、慎はジュブルフカの瓶《びん》を棚から出した。

ドイツ軍の動きを、ヤンは果たしてどこで聞いただろう。そして何を思っただろう。

「地下組織に加わります」

部屋を出ていく日、ヤンは言った。朝食のかわりにジュブルフカを乞うた彼は、グラスになみなみと注がれる透明な液体を見て、ごくさりげなく切り出したのだった。

傾けていた瓶を立て、慎は自分のグラスにも半分ほど注ぎ、「決めたのか」と返した。

「はい。イエジは言いました。自分をポーランド人として認められるか、そして祖国には自分の命を懸《か》ける価値があるかと。答えは、出たと思います」

「それはよかった。君は自分がポーランド人だと認められたんだね」

「いいえ」

間髪いれずに返ってきた否定の言葉に、慎は瓶に栓《せん》をする手を止めた。先を促す視線に、ヤンはグラスを一気に干すと、熱い息をついた。

「俺にとってはやはり、そんなものはただの記号にすぎません。ですが、ユダヤの血を持つ我々がこの国で生きるには、ポーランド人と協力し、ドイツを倒さねばならない。ポーランドを取り戻すという目的は彼らと変わりませんし、命を懸ける価値はある」

「たしかに、その通りだね」

「そう考えると、昔よりも〝祖国〟とやらが明確に見えた気がします。言わば、お伽《とぎ》噺《ばなし》の悪魔に攫《さら》われた姫君のようなものですよ」

予想だにしなかった譬えに、慎は噴き出した。

「ははは、なるほど。ならば、みごと姫を取り戻したら結婚することになるね」

「その最高のご褒美《ほうび》を夢見て、みな戦う。ポーランド人の強烈な祖国愛というのは、そうやって培われたのでしょうかね」

愉快そうにヤンは笑った。いつもの皮肉な陰は見当たらない。じつに晴れ晴れとした笑顔だった。

「麗《うるわ》しの姫君との婚礼を楽しみに待っているよ。呼んでくれるだろうね」

「ええ、もちろん。祝宴はぜひ、日本の桜のもとで」

それはもうポーランドが関係ないじゃないか、と笑いながら、二人は未来の婚礼を祝して乾杯をした。

結局三杯グラスを干したヤンは、決然とした足取りで部屋を出ていった。友を見送るのは寂しく、心配だったが、門出が明るかったのはよかったと思う。ヤンも気を遣ってくれたのだろうが、姫君の譬え話はしばらく慎の寂しさを癒やしてくれた。

お伽噺の姫君。言い得て妙だ。まだ見ぬ姫君のために生きる覚悟を決めた友を、少しうらやましくも思う。決めざるを得なかったと言えばそれまでだが、生涯揺るがぬ理想を持つことは人生において何より尊いことだと慎は思っている。

彼は、それを得ようとしている。引き替えに、多くの苦難を背負ったが、きっといつかは手に入れるだろう。

「ヤン、君の話を聞かせてくれ」

ジュブルフカの瓶を傾け、グラスに注ぐ。別れの日にそうしたように。

「君はもう、姫君を見たか？　うらやましいよ、なあ、僕はここでいったい何をすればいい？　僕の姫君はどこにいる？」

答える声はない。グラスの中身を一気に干す。口から喉、胃の腑が一気に灼《や》ける。これを何度も繰り返せば、あの日の彼のように、答えを得ることができるだろうか。

叫び出したいほどの焦燥《しょうそう》を宥めるために、慎はただ杯を重ねる。やがてその手からグラスが転がり落ち、夢の中で懐かしい友に再会するまで、ずっと。

2

初夏の陽光が降り注ぐワルシャワの街は、明るい色彩に充ち満《み》ちている。うろつくフィールドグレイの制服は目障りではあるが、さすがに半年以上も毎日見ていれば、意識の外に追いやることも難なくできるようになっていた。

が、たったいま視界に飛びこんできたものに慣れるのは難しそうだ。交差点に近づいた慎は、足を止めた。

歩いてきたのはユダヤ人居住区の目抜き通り、ナレフキ通りである。そこから西に折れ、ノヴォリプキ通りを行くつもりだったが、通りが始まる箇所に、まったく唐突に灰色の壁が現れたのだ。

行く手を遮られては、直進ができない。ノヴォリプキ通りに向かうには、北から大回りしなくてはならないようだった。

「面倒くさい」

思わずぼやいて、ナレフキ通りをそのまま北上した。

ユダヤ人ゲットーの建設が決まったのは昨年のことだったが、一度は中断されていた計画が、今年三月に入っていよいよ実行に移されたという話は聞いている。

馴染み深い振動と音が背後から響く。振り向くと、路面電車が音をたてて彼を追い抜いていくところだった。

壁に遮られ、窓からユダヤ人居住区を見ることはできないだろう。高さは二メートルほどだろうか。長身の人間なら、背伸びするなり、誰かを肩に乗せるなりすれば、中の様子は見られるだろう。となると、もっと高くなっていくかもしれない。同時にもっと長く延びて、いずれはユダヤ人居住区を完全に包んでしまう。

灰色の壁から目を逸らし、慎は再び歩きだした。

十三世紀、ボレスワフ敬虔《けいけん》公によって発布された「カリシュ法」によって、ポーランドのユダヤ人たちは社会的権利を保障された。最も住みやすい国となったこの国にユダヤ人は集まり、定住した。それがなんということだ。カリシュ法に歓喜し、この国にやって来た者たちは、七世紀も後に子孫たちがこのような屈辱を受けることなど想像しただろうか。

少し前までは、通り沿いに営業している店もたくさんあったが、今はほとんどが閉まっている。かわりに行商がものを売る。

天井知らずではねあがっていく物価。働き手である男たちは次々連行され、稼ぐ手段のない者たちの中には、厳しい冬に耐えきれず、命を落とす者も少なくなかった。

しかしそれでも、当初予測されていたよりも死者は少なかったはずだ。

ごった返す通りの中、ひときわ人が密集している場所がある。彼らが並ぶ建物の正面には、アメリカ国旗とユダヤ教の燭台をモチーフにした旗が翻っていた。

ジョイント。もしくはJDC。正式名称「アメリカ・ユダヤ人共同配給委員会」の支部である。

その名の通り、アメリカに本部のあるユダヤ人救済組織であり、必要とあらば世界各国に出向く。

ポーランドのユダヤ人の苦境を知ったジョイントは、今年に入ってすぐ大量の救援物資を抱えてやって来て、貧しい人々に毎日の食事を与えている。おかげで、居住区の外では、配給の列に並んでも追い出されてしまう彼らも、ここでは充分とは言えないまでも食事や毛布を手に入れることができた。

青空のもと翻る星条旗の、なんと自信に満ち溢れていることだろう。慎は目を細め、しみじみと見つめた。

ジョイントがユダヤ人救済に積極的に動いていることは、当然、占領軍も知っている。ユダヤ人に益するものを欠片《かけら》も許すつもりのない彼らが、ジョイントに関しては完全に知らぬふりを決めこんでいるのは、相手がアメリカの組織であるからに他ならない。イギリスやフランスは必ず潰すと決めているドイツも、圧倒的な資源と経済力を背景に、急激に世界の覇者の座へのぼりつめた若き大国を刺激するのは避けたいのだ。

昨年九月、ドイツがポーランドに侵攻し、イギリスとフランスがドイツに宣戦布告をした直後、アメリカは中立を宣言している。

もともと孤立主義を貫くアメリカには、一九三五年に成立した「中立法」が存在する。外国間が戦争状態にある際、あるいはある国の内乱が重大化した際には、武器または軍需物資の輸出を禁止するという法律で、最初に発動したのはスペイン内乱の時だった。

この中立法は、交戦国双方に適用されることになり、ドイツはもちろん、イギリス、フランスにも武器や資源の輸出は認められない。日本が三年前の盧溝橋《ろこうきょう》事件を機に支那と長い戦争状態にあることは誰の目にも明らかだったが、戦争と認めずあくまで「事変」と主張した理由もここにあった。鉄鉱石などの資源の多くをアメリカに頼っていた日本にとって、中立法を適用されるのはあまりに痛かったのだ。

しかし昨年十一月、アメリカでは「第五次中立法」が成立し、武器輸出が解禁された。その一方で、ドイツ、イタリア、そして日本には経済制裁が発動され、武器の提供を受けられるのはイギリスやフランスのみとなった。

あまりに道理が通らぬと思わぬでもないが、ともかく日本は一気に窮地《きゅうち》に立たされ、いまも日本政府はアメリカの怒りを宥めようと奔走している。

制裁はあるとはいえどもアメリカも立場上はまだ中立なので、ドイツのほうもこれ以上機嫌を損ねまいとしているのだ。

今やここのユダヤ人たちにとって、救世主はアメリカだ。

ジョイントがワルシャワにやって来るのは、これが初めてではない。前の大戦でワルシャワがドイツ軍に占領された時も、彼らは同胞を救うためにやって来た。今では、アメリカの同胞が必ず助けてくれるという空気が、ユダヤ人居住区の中では蔓延《まんえん》している。昨年まではここまでのアメリカ礼賛はなく、むしろ他のポーランド人たちと同じように、イギリスやフランスに期待している者が多かったと思う。

物資の力は絶大だ。中立と言いながら、その国力を背景に自在に遠い国々をコントロールする大国を、慎は素直にうらやましいものだと思った。

日本もドイツも、持たざる国である。国を富ませようと思えば、力の全てを一極に集中させ、がむしゃらに突っ走らねばならない。そして資源や土地を求めて、外へと手を伸ばすしかない。

それがどこまでなら許されるのか、明確なラインはない。自分の過去はすぐに棚にあげる強国がもうける基準になど意味はないし、状況を分析して見極めるのが外交官の仕事ではあるが、ドイツがポーランドを食い荒らした現状を見るに、無力感に苛まれる。

哈爾浜にいたころ、日本の大陸政策について、関東軍の専横ぶりには思うところが少なからずあったものの、侵出自体には正当性があると考えていた。だがそれは、敗北した側の現実をこの目で見ていなかったからではないだろうか。

人が人ならざるもののごとくに貶められていく様を、この八ヶ月ずっと見てきた。これと同じことが大陸で起きていないとどうして言えるだろうか。

なにより、今でこそドイツは快進撃を続け、日本も南京《ナンキン》を陥落させてはいるが、果たして自国に資源を持たぬ国は、どこまでその貪欲《どんよく》な手を伸ばすのか。とくに日本は、資源の重要な輸入先を失った今、新たな産出国を探さねばならない。

満洲はあの状態だし、独ソ不可侵条約のせいでソ連領にも容易に立ち入れない。となると、海軍が前々から主張している南方しか残っていない。あそこはイギリスやフランス、オランダの植民地だらけだ。手を出すとすれば、これらの国と戦火を交えるのは避けられない。そうなればアメリカも黙っていない。

ドイツさえ避けるアメリカと、戦争。

考えるだけで、血の気が引く。

「やあ、もう来てたのか。お待たせ」

明るい調子のアメリカ英語に、我に返る。目を向けると、ジョイントの入り口から、声に相応しい笑顔でレイが出てきたところだった。右肩からはいかにも重たげなカメラバッグをぶら下げていたが、動きは軽快だった。

彼は百九十センチ近い長身にもかかわらず、常に機敏に動く。イェール大学でアメリカン・フットボールをやっていたという、絵に描いたような東海岸エリートの経歴の持ち主だが、なるほどと思わせるものはあった。

「終わったのか、取材」

「なかなか有意義な時間だったよ。ジョイントの慈善事業の記事なら、ほぼ間違いなく採用されるからね」

彼は笑っていたが、口調には軽い棘《とげ》がある。

「彼らがここに来たのも、君が続けてきた取材の成果だろう」

「さてね。ところで君、火を持っているかい？」

レイは、背広の隠しから煙草を取り出しながら訊いた。

「あいにく僕は喫《す》わないんだ」

「なんだ、そうなのか。ちょっと失礼」

肩を竦め、彼は再び建物の中に入っていった。ほどなく現れた彼の口には、紫煙をたなびかせる煙草がくわえられていた。その喫い口のあたりが赤く色づいているのを見て、慎は眉を寄せた。

「それ、女物の煙草じゃないか？」

「そう、『珊瑚《さんご》』って銘柄。喫わないのによく知ってるじゃないか。ああ、そういえばマジェナが喫っていたかな」

「そうだ。よく喫えるな」

「気に入ってるから喫ってるんだ。何かおかしいかい」

心の底から不思議そうに慎を見返すレイに、急に激しい怒りが湧いた。自分でも驚くほどの強い感情だった。

物心ついた時から、慎は人目を気にしてきた。日本人らしく。男らしく。それがどういうものかもよくわからないうちから、誰より日本男児たらねばと必死だった。

さすがに今は躍起になることはないが、たとえ自分が喫煙者であっても、この「珊瑚」を喫いたいとはまず思わないだろう。意識にすらのぼらないそうした境界を、やすやすと踏み越えてみせるこのアメリカ人の鷹揚《おうよう》さが、癪《しゃく》に障る。

「なんだい、怖い顔をして」

「煙をこちらに向けるな」

「ご機嫌ななめだね、面白いお供を連れているせいかな」

手に持っていた帽子を頭に載せたレイは、ブリムの位置を直しながら、慎の背後に視線を向けた。通りの角には、自分たちの身分をまるで隠すつもりのない背広姿の二人組がおり、ごった返す通りの中でそこだけ不自然に空間が出来ていた。

「ああ、すまない。僕の熱烈なファンらしくて、どこにでもついてくるんだ。もっとも、君にもいるようだが」

配給待ちの列のむこうに、背広姿がひとつ。こちらは慎のファンよりは周囲に馴染んでいるが、やはり違和感はあった。毎日ゲシュタポと会っているおかげで、こちらの目も磨かれてきたらしい。

「全く、色男は辛いね。ま、取材許可はとっているし、何も悪いことはしていない。しかし俺はともかく、君がここに出入りするのはまずいんじゃないかい？」

「そう思うなら、こんなところに呼び出さないでくれないか？」

「承諾したのは君じゃないか、タナクラサン。ハーニャのことは気にかかるだろう？」

レイは笑って慎の肩を叩き、颯爽と歩きだした。人混みを掻き分ける中で、何度も「レイ」と声をかけられる。そのたびに彼は笑顔で相手の名を呼び、「元気かい」「今日はちょっと顔色が悪いね。ちゃんと食べてる？」と必ず一言二言添えた。

「君は、ここの街の人間全てと知り合いなんじゃないのか」

呆れまじりに感心すると、レイは肩を竦めた。

「そんなことはないが、まあ、ずいぶん通ったからねえ。壁が完成したらもう取材はさせないと言われているから、今のうちだろ」

「やりすぎると強制送還を喰らうぞ」

「君には言われたくないな。それに、ナチが喜びそうな記事だってちゃんと書いてるさ。今は奴《やっこ》さんたちも機嫌がいいしね」

先月デンマークとノルウェーを平らげたドイツ軍は、二週間前にオランダとベルギーにも侵攻してやはり短期間で勝利しており、とうとうフランスにも侵攻を始めた。ドイツの新聞は連日快進撃を称え、自軍がいかに勇猛で精強であるかを事細かに綴った。誇張はあるにせよ、ドイツ軍が電撃戦《ブリッツクリーク》で次々と勝利をおさめているのは紛れもない事実である。

「君がアメリカの大手新聞社の記者だということも大きいだろうね。ヒトラーがやって来た時も、中立国の中で同行を許されたのはアメリカの記者ぐらいだろう」

「はは、偉大なる祖国に感謝だよ。ヒトラーも本当に喧嘩を売ったらまずい相手は承知しているらしい。ところで君は、何日に賭ける？」

「何の話だ？」

「もちろん、パリが陥《お》ちるまでの日数さ。俺は一月《ひとつき》もたないと見ているがね。六月に入ったころには、白旗あげてるよ」

　あっけらかんとした口調に、慎はあっけにとられた。それから慌てて周囲を見回す。

「声を落とせ。ここでフランスを貶めるようなことを言うのは勧めないぞ」

「英語だから問題ないさ。そりゃまあ、ポーランド人がフランスへ重度の恋煩《わずら》いをしていることは知っているがね。壁の外ならともかく、ここの人々は今はアメリカに鞍替《くらが》えしているだろ」

「そんな単純なものでもないだろう」

　デンマークとノルウェー、そしてオランダとベルギーの占領を知った時、ワルシャワ市民たちはみな憂鬱そうな顔をしていた。

しかし、フランス侵攻の号外が出た時には憤激を露わにした。と同時に、快哉《かいさい》を叫ぶ者も少なくなかった。二週間前、侵攻を知らせる外電が入った時、日本大使館ではポーランド人職員の間から歓呼の声があがった。彼らは目に涙を浮かべ、「調子に乗ったドイツ野郎《シュフアビ》がいよいよ罠《わな》にかかった。これで勝利は確定だ」「フランスはずっと、この時を待っていたんだ。侵攻を許したのは、引きずりこんで一気に包囲殲滅《せんめつ》するためなんだ」と、熱心に語った。

まるで見てきたように語るので、慎はマジェナが書記生室へやって来た時に、「アンジェのほうからそういう話があったのか？」と確認した。

パリで樹立されたポーランド亡命政府は、現在フランス西部のアンジェに移っている。ポーランド内外に乱立していた地下組織も、今年に入って亡命政府のもとに次第に集まりつつあると聞いている。もしやフランス軍からなんらかの情報を得ているのかと思ったが、マジェナは首を横にふった。

「そんなわけない。あくまで願望よ。でも、あながち根拠がないわけでもないと思う」

「というと？」

「だって、ナチに妥協したダラディエ首相は退陣して、今の首相は対独強硬論者のレノーでしょう。ドイツを倒すことに全力を注いできたと思うの。もともとフランスは、今までドイツ軍が戦った中では一番の強国だもの。それに今は、ポーランドから亡命した将兵がたくさんいる。だから負けるはずがないってことよ」

とても根拠とは言えない漠然とした希望論に、慎はなんと反応していいのかわからなかった。

「夏にはきっと、ワルシャワはポーランドとフランスの兵士で溢れ返ることになる。楽しみね。今が正念場よ」

花開くような笑顔で、彼女は言った。

マジェナもまた、イエジキ部隊の一員である。大使館の事務員である立場を活かし、ゲシュタポの監視のせいで頻繁に顔を合わせられなくなった慎とイエジたちの間をうまく取りもってくれていた。恋人のラデックは、現在ソ連の捕虜収容所《ラーゲリ》にいることが判明している。どうやらヤンと同じ収容所にいたらしいが、捕虜交換には将校は含まれなかったため、そのまま残されているらしい。ソ連と聞いて落胆はしていたが、戦争が終われば何もかもが元通りになると信じ、彼女もまた願望をほとんど事実のように語っていた。

「一月ももたないとは、厳しいな。根拠があるのか？」

フランスを無邪気に信じているマジェナたちの笑顔を思いだし、どことなく後ろめたい思いで尋ねると、レイは呆れた顔をした。

「簡単なことだろ。フランスが威信をかけてつくりあげたマジノ線が、結局なんの役にも立たなかったんだ。北から攻めてくると予測していたのに、実際にやって来たのは進軍不可能と言われていたアルデンヌ。全てが裏目に出た。初手でこんなミスをするようでは無理だろ」

フランスが十年の歳月をかけてつくりあげた、およそ四百キロにわたる対ドイツ近代要塞線。それがマジノ線である。地中海岸のイタリアとの国境に端を発し、スイス国境、ドイツ国境を経て、ルクセンブルクやベルギーとの三角点国境にまで及ぶ長大なものだ。ただし、ベルギーとの国境にはマジノ線は存在しておらず、ドイツ軍が攻めこむならばここからだろうと予測されていた。

が、実際にドイツ軍が侵攻してきたのは、開放されている北側ではなく、マジノ線の切れ目。そこにあるのは、大半が森と湿地で占められる天然の要害、アルデンヌの森である。

ドイツの戦車はまず走行できないと言われていたにもかかわらず、機動部隊はあっというまに森を突破した。フランス軍の戦車よりだいぶ性能の劣るドイツ軍の軽戦車は、火力には乏しかったが、塹壕や大砲がない森を走行するには適していたし、自走できない大口径の大砲は歩兵とともに高速トラックに載せられ、森を移動したらしい。さらに地上部隊と完璧に連携した急降下爆撃機《シュトゥーカ》が歩兵部隊に襲いかかり、フランス軍はひとたまりもなかったという。

「まあ、ドイツ軍がまさかあれほど早く森を突破すると予想した者は、誰もいなかっただろう。あえて誘いこんだと信じている者もいるようだが」

慎が言うと、レイは鼻で笑った。

「あり得ない。マジノ線に兵力を割きすぎて、全てが後手に回ったのは事実だ。誘いこんで殲滅どころか、自分たちが背後をとられて分断され、蹂躙された。そんな連中が、電光石火《でんこうせっか》のドイツ軍の進撃を止められるわけがない。航空戦力だってドイツが上だ。フランスは負ける」

迷いなくレイは断言した。慎は空を見上げた。日本ならば、五月晴《さつきば》れと呼びたいような晴天だ。

「癪だが、僕もその可能性は高いと考えているよ。信じたくはないが」

「へえ、君もずいぶんスパイらしくなってきたじゃないか」

「スパイじゃない」

「いまさらだよ」

レイは笑う。誰も予想しなかった独ソ不可侵条約締結を言い当てた彼と結論が同じということは、喜ぶべきなのだろうか。

進退窮《きわ》まった人間は、かすかな希望に縋ろうとするあまり、現実から目を逸らし、精神論に走るものだ。こういう時は、外の人間のほうがどうしてもものがよく見える。

武士道があれば勝てる。熱弁をふるっていたのは、たしか若いタデクだっただろうか。彼は武士の魂をもって、今この瞬間も、フランス軍とともにドイツと死闘を繰り広げているのかもしれない。だがおそらくそれは、敗北に終わるだろう。

「負ける、か」

空を見上げたままつぶやくと、レイがこちらを向く気配がした。

「君の国も僕の国も、よく考えたら敗北というものを知らないな」

「まあ、内乱はあっても、外に向けてはそうだな」

一方、ポーランドは負け続けてきた。その中で、決して折れぬ心を培ってきた。長い長い時間をかけて。

果たして、一度も負けたことのない日本が、この国のように完膚《かんぷ》なきまでに叩き潰された時——地図から消えるような事態になった時、同じように抵抗ができるだろうか。誇りを捨てず、素早く連携できるだろうか。

「負け方は、彼らに習っておくといいかもしれないね。かつてのドイツが証明しているが、持たざる国が負けると悲惨だから」

皮肉な声音《こわね》に、慎はレイの顔を冷ややかに見やった。

「アメリカが負けても、ああはならないと言いたげだな」

「そもそもアメリカが負けることなんてあり得ない」

「どこの国も、戦争を始める時はそう思うのさ」

「だからアメリカは負けないと言ってるんだよ。戦争をしなければ負けないからね」

「その割には、第五次中立法はずいぶん挑戦的だった」

「あれは仕方がないだろう。君たちが悪いんだ」

口許に笑みを刷いて語らう二人の姿は、傍目には友人が冗談を飛ばし合っているように見えたかもしれないが、慎の腹の中は愉快とはほど遠かった。

とはいえ、皮肉は過ぎるものの、彼との会話を好ましく思う点もないではない。レイは徹底した合理主義者だ。希望論や精神論を容赦なく切り捨てて、情報だけで判断するところは見習うべきだろう。当たり前のように思えるそれが、存外難しいことは身に沁みて知っている。人間であるかぎり、どうしても情や先入観から逃れられない。

レイは、そうしたものからも自由であるように見えた。祖国への絶大な信頼を口にはするものの、最近はそれが妙に芝居がかっていると感じることがある。

明確な根拠を問われても、勘としか答えられない。自身が、愛国心というものに常に懐疑的だったせいだろうか、それともこの国で熱烈な愛国心を見てきたからだろうか、そういったものにはなんとなく鼻がきくのだ。

レイが口にする祖国への忠誠は、薄っぺらい。言葉を連《つら》ねるほど、底の浅さが露呈する。もっと言えば、彼にはどうも、自分やヤンと同じにおいを感じるのだ。それすら演技であるならば、脱帽である。

「ここだよ。この店に来たことは？」

レイは足を止め、目の前のカフェを指し示した。通りの角を占める建物は、一見ルネッサンス様式だが、窓の形などにポーランド特有のザコパネ様式も取り入れられている。それほど古くはなく、せいぜい築二十年かそこらといったところだろう。扉越しにピアノの音が聞こえてくる。

「初めてだ」

「いい店だよ。昔から芸術家が多く集まる店だ。何よりこの中までは俺たちのファンも入ってこられないだろうからね」

「それは最高の店だ」

扉を開けると、途端にクリアになったピアノの音が押し寄せてきた。光の粒子が見えるような美しい音色。ショパンのスケルツォだ。

店に入ってすぐ目に飛びこんでくるグランドピアノはみごとなもので、またそれを自在に弾きこなす男の腕前も素晴らしかったが、店は繁盛しているとは言いがたかった。レイが親しげにボーイへ挨拶し、慎にことわりも入れずに勝手に紅茶を二つ頼むと、すぐに席に案内された。

入って右側の、窓際の丸テーブルに落ち着いてほどなく、黒いワンピースを纏った小柄な女性が、銀の盆に紅茶を二つ載せてやって来た。

「あら」

彼女は慎に目を留め、驚いた顔をした。癖の強い黒髪、長い睫毛に縁取られた大きな目。レイほど記憶力がよくない人間でも、一度見たら忘れられない神秘的な黒い瞳。

「久しぶりだね、ハンナ」

「本当に久しぶりですね。ええと……ああ、もう三ヶ月？　その節はお世話になりました、タナクラサン」

笑うと、ハンナの頬にえくぼが出来た。彼女と会うのはこれが四回目だが、笑うところを見たのは初めてだった。

昨年末、レイの紹介で初めて会った時は、日の差さぬ穴蔵に置かれた人形のようだった。ただ呼吸をして、それが止まる日を待っているようにすら見えたハンナは、慎に向かってたったひとつの願いを口にした。

——日本に亡命したい。

家族を全て失った彼女の切実な思いに心を動かされた慎は、大使館に戻って、まずは後藤に相談した。

「無理に決まっているだろう。わが国は、ユダヤ人の受け入れを拒否しているんだから」

案の定、間髪いれずに否定が返ってきた。

「樋口さんのルートは使えると思います。満洲里まで運べれば、なんとか」

哈爾浜時代、ユダヤ人救出に関わった——というより関わらされた特務機関長の名を出すと、後藤はますます厭そうな顔をした。

「この国から出すのが問題なんだ。よけいなことをして、これ以上監視がきつくなるような事態は避けてくれよ。イエジたちとも最近近づきすぎだし、君はどうもこの国に入れこみすぎに見える」

たしかに、ヤンが去ったあの日以来、自分の介入ぶりは一書記生の分《ぶん》を越えている自覚はあった。

本来ならば、ハンナの依頼などその場で断ってしかるべきなのだ。監視下にあるこのワルシャワで、無断でユダヤ人を亡命させるなど、露見したらただではすまない。それでもどうにかできないかと考えてしまったのは、これ以上〝同胞〟を憎みたくないというハンナの悲痛な声ゆえだった。慎に語る時、彼女は表情を動かさずに淡々と語っていたが、それは紛れもなく魂から迸《ほとばし》った叫びに思えた。

国とは、何だろう。民族の血ゆえに、生まれ育った国からも否定される。その国も今や、地図上には存在しないというのに。

慎は、ポーランドにははっきりと愛着を抱いていた。この国に生まれた人々の強い愛国心、決して膝を屈さぬ誇り高さを好ましく思っている。

その中で、ハンナたちの悲劇が異様な色彩を帯びて浮かび上がっている。ダヴィデの星をつけた人々は、今やこの無機質な壁の中に押しこめられ、ポーランド人の目からも隠されようとしている。

国とは、国民とは、果たして何だろう。

幼いころからずっと慎の中にあった問いだった。生まれ育った祖国を愛する思いはもちろんある。家族や友人を愛する思いと同じだ。しかし、それは常に、どこかしら違和感を伴うものでもあった。

この容姿に起因するものだという自覚はあったから、哈爾浜学院への入学が決まり国の外に出た時には、ほっとした。他の学生たちのように強いホームシックにかかることもなかった自分を薄情なのかと悩んだこともあった。

哈爾浜学院を卒業して一度日本に帰国した際、日本全土を覆う愛国心がいっそう強固なものになっているのを感じ、肌が粟立《あわだ》った。あれは恐怖か、それとも嫌悪だっただろうか。いずれにせよ、慎はあの時に予感したのだ。

自分はいずれ、この国から弾かれる。日本に残る家族も、苦境に立たされる日が来るだろう、と。今はまだ、罪のない差別で済んではいるが、いつかそれが正義という美名を纏う日が来る。

慎にとってハンナは、あのとき祖国で感じた強烈な違和感を人の形にした存在だった。

祖国を取り戻したいというポーランド人たちの思いは、尊敬すべきだ。だが、虐げられたことで瞬く間に濃度を増した愛国心に、ハンナたちは含まれていない。

理性では彼らを同じポーランド人と理解していようが、多くの者がもっと根深いところでそれを拒否している。マジェナが苦しんでいたように、それは多分どうしようもないことなのだ。ハンナたちも、それを理解している。だからこそ絶望は深い。

忠誠や国を愛する思いは崇高《すうこう》だが、ほぼ必然的に排他的な性質を帯びる。愛が急激に高まれば、後者もまた当然膨れあがる。

本来は美しいはずの思いは、いったいどの時点でナチスのような醜悪な化け物に変貌するのだろう。父は言った。おまえがポーランドから見る世界は、過酷かもしれないがきっと美しいと。では、その美しさの底には、何が見えるのだろう。

「世話なんて何も。結局僕は何もできなかったし、かえって申し訳なかったよ」

ハンナを見た途端に、当時の葛藤《かっとう》を思いだし、慎は頭を下げた。紅茶をテーブルに並べ、ハンナは困ったように眉を下げた。

「もうそれは言いっこなしですよ、タナクラサン。こちらもほぼ不可能と知りながら頼んだことですから」

昨年、亡命させることは諦めろと後藤に諭されて、一度引き下がりはしたが、結局慎はハンナに否《いな》と伝えることができなかった。気がつけば、どうにか逃がせまいかと考えることが多くなり、ひとまずポーランドから中立国に逃がせば活路はある、と思いついた。

ここから最も近い中立国といえば、隣国リトアニアである。首都カウナスには、日本領事館がある。領事代理の杉原《すぎはら》は、哈爾浜学院の先輩だ。千畝《ちうね》という珍しい名を持つ彼は、ソ連で生まれ育った人間のようにロシア語を操《あやつ》り、また諜報活動にも長けていた。現在も、元ポーランド軍の情報将校を日本領事館の現地職員と偽《いつわ》って雇《やと》い、かつてはワルシャワが担っていた諜報活動を精力的にこなしている。おそらく軍将校の亡命にも一役買っているだろうから、彼と交渉すればなんらかの道は開けるかもしれない。

慎は再びレイとともにハンナのもとへ行き、まずはカウナスへの脱出を考えるべきだと諭すと、ハンナは虚ろな目で了承した。次に慎は、国内外の地下組織にコネを持つイエジに脱出を助けてもらえまいかと打診した。すでに地下組織は多くのポーランド人の亡命を助けており、イエジも最初は了承したが、ハンナの顔写真を見ると難色を示した。いくら偽造身分証明書をつくったとしても、ハンナの容貌ではドイツ兵の目を欺《あざむ》くのは厳しいというのだ。

地下組織の手引きがなければ、脱出はほぼ不可能だ。手詰まりになり、また新たな策を考えるからもう少し待ってほしいと伝えると、ハンナはしばらく黙った後で、まっすぐ慎を見て言った。

「ありがとう、タナクラサン。まさかあなたが、私のためにここまでしてくださるとは思いませんでした。皆、通り一遍の憐れみはくれるけれど、本気で手をさしのべてくれようとする人はいませんでしたから。私は、まだ人間としての誇りを持っていいのだと――その価値があるのだと、あなたは思いださせてくれました」

能面のようだったハンナの口許が、かすかに歪む。初めて、彼女の顔に感情のさざなみが表れた瞬間だった。

「一度に全てを奪われて、私はもう、ナチが言うように下等人種の虫けらに成り下がったように感じていました。ある意味、ユダヤ人を最も差別していたのは、私自身だったのでしょう。私は、人間です。何をされようと、私がそれを忘れないかぎり、ドイツ人と、そしてポーランド人と全く同じ存在です。タナクラサン、私はここで、私の仲間たちと人として生きてみせます」

アリガトウゴザイマス、と日本語で述べて、ハンナは深々とお辞儀をした。かつて、日本に亡命したいと願った時と同じ、最敬礼だった。

それからユダヤ人居住区に足を踏み入れることはなかったが、レイからハンナが働きだしたということは聞いていた。最初はつくろいものの手伝いから始め、先月からこのカフェで働きだしたという。

慎が今日ハンナと会ったのは、じつに三ヶ月ぶりだったが、本来はこんなに魅力的な娘だったのだと感心した。マジェナのように目を惹く美貌を備えているわけでもなく、二十三歳という年齢にしてはずいぶん痩せて小柄で、感情表現も豊かなほうではないが、この神秘的な大きな目には自分を映してほしいと思わせる魔力がある。そしてその奥にあるものを探りたいと思わせるのだ。

「今日、初めて君という人に会ったような気がするよ。だいぶ元気になったようで、安心した」

慎の言葉に、ハンナはかすかに頰を染めた。

「いま思えば、どうしてあんな無茶なことを頼んだのかわかりません。一人で逃げようなんて、何を考えていたのか」

「俺と結婚してアメリカに亡命するっていう手段もあったのに」

笑いながらレイは口を挟んだ。

「レイ、いいところのお坊ちゃんなんでしょう。偽装結婚なんかで経歴を汚したら駄目よ」

「俺は偽装じゃなくてもよかったんだけど」

「なお駄目よ」

ぴしゃりと言い返され、傍目にも気の毒なほどレイは肩を落とした。慎が気まずい思いで紅茶を口に運ぶと、ハンナは申し訳なさそうに言った。

「タナクラサン、茶葉はまだいいんですが、砂糖とミルクが貴重品だから、一杯でも馬鹿みたいに値がはるんです。たぶん、壁のむこうより高いと思います。だからレイに払ってもらってくださいね」

「ひどいな、ハーニャ。心配しなくても大丈夫だよ、タナクラサンだってドイツ人の何倍も配給カードを貰っているんだからね」

「だからって無駄遣いさせたら駄目でしょう。タナクラサン、会えてとてもうれしかったけれど、もうこっちには来ないほうがいいですよ」

「そういうわけにはいかないな。紅茶は美味しいし、ピアノも素晴らしい。こんないい店はないよ」

ハンナはうれしそうな顔をした。

「覚えてますか、九月戦役の時に、ずっとラジオからショパンのポロネーズが流れていたでしょう」

「覚えているよ。ひょっとして彼が？」

慎はピアニストの痩せた背中を見た。

「はい。ラジオ局専属のピアニストだったんです。でも、降伏が決まって、ショパンの『葬送行進曲』を弾いたのが最後。ラジオ局はドイツ軍に接収されてしまったし、彼もその場で解雇されました」

「もったいないことをする。じゃあ、コンサート代をはずまないといけないね。独占させてもらっているんだから。なあ、レイ」

慎の言葉にレイは厭な顔をしたが、しぶしぶといった体《てい》で承諾した。どうせハンナへのご祝儀《しゅうぎ》として最初からそのつもりだったくせに、難儀な男だ、と呆れた。

レイ個人への評価はともかく、彼といると会話が弾む。そう思っていたが、それは彼がのべつまくなしに喋り続けていたせいだと知った。

外国人の客しかいなかった店を出てからというもの、レイは一言も喋らない。珍しく憂い顔で、足早に歩く。この男といて、三十秒以上沈黙が続いたことはなかったのではないだろうか、と慎は思った。

慎は沈黙が苦にならぬ性格だし、とくにこの相手とプライベートに関わるような話をするつもりはなかったが、無言が続く状況は妙に落ち着かなかった。

灰色の壁が、視界に入る。人と人を強制的に隔《へだ》てる壁。レイと慎の間には、常にこれが存在していた。レイの途切れぬ言葉の洪水こそが彼を取り巻く壁だったのだと、ふいにこの時悟った。

「よかったのか、これで」

そう切りだしたのは、壁を取り戻したかったからか、それとも徹底的に破壊したくなったからか、慎にもよくわからなかった。

「仕方ないさ。ハーニャは一度こうと決めたら動かない」

レイは足を止めずに言った。

「結婚までして亡命させようと思ってたのに、諦めがいいじゃないか」

「みごとにふられたしね」

「君は一度や二度ふられた程度で諦めなさそうだが」

「三十二回ふられている」

「君の言葉に実《じつ》がないことに気づいていたんだろうね。まあ、三十三回目を目指せばいいじゃないか」

「あいにくもう無理だ。明日、イスタンブール支局に移ることになってね」

慎は驚いて足を止めた。が、背後のゲシュタポの存在を思いだし、なにげないふうを装ってすぐに歩きだす。

「また急だな。とうとう、ドイツ軍に追い出されたか」

「さあ、わからん。上からの命令だから。君はいつまでワルシャワにいるんだ？」

「さあ、わからん。できるなら、このままずっとと思うけどね」

口調を真似て返すと、レイは鼻の付け根に皺を寄せた。

「以前君は俺に、ユダヤ人に肩入れしていると言ったが、君こそずいぶんポーランドに入れこんでいるように見える」

「後藤さんにも言われた」

「なぜだ？　この国の何が、そこまで気に入った。プライドだけは高い、現実を見ることができない連中ばかりじゃないか」

「君はそんなふうに思っていたのか。本物を見たいと言っていたくせに」

「見えた本物がそれだよ。ドイツよりはましかと思ったが、五十歩百歩だ。いや、口を開けて他人の援助を待つことしかできないここよりは、自ら動く連中のほうがまだましかな」

「侵略者のほうがましとは」

「聞かせてくれ、この国になぜ君はこだわる」

レイの目はやはり前を向いたままだ。しかし声音には、どこか切羽詰まった響きがある。だからだろうか、慎はごく自然に返していた。

「子供のころ、日本にポーランドの子供たちが来たことがあった。シベリアに残された孤児たちでね。当時は大変な騒ぎになったんだ」

「……ああ、イエジたちのことだな。日本に行った話は聞いたことがある」

「あの時、日本の人々は無条件に彼らを憐れみ、慈《いつく》しんだ。僕も、ちょっと仲よくなった子がいてね。この国にいると、それが自然と思いだされる。何があろうと、人は、世界は、信じるに値するものだと、思いださせてくれる」

「ずいぶん感傷的な理由だ」

「僕はごく理性的な理由だと思っているけどね。外交も、まずは相手を理解し、信じることから始まり、そこに帰結する。こういう現実を見るとそれを忘れそうになるが」

聳える壁を見上げる。夕日を浴びた壁は、昼に見た時よりはいくぶん恐ろしさが和らいでいるように感じる。しかし色がどうであろうと、これは光を遮るものなのだ。

「それでもこの国にいると、自然と思いだすことができる。この国を見捨てた時、僕の――そして日本の中で、確実に何かが死ぬ気がするんだ」

「ふうん。なるほどね」

全く感情のこもらぬ声に、慎は苦笑した。

「君にはつまらない話だろうね」

「いや。おそらく、君にとってのポーランドが、俺にとってのハーニャなんだろうと思ったんだ」

慎は足を止めた。数歩歩いてレイも足を止め、振り返る。端整な顔に、いつもの笑みはなかった。壁を橙色《だいだいいろ》に塗りかえた夕日が、彼の顔も同じように染めている。赤みを帯びた光のせいで、いつもは厭味なほど青い瞳が、淡い紫にけぶって見える。

「彼女を見ていると、昔をよく思いだした。だから、なんとしても助けたいと思ったのかもしれないと、君の話を聞いて気がついた」

レイは突然、右手を差し出した。

「君と会えてよかったよ、タナクラサン。次に会う時も、まだ敵ではないことを願っている」

触れたレイの手は大きく、冷たかった。だが、やわらかかった。その不思議な感触に、なぜか鼻の奥がつんとする。出会った時の握手はただ痛いばかりだったなと思いながら、慎は彼の手を強く握り返した。

3

ドイツの日本大使館は、ベルリン西部のアホルン街にある。

アホルン街は、日本人が多く住み、賑やかなノレンドルフ広場より奥まった場所にあり、道は狭く、車の通りも難儀する。その袋小路に建つ質素な建物が日本大使館だとは、日章旗がなければわからないだろう。

慎が初めてこの大使館を訪れたのは、ワルシャワに赴任した一九三八年の秋だったが、友好国ドイツにおける大使館なのだからさぞかし大きく立派なのだろうと思っていただけに、あまりの冷遇ぶりに驚いたものだった。大使公邸のほうはベルリン中心部のティアガルテンにあり、立派なものだったが、いかんせん大使館とは距離がある。また、武官室も大使館内にあるワルシャワとは違い、陸軍武官室と海軍武官室がそれぞれ別の場所にあった。

当時の大使は現駐ソ大使の東郷茂徳で、陸軍武官の大島中将がリッベントロップ外相と信頼関係を築いていたこともあり、人は武官室のほうに集まってしまい、肝心の大使館のほうは今以上に閑散としていたことを覚えている。

次にやって来たのは、昨年の六月だった。そのころにはもう大使は大島中将に替わっており、この大使館も手狭ながら賑わっていたし、なにより公邸のあるティアガルテンに立派な大使館を建設中なのだとうれしそうに語られた。もっとも、その後戦争が始まったために、工事は大幅に遅れており、完成の目途はたっていない。

そして、ちょうど一年経った三度目の来訪では、昨年よりはいくらか閑散としている印象を受けた。

「よく来てくれた、棚倉君」

温和な笑顔で慎を迎えたのは、三人目の大使だった。大島大使は、昨年の独ソ不可侵条約締結を察知できなかった責めを問われ十二月に帰朝しており、その後継として駐ベルギー大使だった来栖《くるす》三郎《さぶろう》が着任した。

印象は、何かと押し出しの強かった前任者とは全くの正反対である。眼鏡の奥の目はやや垂れ気味で、一見したところではいかにも人がよさそうだった。物腰もやわらかで、なにより声が落ち着いている。武張《ぶば》った大島中将の大声がどうにも苦手だった慎は、新大使に好感を持った。

「お目にかかれて光栄です、来栖大使。ベルリンはいかがですか」

「見てきただろう。たいへん活気のある街だ。ありすぎるぐらいだがね」

握手を解くと、来栖は肩を竦めて言った。日本人はあまりしない仕草だ。

来栖はなにもかもが前任者とは正反対である。最大の特徴は、彼が吉田茂の親友であり、親米派であるということだろう。妻もアメリカ人で、そういうところは二代前の東郷大使に近いとも言える。東郷大使の妻はユダヤ系ドイツ人だった。

「北欧に続き、ベルギー、オランダを瞬く間に平らげ、とうとうパリも陥落させてしまった。ラジオは連日これでもかとばかりに勝利を連呼するし、新聞も毎日勝利が見出しで、街中でもハイルの大合唱を聞かない日はない。私はヒトラーがどうも好きにはなれんが、軍事の天才というのは事実かもしれんなぁ」

顔に笑みは残していたが、来栖は苦い口調で言った。

東郷との共通点をさらにあげるならば、彼もまたナチ嫌いだということだろう。東郷大使はもともとドイツという国に深い愛着を持っていたこともあり、この成り上がりの政党を嫌悪しつつもはっきり表に出すことはしなかったが、来栖大使は堂々と批判するタイプのようで、おかげでナチスからはずいぶん嫌われているらしかった。大使館に人《ひと》気《け》がないのも、そのせいだろう。

「我々も驚いております。大使、まずはこちらを」

慎は、握手の間もずっと左手で抱えていた濃茶色《こいちゃいろ》の巾着《きんちゃくぶくろ》袋を差し出した。

「おお、ご苦労だったね」

大使が丁重に受け取った頭陀袋は分厚い帆布《はんぷ》製で、DIPLOMATIC CARGOと赤文字で大きく書かれている。慎はワルシャワの大使館を出てからここに辿りつくまで、一瞬たりともこの袋を体から離さなかった。ベルリン行きの夜行列車に乗った時も、コンパートメントの中で鞄は体の脇に置いていたものの、これは身につけたままだった。

外交行嚢を運ぶ使者《クーリエ》を務めるのは初めてではないが、ゲシュタポの監視があると承知でベルリンに出向くのは緊張を強《し》いられた。外交行嚢の中をあらためられることはあり得ないが、もし道中で襲われ、奪われたらという不安が常に頭の隅にあった。

来栖大使は慎に椅子を勧めると、奥の執務机に戻り、行嚢から油紙で包まれた文書を取り出した。

ワルシャワおよびポーランド全土におけるドイツ軍とソ連軍の動向をまとめたものだ。本来、使者がいる前で中身をあらためるものではないかもしれないが、慎は中身をよく知っているし、何より情報収集に奔走した一人である。

さらに行嚢の中には、もうひとつ封筒がある。

「これは？」

「ベルリンの満洲国公使館へ渡してほしいとのことです」
それだけで来栖は状況を正確に理解したようだった。
ベルリンの満洲国公使館は、ドイツに潜伏するポーランド人地下組織の拠点である。その際
このベルリンからは、二週間に一度、東京に向けて外交クーリエが出ている。地方の地下組
に使う列車の中で、各地の地下組織構成員と接触することもあるという。地方の地下組
織はソ連の情報を、そしてベルリン側からは満洲国公使館経由で入ってきた指示を、偶
然を装いすれ違った瞬間にすり替える。時にはアンジェの亡命政府からの情報を送るこ
ともあった。
協力を依頼したのは、酒匂大使だった。日本に帰る直前、彼は自らベルリンに赴き、
来栖大使の同意を取り付けてくれた。
「最近、公使館の彼らも元気がないね。まあ、パリが陥ちたのだから仕方がないが。ワ
ルシャワはどうかね」
「通夜のようです。ワルシャワ陥落の日よりもひどいかもしれません」
「ほう」
「あの時は、もちろん屈辱はあったでしょうが、ワルシャワ市民からすれば休戦に過ぎ
ません。軍は降伏しましたが、ポーランド政府は降伏していませんでした。これから地
下に潜って新たな戦闘が始まるという思いが強く、同盟国と歩調を合わせれば遠くない
未来に必ずドイツ軍を追い出せると考えていたでしょう。希望はあったのです」

「しかし、精強と信じていたフランス軍が、侵攻から二ヶ月も経たぬうちにあっさり降伏した。たしかに辛いだろうな」

来栖大使はしみじみと頷き、執務机の背後の壁に貼った巨大な世界地図を見やった。

「次は、ここか」

彼が指し示したのは、フランスの上。ドーヴァー海峡を挟む縦長の島国、イギリスだ。

「海があるからお得意の戦車は使えないし、今までのようにはいかないだろうが――あいや、フランス侵攻時も、天然の要害たるマルヌ川があるからドイツ機甲師団も立ち往生《おうじょう》するだろうと言われていたな。ドーヴァーなど、今の彼らにはなんの障害にもならんかもしれん」

大使の口調は苦かった。

今年五月十日、ベルギーとオランダに侵攻したドイツ軍は、アルデンヌの森を抜けてフランスにも侵攻した。

六月十日にはドイツ軍がパリを占領。十七日にはペタン元帥を首相とする内閣が成立し、休戦を求めた。レイが予想した一ヶ月以内よりはわずかに長くもったが、フランス政府はあっさりと降伏した。

ポーランドは、何度裏切られるのだろう。

フランス降伏の知らせを知った慎の脳裏をまっさきによぎったのは、憐れみだった。

ポーランド政府はなおも降伏していないというのに、フランス政府は早々と白旗をあげたのだ。

あの日は、日本大使館でも、そしてアパートでも、嘆きの声が聞こえた。深い悲嘆に暮れるワルシャワ市民たちを、ドイツ軍の兵士たちは嘲笑うように見下ろし、得意満面で行進した。堅固なポーランド魂を持つ者たちも、あの日ばかりは憎悪と抵抗の目を向けることもできず、ただうつむくか、天を仰《あお》いで号泣した。

アンジェの亡命政府は、ロンドンに移った。イギリスはまだ無傷で残っている。もはや頼みは彼らだけだったが、フランスを占領したドイツ軍は万全の態勢を整えてドーヴァーを越えるだろう。航空機の数は、ドイツのほうが勝《まさ》っている。ことごとく期待を裏切られたワルシャワ市民は、もう楽観はできなかった。

「ですが、地下組織はまだ諦めてはおりません。ヒトラーたちの目が西部戦線に向いている間に、国内から崩す方向で――」

「それなんだがね、棚倉君」

やんわりと、来栖大使に遮られる。

「おそらく我々も、近いうちに今のような形の援助ができなくなると思うのだ」

「どういう意味でしょうか」

「日独伊三国同盟の話が、再び活発化している」

慎は息を呑んだ。

「馬鹿な。昨年凍結になったはずでは」

「だが、いざ戦争が始まってみれば、ドイツ軍の強さは圧倒的だ。こいつは誰にとっても予想外だった。本国で、やはり手を結ぶべきだという動きが再燃してもいたしかたあるまい」

「ナチスは信用ならないと身をもって知ったというのに？」

「喉元過ぎればなんとやらだ。それに、かつて率先《そっせん》して同盟締結に動いていた大島中将は今、日本にいるのだ。彼がどのように周囲を焚《た》きつけているか、手に取るようにわかるだろう？」

顔をしかめた慎は、こみあげてくるものを抑えるように拳を握った。これまで何度も、ドイツの危険性を訴える報告書をこの大使館に送ってきた。それが何の意味も成さなかったということなのか。

「私はナチ嫌いだからこそ、牽制役として阿部首相に送りこまれた。本国にも再三ドイツと手を組むべきではないと申し入れているが、大島がいるかぎり無駄なのだ。いま思えば、彼が更迭《こうてつ》され、日本に戻ったのはまずかったかもしれんな」

「ですが、ドイツと軍事同盟を結べば、いずれアメリカとの開戦は避けられなくなります」

「連中は逆に、三国が手を組むことで、アメリカの参戦を阻止できると主張しているがね。ドイツと手を結んでしまえば、我々は満洲でもソ連に手出しできなくなる。後はもう……」

一度言葉を切り、来栖大使は遠くを見るような目をした。

「いま思えば、独ソ不可侵条約が締結された時点で、我が国の運命は南進以外にないと決まってしまったのだろうな。そういうわけだ、棚倉君。最近はとにかくころころと内閣が替わるが、おそらく近いうちに現在の米内《よない》内閣も総辞職するだろう。次は、陸軍の意向が強く影響した組閣となる。そうなれば、私もドイツを追い出され、大島が返り咲く」

「来栖大使はどちらに」

「アメリカかな。本来、私にはそちらのほうの水が合う。三国同盟締結が避けられないのならば、アメリカの機嫌をとることに専念するよ」

口調は明るいが、諦めが滲む声音だった。

「おそらく君たちにも、近々辞令が下るだろう。どうか最後まで、くさらずにやってくれよ」

来栖の予想は当たった。

今年の一月、親英米派で海軍良識派の米内光政《みつまさ》によって組織された内閣は、七月十六日に総辞職へ追いこまれた。

新たに首相となったのは、近衛文麿《このえふみまろ》。大東亜新秩序建設を国是《こくぜ》とした内閣には、外相に松岡洋右、陸軍大臣に東条英機《とうじょうひでき》などを登用した。

そこから、日独伊三国同盟締結への動きは一気に加速する。

フランスに続いて陥落するかと思われたイギリスが踏みとどまり、ポーランド侵攻以来初めて苦戦を強いられることとなったドイツ軍も、同盟締結を急いだ。

来栖大使が抵抗しようが、在波日本大使館がドイツと結ぶ危険を訴えようが、日本本国が大きく同盟に傾いてしまった以上はどうにもならず、九月も半ばに入るころには、締結はほぼ確定していた。

「ソフィア、ですか」

十月まであと一週間を切った日、慎に異動の辞令が下った。

中立国ブルガリアの首都ソフィア。告げられたばかりの赴任地を、慎は無感動に繰り返した。

とうとう来てしまったと思うべきか、いよいよかと思うべきか。

「ああ。知っての通り、バルト三国がソ連に占領された今、東欧各地の公使館の重要性は増す一方だ」

説明する後藤副領事もまた、イスタンブールへの異動が決まっている。

ドイツ軍がパリを占領する一週間前、リトアニア、エストニア、ラトヴィアが立て続けに赤軍に侵攻され、瞬く間に占領された。各地の日本公使館も閉鎖され、中立を保っている東欧諸国およびトルコの在外公館へ多くの人員が割かれることとなったのだった。

「在独満洲国公使館の星野《ほしの》参事官が、ワルシャワ総領事を兼ねることとなった。彼は哈爾浜特務機関の精鋭だからな。まあ、うまくやってくれることだろう」

それまで淡々と話していた後藤の顔に、一瞬、悔しげな表情が浮かんだ。陸軍の情報将校に全て委《ゆだ》ねねばならないのは、面白くはないだろう。軍人である星野参事官が総領事も兼ねるのは、大島中将の意向が大いに反映されていると考えてよさそうだった。

「では、ベルリンとはいえ総領事がいるということは、ここは閉鎖はされないのですね」

「職員たちに解雇の指示は出ていない。おそらく日本にポーランド大使館があるかぎりは、ここも閉鎖はされないだろう」

後藤の言葉に、ひとまず安堵した。日本とポーランドの協力関係は続くのだ。

イギリスが奮闘しているおかげで、冬前には全て終わるのではないかと思われたこの戦争は、長期化する可能性が高い。戦争が終わるまで、おそらく慎はポーランドの地を踏めないだろう。しかし、東欧各地には亡命したポーランド人が多数いる。ソフィアにも大きな地下組織があったはずだ。やることは、今までと変わらないはずだった。

4

昼食には遅い時間だったので、食堂にはほとんど人の姿がなかった。静かな食堂の奥、窓際の席にマジェナが座っていた。テーブルに置いてあるスープとパンは、いっこうに減っている様子がない。食堂にやって来た慎にも気づかず、スープ皿をじっと睨みつけている。その目は赤く充血していた。

異動の話はまだ漏れていないはずだが、と首を傾げたが、涙の理由はどうやら他にあるようだった。

「マジェナ、どうしたんだい」

声をかけると、マジェナは弾かれたように顔をあげた。慎を見ると、途端に両目が潤む。

「なんだ、嫌いな具材でも入ってた？」

「いいえ。食べなきゃ、とは思うんだけど……」

マジェナはスプーンを手にしたが、やはりそこから動かない。再びスープを見下ろし、絶望したように頭をふった。

「食べられる時に食べておかないと」

「わかってる。でも、今日はやっぱり駄目だわ。ねえマコ、朝方に大きなワパンカがあったの知ってる?」

「いや。どこで」

「プラガ地区」

慎は顔をしかめたが、驚きはしなかった。今やワパンカは日常茶飯事で、プラガ地区もよく行われる区域だ。最も規模が大きかったワパンカは、六月のものだったろうか。二万人以上が拘束され、そのうち身分証明書の不備などで男子四千名、女子五百名が強制収容所へ送られた。

だが、強制連行だけならばまだましで、その中から無作為に引きずり出された一部の人々が、その場で処刑されることもあった。昨年の十二月などは、カフェでドイツ人二人が殺害されたために、全く無関係のポーランド人二百名が引きずり出され、銃殺されたのだ。

「もしかして君の友人が?」

「ええ。でもそれだけじゃない」

憂鬱そうに、マジェナはうつむいた。

「フリードマン夫人のお店、あるじゃない。ワパンカがあったの、あの通りなのよ」

一気に血の気が引いた。

ワパンカは、突然ドイツ軍がやって来て、道の出入り口を塞ぐところから始まる。封じられたら最後、通りの住民や、運悪くそこに居合わせた者たちは全員捕らえられ、監獄へと送られるのだ。

「じゃあ夫人は……」

「連れていかれたわ。それと、ヤンも一緒に」

「なんだって？」

マジェナの顔がいっそう大きく歪むのを見て、ほとんど怒声に近かったことを知る。

慎は慌てて声を潜めた。

「まさか。彼は今、ワルシャワにはいないはずだ」

「私もそう思ってた。でも、他ならぬ娘さんがそう言ってたんですって。ワパンカがあった時、彼女と生まれたばかりの赤ん坊を、ヤンが逃がしてくれたって。彼が囮《おとり》になったのよ。それで、夫人と一緒に……」

「そんな……」

ならばおそらく与えられた任務が一段落ついて、彼は一度ワルシャワに戻ってきたのだろう。そしてようやく母のもとを訪れたのだ。姉に赤ん坊が生まれたと聞き、戻る気になったのかもしれない。きっとワパンカの直前までは、久しぶりに心穏やかな時間を過ごしていたのだろう。

「なんて間の悪い……」

そう言うほかなかった。

「ひどい話だわ。私の友達も、家族ごと連行された。パヴィアク監獄に連れていかれて

――それからどうなるか知ってる？」

「……オシフィエンチムに新しく出来た強制収容所に移されるって噂だ」

「ええ。今はドイツふうにアウシュヴィッツって言うらしいわね。変な名前！　でも、あそこに行けば、もう帰ってこられない」

マジェナは再び視線を落とし、かすれた声で言った。

「みんな、帰ってこない。彼も……ラデックも」

声音のあまりの暗さに、慎はかける言葉がなかった。ラデックもソ連の収容所《ラーゲリ》に入れられたまま音沙汰がない。昨年末と今年の二月に手紙が来た時には安堵の涙を流していたが、以来、返事を書いても梨《なし》の礫《つぶて》らしい。

「あのね、私、変な夢を見たの」

慰めの言葉を必死に探していると、マジェナが暗い顔のまま言った。

「夢？」

「ええ。ラデックの夢。せめて夢だけでも会わせてくださいって、マリア様にお願いしたの。子供のころ、それで死んだ母と会えたことがあったから」

彼女は薄手のセーターに覆われた胸元に手を置いた。そこに十字架があることは慎も知っている。マジェナは敬虔なカトリック信徒だった。

「彼、森にいたわ。見たこともない、暗い森。ひどく青ざめて、悲しそうな顔してた。来てはいけないって言われたけど駆け寄ったら――そうしたら、大きな穴があって」

突然、マジェナは大きく身震いした。両手で体を抱きしめ、それでも震えが止まらない。

「死体が、穴の中で折り重なってるの。皆、ポーランド軍の制服を着た人たち。ぴくりとも動かない。いつのまにかラデックもいなくなってた。ねえマコ、これはただの夢よね？」

縋るような目に、慎は反射的に「もちろんさ」と頷いた。当然、ラデックの安否はわかろうはずもない。だが今は、目の前の友人の不安を取り除くことが先決だった。

「ただの夢だ。ラデックを案じるあまり、悪夢を見てしまうんだろう」

「でも生々しくて。手紙も半年以上来てないのよ」

「捕虜を無断で殺したらどうなるか、赤軍だって知らないはずはない。それに、ラデックは予備役とはいえ将校じゃないか。よけいに問題になる」

「ドイツ軍だって、ポーランドを占領してすぐ、知識階級の人ばかり集めてパルミーリの森に連行して、殺したじゃない。ドイツだろうとソ連だろうと、よその国を好きにしようとする奴らの考えることは同じ。最初に、教養があって上に立てる人間を殺すのよ」

「落ち着くんだ、マジェナ。パルミーリの森の件はたしかに悲しいが、ラデックたちはあくまで戦争捕虜だ。捕虜の扱いは国際法で定められているし、国際社会に認められることに躍起になってきたソ連がそれを破るとは考えにくいよ」

慎は食事をとることも忘れ、マジェナの不安を取り除くことに専念した。

とはいえ、実のところ気にかかる話ではある。

ヤンは昨年、独ソ不可侵条約に則り、両国の間で捕虜の交換が行われたと言っていた。その時は兵士と下士官だけだったそうだが、今年に入って将校の交換も行われたはずだ。しかし、ドイツに到着する捕虜の数が異様に少ないという噂は聞いていた。何か問題が起きたのは間違いないが、それをマジェナに伝えるつもりはなかった。

おかげでマジェナは少し気力を取り戻してくれたようだったが、彼女を食堂から送り出した後は慎のほうが激しい焦燥にかられることになった。

ヤンがワパンカで連れていかれた。彼の身分証明書は偽造だし、露見すればまず帰ってこられない。

ナチスの強制収容所の過酷さは、レイから聞いている。彼はダッハウ強制収容所に一時収容されていた聖職者から話を聞き、記事にしようとしたことがあるらしい。彼が語ったダッハウで日常的に行われる暴力による恐怖政治は、そのままこのワルシャワでも行われていることだった。パヴィアク監獄から毎日のように響く銃声がその証拠だ。それでも、パヴィアクから戻ってくる者はかろうじて存在するが、オシフィエンチムの強制収容所に移送されて戻ってきた者はまだ一人もいない。パヴィアク以上の暴虐がまかり通っているであろうことは、容易に想像できた。

ヤンと母親がそんなところに。なんとか助け出せまいかと気は急《せ》くものの、一介の外務書記生にどうこうできることではない。思いあまって、慎は翌日、イエジの孤児院を訪ねた。子供たちの大歓迎を受けた後、何かを察したイエジに応接室に案内された慎は、出されたコーヒーに手をつけるのも忘れ、勢いこんでヤンが強制連行されたことについて語った。イエジは真剣な顔で耳を傾けていたが、話が終わると静かに首をふった。

「悪いが、どうにもならない。前にも言ったが、ヤンの件はもう僕の手を離れている。それに基本的に、捕まってしまった者は助けられないんだ」

慎は肩を落とした。失意を覚えたというよりも、また彼に頼ってしまった自分が情けなかった。

「そうだったな。すまん、馬鹿なことを言った」

帰ろうと立ち上がりかけたところで、「ただ」とイエジは口を開いた。

「もし組織が彼を有用だと認めているなら、なんらかの接触はあるはずだ」

浮かしたまま腰が止まった。

「アウシュヴィッツ収容所には、政治犯が多く収監されている。つまり、我々の同志も大勢いるということだ。であれば、強制収容所内にも抵抗組織があると考えるのが妥当だろう」

慎はぽかんとしてイエジを見下ろした。イエジは苦笑し、「座ったらどうだい」と椅子を指し示す。慎は慌てて腰を下ろした。

「そうか。なるほど、強制収容所内のレジスタンスか」

「ドイツ軍の非道を知るのに、強制収容所ほど適している場所はないからね。わざと捕まって潜入した者もいるだろう。ひょっとしたら、ヤンも志願したのかもしれない」

「それは厳しいだろう。彼はユダヤ人で、脱走兵で、なおかつ偽証もしている。わざと捕まるには危険すぎる」

「若くて体力があり、労働に耐えうる男なら、すぐには殺されない。ある意味、平等な場所だよ。ご母堂のほうは……わからないが」

イエジは言いにくそうに目を伏せた。おおらかな笑顔とあたたかい手、そして彼女の料理の数々を思いだす。

「……だが、ヤンがきっとどうにかする」

祈るような思いで、声を絞り出す。イエジは何も言わなかったが、同意するようにゆっくりと頷いた。

しばらく、無言の時が流れた。ただコーヒーの香りと、中庭から聞こえる子供たちの歌声だけが空間を満たしていく。

われは海の子　白浪の
さわぐいそべの　松原に
煙たなびく　とまやこそ

わがなつかしき 住家《すみか》なれ

無邪気な声で歌われる日本語を、慎は息を吸いこむようにして聴いた。

ああ、なんと美しい言葉だろう。母国語というものは、こんなにも大きな力を持っているものなのか。荒波に揺さぶられていた心が、凪《な》いでいくのを感じる。

「これを言うかどうか迷ったが」

歌がやむと同時に、イエジは再び口を開いた。

「ヤンは、とても優秀だったと聞いた。彼は間違いなく、勇敢で冷静なポーランドの志士だそうだ」

慎は、はっとしてイエジを見た。

「ヤンが」

「ああ。だから、収容所のレジスタンスが放っておくはずがない。君はもうすぐソフィアに行ってしまうそうだから、餞《はなむけ》としてこれぐらいはいいだろう」

「ありがとう」

思わず泣きそうになったが、イエジが微笑んでいるので、毅然としなければと涙をこらえる。

「今ワルシャワを離れるのは不安だが、君たちの友でいることに変わりはない。ポーランドと日本のために、ソフィアでも力を尽くすよ」

「ありがとう。君がソフィアにいると思うと心強い。あちらにも信頼できる仲間がたくさんいる。君のことは伝えておくよ」

二人は固い握手を交わした。イエジの掌は厚く、固い肉刺《まめ》がある。子供たちを慈しみ守る一方で、銃を取り、戦う手だ。

彼らは知っている。戦わねば、何ひとつ守れないことを。取り戻すためには、命を懸けねばならないことを。ポーランド人の血に脈々と受け継がれたそれを、彼らは当然のこととして果たそうとする。

この姿を決して忘れまい。この先祖国がどこへ向かおうとも、自分は友人たちのこの誇り高い目を決して忘れまい。彼らの前に立って恥じぬ人間であり続けることが、真実と共にあることになるのだから。

その数日後、日独伊三国同盟がとうとう締結された。異動に備え、大使館で書類の整理をしていた慎は、知らせを聞いて手を止め、思わず落涙した。

この地に赴任して、約二年。在波日本大使館は、戦争を回避せんと文字通り奔走してきた。しかし戦争は起こり、今また日本自ら修羅の道へと足を踏み入れてしまった。

ベルリンの総統官邸での調印式には、来栖大使が出席したという。彼の胸中はいかばかりだったか。いったいどんな思いで、祖国の死刑執行命令書に等しいものにサインをしたのだろう。

その日は帰宅後にひとり痛飲し、翌朝たいへんな二日酔いで苦しむはめになった。この日ほど新聞を見たくないと思ったことはなかったが、そういうわけにもいかず、ナチお得意の美辞麗句《びじれいく》を連ねた記事を吐き気をこらえて読んだ。パリが陥落した日、ワルシャワ市民たちが悲痛な顔で新聞を読んでいた時の気持ちが、改めてよく理解できた。

週末は、久しぶりにユダヤ人居住区に足を向けた。ハンナにはもう来るべきではないと忠告されたが、ワルシャワを離れる前に一言ぐらい挨拶をしておきたかった。

ナレフキ通りに入ってすぐに、異変に気づいた。街全体がざわめいている。往来には立錐《りっすい》の余地もないほど人が集まり、みな口々に何かを語っている。顔つきや声の調子は悲痛一色だ。

「何があったんだ」

独《ひと》り言《ごと》のつもりだったが、近くにいた老人が拾ってくれた。

「ジョイントから、物資の配給を停止するという知らせが来たんだよ」

「なぜですか？」

まったく唐突だった。慎が驚いて尋ねると、老人はかぼそい息を吐いた。

「前の大戦の時にも、ジョイントはいちはやく物資を送ってくれたんだよ。だが、降って湧いた金に、ユダヤ人同士で争いが起きた。そのせいでジョイントは、もともと今回の援助には消極的だったらしい。そのような争いを繰り返させないために、物資の輸送をストップするそうだ」

「そんな。本末転倒じゃないですか」

「一部の者が欲に駆られたせいで、我々は最後の綱を失ってしまった。敵はどこにでもいる」

老人は頭をふり、去っていった。何かぶつぶつ唱えていたが、聞き取れない。おそらくイディッシュ語だろう。

ジョイント前へと急ぐと、いつも以上に黒山の人だかりだった。なぜ引きあげるのかと喚いている声も聞こえた。

よりにもよって、戦争の長期化が見えたこの時期に引きあげるとは驚きだった。今ジョイントに見捨てられては、ここのユダヤ人たちに未来がないことぐらい、彼らとてわかっているだろうに。

ここにレイがいれば、なんと言うだろう。西欧諸国のあまりのふがいなさに、アメリカも本格的に戦争へ備え始めたのだろうとでも皮肉を込めて語るだろうか。

いずれにせよ、ワルシャワを去ることが決まった時に、こんな先行きの暗い光景を見ることになるとは。慎は一気に憂鬱になった。今からハンナに会っても、どんな顔をすればいいのかわからない。

ジョイント前の悲痛な喧噪を茫然と眺めた後、慎は結局、疲れた足取りでユダヤ人居住区から立ち去った。

十月は嵐のように過ぎ去り、十一月、慎と後藤副領事は職員たちの涙に見送られ、日本大使館を後にした。

駅へと向かう車から、ワルシャワの光景を目に焼きつける。だいぶ復興も進んだ街の中に、場違いな灰色の壁が見えた。

「そうか。完成したのか」

慎は窓に手をかけ、ため息まじりに言った。

以前見た時よりも、はるかに高さを増した壁。おそらく三メートルはあるだろう。ワルシャワ・ゲットーの壁がとうとう完成したのだ。ユダヤ人居住区外に住む全てのユダヤ人は住居を追われ、このゲットーの中に押しこまれる。その数、三十六万。あの壁の中にそれだけの人数を放りこめばどうなるか。

なんと馬鹿げた、非人間的な行いをするのだろう。強制収容所といいゲットーといい、あの連中は、自分たちに都合の悪い人間は何もかも封じこめ、なかったことにしてしまえば済むと思っているのか。

我が祖国は、そんな国と手を組んでしまったのか。軍事力には目を瞠るものがあるとはいえ、結局まだイギリスは陥ちていない。ドイツ軍は常に優勢としか言わないが、イギリス本土への上陸作戦を中止し、いまだに海峡上空の制空権を争っている時点で劣勢と見ていいだろう。

ドイツ軍と死闘を繰り広げるイギリス空軍のパイロットの四割近くが、元ポーランド軍の士官だと聞いている。きわめて高い士気と練度、執念をもって、彼らは確実に戦果を上げている。慎がワルシャワで見た仲間たちと同じように、命懸けで。

決して屈せぬ者たちが、ドイツの快進撃を止めた。この一年、ドイツが乗っていた追い風を、力ずくで止めたのだ。

ドイツの強さに酔いしれて結ばれた同盟は、この先日本をどこに導くのだろう。

窓に置かれた慎の手は、いつのまにかきつく握りこまれ、震えていた。

第六章　バルカン・ルート

1

日本の春の象徴が桜ならば、ブルガリアは薔薇になるのだろう。

道ばたで、民家の庭先で。そしてこの公園でも、花の女王が誇らしげに咲いている。先週までは花といえばチューリップやスイートピーが目立っており、薔薇の蕾《つぼみ》も固かったはずなのに、ここ数日で示し合わせたように、ソフィアじゅうでいっせいに咲きだした。

「綺麗だが、維持が大変そうだ。どうやっているんだろう」

慎は感嘆を込めて言った。すると、隣で笑い声があがる。

「そんなことは考えず、ただ単純に愛《め》でればいいのよ。それほど手をかけなくても、この薔薇は毎年ああやって咲くんだから」

慎と同じくロシア語で返してきたのは、黒髪の女だった。年の頃は三十をいくつか過ぎたばかりで、慎の腕に絡めた手の指先は赤く塗られ、やや浅黒い肌によく映える。東は黒海《こっかい》に面し、南はギリシャやトルコと国境を接するブルガリアには、ときどき彼女のようにはっと目を惹くエキゾチックな美女がいる。名をヴァーニャといった。

「うらやましい話だね。薔薇を美しく咲かせるのに、世界じゅうの愛好家が四苦八苦しているというのに」

近くで咲く淡いピンク色の薔薇に目を向け、慎は言った。

「国花だもの、気候が適しているのよ。日本の桜も美しいんでしょう、一度見てみたい。その時には案内してくれる？」

「もちろん、喜んで」

ヴァーニャと出会ったのは、一年と二ヶ月前。ソフィアの日本公使館に赴任してきて三月《みつき》ほど経ったころだった。

オペラハウスでの休憩時間、シャンパン片手に話しかけてきたのが彼女だった。「一番好きなのは『蝶々夫人《ちょうちょうふじん》』で、日本に興味があるの」と片言《かたこと》の日本語で話しかけてきた彼女とはすぐに親しくなったが、この出会いが仕組まれていたことは、初めて彼女の部屋を訪れた日に知った。

「私は『Bグループ』の人間よ。Bグループのことは知っているわよね」

薄暗い部屋の中、睦言《むつごと》を交わすような甘い声で囁いた彼女の姿は、今もよく覚えている。シュミーズの白が、目に焼きついていた。

Bグループについては、ワルシャワを発つ前にイエジから聞いていた。ブルガリアに亡命したポーランド人の地下組織である。彼らの使命は、ポーランドから脱出してきた者たちを、隣国のイスタンブールへと逃がすことだった。

ポーランドからの脱出経路はいくつかあるが、旧チェコスロヴァキア領の一部を併合したハンガリー、ルーマニアを経てブルガリアへ入り、中立国のトルコへ抜けるバルカン・ルートは、主要なもののひとつだ。イスタンブールにさえ出てしまえば、パリ陥落とともにロンドンへと移ったポーランド亡命政府へと合流することも可能である。

ワルシャワの地下組織にはやたら仰々しい名前のものが多かったのに対し、「Bグループ」とはまたずいぶん簡素だな、と思った。Bとはブルガリアの頭文字《かしら》か、他に意味があるのかは知らないが、五十名以上のそれなりに大きな組織らしいということは聞いていた。また、おそらく近いうちに接触してくるだろうということも。

しかしまさか、明らかに南スラヴ人、それもトルコやギリシャの血も強く引いている女性が組織員だとは思わず、たやすく信じる気にはなれなかったが、ヴァーニャがBグループからの指令書も携えてくるに至り、慎もようやく状況を受け入れた。

君はポーランド人だったのか、と尋ねると、口紅のはげた唇が笑いの形をつくった。

「いいえ。スベティブラチ（ギリシャ国境に近いブルガリア南部の街）出身のれっきとしたブルガリア人。彼らには、協力するこの国の人間が必要でしょう」

「なぜ彼らに協力するんだ？」

「愚問ね。なら私もあなたに問うわ。日本人であるあなたが、なぜ彼らに協力するの？ドイツと同盟を結んでいるのに」

たしかに愚問だった。慎が認めると、ヴァーニャは笑った。

「わかってくれて何よりよ。Bグループの人たちはすでにあなたの顔を知っているし、あなたも会いたいでしょうけど、しばらくは私が仲介に立つわ。ソフィアにはゲシュタポがうじゃうじゃいるから」

そのころブルガリアはまだ中立国ではあったが、ボリス国王がかぎりなくドイツ寄りの姿勢を示していたため、ソフィアはすでにゲシュタポの天下だった。

ワルシャワから逃れても連中につけ回されるのかとうんざりしていただけに、Bグループの指示はありがたかった。今、迂闊に亡命ポーランド人と親しく接触するのは双方にとってまずい。

結局、あれから一年以上経つが、慎はほとんどBグループの面々と会えていない。この一年でブルガリアをとりまく状況も激変したためだ。

まず、慎とヴァーニャが出会ったわずか一ヶ月後に、ブルガリアはドイツと軍事同盟を結び、正式に枢軸国《すうじくこく》側に参加してしまった。亡命ポーランド人たちへの監視は以前にも増してきつくなり、活動もいっそう慎重にならざるを得なかった。

そして、ブルガリアがドイツと同盟を結んだ三ヶ月後――一九四一年六月二十二日、ドイツ軍はソ連を奇襲した。三年前、世界を驚倒させた独ソ不可侵条約は、しごくあっさりと破られたのだった。

ドイツとソ連の開戦はまたも世界を驚かせ、ベルリンの日本大使館あたりも大騒ぎになったようだが、慎をはじめブルガリアの日本公使館の面々はさして驚かなかった。

来るべきときが来た。それだけだ。

ブルガリアがドイツと同盟を結んだ直後に、日本はソ連と中立条約を締結している。戦争回避をめざし、ソ連駐在大使の東郷茂徳が前々からソ連に打診してきたものだ。ソ連側は長らく応じる姿勢を見せなかったが、四月に入って突然了承の返事を寄越してきた。この時点でソ連は、ルーマニア、ブルガリアを次々と枢軸国側に引き入れたドイツの侵攻を確信していたのだろうと推測するのは難しくはなかった。

当時の駐ブルガリア全権公使である蜂谷輝雄《てるお》は、四月に「ドイツは対英戦の終了を待たず、バルカン半島攻略後、五月か六月にはソ連と戦端を開く可能性あり」と外務省に至急電を打っていたし、その後に公使として着任した山路章《やまじあきら》も、当時総領事をつとめていたウィーンからやはり同様の報告をしたという。しかしいずれも、相手にされなかった。日本本国は、極端に関係が悪化しているアメリカとの交渉に必死であり、欧州戦線はドイツに任せておけば問題がなかろうという態度だった。その結果、独ソ戦が始まった時には、独ソ不可侵条約が締結された時と同じように非常に驚くことになった。

日ソ中立条約は、ドイツとソ連の不可侵条約があって初めて、アメリカへの抑止力という効果を発揮しうる。日本としては、ソ連を中立の立場から枢軸国側に引き入れたい思惑があったからだ。しかしその可能性がゼロになった以上、日本が戦争を回避するのはほぼ絶望的となった。

それから約半年後の十二月八日、ついに海軍がハワイの真珠湾《しんじゅ》へ奇襲を仕掛けたと聞いた時、慎はもう何度目かわからぬ深い失意を味わうことになった。

ワルシャワに赴任して以来、慎たちが最大の目的にしてきたのは祖国の戦争回避、その一点だった。その全てが、この時点で無駄に終わったのだ。

「そういえばヴァーニャ、今年こそは薔薇の谷に行こうと思っていたんだった。連れていってくれないか？」

公園の薔薇に目を向けたまま、慎は言った。薔薇の谷。ソフィアの南部を横切りバルカン山脈を越えたところにある、ブルガリアローズ最大の産地だ。薔薇にはさほど興味はないので、昨年のこの季節に足を向けることはなかったし、今もとくに興味はない。こうして街中で愛でるのはいいが、わざわざ花を見に遠出する趣味は慎にはなかった。

腕に絡まっていたヴァーニャの手に、わずかに力がこもる。

「もちろんよ。楽しみ。いつにする？」

見上げる茶の目は、うっすらと赤みがかっている。太陽が傾き、空が橙色に染まる時間、ヴァーニャの目は時おり夕暮れをそのまま映したように見えることがあった。もしくは、彼女の中で大きく感情が動いた時。おそらく今は、どちらの条件も満たしている。

「まだ見頃には早いかもしれないが、三日後はどうかな。その日しか空いてないんだ」

「忙しいのはわかってるもの。二人で？」

「そうだな、ワシルとスヴェタナ、あとはダヴィドあたりにも声をかけたらどうだろう」

「わかった。声をかけてみるわね。何時に待ち合わせる？」

顔を近づけ微笑み合う二人は、傍目には幸せな恋人同士にしか見えない。そして、たとえこの会話が聞こえていたとしても、印象が覆《くつがえ》されることはないだろう。

薔薇。これは、慎とヴァーニャの間で決めた暗号だ。毎回薔薇というわけではなく、花の名前はその季節の旬のものに変わるが、「そういえばヴァーニャ」という呼びかけに花の名が続いた時には、ワルシャワからクーリエが来たことを意味する。

三日後、脱出者がブルガリアへ密入国する。男が二人、女が一人。ダヴィドというユダヤ名は、うち一人がユダヤ人であることを示していた。

小旅行の予定になぞらえて、慎はヴァーニャに必要な情報を伝えていく。彼女も頬を染め、うれしげに相づちを打っていたが、冷めた頭脳に正確に情報を書きこんでいるはずだ。

その後はまた他愛《たわい》のない会話に戻り、日が傾きかけた公園を抜けていく。

つかず離れずついてくる男女の二人組は、そこで消えた。彼らも恋人同士を装っていたが、少なくとも男はゲシュタポだった。

毎回ご苦労なことだと思う。だが、連中の警戒は正しいのだ。いい嗅覚をしていると褒めるべきだろうか。

槙がソフィアに着任した当時の公使は、ワルシャワの大使館で共に過ごした蜂谷参事官である。ワルシャワとのパイプは健在であり、Bグループ支援も秘密裡《り》に行っていた。現在ポーランドの日本大使館は在ドイツ満洲国公使館の管轄下に入ったため、公式のやりとりはベルリンを介さねばならないのが面倒だったが、蜂谷は槙をクーリエとしてよくベルリンに向かわせた。一九四一年に蜂谷は台湾総督府へ異動となり、ドイツの専門家である山路公使が新たに赴任してきたが、彼も基本的には前公使の政策を受け継ぎ、ワルシャワ関連は槙に一任してくれた。

昨日、満洲国公使館からやって来たクーリエに対応したのも槙だった。ブルガリアは枢軸国側に参加している欧州勢の中で唯一ソ連に宣戦布告をしていないため、欧州の日本人にとって貴重なソ連への玄関口となっている。ここからトルコ経由でソ連に入り、シベリア鉄道で日本へ向かうことが可能なため、クーリエが頻繁にやって来るのだ。昨日やって来た彼は、ワルシャワからの亡命者の情報を携えていた。

公園を抜け、駅まで来たところで槙とヴァーニャは抱擁し、名残《なごり》惜しげに別れたが、一時間もしないうちに槙が伝えた情報はBグループに伝わるだろう。そしてすぐに準備に取りかかるはずだ。

彼女と別れた槙は小さく息をつき、道を右に曲がる。

日が陰り、空気が冷えてきた。ついさきほどまですぐそばに感じていた体温が消えたせいか、冷気が身に沁みる。

急ぎ足で道を進み、大通りに入る。両側に洒落た建物が並ぶはるか先に、無骨な山影が見える。

ヴィトシャ山だ。

このブルガリアの首都ソフィアは、山に囲まれた盆地にある。街をぐるりと囲む、標高二千メートルを超える山々の中、最も高いのがこのヴィトシャ山だ。街のどこにいても、その姿を仰ぐことができる。

今となってはごく日常の光景だが、ソフィアに赴任したばかりのころは、どこからでも山が見えることにしばらく落ち着かなかった。東京で育ち、山とはわざわざ出かけて見るものだと思いこんでいた幼少の日、父について京都に出かけ、街中から当たり前に山が見える光景に驚いたものだが、あの感覚に近かった。

自分はこんなにも平原《ポーランド》の国に馴染んでいたのか。そう思い知ると同時に、もう戻ることはできないかもしれないという思いを噛みしめ、山を見るたび胸が痛んだ。いつのまにか忘れていた痛みが、この時ふいに慎を襲った。

ああ、自分は今、何者としてここに立っているのだろう。

このソフィアで、何をしているというのだろう。

回避したいと願ったことは何一つかなわず、全てが最悪の結果を迎えた。祖国は遠い南方で連合国軍と戦っている。正直なところ、この状況下で、ソフィアにある公使館で日本のためにできることはほとんどない。今まで接点のなかったブルガリアとの「友好」につとめるべく広報活動に精を出し、ソ連公使館の動向を探り、その一方でドイツ軍の機嫌をとり続ける。時おり思いだしたようにポーランド地下組織を支援して、何かを成したような気になっているだけではないのか。

西の空にかかる太陽は、もうだいぶ高度を下げており、天空高くある時の何倍も大きかった。ここからは建物に遮られて見えないが、じき西に連なる山々の稜線に触れるだろう。

それまではゆっくりと動いているように見えた太陽は、一度沈み始めるとたちまち速度をあげる。そして瞬きほどの間、西の稜線が金色に縁取られてまばゆく輝くと、あっというまに地上からかき消えてしまう。

何度か見たこの国の落日を、慎はありありと思い浮かべた。

気がつけば、東の空はもうすっかり紺色に覆われている。ヴァーニャの瞳の色のような西の空と、東から忍び寄る夜が交わるあたりは、夢のような紫だ。

ああ、こんな色の目をした友人がいた。

彼のことを思いだしているうちに、太陽は完全に沈んだ。

2

ソフィアの春は短い。山から吹き下ろす乾いた風によって寒さに閉ざされた冬が長く続き、春は瞬く間に過ぎ去り、太陽に炙《あぶ》られる夏がやって来る。

昨年、全ての季節をひと通り経験したからこそ、貴重な春がじきに去りゆくこの時期は何かに急き立てられるような気がしてしまう。

花盛りの庭を窓越しに眺め、慎は日本で毎年駆り出された花見を思いだしていた。そしてあの季節、熱病のように日本を覆う、皆が桜を愛で、美しく散る様を惜しまねばならないといった無言の圧力も。

先日日本から届いた手紙によれば、今年の春も両親はごく普通に花見に出かけたらしい。兄が妻子を連れて地方の大学に移ったため二人きりになり、戦時中ということもあって以前のように重箱に料理を詰めていくようなことはなかったようだが、日本全土が連戦連勝に浮き立っていたということもあって、花見は例年以上に賑やかなものになったという。隣のおじいさんが酔っ払って妙な踊りを延々踊り続けて大変だった、と暢気に書いてきた母の手紙からは、重い空気は感じられなかった。

まだ、大丈夫だ。棚倉家は、ごく普通に外で花見ができる。アメリカ人やイギリス人の家族は追い出されたそうだが、父は日本にとってはかろうじて中立国の人間だ。とはいっても、大半の日本人からすれば、白人などみな同じだろう。果たして、来年の春も同じように桜を愛でることはできるだろうか。

慎自身は、桜を見られなかったかわりに、今年は一生分の薔薇を見ている。

いま眼前に広がっているのは、昼に街中で見たものとは異なる、明らかに丁寧に手を入れられた貴婦人のような花々だった。

古い歴史を持つ伯爵家ご自慢の庭園は、ヨーロッパ特有の幾何学的なものではなく、野趣《やしゅ》溢れる――と見せかけてその実おそろしく計算された、イスラムふうのものだ。東屋《あずまや》の装飾や色違いの煉瓦の組み合わせ方も、やはり東方の影響が色濃い。その中で、庭園のそこここに配置された灯りのなかに浮かび上がる薔薇は、昼とはまるで違う顔で妖《あや》しい美しさを見せていた。

本来ならば、この広間と庭園を仕切る大きな窓ガラスは開け放たれ、客人は自由に外に出られるようになっていたのだろう。実際、初めは開かれていたが、しばらく前から雨が降り始め、窓越しの観賞となった。

もっとも、庭を眺めている者など、自分のほかにいったい何人いるか。慎は窓から目を離し、背後を顧《かえり》みた。

伯爵お抱えの楽団が、華やかなウィンナ・ワルツを奏でる中、広間では多くの男女が楽しげに踊っている。

この屋敷の主であるアセノフ伯は、かつて外交に長く携わっていたという経歴もあり、たびたび多くの外国人を招いて舞踏会や演奏会を催した。一昨年十一月、ソフィアの公使館に着任してすぐに慎も招かれ、壁の精緻《せいち》な文様や二階部分が張り出したトルコふうの外観、イスラムとビザンティンの様式が絶妙に混じり合った客間の内装にいたく感銘を受けたのを覚えている。街中にある、大きい丸屋根を持つ教会を見れば一目瞭然《いちもくりょうぜん》だが、ブルガリアはブルガリア正教の国であり、トルコの影響も大きい。そうした土地柄を反映してか、アセノフ伯お抱えの楽団が演奏する曲は古今東西《ここんとうざい》を問わずで、それがまた楽しかった。ポーランドでは、とにかくワルツとタンゴだったが、ここではむしろ少なかった。

だが、今日はいただけない。

内装は何も変わっていない。ヴァイオリンもピアノも、一流だ。それなのに、一昨年とは何もかもがちがう。

慎は広間を見回した。知っている顔がいくつもある。しかし、百名近い出席者のうち、最も目立つのはフィールドグレイの制服姿の士官たち――ドイツ人だ。

一九四〇年の秋に慎が招かれた時には、ソフィアの各国在外公館の面々が揃っていた。ドイツはもちろん、彼らと交戦中のイギリス、フランス、そしてアメリカやソ連も。隣国ルーマニアで同年の四〇年九月に極右政党・鉄衛団《てつえいだん》が政権の座を奪って枢軸国側につき、ナチスに劣らず凄まじい反ユダヤ主義政策を強行した結果、ブルガリアが欧州の東側におけるほぼ唯一の中立国となったため、当時はたいそう賑やかだった。

しかし昨年三月、ブルガリアがドイツと軍事同盟を結ぶに至り、連合国側の在外公館は皆イスタンブールへと移ってしまった。年末にはアメリカが。ソ連の公使館はまだ残ってはいるものの、他はドイツやイタリアといった枢軸国だけだった。

そして今日の演目も、ドイツやオーストリアの作曲家のものばかりだ。曲に罪はないし、奏者の技倆《ぎりよう》も素晴らしかったが、美しい音色は慎の心に沁みることなく、右の耳から左の耳へと抜けていく。

「やあ、浮かない顔ですな、ヘル・タナクラ」

かたわらから声をかけられた。目をやると、赤ら顔の男が立っている。年の頃は三十半ばで、皮膚はまるで子供のように若々しかったが、頭髪のほうはずいぶん寂しくなっていた。体は厚みがあり、仕立てのよいグレイの背広の胸には薔薇を挿《さ》している。似合わない。

「どうも、ヘル・キーファー。いささか酔いがまわりまして」

「それほど飲んでいたように思えませんが」

いつから見ていたのですか、と皮肉を込めて返しかけてやめた。愚問だ。

キーファーは、ゲシュタポだ。

「もともとあまり強くありませんのでね。あなたは踊らないのですか」

「もう充分です。ところで今日は、いつもの美しいお連れ様はどうしたんです」

言い回しに、微妙に棘《とげ》がある。

「今日は用事があるそうですので」

「おや、それは残念。ですが、あなたにとってはいい機会かもしれません」

「いい機会とは？」

内心ぎくりとしつつ、それをおくびにも出さずに尋ねた。今日この時間、ポーランドから先週来た脱出者がBグループと接触しているはずだ。まさか漏れたのかと焦ったが、キーファーが口にしたのは全く予想していなかったものだった。

「いやなに、ちょっとした老婆心《ろうばしん》ですがね。彼女は美しいが、あまり評判はよろしくない。ヘル・タナクラがおいでになる前は、イギリスの駐在武官といい仲でした」

「その前はたしか貴国の参事官でしたか」

キーファーは肩を竦めた。

「ご存じでしたか。彼女の外国人好きは有名でしてね。なにもあなたの株をさげることはありませんよ、ヘル・タナクラ。尊敬すべき同盟国の、輝かしい将来が約束されている若者に相応しい相手ではありません」

慎は礼儀正しく微笑み、中身が三分の一ほど残ったグラスを口許に運んだ。

「ご忠告感謝します。ですが、私はただの外務書記生ですから」

「ご謙遜を。日本の外務書記生が皆、ずいぶんとご活躍なのはよく存じておりますとも」

笑うキーファーの目には、威圧する光がある。同じ書記生出身の元カウナス領事代理・杉原千畝の、ここ一年の異動続きの件を、慎は否応なく思いだしていた。杉原は、カウナスがソ連に併合された後はプラハを経てケーニヒスベルク総領事代理に落ち着いていたが、一年も経たぬうちにブカレストへ異動となった。あまりにめまぐるしい。ドイツ側から圧力があったのは明らかだった。

よけいなことをするとおまえもそうなる。キーファーの薄いブルーの目は、そう言っていた。

「ソフィアは平和ですのでね、のんびりやらせていただいております。我が国もアメリカと交戦中ではありますが、なにぶん南方ですし」

何も気づかぬ体《てい》でかわすと、キーファーは大きく頷いた。

「日本は強い。じつに強い。開戦以来負け知らずではありませんか！　同盟国として誇らしく、頼もしいかぎりです。インド洋では助かりました。陸のほうは東部戦線で足踏みをしておりますが、貴国の活躍にみな奮い立っております。すぐに巻き返すでしょう」

慎は曖昧に笑うに留めた。その後もキーファーは熱心に日本軍の強さを褒め称えていたが、ウィンナ・ワルツと同じように慎の耳を通り抜けていくだけだった。

キーファーの言う通り、昨年末の開戦以来、日本はアメリカだけではなくイギリスやオランダ相手に快進撃を続け、瞬く間に南方を支配下に置いた。

ここブルガリアでも、遠い極東の国の強さは時おり話題になる。同じ枢軸国の一員となってからはなおさらだ。

たしかに連勝は事実だ。日本の軍隊がきわめて高い練度と士気を備えていることは疑いない。だが、それを言うなら、三年前にポーランドに侵攻したドイツ軍も、わずか半年で欧州のほとんどを手に入れたのだ。彼らの圧倒的な強さを、慎はワルシャワで身をもって知った。

しかしドイツの絶頂期は、一年も続かなかった。

一九四二年現在、いまだにイギリスとの戦闘は続いているが、夜戦型爆撃機《モスキート》の開発やアメリカ軍の参戦により、ドイツ軍は不利な状況に追いこまれている。

そして東部戦線では、ものの数ヶ月でモスクワにハーケンクロイツの旗が翻ることになるというドイツ軍の目算は狂い、消耗戦が続いている。物量に乏しいドイツ軍は、消耗戦に持ちこまれればほぼ勝利の目はない。

三国同盟を推進した現駐独大使の大島中将などは、ドイツを師とせよと繰り返し述べていた。なるほど、たしかに師ではあろう。日本は、二年遅れでドイツが辿った道を歩いているようなものなのだから。

「そういうわけですからヘル・タナクラ、お相手は慎重に選ばれたほうがいいでしょう。あなたはワルシャワでもたいそう女性にもてたと聞きます。まあ、そのお顔では当然でしょうな」

「誰に聞いたか知りませんが、残念ながら百パーセント嘘だと言うほかありません」

「いやいや、親密な女性は何人かいらしたでしょう。ゲットーの中にまで会いに行かれるのはさすがにどうかと思いますが」

慎は再びグラスを傾けた。が、ほとんど中身が残っていなかったせいで、ほぼ一瞬で飲み干してしまった。近くを通った給仕に声をかけ、新しいグラスを急ぎ手にして口に運ぶ。そうでなければ、いらぬ言葉が飛び出してしまいそうだった。

「ワルシャワもソフィアも魅力的な美女が多い。ですが、名誉アーリア人たる日本人の相手としては、血統的に疑問が残ります。ドイツ女性にも、美しい者は大勢おりますよ。よろしければ、ソフィア在住の者を今度――」

「ヘル・キーファー、すでにご存じだと思うのですが」

とうとう耐えきれなくなり、慎は相手の言葉を遮った。

「私の父は、ロシア人です。あなたがたが規定するところの、下等民族《ウンターメンシェン》たるスラヴ人です。名誉アーリア人とはとても呼べませんよ。お気遣いはありがたいですが、私はそれに値する人間ではないということです」

できるだけ穏やかな口調を心がけ、慎は言った。

「おや、そんなことを気にしておいでか」

いかにも驚いたといった様子で、キーファーは目を見開いた。

「ユダヤとの混血ならばさすがに困るところですが、白系ロシアならば許容範囲ですな。それにあなたは、サムライの心を持ったれっきとした日本人だ」

「あなたがたの人種論は難しいですね」

「応用がきくと言っていただきたい。まあたしかに、女性の件はよけいなお世話が過ぎましたな。どうか機嫌を直していただきたい。じつのところ、知り合いのご婦人に、どうにかヘル・タナクラとお近づきになれないかとせっつかれておりましてねぇ。参っておるんですよ」

「それはそれは。友人としてならばいつでも歓迎ですとお伝えください」

「その通り伝えたら、私が叱られますがね。それはともかく、ヴァーニャはやめたほうがいいという点だけは撤回しません。まあ、おそらくもう会うことはないと思いますが」

含みのある物言いに、慎は眉をあげた。

「どういうことですか」

するとキーファーは待ってましたとばかりに、薄い唇の端をつりあげた。

「彼女はどうも、亡命ポーランド人を支援していたようでしてね。あなたも利用されるところでしたよ、ヘル・タナクラ。ですが、どうぞご安心を。今ごろ、あの腐った下等民族どもは一網打尽《いちもうだじん》にされているでしょうから」

慎は目を見開いた。

「一網打尽？」

「そうです。今日、ポーランドからの脱出者がソフィアに入るという密告がありましてね。今ごろ、ゲシュタポが乗りこんでいるはずですよ。いや、なかなか尻尾を出してくれないもので、難儀しましたよ」

キーファーの声が遠い。人々の笑い声も、ウィンナ・ワルツも、遠くなった。

「ですがこれで終わりです。ソフィアはもっと清潔に、住みやすくなるでしょう。ヘル・タナクラにはこれからどんどんご活躍していただかないと」

勝ち誇ったゲシュタポの声は、もはや慎の耳には届かなかった。

キーファーが親しげに肩を叩き、去っていった後でも、慎はしばらくその場から動けなかった。

慎の背後では、今が盛りの薔薇が冷たい雨に打たれていた。

Bグループが検挙された。

そのニュースは、翌日にはソフィアじゅうを駆け巡った。

ポーランドからの脱出者三名、うちユダヤ人一名、そしてアジトに集まっていたグループのメンバー三十余名が逮捕されたという。逮捕者の中にヴァーニャの名はなかったが、その日を境に、彼女とはいっさい連絡がとれなくなった。通い慣れたアパートは鍵が開かず、大家に尋ねてみると、家具などは全てそのままで本人だけが忽然《こつぜん》と消えたという。

「おそらく戻ってこないだろうね。馬鹿なことをしたものだよ」

沈鬱な表情で、大家は言った。

戻ってこない。捕らえられたのか、危機を察して逃げたのか、それとも——ヴァーニャ自身が密告者だったのか。いや、それならば荷物全てを置いて消えるのはおかしいだろう。それなりの予兆はあったはずだ。

急いで逃げたのならばいいが、捕らえられたのなら。

Bグループとの協力だけでならばともかく、彼女が今まで関係を持ってきた男の経歴を考えると、恋を情熱的に語らうだけが目的の火遊びとは思えない。そのあたりを追及されれば、収容所行きは免れないだろう。

ヴァーニャが捕らえられれば、必然的にゲシュタポは慎の協力も知ることになる。在ドイツ満洲国公使館のクーリエを使って情報を伝えていたことは、ゲシュタポも推測してはいただろうが、今まで確証はなかったはずだ。

事実を知っているのは、Bグループのリーダーと仲介役のヴァーニャのみ。ポーランド人のリーダーは捕らえられてしまったが、たやすく口は割らないだろう。だが、果たしてヴァーニャは——

そう考えかけて、慎は自己嫌悪に陥った。まずは自分の身の心配とは。反吐《へど》が出る。

しかし、慎の協力が事実とわかれば、芋づる式に周辺各国にある日本大使館や公使館の支援活動が明らかになってしまう。それだけは避けねばならなかった。

が、慎の心配は杞憂《きゆう》に終わった。

三ヶ月経ってもヴァーニャは戻らず、慎がゲシュタポに拘束されることもなかった。そして綱渡りのポーランド支援は、思いがけない形で終わりを迎えることになった。

一九四二年七月。ベルリンのティアガルテンで、満洲国公使館の職員サビーナ・ワピンスカヤがゲシュタポに逮捕されたという知らせが舞いこんできた。

ベルリンにある満洲国公使館は、ポーランド地下組織の重要な拠点のひとつである。最近、ワルシャワと頻繁にクーリエが行き交っていたらしいが、狎《な》れからくる油断か、どうにも警戒が足りないと公使館の職員がぼやいていた。案の定、ゲシュタポにマークされていたらしい。

ワルシャワからの使者が、早朝のティアガルテンでサビーナとすれ違いざま小包を渡した瞬間、清掃員に変装して潜んでいたゲシュタポがいっせいに襲いかかったという。公使館の地下組織員は全員連行され、ドイツ側はこの状況を看過していたベルリンの日本大使館へ厳重に抗議した。満洲国公使館となれば実質上は日本の公使館と同じだし、実際彼らは日本大使館と深く結びついていた。

それまで、ポーランド地下組織の情報収集力を見込んで支援を黙認してきた大島大使も、さすがにこれは庇い立てできなかった。

――ポーランド地下組織へのいっさいの支援を中止せよ。

欧州各地の日本大使館および公使館に、大島大使の意向を受けた本省からの指示が下った。

ソフィアのBグループは、まだ完全に壊滅してはいない。幹部はほぼ捕らえられ、収容所に送られたが、残ったメンバーは彼らを救出すべく血眼《ちまなこ》になって走り回っているこ
とだろう。

だが、慎にできることは、もう何も残されていなかった。ワルシャワに赴任して丸二年、ソフィアに来て二年足らず。慎はとうとう、目的を失った。

ポーランドを見捨てた時、自分と日本で確実に何かが死ぬ気がすると、かつて友人に語ったことがあった。

山路日本公使が苦虫を嚙み潰したような顔で、地下組織とのいっさいの接触を絶つと告げた時、慎はたしかに、自分の中で何かが死んだと感じたのだった。

3

シルケジ駅は人でごった返していた。ソフィアからの夜行列車が到着したのは早朝だったが、ホームはすでに人で溢れている。

九月のこの季節、昼間は相変わらずの猛暑だが、この時間の空気はまだ冷えている。それでも異国の熱を感じたのは、かすかに鼻腔を刺激する香りのせいだろうか。香辛料と強い花の香りが入りまじったような、独特のものだ。

ヨーロッパとアジアが交わる街、イスタンブール。

人で溢れたホームを抜けて外に出ると、濃い桃色の夾竹桃《きょうちくとう》が咲き乱れている。からりとした陽光に色鮮やかな花はよく似合う。揺れる花越し、眼下に青く輝くのは、この旧市街と新市街の間に横たわる金角湾《きんかく》だ。

いかにもヨーロッパ人が抱くオリエンタルを体現したような赤い駅舎に背を向け、群がる物売りを避けて長大なガラタ橋を渡れば新市街である。人の数はいっそう増した。

トルコといえばまっさきに頭に浮かぶ、あの特徴的な円筒形の赤いトルコ帽《フェズ》や、ヒジャーブと呼ばれるヴェールを纏う女はほとんど見かけない。いたとしても、それはトルコ国外のイスラム圏からやって来た者たちだ。

一時は世界の半分を支配していたオスマン帝国は、第一次世界大戦での敗戦により二十年前に解体され、現在はトルコ共和国となっている。連合国が我が物顔で占領していた国土を取り戻した建国の父《アタテュルク》ケマル・パシャは、近代化を推し進める大前提として政教分離を徹底し、国民にフェズやヒジャーブの着用を固く禁じた。そのため、道行く者の顔立ちや恰好だけ見ていれば、トルコもブルガリアもほとんど変わらない。

しかし、この人の数はどういうことだろう。新市街に入ってますます増える一方だ。

坂道を辿り、滲む汗をぬぐう。喉の渇《かわ》きを覚え、慎は足を止めて振り向いた。

背後にひしめく人の群れの中に、果たしてゲシュタポはいるだろうか。列車の中では、それらしい気配は感じなかった。

「もうすっかり、腑抜《ふぬ》けと思われているか」

口をついて出たつぶやきに、通りすがりの男が怪訝そうにこちらを見た。目が合ったので「おはようございます《メルハバ》」と挨拶をしたら、「グッドモーニング」と返された。浅黒い肌に大きな目の、見るからに現地の人間である。彼には、暢気な観光客に見えるのだろうか。

実際、慎の今の身分は観光客以外のなにものでもない。外交行嚢を身につけているわけでもなく、ただ休暇をとってイスタンブールまでやって来たのだから。

「実際、観光客とたいして変わらんか」

慎は自嘲まじりにつぶやき、目に付いた店に入って朝食をとることにした。十人も入ればいっぱいの小さい店だが、幸い慎の他には三人ほどしか客はおらず、いずれもこのあたりの人間のようだった。

キュウリとトマトとオリーブをカットしただけのサラダ、そしてヨーグルトとチーズの中間のような不可思議な白い塊に蜂蜜をかけたもの。そして肉入り目玉焼きが出される。いかにも脂っこそうで一瞬身を引いたが、意外なほどあっさりしていていくらでも入る。一緒に出されたミルクも冷たく爽やかで、食後のチャイを飲むころには疲れも吹き飛んでいた。当たりの店だ。

「観光かい？　楽しんで！」

店を出る際に、若い客にへたくそな英語で話しかけられた。やはり観光客か。慎は笑顔で礼を言って、外に出た。

近くには路面電車《トラム》の停留所もあったのでちょうどよい。ここからトラムに乗れば、新市街の中心地であるタクシム広場まで行ってくれるはずだ。その近くに、今日の目的地のひとつ日本領事館がある。

トラムに乗りこむと、新市街のメインストリートであるイスティクラル通りに入る。広い道の両脇に西洋ふうとイスラムふうの建物がごく当たり前の顔をして一緒に建ち並んでいるのを見ていると、東西文明の十字路という言葉が頭に浮かんだ。ソフィアも東西入り混じってはいるが、やはり西が強い。こちらは、いくら西洋ふうの建物が並んでいても、また人々の服装が西洋と全く変わらずとも、イスラム、あるいはアジアといっていいのか、どこか雑然とした東の印象が強い。それが今の慎には心地よかった。

タクシム広場で降りると、中央に大きな記念碑が建っている。トルコ共和国建国を祝って建てられた、独立記念碑だ。ケマル・アタテュルクを囲むように立つ人々の像はいずれも西洋ふうの服を着ており、彼が目指した脱イスラム・西洋化の大原則が一目で見てとれる。

第一次大戦後に独立した新国家という点では、ポーランドと同じだ。しかし、かたや中立を維持し、かたや早々に占領されて再び地図から消えようとしている。それを如実に物語るように、アタテュルクの像はトルコのいたるところにあるが、おそらく今のワルシャワのどこにも独立の英雄ピウスツキ元帥の像はない。慎が知るかぎり、あの街ではポーランドの愛国心を刺激するものは全て破壊された。最初に破壊された像は、ワジェンキ公園のショパン像だったと思う。柳の下で物思いに耽る、象徴的な像だ。ワジェンキ公園は美しい公園だったが、ドイツ軍に占領されてからは禁足地となっていた。占領軍の行政・警察関連施設が近くに集中したこともあり、慎は許可を得て二度ほど足を運んだことがあるが、一度目は無事だったショパン像も、二度目には無残に破壊されていた。

しげしげと記念碑を見上げているだけで、さまざまな光景が脳裏を駆け巡る。慎は軽く頭をふった。今は、感傷に耽っている場合ではないし、苦境に陥っているのはポーランドだけではない。

一九四三年九月現在、戦況は日本にとって好調とはとうてい言えなかった。前年六月のミッドウェーでの大敗以来、舞いこんでくるのは厳しい情報ばかりだ。今年一月の、ニューギニアのブナでの戦闘を皮切りに、全滅の知らせが相次いでいる。まだ国民には伏せられている事実も多いが、今年五月のアッツ島での全滅は報じられたようだ。

玉砕、と大本営は言っていた。全滅ではなく、玉砕。玉となり砕けたと。敗北を、まるで華々しく、美しいもののように。

頼もしき同盟相手のドイツも、今年の一月にスターリングラードで、やはり大敗を喫している。かの地で赤軍に包囲されていた第六軍を率いる司令官パウルス元帥は、ドイツ軍史上降伏した元帥は一人もいないという慣例を無視し、十万近い将兵とともに降伏したという。聞けば、パウルスが元帥に昇進したのは降伏の前日だったという。つまり、何があってもスターリングラードを死守し、玉砕せよという意味だ。しかし、絶望の冬を耐え続けた第六軍の指揮官は、名誉よりも同胞の命を選んだ。ヒトラーはさぞかし激怒したことだろう。

祖国が、同盟国が、命懸けで戦っているというのに、この身は安全な中立国で休暇を満喫中。内地の友人に知られれば、非国民と謗《そし》られるかもしれない。

もっとも、休暇と言ってもそうのんびりしていられる余裕はない。昨夜、公使館を出て夜行に乗って今朝到着、今晩の夜行でソフィアに帰る。それでも、わずか二日、目と鼻の先の隣国といえども、申請が通るには二ヶ月以上待たねばならなかった。

ソフィアの公使館は、なかなかに多忙だった。

山路公使は着任するなり日本ブルガリア協会を設立し、熱心に両国の友好を図った。ワルシャワに赴任して間もないころ、文化面から友好を図ろうと奔走した慎は、今回も公使の熱意を実現すべく精力的に活動した。その成果が実って、今年とうとうソフィア大学に日本語講座を開講することになり、つい先日まで昼も夜もないほどに準備に追われていたのだった。

やりがいのある仕事ではあった。達成感もある。

しかし頭の片隅には常に、ワルシャワの友人たちの存在があった。ドイツ軍に怯え息を潜めて暮らす者、地下に潜って戦う者、強制収容所へ連行されてしまった者。ほとんど戦時中の空気を感じさせないソフィアとは違い、かの地の民は今なお苦境にある。地下組織との接触が絶たれたために、クーリエを通じて細々と手紙をやりとりしていたマジェナとも完全に交流が途絶えてしまった。唯一、ブカレストの公使館にいる織田が、同地の地下組織を通じて得た情報を時おり流してくれるのが救いだったが、ブカレストの公使館も動きを制限されているのは同じで、情報は徐々に減ってきていた。

毎日のようにどこかの会食や夜会に顔を出し、ドイツはもちろんソ連公使館の面々とも得意のロシア語を活かして旧来の友人のように親しく語らう。ここにいると、戦争は物語の中の出来事のようだった。日本軍が南方の島で全滅し、ドイツ軍がスターリングラードで寒さと飢えでこの世の地獄を見ていたころ、慎は同僚や現地の友人たち、さらにドイツ大使館の若手書記官もまじえてヴィトシャ山でスキーに興じていた。

自分は、何をしているのか。慎が自問した回数は数えきれない。

三十二歳。戦地ならば重宝《ちょうほう》される年齢だろう。なのに、日本を遠く離れ、徴兵もされず、ただここにいる。

両親や兄からの手紙は、ただ慎の身を案じるものばかりだった。愚痴はひとつもなく、ただ愉快なことばかりを書いてくる。そんなはずはないのだ。あの資源を持たぬ小さな国がこれだけ大規模な戦争をして、負けがこんでくれば、負担は全て国民の生活にのしかかる。両親よりも外にいる自分のほうが、日本の戦況をより正確に知っているのだから、彼らの苦労を想像するのはたやすかった。

春先に疎開を勧める手紙を送ったが、それきり返事は来ていない。

不安に背を押されるように歩いてきた慎は、白い瀟洒な建物の前で足を止めた。このあたりは西洋ふうの豪奢《ごうしゃ》な建物が建ち並び、その中では装飾が最低限に抑えられているぶん慎《つつ》ましやかな印象だったが、日本の領事館ならばこれぐらいが相応しい。立派な髭をたくわえた強面の守衛に名を告げると、途端に人なつこい笑顔になり、「どうぞ」と門を開けてくれた。玄関ホールから緩い螺旋《らせん》を描く階段を上り、領事室へ通されると、懐かしい顔が迎えてくれた。

「よく来てくれた、棚倉君。かわりはないかね?」

かつて戦時下のワルシャワで最後まで苦楽を共にした後藤副領事その人である。現在は、連合枢軸両陣営の諜報員入り乱れるこのイスタンブールで領事を務めている。日本大使館は首都アンカラに移っているが、領事館および陸海軍の事務所は今なおイスタンブールに置かれていた。

「おかげさまで。後藤領事もお元気そうで」

「今は元気だがね、おととしチフスにかかった時は本当にこれまでだと思ったよ。私はあれで、一生刺身を食わんことと、ドイツを絶対に許さんことを誓ったからな」

真剣な顔で念を押されたので、つい噴き出してしまった。

チフス事件については、織田から非常に長い手紙が来たので慎もよく知っている。後藤がイスタンブールに着任して七ヶ月が経過したころ、突如独ソ戦が始まり、領事館はじめ在留邦人は大混乱に陥った。そのせいで着任予定だった武官補の到着が遅れに遅れ、ようやく着任した祝いに、ちょうど首都アンカラから出張に来ていた大使が日本人コックを同行していたこともあり、日本料理の宴が催されたという。みな久しぶりの祖国の味に舌鼓《したつづみ》を打ち大いに盛り上がったらしいが、どうやらその刺身がまずかったらしく、大使を筆頭に次々とチフスを発症し、トルコにおける日本在外公館が壊滅の危機に陥ったのだ。

結局みな全快したからこそ笑い話になっているが、事態が深刻だったのは間違いない。

「刺身はわかりますが、ドイツは八つ当たりでしょう」

「いや、そもそもあいつらがあんな時期にソ連侵攻なんてしなければよかったんだ」

後藤は言葉とは裏腹に、にこやかに椅子を勧めた。長旅で疲れていた慎は礼を述べ、赤い布の張られた椅子に腰を下ろした。

「そうすれば武官補がドイツ国内で足止めを食うこともなかったし、あんなに張り切って祝宴を張ることもなかった。全てドイツが悪い」

「チフスの件はともかく、たしかにドイツから来る情報はろくなものがありませんね。今年はとくに」

それだけで後藤は察したらしく、表情を改めた。

「ゲットー蜂起か」

「はい」

「あれは悲惨だな。そうとしか言いようがない」

二人の顔に沈痛な陰が落ちる。

今年の四月二十日、ソフィアの公使館に衝撃的な知らせがもたらされた。

――ワルシャワ・ゲットーに住む、約五万六千人のユダヤ人が武装蜂起し、ドイツの武装SSを撃退。

ドイツの新聞は、ユダヤ人が牙《きば》を剝いたことを憤激をもって、しかしすぐに鎮圧されたと強調しつつこの事件を報じていたが、織田からもたらされた情報によると、勝者は本当にゲットーの住民側であるらしかった。

「あそこまでひどいことになっていたとはな……。昨年のティアガルテンの事件から、亡命者の数が極端に減った。情報もだ。我々がワルシャワを去る時は、そこまで追い詰められているとは思わなかったんだが」

後藤は暗い面持ちで言った。

慎たちが最後に見たゲットーの壁はすでに三メートルの高さに至り、ほぼ完成していた。その後すぐにワルシャワじゅうのユダヤ人が狭いゲットーの中に放りこまれたそうだが、マジェナからの報告によれば、初めのうちはゲットー内もそこまで悲惨というわけではなかったらしい。ゲットーの門は日中は開かれていて誰でも自由に出入りができたし、人口密度は異様に高いものの生活に必要なものはほとんど揃っているので、ハンナたちも順応して元気にやっているとのことだった。ハンナも時々は壁の外に出てくるようになったと聞いて、素直にうれしかったことを覚えている。

　しかし一九四二年に入ると、風向きが変わった。門が閉ざされ、自由な出入りが禁じられたことで、伝染病が大流行したという。あんな狭いところに三十万以上の人間がひしめき合っていれば当然だし、なにより食糧があまりに足りないとマジェナはひどく心配していた。

　そしてソフィアのBグループ摘発事件の直前、受け取ることができた最後の手紙には、驚くべきことが書かれていた。

「ゲットー内の駅から毎日、列車が北へ向かいます。トレブリンカに広くて衛生的な収容施設が出来たので、ユダヤ人をそこに移すのだと聞きました。ですが、どうもおかしいのです。今までは主に若者が強制労働のために連れていかれていましたが、最近はとても労働力になりそうにない老人や子供も移送されるので、彼らは殺されているのではないかというのがもっぱらの噂です。ナチスは繰り返し、ユダヤ人を根絶させると宣言してきました。彼らはそれを今、実行しているのではないでしょうか？　ただ殺すために、連行しているのではないでしょうか？」

　手紙を読んだ時、慎は啞然とした。およそ信じられない話だったからだ。移送の噂は聞いているが、殺すために移送するなど、考えられなかった。

「当時、あの報告にまともに取り合わなかった自分を、私は許せません。我々は、マジェナの訴えを、極度の不安が見せる妄想であろうと判断してしまったんです」

紙面を埋めるマジェナの震える文字を思いだし、慎は呻くように言った。後藤は首をふった。

「無理もない。私だって、君からの報告を見て同じように思ったよ。ドイツ人てのはなんでも合理的にやるのが好きな連中だろう。それが、ユダヤ人を労働力にするならともかく、ただ殺すためにわざわざ労力を割いて移送するなんて非効率的なことをするはずがないと思うのが普通だよ」

慰める言葉にも、顔をあげられない。後藤の言う通り、慎は「そんなはずはない」と思いこむことで、現実から目を逸らしてしまったのだ。

「そう自分を責めるな、棚倉君。ブルガリアは枢軸国だが、ユダヤ人に関する命令だけはいっさい聞かないだろう」

「はい。ブルガリアにも、ユダヤ人を集めてトレブリンカに送れという命令が来たのですが、ボリス国王は拒否しました。おそらく枢軸国では唯一、ユダヤ人にいっさい被害が出ていないと思います」

慎は苦悶《くもん》の表情で言った。唯一、毅然と拒否を貫いた国にいたために、慎の頭の中でナチスのユダヤ人政策は一九四〇年時点のままで止まっていた。

そこに爆弾を落としたのが、四月のゲットー蜂起の知らせだった。

まずひっかかったのは、「ゲットーに住む、約五万六千人のユダヤ人」という箇所だった。慎がワルシャワを出た直後には三十六万人近くになっていたはずだ。それがわずか二年で、ここまで減るというのはただごとではない。もしやマジェナの言っていたことは不安が見せる妄想などではなかったのではないかと、この時はじめて思った。たったそれだけの人数で、兵器も充分に揃っているドイツ相手にどう戦うというのか。

今や壁は閉ざされたままで、食糧もろくに運びこめないのに、充分な武器が準備できたとは思えない。栄養状態が極端に悪く、武器も持たぬ者たちが、全てが揃った軍人相手にどうやって戦い続けられるのか。

不安は的中した。ユダヤ人が勝利したのは一日だけで、後はひたすら転落していくだけだった。

その未来を、彼らが予測できなかったとは思えない。占領軍を相手に、あのゲットーの中だけで戦うことがどれほど無謀か、多くの者が、いやおそらく全員が知っていたはずだ。

それでも彼らは立った。いや、立たざるを得なかったのだろう。

ゲットーの反乱は、約一ヶ月にわたって続いた。

一ヶ月も続いたのは驚きだが、当然の結果として住人たちは負けた。ゲットーの中は完膚なきまでに破壊され、焼き尽くされたという。

五万六千のユダヤ人のうち約二万人が死亡し、生き残った者たちはみな捕らえられ、強制収容所へと送られた。誰ひとり住む者もいなくなったゲットーは、今やただの廃墟となってしまったという。

「やはり、外に出てしまうと何もわからない。痛感しました。後藤さん、我々は一度ワルシャワの現状を確認する必要があります」

慎は後藤をまっすぐ見据えて言った。その言葉を予想していたのか、彼は驚く様子を見せなかったが、呆れたように息をつく。

「それがかなうならそうしたい。だが、無理だろう。上田武官だって、独ソ戦開始以来、ワルシャワに入れてもらえんのだぞ」

「わかっております。ですがワルシャワの情勢は重要です。今年一月のスターリングラードの大敗から、ドイツ軍は東部戦線で苦戦の連続。当然、ワルシャワにおけるAK（ポーランド国内軍。地下組織が発展したもの）の活動も活発になっているでしょう。以前よりまことしやかに囁かれている反乱も、現実となる可能性が高い」

「しかし先々月、シコルスキ首相が死んでしまったからな。さすがに亡命政府のトップが暗殺されては、蜂起どころではないだろう。それに、西部戦線が山場を迎えている今、連合国軍にもポーランドを支援している余裕はあるまい」

今年七月四日、ロンドンの亡命政府首相ヴワディスワフ・シコルスキが乗った専用機が、ジブラルタル海峡で墜落した。事故と発表されてはいるが、信じている者は誰もいない。犯人がヒトラーか、あるいは四月にポーランド人将校大量虐殺事件が明るみに出たことで亡命政府と国交を断絶したスターリンかは議論が分かれるところだが、誰もが暗殺と信じて疑わなかった。

「今の勢いであれば、来年にはソ連軍がポーランドのドイツ占領区に進軍してくることになるでしょう。そうなれば必ず、赤軍のほうから亡命政府に接触があるはずです」

確信に満ちた口調に、後藤はますます呆れた顔をした。

「国交を断絶しているんだぞ」

「ソ連にとっては関係がありません。問題はポーランド側の心情だけですが、そもそも蜂起は単独では決して成功しない。亡命政府もそれは理解しているはずです。かといって英米仏は西部戦線にかかりきりですし、航空支援をするにもポーランドまでは距離がありすぎます。となると、現実的に手を結べる相手はソ連しかありません。ソフィアのソ連公使館の書記官も、ＡＫは今に犬のように赤軍の慈悲を乞うようになるだろうと得意げに言っていましたよ」

「ソ連公使館とも友好につとめているようで実に結構。だが、君が自ら行く必要性が感じられんが」

「赤軍と協力せねば、蜂起は成功しません。一方で、手を結んで蜂起が成功したとしても、赤軍がポーランド人に大人しくワルシャワを引き渡すと思いますか」

「……思わんね」

苦い顔で後藤は言った。

ソ連にとって理想的なのは、ワルシャワでドイツとポーランドが相討ちとなることだ。弱体化したドイツ軍を蹴散らし、共産主義と敵対するAKを封じてワルシャワを手に入れる。それが目的だろう。

つまり、蜂起した場合、ポーランドは再度見捨てられる。慎はほぼ確信していた。

「ワルシャワがソ連に渡り、ドイツ軍が弱体化するのは、我が国にとっても好ましいことではありません。蜂起の中止を求める、あるいは蜂起が起こってしまったにしても、ソ連が介入して独波双方が共倒れになる前に事態をおさめる仲介が必要です」

「それは我々の仕事ではない」

「そうでしょうか。ドイツの同盟国たる我々以外に仲介は不可能ではありませんか？」

慎は負けじと反論した。

「かつて酒匂大使はあれほど戦争を回避しようと努力されました。そしてドイツ軍が侵攻し、また日本が三国同盟を締結してからも、我々がポーランド地下組織に協力し続けたのはポーランド側も承知のはず。独波双方に声を届けられるのは我々のほかありません。なにより我々にとっても、重要な事態です。蜂起は東部戦線におけるドイツ軍の動向にも影響を与えますし、時期が早く確定できるに越したことはありません。現在のワルシャワを見れば、ドイツ軍の現状も見えてくるでしょう。彼らは重要なことは何ひとつこちらに教えてはくれませんから、自分の足で動くしかないのではないでしょうか」

ドイツ軍とソ連軍の戦闘の行方は、満洲に展開する日本軍にも大きな影響を与える。軍事同盟を結んでいるのだから、本来ならばそうした情報が少しは流れてきてもいいはずだが、現在に至るまで日独の首脳が会談をしたことは一度もない。連絡はすべて両国の大使館を通じて行われる有様だった。

「まあ、君の熱意はわかったし、一理ある。ワルシャワの動向は我々も知りたいところだし、あまり大きく事態が動いてほしくもない」

しばらく考えこんだ後、後藤は顎を掻きつつ言った。

「だがなぜ私に言うんだ。山路公使には相談していないのか？」

「しましたが、却下されました」

温厚で熱心な山路公使は駐ブルガリア公使としては申し分のない人物だったが、ティアガルテン事件以降は大島駐独大使の命令に従い、ＡＫはもちろんポーランドの地下組織に関わることも禁じている。彼の立場では当然だ。

「ならば私に頼むのも筋違いってもんだろう」

「後藤さん、ですから私は休暇でやって来たのです。これは私的な雑談にすぎませんから、捨て置いてくださってもかまいません。ただ、最後まで共にワルシャワに残った後藤さんと、一度お話をしたかったのです」

後藤の眉間に深い皺が寄る。睨みつけてくる目が、人の良心につけこむような言い方はやめろ、と無言の圧力をかけてくる。慎も負けじと見つめ返す。中立国ゆえ、イスタンブールにはポーランド軍の情報将校も少なからず潜んでいる。後藤は今でも彼らと繋がりがあるはずだった。ワルシャワに入るには、彼の協力を仰ぐのが一番いい。

視線を外したのは、後藤のほうだった。彼は根負けしたようにため息をつくと、椅子の背もたれに勢いよく体を預けた。

「まったく。以前にも訊いたが、君のポーランドへの執念は何なのか。今はブルガリアと日本の友好に力を尽くすべきでは？」

「この三年、ポーランドにいた時と同じように尽くしてまいりました。おかげさまで成果も出ました。ありがたいことに、現在ブルガリアでは空前の日本ブームが起きています」

「そのようだね。ソフィア大学にも日本語講座が出来るとか」

「はい。ウィーン大学より日本人教授も無事招聘《しょうへい》できました。むろん今後もやるべきことはありますが、公使館には他にも人がおります。みな優秀で、私より若い書記生も先日着任いたしました。しかしポーランドにはもはや日本人が一人もいない。いえ、味方となる国外の人間がいないに等しい」

「だからと言って君が行く意味があるのか？」

「はい」

慎は、この暑さのなかでも脱ごうとしなかった麻の上着の隠しから、封筒を取り出した。厚みのあるそれを、テーブルの上に丁寧に載せる。

「ご覧ください。先月、マジェナから届いた手紙です」

「マジェナ？　先月？」

後藤は驚きを隠そうともせず、封筒を手にとった。Bグループが事実上壊滅した今、ワルシャワから手紙を受け取るのは困難を極める。

「まずはご覧ください」

後藤は眉を寄せたが、封筒を開いて便箋《びんせん》を手にとった。眼球が左右に動く。それを幾度も繰り返しているうちに、渋面に変化が現れた。目の動きがゆっくりになり、指先が震えて便箋がかすかな音をたてる。

慎は彼の表情の変化を眺めながら、手紙を受け取った日のことを思いだしていた。

4

今日とは似ても似つかぬ、暗い雨が降る日だった。

八月半ば、秋の気配が濃くなりだしたころのことで、昼まで爽やかな晴天だったのに夕方には鉛色の雲が空を覆い、慎が帰路につくころには冷たい雨が降っていた。

傘を片手に道を急いでいた慎は、アパート近くの公園にさしかかった時、「おかえりなさい」と声をかけられた。見ると、公園の入り口に聳える大きなブナの木の下で、レインコートを着た少年がにこにことこちらを見ている。そばかすの散ったほそい顔は十歳前後と思われ、肩からは大きな頭陀袋をぶらさげている。

「いいもんあるよ。買ってくれない？」

自分の背丈とほとんど変わらなそうな袋を、木の陰になっていたことでまだほとんど濡れていない地面に下ろすと、少年は慎を見上げて明るく笑った。

いつもなら、物売りの子供に足を止めるようなことはなかったが、刻一刻と激しさを増す雨と、いささかも崩れることのない「無邪気な」笑顔の対比が気にかかり、慎はつい口を開いた。

「こんばんは。こんな時間まで大変だな。これからもっと雨が強くなるそうだから、早く家に帰りなさい」

少年の、つくりこまれた人形のような笑顔が皺だらけになった。

「ありがとう、おじさん。でも、これを売りきるまで帰れないんだ。買ってくれない？」

閉めていた袋の口を緩めると、いったいどこから調達してきたのか、古びた人形や玩具《おもちゃ》、本、菓子の箱などがごちゃごちゃと詰めこまれていた。

「……本当に売り物なのか、それは」

「当然。買ってくれる？」

「人形を買っても仕方がないんだが」

「ああ、おじさんにはこれ」

少年は袋の中に手をつっこむと、二十センチ四方ほどの包みを取り出した。

「なんだ？」

「さあ。ただ、マコに渡せって言われてんだ」

突然名を呼ばれ、慎は大きく目を瞠った。たちまち全身が警戒にこわばる。

「君は誰だ」

「安心しな、誰にもつけられちゃいない。そんなヤワじゃねえよ。今は、このあたりに監視はないぜ」

少年は右手を差し出し、「買うよな？」とにやりと笑った。ふてぶてしい表情だったが、さきほどの人形じみた笑顔よりはよほどいきいきしていた。

慎は言われるままレフ紙幣を何枚か握らせ、包みを受け取った。宛名も差出人名も何も書かれていない。だが、紐の特徴的な結び方を見た瞬間、ワルシャワからだと確信したのだった。

「まいど！　あ、それと伝言があった」

「伝言？」

「突然消えてしまってごめんなさいって」

慎は大きく目を見開いた。

「ヴァーニャか？」

少年は黙って頷いた。

「無事なんだな。今どこにいる？」

「それは言えない。まあ、もうブルガリアにはいないってことだけは確かだよ」

った。

「……そうか。無事ならいい」

「これで借りを返したってさ。そんじゃまた！　今度は違うもん買ってくれよ！」

少年は紙幣を無造作にポケットへしまうと、袋を結んで背負い、風のように去ってい
った。激しくなる雨などものともせず、あっというまにかき消えた彼は、もしや本当に
天上からの使者だったのではと埒もないことを考えながら、慎は包みを手に部屋へと入
った。

腕や鞄についた水滴を払うのももどかしく、急いで包みを開ける。

現れたのは、二冊の本だった。その上には、淡い水色の封筒がひとつ。

親愛なるマコ、と見慣れた筆跡で書かれている。マジェナの字だった。急くままに手
で破りかけ、思い直して奥の机からペーパーナイフを取り出して封を開ける。折りたた
まれた便箋は白地だった。これまでのマジェナからの便りは必ず封筒と便箋の色が揃え
てあったが、今回は違う。こだわりの強い彼女にしては珍しいことだった。

『親愛なるマコ

ずいぶんご無沙汰《ぶさた》していますが、お元気ですか。ソフィアでの生活は、変わりあり
ませんか。

あなたが消えたワルシャワは、深い水底《みなそこ》に沈んだようです。重く、暗く、出口があ

りません。状況は日々、悪化しています。

　私は今まで、けっして希望を失うまいとおのれに言い聞かせてきました。最後まで諦めず戦い続ければ、必ず主《しゅ》はポーランドを救ってくださると信じてきました。幼いころ、シベリアで死にかけていた私たちを救い、あなたの国へと導いてくださったように、きっとまた手をさしのべてくださると。それまではどんな試練にも耐えようと誓っていました。

　しかし、主はあまりにも我々を試されます。いけないと思いつつ、なぜ、と問うてしまいます。』


　暗い書き出しに、慎の胸は抉られた。

　交流が途絶える前までのマジェナは、便りでもいつも明るくふるまっていた。ワルシャワでの彼女そのまま、明るく思いやりに溢れた文面は、いつも彼女が運んできた紅茶の香りを思いださせた。

　しかし一年ぶりに手紙の中で再会した彼女は、慎が知らぬ存在だった。文字も乱れがちで、これほど重く激しい感情を露わにした彼女を感じたことは今までにない。

　先を読まずとも、これほど彼女が打ちのめされている理由はすぐに見当がついた。読み進めていくと、案の定、原因が綴られていた。

『あなたもすでにご存じのことと思います。

四月に、ロシアのあの森——カティンの森で、ポーランド人将校の遺体が大量に見つかった、あのおそろしい事件。ドイツはソ連が捕虜を虐殺したと言い、ソ連はドイツがやったと言っていますが、どちらでも同じことです。彼らがどちらも血も涙もない殺戮者であることに変わりはないのですから。

私にとって重要なのは、そこにいるのが、ソ連の捕虜となったポーランド人将校であるということです。

マコは覚えているでしょうか。私が見た悪夢のことを。

私は、事件の知らせを受けてすぐに、理解しました。

やはり私のラデックは、もう殺されていたのだと。

何千もの捕虜の遺体は、まだ身元の確認ができていません。それでも私にはわかるのです。

私の半身は、もうこの世のどこにもいないのだと。六歳の時に両親を失って以来、ようやく新たな家族を得られるという喜びは、永遠に奪われてしまったのです。』

ああ、やはり。

慎は眉を寄せ、嘆息した。

カティンの森虐殺事件の報道は、発見当時、大きな衝撃をもってヨーロッパじゅうに伝えられた。

ソ連の捕虜となったポーランド人将校と聞いて、慎の頭にまっさきに浮かんだのも、マジェナの恋人のことだった。手紙が途絶えたという時期とも一致している。

白い紙の上に刻まれたブルーブラックの文字からは、深い絶望が滲み出てくるようで、便箋を持つ手から体温が失われ、慎は小さく震えた。


『そのとき私は、この世で最も不幸で、最も神から遠い者は自分だと、信じて疑っていませんでした。

でも、ああ、それはなんという思いあがりだったことでしょう。

三年にわたって閉ざされていた虐殺の森の霧が晴れた直後、ワルシャワでも同じように閉ざされていた壁が開かれたのです。

閉ざされていたものが開かれる時、それは必ず大きな犠牲が伴います。私はそれを知りました。

ゲットーに閉じこめられていたユダヤの人々は、武器を手に立ちあがりました。あまりに絶望的な戦いに挑み、そしてみな死んでいきました。

私は、壁のむこうで何度も大きな炎があがるのを見ました。黒い煙が空を焦がし、昼でも暗くなりました。

中には、下水道を通って壁の外に逃げてこようとする人たちもいました。でも、ナチはマンホールの中まで焼きました。

あれほどに絶望的な戦いが、かつてあったでしょうか。

門が閉ざされてしまってから、私は一度もゲットーの中を見ていません。でも、全てが終わり、捕虜となった人々が連行されていく光景を見た時、愕然《がくぜん》としました。

誰もが、おそろしく痩せていました。ひどく汚れていました。とても臭かったです。ワルシャワ市街戦の時に、こんな地獄のような悪臭を嗅ぐことは二度とあるまいと思っていたのに、壁の中には充満していました。壁の中をよろよろと歩く子供の手足などは枯れ木のようで、動いているのが不思議なぐらいでした。

そのとき私は、なぜ神が私にここまでの試練をお与えになるのか理解しました。同じワルシャワに住む彼らの不幸を、私は今まで知りませんでした。ゲットーに閉じこめられた人々を案じてはいましたが、ここまでひどいとは思っていませんでした。いえ、本当はわかっていたのです。でも、いつしか考えないようになりました。見えないのだからしょうがない。壁のむこうはもう別世界だからしょうがない。そう思っていたのだと思います。

なんという、おそろしい罪でしょう。

マコ、ドイツ軍が我が物顔でワルシャワにやって来た時のことを、あなたは覚えていますか。あのときマコは、なんの迷いもなくユダヤの女性を助け起こし、大使館に連れてきましたね。

あなたを見て、私は自分を恥じたはずなのに、なぜあの時の心を忘れてしまったのでしょう。壁ひとつで、なぜ諦めたのでしょう。

私たちに見捨てられた、ダヴィデの星をつけた友人たちは、最後まで戦いました。でもそれは、なんと悲しい戦いだったことでしょう。

私たちがポーランドのために戦っていると思いあがっているすぐそばで、彼らはただ、人間らしく死ぬためだけに戦ったのです。

そう、ユダヤのためでもポーランドのためでもないのです。自由を取り戻すためでもないのです。

彼らはただ、尊厳を持って自らの人生を終わらせるために、戦ったのです。

自分たちは人であると、世界に訴えるために。そしておそらくは、自分自身に信じさせるために。

彼らの抵抗を、無駄にするわけにはいきません。

ゲットーを焼き尽くした炎は、いつかワルシャワ全土に広がるでしょう。今はユダヤ人に夢中のナチも、いつか必ず、私たちにも牙を剝きます。

ワルシャワが死に絶えれば、ユダヤの人々の尊厳を伝え、守る者もいなくなります。

死は、誰かに伝えられなければなんの意味もありません。そういう意味では、カティンの森のことが明らかになったことは、喜ぶべきことなのかもしれません。皮肉なことですが。

マコ、私たちは戦い続けます。あなたたちが教えてくれた武士道は、私たちの中にも息づいていると信じて。

私たちの師であり、最愛の友であるマコ。

信頼と感謝の証として、あなたに私の宝を託します。

私はこれを手放すつもりはありませんでしたが、持ち主のことを思い返し、いっそあなたに託すべきではないかと思いつきました。

これは、賭けです。それもとても危険な。

無事あなたに届いたならば、神は私たちを見捨てていないという証です。戦えと言ってくださっているのだと信じます。

マコ、瓦礫に残されたこのかぼそい炎が、どうかあなたにとっての光明となることを願っています。

離れていても、私たちはひとつの心で結ばれています。

あなたは言いました。外交とは、人を信じるところから始まると。誰かに与えた無償の愛は、必ず倍になって返ってくると。

日本とポーランドの中には、そうして培われたものがあるのだと。

幼い私たちを、かつて日本人が救ってくれたように、私もまた、ユダヤ人を救うでしょう。この命を賭して。

戦争が終わって、また「日本の夕べ」を楽しめる日が来ることを、願っています。

どうか、お元気で。

あなたの友マジェナ』

最後のほうは、涙で見えなかった。おかげで、何度も読み返すはめになった。

外交とは人を信じるところから始まると言ったのは慎ではなく織田だが、それを正すこともできないのがもどかしい。

マジェナは自分を恥じたと言った。しかし、慎は手紙を読んで、その何倍もおのれを恥じた。

彼女の記憶の中の棚倉慎と今の自分は、どれほど遠く隔たっていることか。

便箋に何度も涙を落としながら読み返し、それから託された〝宝〟を手にとった。

一本と思ったそれは、日記帳だった。二冊にわたるそれは、一九四〇年十一月から、一九四三年六月まで綴られている。一日一日の文章は短かったが、毎日途絶えることなく記されていた。

慎は徹夜でそれを読んだ。一晩では読み終わらず、仕事から帰ってくるたびに少しずつ読み進めた。最後まで読んで、さらに冒頭からもう一度。

ほとんど暗記できたのではないかと思えるほど読みこんだころには、決めていた。

イスタンブールへ行こう、と。


手紙を読み終えた時、後藤の眉間の皺はいっそう深くなってはいたが、痛みをこらえるような表情に変わっていた。

「……この、宝というのは?」

「申し訳ありませんが今は言えません」

「そうだろうな。しかしこれは……胸を打つね」

体の中を駆け巡るさまざまな思いを凝縮したような重い吐息が、彼の口から零れた。

「はい。どうかワルシャワ行きにご協力ください。応えねば、日本人としても外交に携わる者としても恥になります」

恥、という言葉に、後藤の肩がわずかに揺れた。

「だが仲介といっても、果たして君の言葉にドイツ側が耳を貸すかどうか。意味があるとは思えんが」

「たしかに書記生では心許ないでしょう。しかしまさか領事や書記官においでいただくわけにもまいりません。失敗すれば国際問題にもなりかねない。ですが書記生である私ならば、たとえ命を落としても」

「やめなさい」

後藤は声を荒らげ、遮った。

「申し訳ありません。ですが後藤さん、我々はかつてポーランドの平和を守るべく戦いました」

「それは、ポーランドとドイツの平和を維持することが我が国の安全に繋がることだったからだ。今とはまるで状況が違う」

「はい。戦況はまだわかりません。だがどういう結末を迎えるにしろ、一人ぐらい、初志貫徹する者がいてもいいのではありませんか。彼らの信頼と献身に、命を賭して応える日本人がいてもいいでしょう」

第一次世界大戦の際、日本陸軍の将校が何人も、ポーランドに与してソ連と戦ったように。彼ら将校たちの記録は残らなかったが、他ならぬポーランド人の記憶には残っている。その思いがそのまま、自分たちへの信頼へ繋がったのだ。

「我々は先を見据えなければ。この戦争で、たとえ陣営は分かれても、我々日本人はポーランドへの友情を捨てなかった。その証拠を残したい。もともと、我ら書記生は、事務と情報収集、そして市井の人々と信頼関係を築くことが仕事です。私は、この任務には自分が適任だと考えます」

熱を込めて語る慎の顔と便箋を、後藤は交互に見つめた。やがて大きくため息をつくと、丁寧に便箋を畳んで封筒に戻し、慎の眼前へと差し出した。黙って受け取り、隠しへと戻す。その様を見やり、後藤は「これは雑談だろう」とつぶやいた。

「はい」

「ならば、今すぐ答えを出す必要もなかろう。君も頭を冷やして、よくよく考えてみたまえ」

後藤は椅子から立ち上がる。それが答えだった。

「お時間をとっていただきありがとうございました、後藤領事」

丁寧に頭を下げて、部屋を出る。

階段を降りホールを抜け、外に出た途端、陽光の強さに瞼に痛みを感じ、思わず固く目を瞑った。再び目を開くと、入る時はろくに目に入らなかった夾竹桃が慎に寄り添うように咲いているのがわかった。

口許に笑みが浮かぶ。

「また来るよ」

子供の頭を撫でるように、軽く花に触れる。その手を、手紙をひそませた胸にそっと置いた。成果がなかったとは思わない。この手紙は確実に、後藤の心に種を蒔《ま》いたはずだ。それはやがて鮮やかに花開く。

「さて、ここからが本番だ」

おのれを励ますように、慎はつぶやいた。

イスタンブールに来た目的は、もうひとつある。さらに種を蒔かねばならない。もっと大きな、大事な種を。

外交官の武器は、言葉と信頼。それをもって、いつか花を咲かせるのだ。大輪でなくともいい、たやすく散らぬ、丈夫な花を。

慎は、ずっしりと重い鞄を持ち直し、炎天下の中へ足を踏み出した。

5

「ここか」

地図を手に、入り組んだ道をぐるぐる歩き回っていた慎は、白茶《しらちゃ》けたアパートの前で足を止めた。

なんということはない、ごく普通のアパートだ。いや、壁にあちこち罅《ひび》が走っているところを見ると、中の下といったところか。大通りならば西洋ふうの新しく大きな住まいがいくらでもあるというのに、なんだってわざわざこんな入り組んだ小路を選んだのだろう。金がない、ということはあり得ない。ただ彼には、へそ曲がりなところがあった。思えば、ワルシャワでも最後まで彼がどこに住んでいるのか知らなかったが、きっと外国人が好んで住むようなアパートではなかったのだろう。

何度も顔を合わせていたワルシャワでの住まいは知らなかったのに、初めて訪れる街での住所は知っているというのも、妙な話だった。ただ単に、一度だけ来た絵葉書に書いてあっただけだが、なにぶん二年前だ。今ここに住んでいるとはかぎらない。

だがとにかく、訪ねてみなければ始まらない。慎は祈るような思いで、呼び鈴を押した。

しばらく待ったが、反応はない。もう一度押すと、扉の横の小さな小窓が開いた。皺だらけの顔が、じっとこちらを見ている。

「こんにちは。私は、タナクラと言います。こちらに、レイモンド・パーカー氏はいらっしゃいますか。五号室だと思うのですが」

丸暗記してきたトルコ語を、人好きのすると言われる笑顔で伝える。

老婆の表情は変わらない。瞬きひとつせず、じっと見つめてくる大きな黒い目に晒されて、慎はにわかに恥ずかしくなった。

「通じないかな。あの、私は――」

「レイならいないよ」

もう一度繰り返そうとしたところで、嗄《しゃが》れた声に遮られた。ひどい訛りだったが、英語だった。

「いない？　引っ越したんですか？」

「家賃は支払われているよ。しかしほとんど見ないね。会社に寝泊まりしているか、女のところを渡り歩いているか」

「そ、そうですか」

引っ越してはいないことにひとまず安堵したが、状況はあまり変わらない。

「用事があるなら、会社に行ったほうが早いよ。場所はわかるかい」

老婆はにこりともせずに言った。愛想はないが、存外親切な人物のようだった。

シカゴプレスの支局ならば、調べればすぐわかる。だがさすがに、そこに近寄るわけにはいかなかった。

イスタンブールは中立国にある街とはいえ、あちらはアメリカ、こちらは日本。今はれっきとした敵国同士だ。日本人がのこのこ訪ねていったところで、通してもらえるとは思えない。

「はい。ですが、会社のほうは難しいので、また出直してまいります。ご迷惑でなければ、夕方にでももう一度」

帽子をとってお辞儀をすると、老婆の眉がわずかに動いた。

「……あんたもしかして、〝マコト〟かい」

「え」

思いがけずファーストネームを呼ばれ、慎は目を瞠った。

「あまり日本人にゃ見えないが、タナクラって言ったね。タナクラマコト？」

「そうです。タナクラマコトは僕です。レイから聞いたんですか？」

「そうだよ。ふうん、あんたがねえ」

老婆は目を細め、しみじみと慎を見つめた。慎はますます面食らう。レイはなぜ彼女に自分のことを話したのだろう。お世辞にも、親しいとは言えなかったのに。

「まあそういうことなら、話は別だ。お入んなさい。レイに連絡してやらなきゃね」

老婆は小窓を閉じた。それからほどなく、扉が小さな音をたてる。鍵が外され、ゆっくり扉が開いた。

薄暗いホールのむこうに、光降り注ぐ中庭が見える。長方形の出入り口の中に形よくおさまったその光景は、一幅《いっぷく》の絵のようだった。

「こいつは驚いたな」

中庭に現れるなり、彼は呆れたように言った。

昼過ぎにアパートにやって来て、現在は夕刻である。燦々《さんさん》と降り注いでいた太陽はすでに西へと移動し、噴水や咲き乱れる花々を淡い朱金に染めあげていた。

暗いホールから飛び出してきたレイモンド・パーカーは、異国の黄昏《たそがれ》の光景に瞬く間に馴染んでしまう。ワルシャワにいたころは、どこにいてもアメリカ人であることを全身で主張しているように感じていたが、今の彼はだいぶ落ち着いている。無精髭がまばらに生《は》えているところを見ると、単に疲れているだけかもしれないが。

「昼過ぎに一度戻ると聞いたんだが」

腹をさすり、慎はレイを睨みつけた。噴水の前には、白塗りのテーブルと椅子が置かれ、空《から》になったチャイグラスと、二段重ねの銀のポットが置かれていた。

一時間ほど前までは、同じテーブルの向かい側には老婆が座っていた。ポットの中身は三回替えられている。

「日が沈むまでは昼さ。ま、ネタがあれば何をおいても飛んでいくのが記者だからね。せっかくイスタンブールに来たんだから、観光すればよかったのに。ここは魅力的な街だよ」

「次に来た時にそうするよ」

これだけ待つとあらかじめ知っていたとしても、慎はこの中庭から出ようとはしなかっただろう。大事な荷物を手に、暢気にイスタンブールを観光する気はさらさらなかった。

幸い、老婆がすぐに中に入れてくれた上、いったん話し始めたら止まらない彼女の話によれば、このアパートはこの上なく安心だった。老婆とその夫、そして口のきけぬ息子が住んでいるきりだという。十年ほど前まではこのアパートも常に満室だったが、今はもっと便利で新しいところにみな移り、三年前にレイがやって来た時には、他の住人はいなかったのだそうだ。レイはろくに部屋も見ず、この中庭を見ただけで入居を決め、三部屋ぶんの賃料を払うので、他の店子を入れないでほしいと頼んだという。

この街では完全にひとりになるのは難しい。その点、この庭は理想の天国だと、レイは言ったという。

薔薇と夾竹桃、オリーブの木、白と青のタイルを組み合わせた小さな噴水。熱く甘いチャイ。うらぶれた小路の中に息づく、小さな箱庭。彼に、こうしたものを好む繊細さが備わっていたことに、慎は驚いた。が、同時に納得もした。

誰にでも、心の中に聖域のひとつやふたつはある。そしてそれは、本人の印象とは正反対のものであることも多いのだ。

「なんなら会社のほうに来てくれればよかったのに。みな大歓迎さ。ここにいるよりずっと退屈しなかったと思うよ」

麻の上着を右肩に引っかけたまま、レイはさきほどまで老婆があたためていた椅子に座った。

「そりゃあ退屈はしないだろうが、熱烈に歓迎されるのは苦手でね」

「以前よく、熱烈なファンを引き連れていたじゃないか。今日は？」

「飽《あ》きられたらしい。まあ、この街の人混みじゃあ、さすがに僕にもわからないが」

「ここを出ていった途端に捕まるんじゃないかい？」

「覚悟はしている」

慎の返答に、レイの顔から笑みが消えた。

「何をしに来たんだ？」

「君に渡すものがある」

慎は、背中と椅子の背もたれの間に挟んでいた鞄を膝の上に置いた。開いた鞄から現れた日記帳を見た途端、レイは目を見開いた。

「これが何かわかるんだな」

「記憶に間違いがなければ、ハーニャの日記帳だ」

差し出された日記帳を、レイはこわごわ受け取った。

「書きだしたのは君がワルシャワを去ってからのようだが、よくわかったな」

「前に使っていたものと同じだ。そもそも、中断していた日記をまた書き始めたいと言うから、俺が同じものを外で探して贈ったんだよ。タナクラサン、これがここにあるってことは……」

「彼女は生きているよ」

青ざめている相手の不安を和らげようと、慎は先回りして言った。

「蜂起の直前にゲットーの外に逃げたそうだから」

そうか、とレイは大きく息をついた。日記帳をためつすがめつ眺め、テーブルに置き、ページを開く。生まれて初めて聖書を開いた時ですら、これほど恭《うやうや》しくはなかっただろう。

「だがなぜ、タナクラサンがこれを？　ソフィア勤務じゃなかったか？」

「送ってきたのは、マジェナだ」

「マジェナ」

レイは眉を寄せたが、すぐに「ああ、大使館のあの美人」と頷いた。目は、日記の紙面から外さない。

「日記によれば、ハンナを一時匿っていたのはマジェナらしい。だが蜂起の後、マジェナが住む地区にはドイツ兵が増えたから、もっと安全な場所へと移ったそうだ。その際に、これを預けていったらしい」

レイはもう何も言わなかった。真剣な表情でページをめくっている。指と目の動きは速い。使用されている文字はポーランド語だ。ワルシャワにいたころ、レイはほとんど英語かドイツ語で通していたが、少なくとも慎と同じ程度には——いや、おそらくそれ以上にポーランド語を理解している。赴任が決まってからの付け焼き刃ではあり得ない程度には。

薄々わかってはいたことだ。偽装をやめたのは、今それどころではないからなのか、もう隠す意味がないからなのか。

真剣に読んでいるようだったので、邪魔をしないよう口を噤《つぐ》んでいたら、レイが顔をあげた。無言で顎をしゃくる。続けろということらしい。レイが再び日記を読み始めると、慎は軽く肩を竦め、口を開いた。

「マジェナは大変な苦労をして、Bグループの生き残りに繋がる組織に接触してくれた。それで、僕のところにそれがやって来たんだ。ハンナは日本への亡命を希望していた。思いだけでも、日本へ辿りついてほしいということかもしれないな」

「ロマンチストだな、タナクラサン」

「そうでなければ、こんな仕事はやっていられない。君はちがうのか」

「いや。だが、夢見がちの俺でもわからないんだが、なぜこいつを俺に？　ハーニャを気にかけていたからか？」

「記事にしてほしいんだ」

　動きが止まった。

「そこには、壁が出来てからゲットーが崩壊するまでのことが、全て書いてある。一文一文は短いが、冷静で的確だ。彼女がこれほど理性的で鋭い観察眼を持っていたとは、正直驚いた」

　レイは慎を見て、誇らしげに笑った。

「そうだろう、だから気に入ったんだ」

「彼女の記録を、アメリカ国民に知らせるんだ。ジョイントはもうとっくに帰ってしまったが、君の国ではユダヤ人の勢力が強いのだろう」

「こいつは驚いたな」

　再会の第一声を、レイはここでも繰り返した。

「我が国はたしか、日本と戦争中だったと思うんだが。俺にネタを提供してくれるっていうのかい？　たしかに日本には直接関係ないが、ドイツには打撃になるぞ。ソフィアにはゲシュタポが山のようにいる。露見すれば大変なことになるんじゃないか」

「だから言っただろう、覚悟の上だ。それにこれは、連合国に見せなければ意味がない。枢軸国では、悔しいが闇に葬り去られる可能性が高いだろう」

「なのにマジェナは君に託したわけだ」

「その信頼を裏切りたくない。世界に、今ワルシャワがどんな状況にあるか、ユダヤ人がどんな目に遭っているか、知ってほしい。いや、彼らは知らねばならないはずだ」

慎はテーブルの上で手を組み、力を込めて言った。するとレイは憐れむように眉尻を下げ、「知っているよ」と言った。

「なに？」

「少なくとも、連合国側の首脳部は知っているだろうね。ＡＫは優秀だ。仲間を収容所やゲットーに潜入させ詳細なレポートをロンドンの亡命政府に送っている。少なくとも、イギリス政府には渡っているだろうね」

「発表は」

「俺の記憶にあるかぎり、ないね」

「なぜだ」

「あまりにも、絵に描いたような地獄だからさ。ナチの行為はどうもね、小説じみているんだよ。常識からあまりに外れた出来事を目のあたりにすると、人間の脳はフィクションとして処理してしまう。公表したところで、プロパガンダの作り話としか取ってもらえない可能性が高い。カティンの森のように、動かぬ証拠があるならともかく」

慎は唾を呑みこんだ。

「それは、アメリカでも同じなのか」

「我が偉大な祖国は、二年前に報道規制を布《し》いてね。東部占領地区におけるユダヤ人のことは、いっさい報道できなくなったんだ」

「……なぜ？」

「理由は言った通りさ。賢明な外交官閣下はおっしゃった。ドイツ人が残忍なことは承知しているが、ポーランド人も常に大げさに悲劇ぶる。あまりに誇張がすぎるので、正確な裏付けが取れるまで、いっさいの証言を載せるなと」

突き放した口調だった。慎は、膝の上に置いた両手を握りこんだ。

プロパガンダ？　作り話？　収容所もゲットーも、潜入は命懸けだ。そこまでして、なぜ嘘をつく必要があるというのか。

だが、彼らが信じきれないというのもわからないではない。慎だって、一度はマジェナの手紙を信じきれなかったのだから。

現実にそこまでやるとは思えない。この時代に、一民族を本気で地球上から消し去ろうとする国があるとは考えられない。

それこそが、盲点なのだ。

歴史上、イギリスあたりも悪逆非道をきわめてきたが、だからこそ彼らも理解できないのだろう。彼らは基本的に損得で動くからだ。

「正確な裏付けだって？　つまりアメリカ人自らがその目で確認できるまではってことか。それができるころには、ワルシャワは廃墟になっている」

　慎は呻くように言った。

「だろうね」

「ハンナの日記に誇張などない」

「それを確信できるのは、俺と君だけだ。せっかく来てもらって残念だけど、諦めなよ
タナクラサン」

　レイは、背もたれにかけていた上着から煙草を取り出した。今日は燐寸《マッチ》もちゃんと持参しているようで、素早く火をつける。風が強くなってきたことを、煙の流れで慎は知った。

「君はそれでいいのか?」

　慎の掠れた問いに、レイは肩を竦めた。

「いいも何も仕方がない。記事を書いても金にならないんじゃね」

「レイ」

　慎はテーブルの上に手をつき、身を乗り出した。

「もう繕わないでくれ。そんな必要はないんだ」

「繕うって何を?」

「君はさきほど、AKが潜入捜査をしてロンドン亡命政府にレポートを送ったと言ったな。なぜ、アメリカの一介の記者にすぎない君がそれを知っている?」

　ああ、とレイは苦笑した。

「すまんね、確証はないんだ。ただの噂さ」

「AKは、ドイツの残虐行為を広く世界に訴えようとしているはずだ。イギリスに送ってアメリカに送らないはずはない。レイ、アメリカ宛てのレポートは、君が預かっていたんじゃないか？　そしてそれを、他ならぬ祖国の外交官に握り潰された」

レイは目を丸くした。次の瞬間、かわいた笑い声が中庭に響く。

「何を言いだすのかと思えば。タナクラサン、しばらく見ないうちにずいぶん想像力が豊かになったんだね」

「ほぼ確信しているけどね。AKも、君なら信頼できると判断したんだろう。君が最後までワルシャワに残っていたのも、そういうことだ」

「ナチの提灯《ちょうちん》持ちと嫌われこそすれ、信頼のしの字もなかったよ」

「地下組織の人間は、自分がそうであると隣人にすら悟られてはならないんだろう、仕方がない。ドイツ人に協力するふりをして情報を引き出していた者なんていくらでもいる」

ふと脳裏を、ヤンのことがよぎった。

命懸けで収容所から逃げてきて、あの街で生き延びるために地下組織に入ることを選んだ男。彼に与えられた人種証明書は民族ドイツ人《フォルクスドイチェ》のものだった。

「だが、君が正真正銘のポーランド人だと知っている者ならば、君を深く信頼するだろう」

レイは眉をひそめた。不審を通り越し、機嫌を損ねた顔だった。

「君はいったい何を言っているんだい?」

「君はポーランド人だと言っている」

「身分証明書、見せようか?」

「国籍がアメリカなのは知っているとも。だが、君がポーランド人であることに変わりはない。そして今も、祖国のためにかつての兄弟たちと戦っている。そうだろう、カミル」


カミル。

この名を口にしたのは、何年ぶりだろう。ワルシャワに赴任して間もないころ、極東青年会の中に彼はいないかと捜したものだった。結果は芳《かんば》しくなく、それ以来イエジやマジェナたちにも一度も彼の話はしていない。

——誰にも言わない。指切りげんまん嘘ついたら針千本飲ます。

幼いころ、納戸の中で約束を交わした、一日だけの友達。

夕暮れの庭、紫苑の陰で膝を抱えて、慎の父が奏でる『革命のエチュード』を聴いていたポーランド人の少年。

あれから二十三年が経った。

三十二歳になった日本人と、三十三歳になったポーランド系アメリカ人は、オリーブと夾竹桃、薔薇の庭で向き合っている。

「イエジに訊いたのか？」

長い沈黙の後、レイは静かに言った。

慎を見る青い目は、傾いた夕日のもとでは不思議な色彩を帯びている。ちょうど今、西の方角の空のような、紫色。

「いや。やっぱりイエジは知っていたのか」

「ああ。君が俺を捜していることは聞いたが、黙っていてほしいと俺が頼んだんだ」

「そんなことじゃないかと思った。アメリカに渡っていたなんて思いもしなかったよ。恥ずかしながら、カミルだと気づいたのは、君がワルシャワを去る直前なんだ」

「なぜわかった？」

「ちょうど、こんな夕暮れだった。僕と君が初めて会った時も夕暮れ。君の目は、昼に見ると青いのに、光の角度だか何だか知らんが、こういう時間帯には紫が強く出るんだな」

レイは虚を突かれたように、自分の目のあたりに触れた。

「子供のころ、僕は紫色の目なんて見たのは初めてだったから、強く記憶に残っていた。だから逆に、君と再会してもわからなかったんだ。印象もまるで違っていたしね。だがあの時、光のいたずらで君の目が綺麗な紫に見えて、既視感を覚えた。顔はいくら変わろうと、目の色は変わらない。そこから一気に、カミルとレイモンド・パーカーの共通点をいくつも思いついた」

「……その状況は想定していなかった」

レイは顔から手を離すと、唇の片端だけで笑った。

「今思えば、君は僕を遠ざけようとしていたね」

「お互い、思いださないほうがいいだろう? ハーニャの件がなかったら、君に近づくことはなかっただろうね」

「そうか。ハンナが日本に興味を持ってくれたことに、感謝しないと」

するとレイは気まずそうに目を逸らした。

「……ただ、あれは軽率《けいそつ》だったと思っている。君の立場を考えれば、ユダヤ人居住区など決して連れていくべきじゃなかった。悪かったよ」

「とんでもない。感謝しているよ。君のおかげで僕は目が覚めたんだから」

素直に謝意を伝えると、彼はため息をつき、苦笑した。

「君はそういう人間だと、わかっていたつもりだったんだけどね。正直、試したい気持ちがあったのは事実だ」

「試す?」

「日本人である君が、ハーニャを前にしてどうするか見てみたかったんだ。イエジや極東青年会の者たちはみな君を日本人らしい日本人だと褒めるし、ヤンですらそうだった。だがあの時点でもそうでいられるか、見てみたかった。試すようなことをして悪かったよ」

「いや。結局役に立てなくて、申し訳なかった」

「君は君の立場でできる最大限のことをしてくれた。今日、こうして危険を冒して俺に会いに来てくれたようにね。変わっていなくて、うれしかったよ」

レイにしては珍しく素直な言葉だった。だが、カミルならば、自然なことなのかもしれない。

「いつ、アメリカに渡ったんだ」

「二十三年前、日本を発った後、アメリカに寄港したんだ。その時に、俺たちの中でもとくに小さい子が二人、アメリカ人の養子として引き取られることが決まった。それぐらいの時に引き取られれば、ポーランドのことなんて忘れるしな。どういうわけか、そのとき面談に来ていた夫妻が俺を気に入って、一緒に引き取られることになった。正直言って、ありがたかったよ。何食わぬ顔して、仲間とポーランドに行くことはできないと思っていたから。神の思《おぼ》し召しだと思った」

「それがパーカー家か」

「ああ。養父母は、いい人たちだったよ。なにより金があった。俺には兄と姉がたくさんいたが、差別されることもなく育った。もちろん家族に気に入られるよう努力して、言うことはなんでも聞いた。本当は、大学を出た後は父の会社に入る予定だったが、その時はじめて新聞記者になりたいと反抗した。親は困っていたが、最終的には許してくれたよ」

「記者になったのは、ポーランドに来たかったからか？」

慎の質問に、レイは首を横にふった。

「いや。言っただろう、ポーランドの地を踏む資格は俺にはない」

「君はずいぶん前から、ポーランド語を学んでいたんじゃないのか？　君にとって、祖国はやはりポーランドということではないのか」

「俺の祖国は、アメリカだ。それは間違いない」

強い語調でレイは言った。

「そう、俺はアメリカ人だ。だが、父は祖国ポーランドのために戦って死んだ。決して屈しないポーランドの血に従って。俺も本当はあの時に死ぬはずだった。母と妹とともに、父の跡を追うはずだった。なのに俺だけ、卑劣にも生き残った」

「卑劣じゃないだろう」

「卑劣だ。母と妹を殺して、逃げだしたんだから」

呻くように、レイは言った。

あの告白から、二十三年が過ぎている。それでもまだ、幼い日の罪の記憶は、今も彼を苦しめているのだ。

＊

「おかあさん、みんなで天国、行く、と言った。マリアさまのところで、おとうさん待ってる。だから、こわくない」

膝を抱え、カミル少年は言った。

大きな目に涙をいっぱいにためて、それでも零れ落ちるのは許さないとばかりに、膝を抱えている手を頻繁に目許に持っていっては、乱暴に擦っている。

薄暗い納戸の中、二人の少年は、空になった皿と湯吞みを挟んで向き合っていた。

慎も同じように膝を抱え、じっとカミルの話に耳を傾けていた。たどたどしい日本語の告白は、殺人という巨大な罪を抱えていて、慎の胸まで恐ろしさで破裂しそうだった。

「毒のくすりが、あった。ロシア兵きたら、のむため。おとうさんの仲間、みんなしんだ。だから、もうすぐおうち、ロシア兵やってくる。その前に、おとうさんのところ、行こうって」

カミルは、その運命の日のことを淡々と語った。

まず、幼い妹に毒を飲ませた。妹は久しぶりに父に会えると聞いて喜んで、差し出されたミルクをなんの疑問もなく飲み干した。そして目を見開き、凄まじい苦悶を見せたが、それもわずかな時間のことで、あっさりと絶命した。

母は妹の服を整え、血や涎《よだれ》を拭き、髪も綺麗に撫でつけてベッドへ寝かせた。毎晩ぐずる妹を寝かしつける、いつもの愛情深い母の仕草だった。そして、慈愛に満ちた笑顔で振り向き、「さあカミル、おまえも」と手をさしのべてきた。

その途端、カミルは錯乱《さくらん》状態に陥った。

死ぬ覚悟は出来ているつもりだった。ポーランド人として立派な最期《さいご》を遂《と》げるつもりだった。

それなのに、幼い妹の末期《まつご》の苦しみと、その姿を目のあたりにしてもいささかも揺るがぬ母の微笑みを見て、たまらなく恐ろしくなった。

死にたくない。

こんな形で、全てを終わりにしてしまいたくない。これが立派な最期なわけがあるものか！

どうせ死ぬならば、ロシア兵と戦って死にたい。かなわぬにしても、せめて一人を道連れに、刺し違えて死ぬのだ。こんなところで毒を飲んで死ぬなんて、誇り高いポーランド将校の息子として恥ずかしい。

そんなことを喚いていたら、母は悲しそうに首をふった。

『今の言葉、お父様が聞いたらさぞ喜ばれることでしょう。でもねカミル、お父様はもういないの。母さんにできることは、あなたにこれ以上の恥辱《ちじょく》を与えないことだけ。ヴォジニャック家の誇りを守らねばなりません。もしものことがあれば全て任せると、お父様に託されたのですから』

一転して幸せそうに微笑むと、母は抵抗するカミルを押さえこんだ。凄まじい力だった。華奢な母はいつも腕白《わんぱく》にすぎる息子に手こずっていたはずなのに、いったいどこにこんな力を秘めていたのか、カミルがいくらもがいてもびくともしなかった。

絶対に毒など飲むまいと、せめてもの抵抗で口を引き結んでいたが、母には息子のやることなどお見通しだった。母の手には、毒入りの飲み物ではなく、ナイフがあった。

恐怖で頭が真っ白になり、とにかく暴れた。気がつけば、自分の手にナイフがあった。母が取り返そうと、鬼気迫る表情で迫ってくる。

カミルは反射的に、左手を伸ばした。自分と母の距離を少しでも開けたくて、これ以上近寄れないように手を伸ばした。そしてその先にはナイフがあった。

肉を裂く感触がした。

『なぜ』

母は悲しげに言った。

なぜ？　それは自分が訊きたい。なぜこんなことになった？　どうして皆、死なねばならない？

何もかもがわからなくて、恐ろしくて、カミルは吹雪《ふぶき》吹きすさぶ外へと逃げだした。制止の声が聞こえたが、かまわなかった。

話を聞き終えて、慎は深いため息をついた。

カミルは膝の上に顔を伏せ、細かく震えている。初めて明らかにしてしまった罪に、怯えきっているようだった。

慎の中にも、嵐が吹き荒れている。カミルが最後に見たという、シベリアの吹雪のような凄まじい嵐が。

しかし、いま自分がすべきことはわかっていた。

目の前で震えているこの友人に、慰めを与えねばならない。それは、同情ではきっと駄目だ。少し話しただけでも、カミルがとびきり聡明な少年であることはわかる。相手の感情にも敏感だ。

だから、本物の言葉だけでなければならない。事実を告げなければ。

「事故じゃないか。君が殺したわけじゃない」

九歳の頭を必死に使ってようやく口から出たのは、ごくありきたりな言葉だった。慎は頭を抱えたくなったが、カミルの震えは止まった。

効果はあったかと思ったが、伏せた顔の下からくぐもった声がした。

「ぼくが刺した」

「でもそれは、しょうがないだろう。殺されかけてたんだから」

「でも、ぼく、逃げた。おかあさん、助けなかった。ぼくは、逃げた。おかあさん死ぬ、わかってて、逃げた」

カミルは顔をあげた。目と鼻の頭が真っ赤に染まり、顔じゅうが涙と鼻水でぐしゃぐしゃになっていた。

「ぼくがころした。ぼくは、ひきょうもの」

「ちがう」

「ちがわない。ぼくが、ころした」

「でも、話の通りなら事故としか思えないし、突然死ねと言われて何も感じない人間がいるわけがない。卑怯とはちがう」

するとカミルは癇癪を起こして叫んだ。

「どうして、わからない！　ぼくは、ひきょうもの！」

慎は慌てて彼の口を塞ぐ。大声を出したら、台所にいる母たちにも聞こえてしまう。

「落ち着いて。なんでそんなに自分を責めるんだよ」

慎はすっかり困惑していた。慰めねばと思ったのに、カミルはむしろ人非人として詰《なじ》られたいのだろうか。それならば、神父にでも誰にでも、罪を告白すればいいのに。誰にも言わないでと前置きしておいて、人殺しと認めないせいでこちらが怒られるのは理不尽ではないか。

腹がたってきたので、まだ少し残っていた湯冷ましを口に運ぶと、カミルがその様をぼんやりと眺めていた。そして自分の湯呑みに手を伸ばしたが、中身は空だった。慎は「お代わりもらってくるよ」と立ちあがったが、通り過ぎざま着物を引かれた。

「おいていかないで」

「すぐ戻ってくるよ。泣いたから、喉が渇いただろう」

「だいじょうぶ。だからここにいて」

震える声に、慎は仕方なく腰を下ろした。世話のかかる子供だと思った。相手のほうが一歳上らしいが、大きな弟が出来た気分だ。

「……ぼくは、ひきょうだ」

無言の時間が続き、カミルは言葉を放り出すようにつぶやいた。それは聞いたよ、と返そうとしたところで、熱に浮かされたように少年が続けた。

「もしもどれる、ぼくはまちがえない」

「間違えない？」

「こんどは、りっぱに死ぬ」

慎は、ぎょっとしてカミルを見つめた。

「何を言ってるんだ」

「毒はのまない。ロシア兵と、戦う。ぼく、よわくて、だから、おかあさん、あんなことした。ぼくがちゃんと戦えたら、がんばれ、してくれたはず。そしたら、みんなのかたきをとって、りっぱに死ぬ。もし、次があったら、ぼくはちゃんと」

今度こそちゃんと。立派に。戦う。死ぬ。

同じ言葉を何度も繰り返す彼に、慎はようやく気がついた。

カミルは、母を刺してしまったことよりもむしろ、自分が戦わず逃げたことを恥じているのだ。

父のように、母と妹を守って勇敢に戦い、散りたかったのだろう。そういうふうに言い聞かされて、生きてきたのだろう。それなのに、命惜しさに全て捨てて逃げだした自分が許せないのだ。

母を刺したのはどうしようもない事故だったと、彼自身も理解はしている。だが、その後の自分があまりにも許せないからこそ、最もインパクトの強い「人殺し」を強調するのだ。

「大丈夫だ、カミル。父さんが言ってた。男には戦う場面がいっぱいあるんだってさ」

虚ろな目でつぶやき続けるカミルに、慎は言った。戦う、という言葉に、少年の肩がわずかに揺れる。

「だから、カミルの『今度こそ』はきっと来る。必ず来る。その時に、間違えなければいいんだ。立派に戦って死ねば、大丈夫だ」

何が大丈夫なのかは自分でもわからなかったが、カミルの心には届いたようだった。焦点が合っていなかった目に、光が戻る。

「ほんとうに？」

「本当だ。僕の父さんも、北海道で研究していたころ、クマと戦ったって言ってた」

「シベリアでは、クマと戦ったら死ぬ」

「でも父さんは生きている。腕と腹に傷があるよ。見せられないのが残念だけど」

「クマとは、戦いたくない……」

カミルはシャツの裾《すそ》を引っぱり出すと、ぐしゃぐしゃの顔を乱暴にぬぐった。

「でも、ありがとう。マコト、ぼくは、こんどは、まちがえない。ちゃんと、みんなまもって、戦う」

そう言って、彼は笑った。

出会って初めて見せる笑顔は、涙や鼻水で汚れているにもかかわらず、宗教画に描かれた天使のように綺麗だった。

＊

レイは思い詰めた目でハンナの日記を見つめている。もはや字を追っていないのは明らかだった。

「〝今度〟は、もう来たか？」

慎の問いに、レイは首を横にふった。

「カミル、今がそうなんじゃないのか」

たたみかけるように訴えると、レイは苦笑した。

「話の流れから、そう来るんじゃないかと思っていたが」

「君だけの話じゃない。僕にとってもだ」

レイは、怪訝そうに眉を寄せた。

「君？」

「アメリカ人である君にとっては変わってしまったかもしれないが、イエジたちは皆、今も日本を愛し、友だと思ってくれている。ポーランド人にも武士道はあるのだと言っていた。だから決して屈せず、最後まで戦うのだと。実際、これほど長い間ドイツ軍に屈せず戦い続けているのは、ポーランドだけだ」

「そのせいで、ドイツが征服した国の中で、ポーランドがとりわけひどい扱いを受けているけどね」

「それでも彼らは屈しない。奴隷《どれい》に甘んじるよりは、信念のもと戦って、潔《いさぎよ》く死ぬ。まさに武士道だよ」

「そうだな。ゲットーの人々は、桜のようにぱっと咲いて、あっというまに散っていった。ただ散るために、咲いたようなものだ」

　レイの指は、再びハンナの日記をめくっている。

「日本軍はアメリカ軍と戦って、次々と全滅している。だが、スターリングラードのパウルス将軍は降伏した。君は、どちらが正しいと思う」

「そりゃ後者さ。どんなに犠牲を払っても戦わねばならない時はある。だが、日本軍の場合、もう敗北は確定、降伏しても同じことなのに自ら死ぬなんて。そんなもの、武士道でもなんでもない。本当に勇気があるのは、パウルス将軍のほうさ」

　アメリカ人は片眉をあげ、早口でまくしたてた。が、すぐに口を曲げ、肩を竦める。

「――と、レイモンド・パーカーなら言うだろうな」

「カミル・ヴォジニャックなら？」

「最後まで戦うべきだ」

ひとごとのように言って、煙草を口に運ぶ。風向きが変わったのか、強烈なにおいが鼻をつき、慎は息を詰めた。トルコ煙草のようだった。彼がワルシャワで喫っていた「珊瑚」が無性に懐かしい。

「君はどうなんだ、マコト。俺に尋ねるからには、君にも答えはあるんだろう」

「僕らは戦争回避のために動いてきた。いざ戦争が起きてしまえば、正直、することがないんだよ」

「戦争の早期終結という、大事なお仕事があるだろう」

「ブルガリアにいて手を出せることじゃない」

我知らず、口調がきつくなった。レイは首を傾げ、困ったように苦笑した。

「焦る気持ちはわかるが、戦争はいずれ終わる。軍人は不要になるが、君たちはまた必要になる。それまで耐えるのも、立派な仕事じゃないか」

今度は慎が苦笑する番だった。この光景を見る者がいたら、どんな茶番だと思うだろう。アメリカ人に慰められるとは。

「カミルの言うことは正しい。わかってはいるんだ。だが僕は、やはりどうしても、このまま僕だけ蚊帳《かや》の外にいて、見なかったふりをするのは耐えられない。だから僕はワルシャワに行く」

煙草を口に運ぼうとしていたレイの手が止まった。夕暮れの空の色をした目が、こいつは果たして正気だろうかと問いかけている。

「まだ平和だったころから、僕は極東青年会の友人たちにとって、常によき日本人であろうと心がけてきた。彼らが敬慕する国の民として相応しくあろうとしてきた。そして日本大使館の職員として、彼らの地下活動も支援してきた。だから、一人ぐらい、最後までつきあう人間がいてもいいと思わないか」

「君に軍事顧問でもできるなら、意味があるかもしれないが」

レイの反応は冷ややかだった。無理もない。しかし慎は怯まなかった。

「カミル、君は昔、僕に最も大きな秘密を教えてくれた。僕が明かした秘密も、覚えているかい？」

「さあ。俺は当時、あまり日本語がわからなかったから」

「いいや、君は明らかに語学の天才だったよ。二ヶ月であれだけ喋れて、しかも僕の言うことはほとんど理解していた。僕は、あのあと語学に躓くたびに、君のことを思いだして発奮したものさ」

慎は微笑み、友を真正面から見つめた。

「僕はずっと、自分が日本人であるという意識が持てなかった。そのことにずっと苦しんできた。祖国を愛し、信頼したい。心から願っているのに、僕の中にある不信の根がどうしても邪魔をする。父は日本を選び、あんなにも慈しんでいるというのに、それができない自分がひどく冷酷な裏切り者のように思えて、辛かった」

カミルにロシア人かと尋ねられた時、慎は反射的に激昂した。おまえたちはどうあがいたってここでは異分子に過ぎないと言われたようで、胃のあたりが熱くて仕方がなかった。

長じたのちも、何度この容貌と経歴のせいでスパイと疑われたか知れない。誰より祖国に忠実であると証明し続けるために努力を続け、それでもつまらぬ噂ひとつで全てを否定されることを繰り返しているうちに、慎は次第に何もかも馬鹿らしくなっていった。

「だが、ポーランドに来て初めて、自分が日本人だと思えた。そして、それがとても誇らしく感じられた。イエジやヤンたちが、僕を日本人にしてくれたんだ」

かつて後藤に、おまえはポーランドに入れこみすぎていると言われたことがある。その理由は、突き詰めれば一つなのだ。

国を愛する心は、上から植えつけられるものでは断じてない。まして、他国や他の民族への憎悪を糧に培われるものであってはならない。

人が持つあらゆる善き感情と同じように、思いやることから始まるのだ。そして信頼と尊敬で、培われていくものなのだ。

彼らはそれを教えてくれた。遠い昔、日本人から受けた恩があるからこそ、最初から一貫して彼らは慎たちを信頼してくれた。その純粋な思いに時おり息苦しさを覚えることもあったが、慎も全力で応えた。連合国と枢軸国に分かれようと、それは変わらなかった。

「だから僕は、日本人として、彼らと共に戦う。彼らは、日本人が決して膝を屈しないと信じている。ならば僕は、そうありたい」

「彼らは日本を理想化しすぎていると思うがね」

「いま日本が国民に強いている理想よりは、彼らの理想に忠実でありたいと願うよ」

「君はそれで気が済むかもしれんが、君にもしものことがあれば、日本にいる家族は悲しむだろうに」

「どの家庭の息子も、父親も、戦地にいるんだ。納得してくれるだろう。僕が日本を出る時、互いにこれが今生の別れと覚悟してきた」

父は言った。おまえがポーランドから見る世界は、過酷かもしれないがきっと美しい。真実と共にあれ。おまえが正しいと信じたことを、迷わず行えるようにと。

「だからカミル、君が信じるアメリカの正義に則って、ワルシャワの真実をどうか明らかにしてくれ。あの地で行われていることの全てを」

慎は手を伸ばし、広げられたままの日記帳に触れた。

「それが君の戦いだ。かつての仲間を守ることであり、アメリカの良心を守ることでもある。今度こそ、君は救えるんだ」

レイは何も答えない。ただじっと、日記帳に添えられた慎の手を見ている。

彼もまた、アメリカ人に懐疑的であり続けたことは容易に想像できた。ことさら祖国への無邪気な愛を強調し、自分はアメリカ人だと繰り返すのがその証だ。

だがきっと、ポーランドに渡ったことで、彼もまた得たものがあったはずだ。

レイが手にしていた煙草はいつのまにか喫われぬまま燃えていき、テーブルの上に灰が落ちる。我に返ったレイは、大きく瞬きをした。落ちた灰を見て、日記帳を見て、最後に慎の顔を見た。

「わかった。これは預かろう。必ず記事にする」

芯《しん》の通った声だった。慎は礼を述べようと口を開いたが、先を越された。

「だがマコト、これだけじゃ駄目だ。ワルシャワの真実を明らかにしろと君は言ったな。あの地で行われていることの全てをと」

「ああ」

「それなら俺も、行かねばならない」

息を呑んだ慎を見て、レイはおおげさに嘆くように両手をあげた。

「自分の足で歩いて、この目で見て、この耳で聞いたものしか、基本的には俺は信用していない。もちろんハーニャが嘘をついているとは思わないが、検証する必要もある」

「君がワルシャワに入るのは危険すぎるよ」

「お互いさまだ。あそこはもう、枢軸国だ連合国だと言っている段階じゃないだろう」

「だとしても、まずシカゴプレスが許可を出さないだろう」

「なに、フリーランスでもどうにかなるさ」

こともなげに言った彼に絶句していると、レイはおかしそうに笑った。

「驚くことかい？　君のケースより、ずっとハードルは低いと思うがね」

彼は笑みを顔に残したまま、右手を差し出した。

「またワルシャワで会おう、マコト。これでいいな？」

慎も微笑み、同じく右手を差し出した。大きな手が、慎の手を握りこむ。子供のころ、指切りを交わした時も、すでにカミルの手は慎のそれよりずっと大きかった。

指切りで交わした約束を、二十三年間、互いに違《たが》えることはなかった。

そして今、指切りのかわりに、新たに握手を交わし合う。

他ならぬカミルとそうできたことが、慎にはうれしかった。

第七章　革命のエチュード

1

かつてこのワルシャワの地で、威儀を正して行進するドイツ兵を見た。

忘れもしない、一九三九年十月一日。占領者としてやって来た彼らは、皺ひとつない美しい軍服を纏い、立派な体格と健康的な頰をしていた。約一ヶ月にわたる市街戦で飢えと腐臭の蔓延したワルシャワにおいて、疲れきった慎の目には、規律正しい彼らの姿は、失われた秩序を再び与えてくれる救世主のようにも映ったものだった。

もちろんそれは、ただの幻想でしかなく、彼らは秩序とワルシャワ市民の生活を徹底的に破壊し尽くす者でしかなかった。その後ワルシャワで見るドイツ兵は、我が物顔で歩き回る暴虐の王そのものだった。

「五年でこうも変わるものか」

目の前を通るドイツ兵の姿に、慎は思わず日本語でつぶやいた。

一九四四年八月一日現在、ドイツを取り巻く戦況は悪化している。

かつて意気揚々と胸を張り、西からワルシャワにやって来たドイツ兵たちは、今、東から疲れきった体を引きずってワルシャワに戻ってくる。

血色の悪い顔は汚れた髭で覆われ、軍服は薄汚れ、足取りはみな重い。ドイツ軍といえば一分《いちぶ》の隙もないみごとな行進が特徴だが、イエロゾリムスキェ通りを行く部隊は隊列を組むので精一杯といった有様だった。なにより、彼らの目は一様に疲労で澱《よど》み、厭《えん》戦《せん》気分がありありと浮かんでいた。絵に描いたような敗残兵の群れである。しかも彼らが歩く道はあちこち破壊されていたり、電柱も引き倒されていたりと悲惨な状況だった。

久しぶりにワルシャワにやって来た慎にとっても衝撃的な光景だったが、これを日々見せられるワルシャワ市民にとっては衝撃どころではないだろう。彼らは、一九三三年にナチスが政権をとり、経済的にも軍事的にも圧倒的な強国に変貌していく様を見せつけられてきたのだ。それが今や無残に敗れ、尻尾を巻いて本国へ帰ろうとしている。この数年、さんざん好き放題にしたワルシャワを通って。

当然、ワルシャワ市民たちの態度も、慎がいたころとはまるで違っていた。

かつてはドイツ兵の集団が現れれば、市民たちは慌てて姿を隠していた。しかし今や、隠しきれぬ喜びを目に浮かべて立ち止まり、敗残兵の群れを眺めている。その中に、明らかに将校用とわかる長いブーツを履き、腕組みをしてドイツ兵を眺めている二人の青年を見て、慎は仰天した。

「あれは」

慎のつぶやきに反応し、すぐ隣から声がした。武装したドイツ軍の下士官が、慎の右隣を固めている。

「最近は調子に乗って、あのようにレジスタンスの連中も堂々としているんですよ。明らかに小銃を持っているとわかるようにして歩いている者もいます。なめられたもんですな」

「取り締まらなくていいのですか。蜂起の噂もありますが」

慎が声をひそめて尋ねると、下士官は鼻で笑った。

「噂だけならずっと前からありますよ。それこそ一年以上も」

昨年七月に亡命政府の首相であるシコルスキがジブラルタル海峡で墜落死してから、一度はその噂も絶えた。今年の六月、連合国軍がついにノルマンディーに上陸して西部戦線でのドイツ軍の優勢も崩れ、東部戦線も悪化の一途を辿っている。日々こうしてドイツ軍の消耗ぶりを目のあたりにしていれば、再び蜂起の気運が高まるのは当然のことだ。

「彼らには、武器もない。イギリスやフランスの支援をいまだにあてにしているのかもしれませんが、連中もそれどころではありません。ま、ああやって憂さ晴らしをするのが精一杯でしょう。ただ治安が悪化しているのは事実ですので、あまり長居はおすすめしません。今は我々も単独行動は控えているような状況ですから。私からなるべく離れないでくださいよ」

「はい。お手数をおかけして申し訳ありません」

慎はしおらしく頭を下げ、二人の斜め後ろを歩く兵士にも目を向けた。視線が絡んでも、兵士は眉一つ動かさない。彼らは護衛という名の監視だ。

「ヘル・タナクラもこんな時期に大変ですな。日本大使館は閉鎖されて三年も経つというのに、よく資料が残っていたものですよ」

「ええ、事務室長のノヴァク氏に感謝です。とっくに処分されていてもおかしくないものを、保管しておいてくださったのですから」

「幸運でしたな。しかしまぁこう申してはなんですが、今さらなんの資料が必要なんです？　わざわざブルガリアからお越しになるほどのものがあるんですかねえ」

下士官の口調は刺々《とげとげ》しい。無理もない、と慎は苦笑する。

慎がワルシャワに来た名目は、旧日本大使館に残された資料の調査である。日本にとって特に重要なものは、一九四〇年秋に後藤副領事と慎が去る際にすでに引きあげられているし、それ以外のものも翌年の閉鎖時にほとんど処分されていたはずだった。その資料を今さら調査したいというのだから、疑問は当然だった。

「東欧における我が国の在外公館の歴史は、ほとんどが二十年前後といったところです。しかもここ数年は情勢がめまぐるしく変化し、人事も一年おきに変わるような有様でしたからね」

「はあ」

「昨年あたりからようやく、各在外公館との情報の共有および共通認識の提示をもっと明確にしようということになりまして、在ブルガリア公使館でも作業を進めていたのですが、ワルシャワとの書簡にいくつか抜けがありましてね。また他国の公館からも同様の声がありました。バルカンと密接な関係にあるイスタンブールからもです。貴軍に占領されるまで、やはりポーランドの大使館は東欧の在外公館を束ねる立場にありましたから、資料も段違いに多いのですよ。我々も最後は二人しかおりませんでしたし、立ち去るまであまり時間がなかったもので、最重要と思われる資料しか持ち出せず、今になって迷惑をかけることになってしまいました。申し訳ないですな」

立て板に水のごとく慎は語った。下士官は、訊くんじゃなかったと言いたげな顔をしたが、慎はかまわず、東欧諸国における日本の認知がいかに進んでいるか、そのためにどれほど努力したか、だからこそこれを永続的なものにするために今こそ歴史的資料が必要であり、それにはいっさいの妥協は許されない、と語った。そして、最後までワルシャワの大使館に勤務していた自分にはその空白を埋める義務がある、と続けた。いかにももっともらしいように聞こえるが、その実ほとんど中身のない内容を休みなく語り続けた。

言葉の奔流は、相手から吟味《ぎんみ》する余裕を奪う。五分近く熱心に喋り続けた結果、相手が「ご立派ですな」といかにも興味を削がれた様子で話を終わらせようとした時には、内心快哉を叫んだ。

占領下の閉鎖された大使館に踏みこむには、相応の理由が必要である。

在ブルガリア日本公使館の申請だけではまず却下されるであろうことは目に見えていた。だがそこに、イスタンブール領事の後藤が加勢してくれたおかげで、ドイツ側もしぶしぶ許可を出したのだった。

昨年、イスタンブールで蒔いた種が、花開いた。二ヶ月前、イスタンブールからの書簡を読んだ山路公使が、「君はイスタンブールで何をしてきたんだね」と苦虫を嚙み潰したような表情で慎を見た時、熱いものがこみあげた。

ワルシャワ視察がいかに日本にとって重要か訴え続ける慎を、山路公使はもてあましているようだったが、後藤らからの説得もあり、最終的には在ドイツ日本大使館と交渉をしてくれた。

申請を出したのが五月のことで、今日は八月一日である。ようやくここまでこぎつけた。護衛という名の監視の目など、気にしてはいられない。

新世界通り《ノヴィ・シフャト》に入ると、ようやく視界から敗走中のドイツ将兵の一団が消え、ほっと息をつく。ほどなくして右側に、ピェラツキ通りの標識が現れ、懐かしさに胸が締めつけられた。通りの奥には、かつて二年の年月を過ごした日本大使館が、以前とかわらぬ顔で佇んでいる。変わったことと言えば、守衛がいないこと、そして日章旗が下ろされたことぐらいだろう。木々は青々と葉を繁らせ、前庭も整えられている。今なおこの建物が大事に手入れされている証だった。

「お待ちしておりました、タナクラさん」

出迎えてくれた初老の男性は、事務室をとりしきっていたノヴァク氏である。この四年でずいぶん髪が薄くなり、痩せてはいたが、慎を抱擁する腕は力強かった。

「ご無沙汰しております、ノヴァクさん。今日は無理を言って開けていただきまして、本当に申し訳ありません。こちらのミスだというのに」

「いいえ。またいつかこうして戻ってきてくださると信じていましたから。また皆と一緒にここで働ける日が来ることを夢見ております」

ノヴァク氏は人のよさそうな顔に笑みを浮かべ、慎の背後の護衛にも「お疲れ様です」と愛想よく挨拶をする。

「後藤さんも皆さんに会いたがっておりました。織田さんも」

「ああ、懐かしい名前ですなあ。お元気でしょうか」

「はい。連絡はよくとっているのですよ。ワルシャワ組は絆が強いと周囲からも評判でしてね」

「共に苦難を乗り越えましたからな。ここが閉鎖される時も、我々はまた皆さんをお迎えできる日が来ると信じておりました。その日は存外、遠くないかもしれませんなぁ」

笑顔のまま、彼はひやりとするようなことを言う。背後から苛立たしげな気配を感じ、慎は嘆息した。なにも挑発せずともいいものを。だが、これこそ今のワルシャワなのだろう。昔ならばノヴァク氏はこの時点で連行されていただろうし、そもそも決してこんなことを口にはしなかったはずだ。

ホールはがらんとしていた。見たことのない悪趣味な彫刻や、派手なシャンデリアに眉根が寄る。大使館が閉鎖して間もなくドイツ軍によって接収され、一時はダンスホールとして使われていたらしいが、今年に入って閉鎖されたらしい。

「資料はこちらに運んでおきました」

ノヴァク氏はわずかに背中を丸めて三人の前に立ち、かつての書記生室へと案内した。プレートは外されていたが、扉はそのままで、懐かしさに胸がいっぱいになる。ノヴァク氏がノックをすると、「はい」と若い女性の声がした。

「いらしたよ、マジェナ。進んでいるかい？」

開けた扉のむこうは、ずいぶん様変わりしていた。壁を覆っていた書棚も机も、なにもかもなくなっている。カーテンもけばけばしい赤に替わっていた。窓際には、装飾の多い長椅子が埃《ほこり》をかぶったまま置かれている。

部屋の中央には呆れるほど大きなテーブルがあり、資料が山積みになっている。そこに寄り添うように、女性がひとり立っていた。埃っぽい薄暗がりの中で、ブラウスの白さがまず目についた。

「マコ」

ブラウスに負けず劣らず白い顔が、万感の思いをたたえてこちらを見ている。

「久しぶりだ、マジェナ。君も来てくれたんだね」

「事務員ですもの。資料整理、ずいぶん手伝わされたでしょう。私が来なかったら、あなた困るわ」

「その通りだ」

慎は笑った。うまく笑えているだろうか。不自然ではないだろうか。その笑顔のままで、背後の護衛を顧みる。

「紹介します、元事務員のレヴァンドフスカ嬢です。彼女のおかげで少しは時間が短縮できそうです」

「ほう、それは重畳《ちょうじょう》。こんにちは、お美しいフロイライン」

下士官は、今日慎が見た中で一番の笑顔でマジェナへ挨拶をした。

「こんにちは。ご足労いただき、ありがとうございます」

「なあに、その甲斐《かい》があったというものです。さてヘル・タナクラ、皆で協力してさっさと捜してしまいましょう」

にわかに協力的になった下士官に苦笑する。

「お心遣いはありがたいのですが、さすがに他国の方の目に入れるのは……。それに、ほとんど日本語ですから、おわかりにならないでしょうし。この部屋は狭いですし、事情のわかった者だけで手分けしてやったほうがはかどると思います。よろしければ、近くのカフェででもお待ちください」

「いやいや、我々は護衛で来ているのですから離れるわけにはいきませんよ」

「しかし、ご覧の通り大量ですし、いくら急いだとしても時間がかかります。ここでお待ちいただくのはあまりに申し訳ない。向かい側にちょうどいい店がありますし、そこならば仮に異状があっても我々もすぐに助けを求められます」

下士官と兵士は顔を見合わせ、それから日本語だらけの資料を見やり、マジェナを見た。しばし逡巡した後、不機嫌そうに口を開いた。

「まあ、この館内にはおりますよ。フロイライン・レヴァンドフスカ、コーヒーでも頂けるかな」

「もちろんです。どうぞこちらに」

マジェナはとびきり魅力的な笑顔で応じ、二人とともに出ていこうとしたが、ノヴァク氏がそれを止めた。

「いや、君はここで手伝いをしなさい。資料に一番詳しいのは君だ。コーヒーでしたら、私にお任せください」

ノヴァク氏も負けず劣らず魅力的な笑顔で、ドイツ兵を見た。下士官は眉を撥ね上げたが何も言わなかった。それまで全く無表情だった若い兵士のほうはわずかに落胆した様子を見せたが、やはり口は開かなかった。

「ではごゆっくり。また後で参ります」

ノヴァク氏はにこやかに一礼すると、二人を引き連れて出ていった。玄関先で一度経験したとはいえ、温和を絵に描いたようなノヴァク氏がこれほどドイツ軍人相手に強気に出ることが、慎にはまだ信じられなかった。

「マコ」

閉まった扉を茫然と眺めていると、鋭い声で呼びかけられた。見ると、険しい顔でマジェナがこちらを見ていた。

「怖い顔だね。ちょっと待ってくれ」

怒りのこもった視線を苦笑で受け流し、慎は周囲の壁や床を丹念に見回した。

「盗聴器のたぐいはないわよ、安心して。今、ドイツ軍もそんなに暇じゃないから。ゲシュタポの見回りもほとんどないぐらいなのよ」

「昔とはずいぶん変わったね、驚いたよ」

「ええ。それより、なぜ来たの？」

「ご挨拶だな。なぜも何も、理由がここにあるじゃないか」

慎は卓上の資料を指さしたが、マジェナは一瞥もくれなかった。

「答えて」

「全く歓迎されてないんだな、僕は」

マジェナの表情がわずかに揺らぐ。

「……会えたのは、うれしいわ。でも……なぜ今なの」

絞り出すような口調だった。敗残兵を嘲笑うレジスタンスの若者を見た時から慎の中にあった予感が、確信に変わる。

蜂起は近い。おそらく三日以内――下手をすれば今日ということもありうる。なにしろ月初めである。決起の日としては覚えやすいし、縁起がいい。

「文句はなかなか許可を出さなかったドイツ軍に言ってくれ。後藤さんたちも後押ししてくれて、やっと来られたんだ。ドイツはよほど、ワルシャワを見せたくないらしい」

「敗残兵、見たでしょう。あんなものが続々と来るんじゃ、頼もしい同盟国には見せられないわよ。兵士だけじゃなくて、ドイツ系の住民もワルシャワからは家財道具を持ってどんどん逃げ出してるんだから。フィッシャー（ナチスのワルシャワ行政長官）ももういないって噂だし、ドイツ兵は近々みんないなくなる」

厳しい表情の中、目は爛々《らんらん》と輝いている。こみあげてくる喜びを抑えきれぬようだった。

「三日前にラジオで、ソ連軍から放送があったそうだね。共に戦おうと、ポーランド語で」

慎の言葉に、マジェナの唇が再び固く引きしまった。

「ええ、そうみたいね。赤軍は、プラガへあと十キロまで迫っているそうよ」

「とすると、決起は今日か明日ってところだね」

マジェナは眉一つ動かさず「なんのこと」と尋ねた。その怪訝そうな表情があまりに完璧で、慎は苦笑した。彼女は感情が顔に出やすい。不自然にすぎる。

「隠す必要はないよ、マジェナ。僕は蜂起に参加するためにここに来たんだから」

ここに至って、マジェナは初めて驚きを見せた。

「何言ってるの？」

「赤軍の放送があった時は慌てたよ。蜂起が始まってしまったら、さすがにどんな理由をこじつけようと入れてくれなかっただろうからね。間一髪で間に合ってよかった」

「馬鹿言わないで。なんであなたが蜂起に参加するの。こんな馬鹿げたこと、公使はご存じなの？」

マジェナは焦りのあまり、蜂起が現実であると認めてしまったことに気づいていないようだった。

「もちろん。安心してくれ」

慎は間髪いれずに答えたが、もちろん嘘だ。山路からの指示はあくまで、視察である。

ドイツ軍は敗走を続けているが、同時に、東部戦線の部隊をかき集めて近々大攻勢に出るという見方もあった。ソ連軍が地下組織を焚きつけているのもそれを阻止するためだろう。

彼らがいつ攻勢に転じるかは、大陸で戦っている日本軍にとっても重要だ。それを見極めよ、ということはすなわち、必要あらば蜂起軍に同行せよということだと慎は勝手に解釈している。山路が聞けば激怒するだろうが、彼とてその可能性を全く考えていないはずはないのだ。

「なにが安心よ。駄目に決まってるでしょ！」

マジェナは勢いよく首をふった。

「いい、まもなくこのワルシャワは戦場になるのよ。昔の包囲戦も辛かったけど、今度は紛れもなくこの街じゅうが戦場になる。あなたを巻きこむわけにはいかない。お願い、今すぐワルシャワを出て」

「僕は明日ソフィアに戻ることになっている。許可なく出ることはできないよ。今すぐ出ろってことは、決行は今日なのかい」

切り返すと、マジェナはぐっと詰まった。が、それには答えず、強い語調で続けた。

「病気なりなんなり、理由をつければいいでしょう。そもそもあなたがここに来た理由だって、強引もいいところよ。なによ、資料に抜けがあるって。そんなものあるはずがないわ！」

「さすがに君には通用しないか」

「笑っている場合じゃないでしょう。いい、これは私たちの戦いなの。気持ちはうれしいけど、あなたには関係がない。あなたはそもそも、枢軸国側の人間でしょう」

苛立ちも露わに責めるマジェナの姿は、痛々しかった。自分の言葉に傷ついているのがありありとわかる。

——離れていても、私たちはひとつの心で結ばれています。

そう書いたのは、他ならぬマジェナだ。

「悪いがマジェナ、挑発しても僕に帰る選択肢はない。危険を冒しても君たちは戦うと決めたんだろう。それはなんのためだ？」

「もちろん、自由を取り戻すためよ。でもそれはあなたには……」

「君の手紙とハンナの日記を、何度も読んだ。君は、ゲットー蜂起を無駄にしないためにも戦わねばならないと書いていたね。その通りだ。自由と尊厳の戦いは、それがどれほど崇高なものであっても、そしてその結果がどうであろうと、外に正しく伝えられなければ意味がない。もちろん君たちの中にも記録する者はいるだろうが、外部の視点を持つ者も必要だ」

マジェナはぐっと詰まった。

「それがあなただって言うの？」

「そうだ。それと、おそらくレイも。枢軸国側と連合国側が揃っているんだ、理想的だろう？　もっともレイは、外部の人間とは言えないかもしれないがね」

マジェナはいっそうきつく眉を寄せて、口許に手をあてた。レイの名を聞いて驚いた様子を見せないということは、彼こそが慎が捜していたカミル少年だったとすでに知っていたのだろう。

「ひょっとして、もうレイに会った？」

の沙汰とは思えなかった。ワルシャワは決して狭くはない。まして、レジスタンスは星の数ほどあるし、普段はみなごく普通の市民の顔をして暮らしているのだ。伝令には最低でも、二日は見ておくべきだろう。

「なんでそんなことになったんだ」

「わからない。そもそも最初の決起予定日は一週間前だったのよ。その時はみんなちゃんと武装して、それぞれ決まった場所に集合して——ところが直前で撤回。それからも何度かそういうことがあって、皆、命令が来てもだんだん本気にしなくなっちゃって」

「狼少年みたいだな」

「本当にね。でもゆうべの命令は、違ったの。今度こそ間違いない、必ず八月一日の午後五時に決起する、って。総司令部からの伝令は、〝必ず〟って十回ぐらい言ってた。笑っちゃったわ。だから今度は本当だと思うけど……まったく、こんなところまで、政府の真似しなくてもいいのにね」

　マジェナが言っているのは、五年前、開戦前日の夜にようやく総動員令を布告したことを言っているのだろう。

「無茶だろう。イエジはなんて？」

「もちろん抗議したわ。いくらなんでも急すぎるって。でもどうにもならなかった。今日は命令で、朝から郊外の森に視察に行ってるの。五時には充分戻ってこられるって言ってたけれど……街中にいないっていうのは、やっぱり不安」

ますますあっけにとられた。AKの総司令部が何を考えているのか、さっぱりわからない。渋い顔をしている慎を見て、マジェナは困ったように笑った後、急に表情を引きしめた。

「でも、ここまで来たらやるしかない。それに、あなたも街の様子を見たでしょう？前線から引き返してきて通過する部隊はあるけど、ワルシャワに残っている部隊は少ないの。だからきっと、大丈夫。赤軍もプラガをすぐに占領するでしょうし、そうなったらもうドイツ軍の反撃なんて怖くないわ。数日で、勝負はつく」

厳しい顔つきのまま、それでも自分に言い聞かせるようにマジェナは語る。どこか鬼気迫るその様子は、かつてドイツとフランスが交戦状態に入った時のことを思い起こさせた。あの時もマジェナや他の者たちは、フランスがすぐにドイツ軍を破ってワルシャワを解放してくれる、と熱心に語っていた。

これは厳しいな、と慎は思った。今の時点でAKがどれほど準備を整えているかはわからないが、伝達の時点でこのていたらくでは、最初から援軍頼みなのだろうとしか思えない。

なにより、もうひとつ懸念がある。

マジェナたちワルシャワ市民の多くは、ここを通るのは敗残兵ばかりで、市内に部隊はほとんどいないと信じている。少ないのは事実だが、ここを通った部隊がそのまま本国に帰っているとはかぎらないのだ。

——ドイツ軍は近々、大攻勢に転じる可能性がある。

山路が最終的に慎のワルシャワ入りを許可したのは、この一点を見極めるためにつきる。近くで部隊の再編制が行われているのならば、蜂起が起きても即座に鎮圧部隊が出向いてくるだろう。

そしてその可能性は、きわめて高いと慎は判断していた。三日前に赤軍の放送があったにもかかわらず、自分がワルシャワに入れたのが、その証拠だ。ドイツ軍も、蜂起の気配ぐらいは察知しているだろう。慎たちにも推測できるぐらいなのだから。だが、蜂起が起きても問題はないと彼らは判断しているのだ。

しかし慎は、それをマジェナに伝えようとはしなかった。彼女は言った。ここまで来たらやるしかないと。危険を訴えたところで、もう誰も退けないのだ。

「そうだ、やるしかない」

慎は言った。やるしかない。どんな結末になろうと、彼らと共にあるために自分は来た。それはレイも同じはずなのだから。

2

銃声が合図だった。

ゴジーナW。ゴジーナは時間、Wは戦闘《ヴァルカ》を意味し、蜂起開始を表す暗号だった。

この時間、資料を意味ありげに仕分け終えた慎は大使館を出て、護衛とともに駅前へと移動しているところだった。突然間近であがった銃声に護衛のドイツ兵は顔色を変えた。

「おい、見てこい。ヘル・タナクラ、どうぞこちらに」

下士官は若い兵士を銃声がした方角へ向かわせると、逆方向へと歩きだす。銃声はまだ続く。短機関銃の音だ。女の悲鳴も聞こえた。

「なにが起きたのでしょう？」

慎は精一杯不安そうな表情で尋ねた。

「さあ、今のところはまだ」

「蜂起でしょうか」

「わかりません。すぐにホテルにお送りします。今夜は一歩も外に出ないようにお願いします」

下士官は足早に歩く。ホテルへは迂回路をとるつもりらしかった。

道ゆく人々も、銃声に怯えた様子で足を速める。ちらちらと音がした方角に目をやっているところや、恐怖に引きつった顔を見るかぎり、市民の大半は蜂起について何も知らされていなかったのだろう。

「どけ！　止まるな！」

下士官は怒鳴りながら先を急ぐ。広い道なので誰かとぶつかるようなことはないが、怒鳴り散らさずにいられないほど彼も平静を失っているのがわかった。

　道の真ん中に、立ち止まっている者がいる。二人だ。一方はひょろりと背が高く、もう一方は小柄で、銃声の方角を見て不安そうに話しこんでいる。下士官の怒声にも反応しない。下士官は舌打ちし、彼らを避けるように左にずれた。

　その直後、銃声が響いた。まさに、すぐそばで。

　崩れ落ちる下士官のむこう、うっすらと硝煙《しょうえん》をあげる銃口に、慎は声もなく立ちすくんだ。通行人が悲鳴をあげて逃げていく。それすらも、夢でも見ているように感じた。

「何ぼうっとしている」

　一瞬、銃が喋ったのかと思った。はっとして瞬きをすると、背の高い青年の一人が拳銃を下ろすところだった。

「殺したのか」

「当たり前だ。時間を見ろ、もう戦闘は始まった。来い、マコト」

　そうだ、動かなくては。早くしなければ兵士が戻ってくる。今の銃声を聞きつけて、すぐに。

　しかし、足が地面に縫いつけられたように動かない。

　目の前にいるのは、おそらくトメック少年だ。イエジの孤児院で一番足が速く、しょっちゅう大使館に助けを求めにきていた子供。今、慎とたいして変わらぬほどの背丈を持つ彼は、昔よりいっそう鋭い目で慎を見ていた。

「う、この……」

足下の苦悶の声に、体が反射的に震えた。下士官はまだ生きていた。倒れた体の下から滲み出た血が石畳を濡らしていく。なんとか立ち上がろうとしていたが、小柄な青年がとどめの一発を放ち、今度こそぴくりとも動かなくなった。

「行くぞ！」

動けぬ慎に業《ごう》を煮やしたトメックは、強引に腕を引いて走りだした。

彼が迎えに来ることは、知っていた。

どちらにせよ五時には大使館からホテルに戻る予定だったから、その隙にどうにか護衛の気を逸らすか、ホテルに入った後に抜け出すかして孤児院に向かう予定ではあったが、マジェナが「それならイエジキ部隊の子に囮でもやってもらえばいい」と言うので、連絡をしてもらった。

だが、まさかためらわず殺すとは。石畳に広がっていく血だまりが、目に焼きついて離れない。五年前の九月戦役で、何も感じなくなるほど人の死など見たはずなのに、目の前で起きた殺人の衝撃が去らない。殺された下士官は鬱陶しかったが、悪い人間とは思えなかった。護衛など面倒くさいという空気を隠そうともしないあたり、軍人としてはどうかと思うが、これなら逃げやすいなと安心してもいた。囮など頼まなければよかった。そうすれば彼は死なずに済んだ——

そこまで考えて、慎は頭をふった。無意味だ。

トメックは言った。戦闘は始まった。そこここで聞こえる銃声は、命が失われる音だ。それはドイツ側にかぎったことではない。ＡＫ側も同じこと。自分が参加すると決めたのは、紛れもない殺し合いなのだ。

そう言い聞かせながらも、記憶の中では愛らしかった少年が、いっさいの感情を見せずに敵兵を撃った光景は、なかなか慎の中から去らなかった。


トメックが向かった先は、旧市街《スタレ・ミャスト》を抜けた先にあるクラシンスキ広場だった。

彼は巧みに戦闘地点を避けてはいたが、到着するまでに何度も激しい銃撃戦の音や、爆音を聞いた。頭上の空は青く、太陽は地上の騒乱など素知らぬ顔で光を撒き散らしているだけに、地上との落差にめまいがした。

クラシンスキ広場に辿りついたのは、すでに六時近かった。旧市街と新市街《ノヴェ・ミャスト》の西部に位置する広大な広場で、十七世紀に貴族クラシンスキによって建てられた宮殿が名前の由来となっている。美しい宮殿は今なお健在で、その背後に広がる緑豊かな公園は市民に開放されており、慎もかつてはよく訪れたものだった。〝王の道《トラクト・クルレフスキ》〟沿いにあるサスキ公園やワジェンキ公園などは、ドイツ軍に早々と接収されて彼ら以外は出入りができなくなってしまったので、こちらに足を運ぶことが多くなったためだった。

しかし、かつては心慰めてくれた光景も、今は遠い。美しい宮殿はそのままで、広場の大きなマロニエも変わらなかったが、今や武装した若者たちが総出でバリケードを築いている。

イエジキ部隊はもともと極東青年会の者たちが中心となって編制されたが、ここにいる者たちはほとんどが十代とおぼしき若者だ。中には子供といっていい年齢の者もいる。そもそもトメックも十七という年齢を考えればまだまだ子供だ。

指揮をとっていた青年会の幹部は、慎の顔を見ると目を瞠った。が、すぐににやりと笑うと、力強く抱擁する。

「来ると思ってたよ、マコト。君がワルシャワに戻ってくると聞いた時、俺は君が蜂起に加わるほうに賭けたからね」

「この歓迎が、賭けに勝ったからという理由でなければいいんだけどね」

「同じほうに賭けた人間が圧倒的に多かったから、どうせ意味はなかったよ。今や日本は枢軸国だからと言う者もいたが、そんなものは我々には関係ないってことは、よく知っていたからね！」

その言葉は、慎の胸に深く沁みた。やはり来てよかったと改めて思う。先達が、そして自分が築いてきた信頼は、決して無駄ではなかったのだ。

「だが、せっかく来てもらったのに、ご覧の通りあいにくイエジがいないんだ。まだ偵察から戻っていなくてね」

申し訳なさそうに、幹部の青年は言った。

「どこまで行ったんだ」

「イェロンキだ。戦闘開始までには問題なく戻ってこられるはずだったんだが、どっかの馬鹿が、三時前に戦闘を始めてしまったらしくてね。おかげで四時前にはもう、市街地と郊外が分断されて、戻れなくなったらしい」

「なぜそんなことに」

「知らん。まあのっぴきならない事情があったんだろうが……。しかし、これでは一斉奇襲の意味がない。そのせいでドイツ軍の対応も予想以上に早いようだ。俺たちの襲撃目標はもともとグダニスク駅だったんだが、奇襲が難しいってことで、急遽《きゆうきよ》この広場に変更することになったんだ」

苦虫を嚙み潰したような表情で、彼は言った。

ダンツィヒのポーランド語読みであるグダニスクの名を冠する駅は、ワルシャワ北部の大きな駅で、現在はドイツ軍が駐留している重要な拠点である。レジスタンスにとっての主戦場はこの先にある郊外の森であり、ＡＫのキャンプも存在する。グダニスク駅を奪取できれば、森と市街地の行き来が格段にしやすくなり、戦闘は有利になるのだ。もちろんドイツ軍もそれは承知しているので、守りは堅い。五時の奇襲が成功していれば可能だったかもしれないが、その二時間前に一部が戦闘状態に入っていたのであれば、ドイツ軍の防御態勢はすでに整っているはずで、そうなると奪取はまず不可能だろう。

大丈夫なのか、と思わず慎が零すと、相手は苦笑した。

「まあこうなってしまったものは仕方がない。それよりマコト、銃は持っているか」

「護身用の拳銃だけだが」

と言って、ブローニングM1910を取り出した。途端に、周囲の若者たちがざわついた。

「いいね。弾は？」

「大量に持ちこむとあやしまれるから、最低限しか持ってきていない」

「結構、ならばどこかで奪おう。あとできればモーゼルKar98kもね。基本的に武器は、奪って調達するんだ。君の腕に期待しているよ」

幹部の青年は笑って肩を叩き、再びバリケードの指揮に戻っていった。慎は集中する視線に居心地の悪さを感じ、銃をしまう。よく見れば、隊員でも武器らしい武器を持っている者はずいぶんと少なかった。戦闘に必須であろう小銃など、ほとんど見かけない。

こんな状態なのか、と驚愕した。ブローニングM1910は広く流通しているので、とくにドイツ圏内ではなんの苦労もなく手に入れられるはずなのに。トメックは同じ銃を持っていたが、占領下にある彼らが手に入れるには、首尾よくドイツ兵を襲って奪うほかないのだ。

あちこちで銃声は聞こえていたが、このぶんでは、蜂起軍側は兵士の数に対して武器が全く足りていなかったのだろう。その上、連絡の不徹底。滑り出しは予想していたよりはるかに悪い。

「僕も手伝うよ。何を運べばいい？」

こちらとの距離を測りかねている年若い隊員たちに笑顔を向け、慎は自ら近づいた。彼らは慎がワルシャワを去った後にイエジキ部隊に加わったらしく、面識がない。警戒されるかと思いきや、彼らは途端に顔を輝かせて近づいてきた。

「ねえ、銃見せて！」

「触っていい？」

あまりに目をきらきらさせて迫ってくるので、仕方なく弾倉を抜いて渡した。その中で一人だけ、大きな目を見開くようにして慎を見ている者がいる。年のころは、おそらく十五にはなっていないだろうという程度だ。小柄だが、灰色の目は野生の獣のように強い光を放っている。ぶかぶかの上着は、おそらく父親か兄のものなのだろう。作業着だったのか、ポケットがたくさんついている。

「僕に何か用かな」

穏やかに尋ねると、少年はぐっと目を細めた。

「あんた、日本人なんだよな。あんまりそう見えないけど。イエジから聞いた。本当に味方なんだろうな？」

つっかかるような口調だった。

「もちろん。昔、イエジたちと約束したんだよ」

「なんて？」

「大和魂を示すってね」

ヤマトダマシイ、と口の中で繰り返してから、少年は「それってブシドーのこと？」

とさらに訊いてきた。

「そうだね、大和魂あってこその武士道だね」

「ふうん？ よくわかんないけどさ、あんたたち日本人がイエジが言うみたいに本当に立派なら、なんでドイツの仲間になったの？ なんでよその国を侵略したの？」

少年の視線は、恐ろしいほどまっすぐだ。きっとイエジは、慎たちが去った後も、子供たちに日本のことを変わらず良き友として語り続けたのだろう。しかし現在の日本と伝聞で聞く姿には大きな乖離《かいり》がある。彼は純粋に疑問に思い、怒りを感じていたのだろう。

「イエジたちの言う武士道を、忘れてしまったからだろうか」

「忘れたの？ もうブシドーはないの？」

「今、僕の国では、いまだかつてないほどに、武士道や大和魂という言葉が使われているよ。でもね、覚えておくといい。濫用《らんよう》される時は必ず、言葉は正しい使い方をされていない。みな、意味をわかっていないんだ。だから簡単に間違ってしまう」

人は他人の思想を借りて自分の思想とするかぎり、自分にも、自分の行いにも最後まで責任を持つことができない。自ら考え、自ら信じるところに従って動く時のみ、全責任を負うことができるのだ。

氾濫《はんらん》する言葉に流されず、足を地面につけ、自ら打ち立ててこそ信念と呼べる。それこそ父がかつて言いたかったこと、そして自分がずっと求めてきたものなのだろう。

「僕はよくよく考えて、君たちとの約束を果たすことこそ自分にとって最も重要な大和魂の声だと気がついたんだ。君たちが祖国を取り戻すことが何より大事なように、僕にとっては、君たちとの信頼と友情を後世に繋げていくことが大事なんだよ」

「ふうん」

少年は複雑そうに眉を寄せていた。伝わっているのかいないのか、慎にはわからなかった。

「まあ、イエジがいいのなら、なんだっていいんだけどさ。変なことしやがったらその場でぶっ殺すからな」

最後にそう凄んだが、結局は銃への誘惑に勝てなかったらしく、少年は仲間が囲むブローニングのほうへ行ってしまった。

相変わらず、イエジの影響力は凄まじい。慎は感嘆した。ドイツ兵への憎悪に燃える子供たちにとって、そのドイツと同盟を結んでいる日本人などいまいましいだけだろうに、「イエジが言うなら」という一点で納得している。彼がどれほど子供たちに愛情を注いできたか、わかろうというものだ。同時に、それほど愛した子供たちを部隊に入れることになった彼の苦悩を思い、胸が痛くなった。

マジェナから聞いた話によれば、イエジキ部隊の子供たちの大半は、森での戦闘訓練を受けているという。孤児院を部隊の本拠地としながらも、イエジは子供たちを決して戦闘に巻きこむまいとしていたが、子供たちのほうがイエジと大人たちがしていることを察し、仲間に入れてくれと再三懇願したらしい。それでもイエジは、子供を戦わせるつもりはないと撥ねつけていたが、孤児たちがドイツ兵を襲って銃を奪ったり、司令部に潜りこんだりと暴走し始めたので怒り狂い、「そんなに戦いたければ耐えてみせろ」とAKのキャンプに放りこんだという。結果、子供たちはみごとに訓練を耐え抜き、立派なレジスタンス兵となったのだった。

とはいえイエジキ部隊が行ったのは、主に市内でのサボタージュ行動だった。小規模な破壊行動から証明書などの偽造、レジスタンス新聞などの作成で、子供たちは「戦いたい」と最初のうちこそ文句を言っていたが、「これも立派な戦いだ」と諭され、今ではみな与えられた任務を果たしているという。だがやはり彼らは、自分の手で戦いたいのだろう。不安な滑り出しにもかかわらず、銃を囲んではしゃぎ、バリケードを築く彼らの姿は、ようやく祖国のために戦えるという喜びに溢れていた。

——この子たちを死なせたくない。

無邪気な姿を眺め、慎は心から思った。イエジやマジェナも、大人たちは皆そう願っているだろう。戦うのは自分たちだけでいい。子供たちにはなんとしても生き抜いてもらい、きれいになった祖国を渡したいと。

突然、背後が光った。なにごとかと振り向くと、ドイツ国防軍の制服を着た大男が小型のカメラを構えている。光ったのは、小さな銀傘を広げたようなフラッシュバルブだったらしい。

敵軍の制服に反射的に身構えたが、カメラが下りて、現れた顔を見た途端、拍子抜けした。

「やあ、いい絵が撮れた。蜂起の夜、バリケードを築く子供たち。その前に佇む日本人。意外性に満ちた、いい写真だ」

場違いなほど明るい声。フラッシュバルブにも負けない笑顔。レイモンド・パーカー――いや、この場ではカミル・ヴォジニャックと呼ぶべきなのだろうか。

「欠点は、君があまり日本人に見えないってことだな。サムライの恰好してくれないかい？　あ、そういえば君、今日ワルシャワ入りしたんだってね」

まるで夏のキャンプで出会ったかのような気安さだ。再会するのは一年ぶりで、最後に会った時はなかなか感動的な時間を過ごしたはずだったが、こんな状況でもまるで気負いのないレイの姿に力が抜ける。

「ああ、今朝」

「まるで計ったようなタイミングだ。今日だと知ってたのかい？」

「いや。だが、ソ連側からの呼びかけのラジオ放送があったと聞いていたから、近日中だろうとは思っていた。それにしてもお似合いですよ、ヴォジニャック少佐」

レイは襟についた階級章を見て、肩を竦めた。

「どうせなら将軍の服がよかったんだけどね」

「その年では若すぎる。それにしても、一瞬ぎょっとしたぞ。そんな服を着ていたら紛らわしいじゃないか」

「いや、蜂起軍の中にも着ている人間は結構いるよ。SSを襲って奪ったものだから、ほとんどはSSのものだけど。蜂起軍には制服がないし、まともな戦闘服が欲しければ武器同様奪うしかないのさ。目印に、蜂起軍はみな腕章を巻いているから大丈夫」

言われて見てみれば、星条旗をかたどった腕章が巻いてある。他の隊員たちはみな、ポーランド国旗と同じ白と赤の腕章だ。

「なんで星条旗なんだ」

「どっちでもいいんだが、アメリカもこちら側にいるんだっていう、いい証明になるだろう?」

「……なるほどね。じゃあ呼び方を改めるよ、パーカー少佐」

同じ連合国側なのだから、アメリカが〝こちら側〟なのは当然だ。しかしポーランドは、今まで何度も味方に見捨てられている。この孤独な反乱の中、一目見てアメリカ人とわかる大男が共にいれば、大きな慰めになるだろう。戦場では、こうしたほんの少しのことが、驚くほど心に響くことを、慎は身をもって知った。

「しかしレイ、銃は？　それだけいろいろ背負っているくせに、拳銃ひとつ持ってきていないってことはないだろうに」

慎はしげしげとレイを見つめた。彼はレンズをおさめたカメラバッグの他に背嚢を背負っていたが、拳銃ひとつ持っていない。

「ああ、拳銃は欲しいって奴がいたからあげたよ。俺は〝群れ《ルイ》〟だから、戦闘ではなく記録が任務だしね」

「〝群れ〟？」

「亡命政府情報宣伝局の支部だよ。このワルシャワ蜂起を記録するために組織された。俺はそこに加えてもらったんだ。外国人は俺一人だけさ！」

誇らしげにレイは言った。自ら見たものしか信じない、と彼は言った。そしてアメリカ人たる彼が自分の手で手に入れたものならば、祖国アメリカも「裏付けがない」とは決して言えないだろう。

「それは素晴らしいが、護身用の銃ぐらい持っておくべきだろう」

「カメラを構えていたらどうせ銃なんて撃てないからかまわない。〝群れ〟の連中は、持っているほうが少ないよ」

「たいした覚悟だ。〝群れ〟は、やはりもともと記者やカメラマンをしていた人間が多いのかい？」

「もちろん。……ああ、君が何を訊きたいのかわかったよ」

レイは、申し訳なさそうに眉尻を下げた。

「ヤンは見かけなかった。残念ながら」

「そうか」

慎も顔をうつむけた。わかっていたことだ。

四年前にプラガでワパンカに遭い、アウシュヴィッツ強制収容所に連行されたと聞いて以降、ヤン・フリードマンについては何も情報がない。さきほどマジェナに尋ねた時も、泣きそうな顔で「ごめんなさい、何も知らないの」と言われた。

あの収容所に入ったら最後、生きて出ることはない。そう言われている。まして彼は、ナチスの規定ではユダヤ人だ。今日に至るまでユダヤ人を襲い続けた筆舌に尽くしがたい悲劇を思えば、生きているとはとても思えない。わかっていてもなお、やはりどこかで希望を捨てきれなかった。

「俺は自分の目で見たことしか信じないが、君もそうじゃないのか？　だからワルシャワまで来たんじゃないのか？」

見透かしたような言葉に、顔をあげる。

「それならヤンのことも、勝手に諦めるべきじゃないだろう。ドイツの収容所に向かう列車から逃げてきて、ＡＫの危険な仕事だってやってきたんだろう。相当タフな男だ。そう簡単にやられないさ」

慎は小さく笑った。

「そうだな。ついでにとびきりの強運も持ってる」

　蜂起に参加した者たちは皆、この五年を生き延び、そして決して諦めなかった者たちだ。その最後のあがきが、今日始まったのだ。

3

　結局その日、クラシンスキ広場では戦闘は起こらなかった。そしてイエジも戻らなかった。

　ただ、家屋の屋根に上った子供たちが報告したところによれば、街のいたるところで火の手があがり、激しい戦闘が行われているとのことだった。市警察本部だった建物の屋根に白と赤のポーランド国旗が翻ったのを確認した時には、割れんばかりの歓声があがった。

　その他に、中央電話局やラジオ局、ドイツ軍の司令部に兵舎、そして駅や主要道路、ヴィスワ川に架かる三本の橋。これら重要拠点を、今日いっせいに攻撃したという。その全てが陥《お》ちたわけではないだろうし、ドイツ軍の猛烈な反撃も始まるだろうが、数日のうちには制圧できるとみな意気込んでいた。

　外出禁止時刻の八時を過ぎてもいたるところで戦闘が行われ、市民たちも夜を縫って、各部隊のもとに食糧や水を届けてくれた。中には弾薬やモロトフ・カクテル（火炎瓶）を差し入れてくれる者もいたし、バリケードに使ってくれと自宅の机や椅子を運んでくる者までいた。

戦闘員も非戦闘員も、例外なく顔が輝いている。

この五年、喉から手が出るほど欲しかった自由。それがあともう少しで手に入る。そのためには全財産を、命すらなげうっても惜しくはない。そう願う者たちがこんなにもいるのだ。

炊き出しが行われ、温かいスープやコーヒーの香りが漂い、戦闘中だというのに和やかな空気が流れる。八月といえど、夜も更ければ冷気が忍び寄る。しかしワルシャワは今、灼けるような熱気に包まれていた。

ふと、『革命のエチュード』の旋律が頭に浮かんだ。

一八三〇年、当時の支配国だったロシアからの独立を目指した蜂起が失敗したという知らせを受けて、憤激の中でショパンが書き上げたといわれる熱情のメロディ。その曲の中から、あの夏の庭が浮かび上がる。あの日から、とうとうこんなところまで来た。

ポーランドから見る世界は、過酷かもしれないがきっと美しい。父の言葉を噛みしめる。ここでは、人々の願いはとても一途《いちず》で、明快だ。人として当たり前のことを、彼らは願うのだ。

郊外に偵察に出ていたイエジがようやく姿を現したのは、翌日の昼のことだった。

四年ぶりに遠望した彼は軍服を纏い、どこからどう見ても立派な指揮官であり、そこにいるだけで大きな安心感をもたらしていた。

「グルチェフスカ通りは死体の山だった。線路にはドイツ軍の装甲列車が停まっていて、機関銃座になっていたんだ。あそこを突破できたのは奇跡だよ」

死線をかいくぐってきたイエジは、喜びに沸く仲間たちに周囲の戦況を簡潔に説明した。それだけで、前日の戦闘がいかに激しいものであり、またドイツ軍の対応がいかに素早かったかがわかる。

さらにイエジは、蜂起軍の初日の戦果が予想よりはるかに乏しいものであったことを仲間に伝えた。市警察本部とドイツ軍の病院は手中におさめたものの、肝心の中央電話局にラジオ局、駅や道路、橋、そしてドイツ軍司令部はすでに強固な防御を固められており、猛烈な反撃によって一日にして大勢のレジスタンス兵が命を奪われたという。

その知らせに、盛りあがっていた隊員たちは一様に表情を引きしめた。

「友の犠牲を無駄にはすまい。我々の目的はゲットー陣地の――」

イエジの言葉を遮るように、上空にサイレンが響きわたった。空襲警報に似た、だが明らかに違う不吉な唸り声。

一同の顔に緊張が走る。以前、毎日のように耳にした死のサイレン。

「急降下爆撃機《シュトゥーカ》だ！」

そこここで叫び声があがった。

唸りをあげて上空から黒い機体が一気に迫る。途端に、凄まじい爆音が連続して轟いた。サイレンと爆音で鼓膜が破れそうで、立っているのもやっとだ。クラシンスキ広場近くでも火柱があがる。かと思えば、今度は轟音とともに大砲の弾が飛んできた。北のグダニスク駅の方角からだ。かの地のドイツ軍の陣地を陥とせなかった影響が早くも出たことになる。

空から、地上から、猛攻が加えられる。やっと砲撃がやんだと思ったら、凄まじい地響きに全身が震えた。ワルシャワにいる人間ならば、やはり誰でも知っているもの。戦車だ。

ドイツ軍の反撃は、予想以上に速く、厳しい。そして兵力も予想以上に多い。あれはやはり、単なる退却ではなかったのだ。ワルシャワ近郊で軍を再編制するための移動に過ぎなかったのだ。でなければ、この速さの説明がつかない。

もっと早く、せめてイエジにそのことを伝えられていたら。慎は歯噛みした。いや、伝えたところでどうにもならなかっただろう。ドイツ軍の敗走が続き、ソ連軍がもうすぐそこまで来ている。五年ものあいだ耐えてきた者たちにとって、もうこの日しかなかったのだ。

歴史が大きく動く時というのは、得てしてこういうものなのだろう。人知を超えた力が働き、人々は逆らうすべを持たず、激流に身を投じざるを得ない。そしてその流れがどこに行きつくのかは、誰にもわからないのだ。どれほど計画をたてても無駄に終わることもあれば、杜撰《ずさん》であっても全てがうまくはまることもある。

ただポーランドに関するかぎり、この流れは常に過酷な結末へと行きついた。慎の目から見れば、今回も初手を誤ったという気がしてならない。だが、それは外部の人間だからそう見えるのであって、もっと慎重にすべきだったなどと言える事態ではないことも承知している。

戦車に大砲、そして急降下爆撃機の容赦ない猛攻に、蜂起軍は小銃とモロトフ・カクテルで対抗した。巨象に蟻《あり》が立ち向かうに等しかったが、それでもモロトフ・カクテルは戦車相手には戦果をあげた。

慎も、昨日渡されたモロトフ・カクテルを戦車めがけて幾度も投げた。当てるためには、当然戦車の近くまで行かねばならない。バリケードの上から頭を出し、戦車を狙う。ワルシャワに展開する戦車は小型が多いと聞いていたが、近づくとその偉容に足が震えた。砲塔がこちらを向いた時には頭が真っ白になり、野球の要領で大きくふりかぶって狙いを定めて投げるつもりが、ただ前方へ放り投げるだけになってしまった。

「へたくそだな、マコトは！」

みごと戦車に命中させたトメックは、笑って慎の肩を叩いた。声は聞こえなかったが、おそらくそう言っているのだろうというのはわかった。

急いで距離をとると、炎上する戦車から戦車兵が慌てて出てくるのが見えた。途端にこちらの小銃が火を噴く。戦車兵は乗降口《ハッチ》に覆いかぶさるように倒れ、そのまま動かなくなった。

小銃が欲しい。戦場で拳銃ひとつはあまりに心許ない。なんとかドイツ兵を殺してモーゼルKar98kを奪い取らなくては。いつしか、自然とそう考えていることに気がつき、慎は茫然とした。

戦闘が始まってから、実際にどれほど経ったのかわからない。煙がたちこめてあたりは常に薄暗い。戦術も何もなく、爆撃機から逃げ惑い、ドイツ戦車と見るやモロトフ・カクテルを投げつける。ただその繰り返しだった。命令とおぼしき声は時々聞こえるが、轟音と悲鳴に呑みこまれてろくに耳に届かない。

「マコト、こっちだ!」

突如、イエジの声がした。

振り向くと、マンホールの入り口でイエジが手をふっている。隊員たちは次々にそこから下水道に降りているようだった。

「ここから下へ。臭いが安全だ。我慢してくれ」

「ああ。こんな形で久闊《きゆうかつ》を叙することになるとは」

肩を竦める慎を、イエジは感慨深げに見やった。

「そうしていると、君はポーランド兵にしか見えないね」

慎の服装は、ワイシャツにスラックス、革靴という普段の服装に、幹部が譲ってくれたドイツ兵のジャケットを羽織るというめちゃくちゃなものだった。しかしこれは珍しいことではなく、蜂起軍ではきちんと軍装を整えている者のほうが珍しかった。

右腕に巻いたポーランド国旗を模した腕章にイエジの視線が向けられているのを感じ、慎は笑った。

「この顔だからな」

「さあ、急いで入ってくれ。僕は君のあとに行く」

促され、慎はマンホールの梯子《はしご》へと足をかけた。入り口がおそろしく狭い。体格のいい成人男性ならつかえるのではないかと思われるほどだ。

慎は体をあちこちぶつけながら、滑り落ちないように注意を払い、梯子を降りた。入った瞬間から強烈な悪臭を感じたが、底が近づくにつれて耐え難いほどになり、嘔吐《えず》きそうになった。鼻と口を押さえたいが、梯子を降りているのでそれもかなわない。ようやく底についた時にはほっとしたものの、あまりにも強烈な臭いにめまいがした。そして、その先に続く下水道の狭さには絶望するしかなかった。

「君や僕のように背が高い人間は辛いな。だが、ここが一番安全なんだ。頑張ろう」

イエジがすかさず後ろから励ましてくれなければ、早々と心が挫けていたかもしれない。なにしろ、体を半分近くまで折り曲げないと進めないのだ。ここを苦もなく進めるのは子供や小柄な女性ぐらいのものだろう。

しかし、この下水道こそが、蜂起軍にとっての生命線だった。

本来、初日に通信関連施設を押さえ、蜂起軍に向けたラジオ放送及び通信網を確立する計画だったが、ドイツ軍の反撃の前に阻まれた。結果、全ての指令や連絡は、この下水道を通ってなされることになった。

ワルシャワ全土に張り巡らされた下水道は非常に複雑で、熟知している者でなければ必ず迷う。足下には下水がたまっているし、水流の速い場所で足を滑らせて流れにさらわれれば、死はすぐそこだ。よって、この危険きわまりない任務をこなす連絡員《スカウト》は、あらかじめ訓練を受けた子供や女性が請け負うことになった。慣れれば下水道は安全だが、前線に指令を伝えるには、どうしても地上に出なければならない。砲撃の合間を縫い、機関銃座の猛攻をくぐり抜け、建物の角から角へと子供たちは駆けていく。

大人たちは、もたらされる指令に従い、地下を移動し、地上で戦うのだ。

「改めて歓迎しよう。よく来てくれた、マコト」

下水道から這い上がり、広場で部隊の点呼を終えたところで、イエジは改めて慎に握手を求めてきた。泥や下水で汚れた彼は悪臭を放っていたが、微笑む顔は相変わらずすがすがしい。慎は、自身の体からも立ち昇る汚水の臭いに辟易したが、むりやり笑みをつくってイエジの手を握った。

「無事会えてよかった。君がいないと聞いた時は、慌てたよ」

手を離すと、イエジは部隊司令部と定めたビルへと急ぎ足で向かう。司令官には一秒も暇な時間はないのだ。

「やはり準備不足が祟《たた》ったね。まあ状況はそう悪くはないさ。君も来てくれたことだし。君がワルシャワ入りすると聞いて、僕はこのために来てくれたのだと確信したよ」

「ありがとう。マジェナには怒られたけどね」

早足でイエジと並び、慎は教会のほうへと目を向けた。マジェナはさきほど姿を見ただけだが、おそらく今はあの中にいるだろう。病院がわりの教会には、負傷者が次々と運びこまれている。マジェナはこの日のために看護技術を学んだのだそうだ。

「それも君の身を心から案じるゆえだ、許してやってほしい。だが、君が来てくれることを一番喜んでいたのは彼女なんだよ」

「期待に添えるよう全力を尽くすよ。戦力として役に立てる自信はないが、交渉ごとがあれば任せてほしい」

慎の言葉に、イエジは歩調をわずかに緩めた。

「交渉。というと、ドイツ軍とということか？」

「ああ」

慎は周囲を注意深く見回し、声を潜めた。

「予定通り、一週間で戦闘が終わり、無事ドイツ軍を制圧できれば問題はない。だが敵の反撃は、考えているよりも早いかもしれない。東部戦線から引きあげてきた部隊がワルシャワ近郊で再編制されているという噂があるんだ。数日のうちに数が何倍にも増える可能性がある」

イエジの表情は変わらない。彼が、他の若い隊員たちとは違い、この戦闘は一週間で終わると楽観していないことは明らかだった。

「長期戦はこちらが不利だ。それが見えた時点で、早期休戦を目指すべきだろう」

「それは想定しているが、果たしてドイツ側が応じるか。ゲットー蜂起の行動を見ているかぎり、彼らは殲滅させることを選ぶだろう。合理的でなかろうと、彼らは必ずそうする」

「同意見だが、同盟国日本の外務省の人間である僕が交渉役に立てば、少なくとも蜂起軍を全滅させるようなことはできないだろう」

イエジは足を止めず、こちらを見ることもなかったが、集中して聞いていることは理解できる。慎は勢いこんで続けた。

「酒匂大使はかつて、ポーランドとドイツの間を取り持ち、戦争を回避しようと全力を尽くされた。僕もそれに倣うつもりだ。危険だと思った時には、僕を迷わず盾にしてほしい。書記生ひとりでどこまでできるかはわからないが」

「たしかにAKから使者を出すよりは成功する確率は多少あがるだろうが、危険は危険だぞ。連中も今は余裕がない。スパイとして処理される可能性が高い」

「そう疑われた時のために、ソフィアだけでなくブカレストやイスタンブールからも占領軍に圧力をかけてもらったんだ。僕がワルシャワに来て、蜂起に巻きこまれたことは、東欧およびトルコの日本在外公館が承知している」

イエジの口許がふっと緩んだ。

「総司令部に、君のことを連絡しておく。いざとなったら、遠慮なく力を借りるよ」

「ぜひそうしてくれ」

「そのためにも、あまり無茶はしないでくれ。共に戦うとは言っても、君の戦いは我々とは違うのだからね。戦車につっこむ必要はないよ」

悪戯っぽく念を押して、イエジは仮司令部の中へと入っていった。あの投擲《とうてき》を見られていたのだろうか。顔から火が出る思いだった。


戦闘が始まって、五日が経過した。ひどく長いようにも、あっというまにも感じる、奇妙な時間だった。

この日も激しい戦闘の後、部隊が集結次第、下水道に退避せよとの命令が下り、慎は仲間とともにビルの地下室にて一時待機をしていた。

地下室は臨時の野戦病院さながらで、マジェナら女性隊員が懸命に負傷兵の手当をしている。その姿を見るだけでも、心が安らいだ。

地上は硝煙と血、死臭に覆われている。それに加えて少し前からは、不気味な唸り声のような音が聞こえたかと思うと、轟音とともに地下室が震えるようになっていた。二トン砲弾だ。ビヤ樽《だる》に火薬を詰めたような巨大な砲弾は凄まじい威力を誇り、地下深くに潜っていても飛来する音まで聞こえるのだ。

時計を見ると、グダニスク駅からほぼ七分間隔で飛んでくる。ドイツ軍の几帳面《きちょうめん》さがこんなところでも発揮されているんだなと、疲れた頭でぼんやり考える。

「マコも怪我しているわね」

壁にもたれかかって休んでいると、重傷者の手当を終えたマジェナが近づいてきた。服は血で汚れ、髪はほつれて頬にかかっていたが、その顔は光り輝くように白く美しかった。地獄の中で聖母マリアに会ったような心持ちで見とれていると、華奢な手が慎の左腕をとる。上腕部の肉が、弾丸に数センチほど抉り取られ、血が流れている。一度適当に止血をしたがあまり効果はなかったようで、包帯とシャツの袖が真っ赤に染まっていた。

「たいしたことはないよ」

「どこが？　それに、下水道に行ったらすぐに雑菌が入って化膿《かのう》するわ。ちゃんと手当しておかないと」

「いや、僕より重傷者を優先してほしい」

「できることはしたわ。それに」

マジェナはあたりをうかがい、慎の耳許で囁いた。

「あの人たちはもう戦えない。戦える人を優先すべきという考えもあるのよ」

慎は息を呑み、マジェナを見た。彼女の顔は白い。それを美しいと思ったが、よくよく見れば血の気が完全に引いているのだった。

負傷者の手当をしている彼女は、この五日で誰よりも多くの死を見ている。一線を越えた深い目をじっと見つめ、慎は頷いた。

「わかった。頼む」

マジェナは手際よく消毒し、薬を塗って包帯を巻いた。熟練の看護婦のようだった。

「君が大使館にいたなんて信じられないな」

軽口を叩くと、マジェナも笑った。

「あなたこそ。すっかりモロトフ・カクテルの投げ方がうまくなって」

「日本に帰ったら野球でもやるべきかな」

「いいわね、ぜひ教えてちょうだい。あともうちょっとよ。もうちょっと耐えれば、連合国軍が助けにきてくれるから」

マジェナは慎の両手を摑み、励ますように言った。

赤軍がついにヴィスワ川のむこう、プラガ地区に入ったという。なぜかそこで停まっているが、一両日中には川を渡ってくるはずだ。イギリスやフランスも、今度こそ支援してくれる。部隊を寄越すことはできずとも、武器や食糧を送ってくれる手筈《てはず》になっていた。

「誰か、手があいている奴、頼む！　子供が怪我したんだ、運びたい！」

地上へと続く階段の上から、切羽詰まった声がした。慎が立ちあがろうとすると、マジェナが押しとどめた。

「マコ、ひどい顔色よ。しばらく立っては駄目。子供なら私でも運べるわ」

「私は大丈夫。地上で戦ってないんだから、これぐらいさせて」

微笑んで彼女は階段を上っていった。

その直後、すでに耳慣れた唸り声が聞こえた。今までで一番近い音だった。

「待てマジェナ、引き返せ！」

叫んで立ちあがった瞬間だった。

地下室全体が、ひっくり返るような震動に包まれた。鼓膜が破れるような轟音は、二トン砲弾が建物を直撃したことを物語っていた。慎は派手に転倒した。と同時に、側頭部に何かが叩きつけられる。痛みに息が詰まった。

激しい震動がようやくおさまり、一度完全に遮断されていた感覚が徐々に戻ってくる。慎は頭をふり、無事なほうの腕で体を支えてどうにか上半身だけ持ちあげた。

息が止まった。

さきほど頭に当たったとおぼしきものが、目の前に転がっている。

人の、脚だった。

よく見れば、あたりには腕やら首やら、さっきまで人だったものが転がっている。階段の上にいた者たちだろう。子供のものとおぼしき小さな手もある。

最悪の予感に震えながら階段の下に目をやった慎は、たまらず悲鳴をあげた。

そこには、予想通りの光景があった。

マジェナが、仰向《あおむ》けに倒れていた。首をあらぬ方向に曲げて、胸から腹部のあたりを真っ赤に染めたまま、微動だにしなかった。

4

垂れこめた雲の合間から、薄日が差す。昼の終わりと夜の到来を告げる淡い光は、瓦礫のあいだに集《つど》う人々を照らし出す。

「主よ、みもとに召された人々に、永遠の安らぎを与え、あなたの光の中で憩《いこ》わせてください」

手を組み合わせ、頭《こうべ》を垂れる人々の前で朗々と祈りを唱えるのは、カズラを纏った司祭だった。ドイツ軍の砲撃によって破壊された教会から持ち出した十字架を掲げ、慰めと祝福を与える。

「主よ、深き淵《ふち》より、あなたに叫び嘆き祈るわたしの声をお聞きください。あなたが悪に目を留められるなら、主よ、誰があなたの前に立ち得ましょう」

血と埃の臭いがたちこめる瓦礫の中、慎はレジスタンス兵たちにまじって立ち尽くし、司祭のよく響く声をぼんやりと聞いていた。詩編130、「深き淵より《デ・プロフンディス》」。罪の赦《ゆる》しと死者のために唱えられる『旧約聖書』の言葉は、しかし右の耳から左の耳へと抜けていく。

血走った目は、居並ぶ人々の合間を通し、地面に横たわる毛布を巻かれたいくつもの塊に向けられたまま微動だにしなかった。汚れた毛布の下は、数時間前までは共に戦い、あるいは必死に逃げ惑い、我が子や仲間を庇おうとした者たちの骸《むくろ》である。今は棺《ひつぎ》も足りず、こうして毛布を巻いただけの簡素な形で葬儀をすることも珍しくなくなった。剝き出しで横たえるには、皆あまりに悲惨な状態なのだ。ドイツ軍が通った後では、素っ裸にされ、辱《はずかし》めを受けた遺体が転がっているのも珍しくはない。今日は幸い――これを幸いと思っている時点で、すでに自分はまともではないのだろう――戦闘で死んだ者ばかりなので、服は着ていたが、いずれも無残な有様であることに変わりはなかった。四肢が揃っていない者もたくさんいた。

日々量産される死者のために、ミサは毎日行われる。司祭の熱意と勇気には全く感心する。教会の多くはすでに破壊されていたが、司祭は危険も顧みずこうして毎日ミサをあげ、また人々も必ず集まって祈りを捧げるのだ。

この死者はどこに埋められるのだろう。すでに墓地はいっぱいだ。ならばおそらく、この瓦礫の下だろう。最近は皆そうしている。埋めた、と言っていいのかわからないが、そうするしかないのだ。五年前の九月戦役の時のように大きな公園も使えない。そこにはたいていドイツ軍の陣地があるからだ。

八月一日の蜂起から、二十日が経とうとしている。一週間もあれば終わると皆が言っていたこの蜂起が、成功裡に終わると思っている者は、もはやここにはいないだろう。

連絡が行き届かず、一斉蜂起がかなわなかったために、初日に計画の三分の一も達成できなかった時からすでにその予兆はあったが、最初の一週間で四万近い死者を出した時点で失敗は明白だったのだ。その後もレジスタンス兵は果敢に戦い、局地的な勝利をあげることはあったが、圧倒的なドイツ軍の物量の前にはいかんともしがたかった。

一週間ほど前に、米軍から航空機を借り受けたイギリス空軍の編隊が三十機ほど現れて、武器や弾薬、食糧などを投下していったが、目標のクラシンスキ広場に無事着地したものは数少なく、いくつかはドイツ側の陣地に落下した。

それでもレジスタンス兵たちは歓喜した。この時期になると、多くの兵士がドイツ軍から奪った制服や武器で武装していたが、弾薬不足はいかんともしがたく、イギリス軍が投下してくれた弾薬類だけが彼らの生命線だった。

しかし、援助らしい援助といえば、これぐらいだった。おそらくAKが最も待ちこがれていたであろうポーランド空挺部隊の姿は、待てど暮らせど空に現れなかった。彼らはその名の通りポーランドの精鋭部隊で、今はロンドンに本拠地を置く。ワルシャワで蜂起が起これば必ずイギリス軍は彼らを寄越してくれるものと誰もが信じていた。亡命ポーランド軍の勇猛さ、優秀さは、すでにバトル・オブ・ブリテンや今までの戦闘で証明されている。皮肉にも、だからこそ、ノルマンディー上陸以来、西部戦線で激戦が続く今、イギリス軍が自分たちとは直接関係のない一都市解放のために精鋭を向かわせるはずがないのだった。

また、当初渡河してくるのは時間の問題と思われたヴィスワ川のむこう、プラガ地区に布陣したソ連軍は、ドイツ軍と激戦のさなかにあるとはいえ、そこから一歩も動こうとはしない。七月の末、モスクワ放送で熱烈に蜂起を促し、共に戦おうと檄《げき》を飛ばしていた彼らは、その後どういうわけか、いっこうにヴィスワ川を渡ろうとしないばかりか、援護の砲撃を撃つことすらなかった。ワルシャワ市民は、ここに至っての赤軍の裏切りに愕然とした。

またしても、ワルシャワは見捨てられたのだ。

今回は、市民たちの目が届く範囲に赤軍がいるだけに、その裏切りは明白だった。ソ連軍は明らかに、AKがドイツ軍を適度に痛めつけた上で自滅するのを待っている。その後ゆっくりと、弱ったドイツ軍を喰らうつもりなのだ。もともと、ロンドンの亡命政府とソ連は、カティンの森虐殺事件が明るみに出た時点で国交を断絶している。彼らの援護など期待できるはずがなかったのだ。

本来ならば、AKはこの時点で降伏を申し入れるべきなのだろう。これ以上は、ただ消耗していくだけだからだ。

しかし、そうすべきだと冷静に判断しつつも、それができないだろうということも慎にはわかっていた。ドイツ軍との交渉ならば任せろと大見得を切っておきながら忸怩たる思いだが、最初の一週間で、ドイツ軍は明らかにやりすぎたのだ。

わけても、八月五日——「暗い土曜日」と呼ばれるようになった日はひどかった。

八月五日。マジェナが死んだ日。この日、ドイツ軍は本格的な大反撃を行った。イエジキ部隊も、要塞化したグダニスク駅からの凄まじい攻撃の前に多大な犠牲を出したが、あの時に死んだ者はまだ幸せだったのではないかと今ならば思う。

棺はなかったものの、少なくとも彼らは弔われた。

マジェナは、即死だった。二トン砲弾で胸部と腹部をめちゃくちゃにされた。心臓もずたずただったから、苦しみは一瞬だっただろう。

戦闘で死んだ。それは、幸せなことなのだ。

同じ日、最大の激戦地となったのは、ワルシャワ西部のヴォラ地区である。かの地の住民は、老若男女問わず虐殺されたという。ドイツ軍はそれまで、非戦闘員には基本的には手を出さなかった。しかしこの日、ヴォラ地区に駆けつけたのは武装ＳＳであり、その中には囚人で構成された通称〝ディルレヴァンガー部隊〟や、今やワルシャワではドイツ人よりもはるかに恐怖と憎悪の的《まと》となったウクライナ人義勇兵部隊が含まれていた。もともと、ナチスのイデオロギーの理想を実現すべく純アーリア人だけで構成されていた武装ＳＳも、この時期になるともはや人種もなにもなく、彼らが忌み嫌っていたはずのスラヴ人やら果てはアジア人の部隊まで出来る有様で、中でもこのウクライナ人部隊は最悪だった。

元はブロニスラフ・カミンスキーに率いられた「ロシア解放国民軍」を名乗る集団で、反スターリンを掲げ、赤軍と戦うことを望んで武装ＳＳに組みこまれたが、彼らが投入された戦場はワルシャワだった。

ヴォラ地区でカミンスキー部隊とディルレヴァンガーの囚人部隊が行ったことは、明らかに戦闘ではなかった。彼らは非戦闘員を片端から引きずり出し、老若男女問わず虐殺した。赤十字の旗を掲げた病院や教会に押し入っては、そこにいる患者を一人ずつ嬲《なぶ》り殺した。女性であれば、瀕死《ひんし》の老女であろうが修道女であろうが、例外なく凌辱《りょうじょく》された上で惨殺されたという。

慎はその日、クラシンスキ広場での戦闘に参加していたため、その惨状は見ていない。が、この日ヴォラ地区だけで三万人以上の死者が出て、そのほとんどが非戦闘員だったと聞いた時にはめまいがした。下水道を自在に走り回る子供の連絡員《スカウト》を通じ、この世の地獄そのものの惨状が伝えられると、誰もが憤怒《ふんぬ》に燃えた。

この時点で、和平の道は完全に閉ざされたのだ。それほど周囲の者たちの怒りは激しかった。仲間の前では冷静な表情を崩さないイエジですらも、部隊の仲間を多く失った衝撃にかろうじて耐えているところにヴォラ地区での虐殺を聞き、怒りのあまり震え、普段の雄弁さが嘘のように、一言も発することはなかった。

慎自身、ドイツ軍を見くびっていたところがあった。市街戦の凄惨さは、五年前の九月戦役で身に沁みていたはずだった。あの時も目の前で多くの死と破壊を見た。常に死と隣り合わせの恐怖の中、最初は健気に耐えていた人々が日ごとに人間性を失っていく様をまざまざと見もした。

だが今回は、もはや戦闘ですらない。

なにより、目の前で死んだマジェナの姿が目に焼きついて離れない。

思えば五年前の戦闘では、慎は親しい友人を一人も亡くしてはいなかった。五万人の市民が死んだというあの凄惨な戦闘の中で、それはまったく幸運なことだったのだと今にして思う。

しかしあの八月五日、マジェナを筆頭に、イエジキ部隊の仲間の多くが目の前で死んだ。少年兵も、書記生時代から面識のある者たちも。直前まで励まし合い、笑い合っていた仲間たち、そしてやさしく介抱してくれた者たちが、皆ずたずたに引き裂かれて死んだ。

その日は衝撃のあまり一睡もできなかった。あれほどの地獄の中にあっても、眠る時は深く眠ることのできるトメックたちを見て、自分は甘いのだと思い知った。

ドイツ軍の凄まじい戦闘および虐殺は、その後も続いた。怒りに燃えた蜂起軍の戦闘は、より狂信的なものへと変わった。

限られた弾薬を使い、「ひとりにつきドイツ人ひとり」を合い言葉に、一人必殺が命じられた。

今は慎にも小銃がある。だが弾薬は、いくらイギリスによる補給があるとはいえ、大事に使わなければならない。

慎はミサのあいだ、ほかの隊員たちと同じように、瓦礫に突き刺したおのれの銃をじっと見下ろしていた。

この銃を手に入れたのは、あの大殺戮の日の翌日だった。

五日に続き、六日の戦闘も凄まじかった。

仲間を殺され、同胞を虐殺されたレジスタンス兵の怒りは凄まじく、それはイエジキ部隊も——そして慎自身も例外ではなかった。

戦車がいつものように、轟音をたてて進んでくる。普段ならば、バリケードの内側から、あるいは屋根の上からモロトフ・カクテルを投げるところだが、この日、兵士たちは驚くべき方法を採《と》った。

身の軽いトメックは突然戦車の前に躍り出て、あっというまにその上に登ると、操縦兵にとっての目ともいうべき小窓めがけて瓶を叩きつけた。ここに叩きつけるのが最も効果的で、戦車の上によじ登れば百発百中ではある。しかし、まさに身ひとつで敵につっこむ危険きわまりない行為であり、イエジは当然、そんな命令は出していなかった。にもかかわらず、年若い兵士たちは次々とトメックに続き、戦車によじ登り、戦車の目を奪った。

気がつけば、慎も飛び出していた。制止の声が聞こえたような気がするが、自分の口から迸る雄叫びにかき消されてしまった。恐怖は感じなかった。この瞬間に死んでもいいという激情だけがあった。全身を燃やすこの炎を、ドイツ兵に叩きつけてやらねば気が済まなかった。自分の中にこれほどの憎悪が存在することを初めて知った。子供のころは、たしかに怒りっぽいところもあったものの、長じてからはつとめて感情に翻弄されぬよう、おのれを律してきたつもりだった。だがあの瞬間は、完全に箍《たが》が外れていた。ただ、マジェナが昨日丁寧に巻いてくれた包帯ごと腕をふりあげ、戦車にモロトフ・カクテルを叩きつけた。

戦車は右に左にと迷走を始めたが、後に続く歩兵たちにトメックたちは狙い撃ちされる。それでも彼らは怯まず次々につっこんだ。戦車の迷走はやがて歩兵部隊の混乱を引き起こし、その後に続く歩兵部隊も乱れ、そこにさらにモロトフ・カクテルや機関銃の弾丸が撃ちこまれた。慎も、次のモロトフ・カクテルを投げつける。

その直後、視界の端に自分を狙う銃口を見た。瞬間、時間が止まり、血の気が引いた。

確実な、死の予感だった。それまで恐怖を感じなかったというのに、一瞬にして生物としての本能が悲鳴をあげた。

生き残れたのも、小銃を奪えたのも、全くの奇跡だった。小銃を構えていたドイツ兵が、引き金を引く前に突然崩れ落ちたからだ。モロトフ・カクテルが命中したわけではもちろんなかった。だが、首から噴水のように血を噴き出して横倒しに倒れていった。慎は反射的に彼に駆け寄り、銃を奪った。ドイツ歩兵部隊の主力兵器、モーゼルKar98k。扱い方は仲間たちに教えられていたおかげでだいたいわかっている。武器は自給自足。欲しければ、敵から奪い取れ。それがレジスタンスの鉄則である。

念願の小銃を手に入れた喜びのまま、モロトフ・カクテルを投げる仲間を守るように敵に銃を向ける。が、引き金がひどく固かった。動揺しつつなんとか引いたが、銃身がひどくぶれて弾はとんでもない方向へと飛んだ。味方に当たらなかったのは僥倖《ぎょうこう》だったが、もちろん敵にも当たらなかった。その後は興奮したままレバーを引いては撃ち、あっというまに弾を撃ち尽くした。Kar98kの装塡《そうてん》数は五発だが、前の持ち主がすでに二発撃っていたようで、三発しか残っていなかった。

まごつく慎を、再び幸運が救った。混乱するドイツ軍が、バリケードに一撃も撃ち返すことなく、退却を始めたのだった。どうやら、指揮官が撃たれたらしい。歓喜に沸く仲間たちの中、慎は茫然と近くの民家の屋根を見上げた。そこには、蜂起軍の狙撃兵の姿がちらほらと見えた。二度にわたって慎を救ってくれた弾丸は、間違いなくそこから放たれたものだった。

二週間前の記憶をまざまざと思いだし、慎はKar98kに手を伸ばした。固い銃床に触れる。出合い頭《がしら》こそ醜態《しゅうたい》を晒したが、今やこのモーゼルは頼もしい相棒である。二日ほど弾が全くない状態が続いたが、ドイツ兵から奪ったものとイギリス軍の補給のおかげで、今はそれなりに数もある。

もっとも、これを発砲することはほとんどない。今や慎もドイツ軍の制服に身を包み、ポーランド国旗の腕章をつけ、ドイツ軍の小銃を持つ身だが、慎が銃を取って戦うことをイエジは許さなかった。モロトフ・カクテルを手につっこんでいった時のことも、温厚な彼には珍しく激怒した。

「たしかに君は、仲間になってくれた。いずれは君の力に頼る時も来るかもしれない。だが今君がすべきことは、まず見届けることだろう」

そう言って、最前線に出ることを固く禁じた。もちろん、自衛のための銃の所持は認めてくれたが。

現在はもっぱら後方支援で、本部や病院の守備につくことが多い。勇猛果敢に敵に向かっていく仲間たちの姿を横目に忸怩たる思いに襲われることもあるが、あの日、ただひたすら激情に支配されてつっこんでいった自分の姿を思うと、イエジの命令もやむなしと思う。

しかし後方にいて、次々と運びこまれる仲間の姿を見ると、またあの激情に支配されそうになる。

彼らを励まし、手当に必要な大量の水や重い薬品を何度も運び、必死の手当の甲斐なく力尽きていく仲間たちをこうしてミサで見送るたび、これが世界の真実などであるものかという怒りで頭がおかしくなりそうになる。

だからこそ、見届けねばならないと強く思う。今の情けない自分の姿ごと、全身が焼けつくような怒りごと、この現実を丸ごと、正確に見届け、伝えねばならない。これは敵味方問わず、語り継ぎ、語り継がれなければならない自由の戦いなのだから。

「全ての慰めの源である主よ、あなたは永遠の愛をもって我らを包み、死の暗闇を命の夜明けに変えてくださいます」

司祭の声が続く。涙に暮れる人々の祈りは続く。慎は目を閉じた。マジェナたちの死が、命の夜明けに変わる日は本当に来るのだろうか。この無残な死は、本当に未来へと繋がるのか。

「悲しみに沈むあなたの家族を顧みてください。キリストの恵みに支えられて希望に生き、人生の旅路を終えて、再び兄弟とまみえ、我らの涙が全て拭われますように。主キリストによって」

アーメン、と司祭が唱えた直後だった。牛の鳴き声に似た音が、夕闇迫る空気を震わせた。

その瞬間、厳粛な空気に包まれていた瓦礫の中でのミサは、阿鼻叫喚《あびきようかん》の地獄に変貌した。

「牛《クローヴァ》！」

口々に叫び、人々は逃げ惑う。

飛来する音が鳴き声に似ているという理由で「牛」と呼ばれているそれは、本物の牛とは似ても似つかぬ恐ろしい砲弾である。

この音が響いたら、もう駄目だ。あとは当たらぬように祈るしかない。

果たして、膨れあがった不吉な鳴き声は、近くのアパートを直撃した。三階建ての石造りの建物は一瞬にして抉れ、崩壊していく。中に残っていた人間は、ほぼ即死だろう。アパートの周囲にいた者たちも、煽りを受けておそらく何人かは命を落とすことになる。

建物が崩れ落ちていく中、悲鳴を聞いた気がした。慎はただ、直撃を免れた幸運に感謝しながら、救助に向かうほかなかった。大規模な爆発の後は、視界を遮る黒い煙の中にあっても、こんな離れた場所にまで鮮血や肉片が降り注ぐ。その中をかいくぐるのも、もはや慣れたものだった。だが、できれば本物の雨がほしいな、と思った。

5

「カンピノスの森へと向かうことになった」

翌二十一日、イエジ・ストシャウコフスキ隊長は、ここまで生き残った隊員を仮司令部にかき集めて言った。

「森に連合国軍が支援物資を投下した。これを取りに行き、市内に戻る。コモロフスキ将軍（ＡＫ総司令官）の許可を得た」

司令官の言葉に、隊員たちはざわついた。

カンピノスの森は、ワルシャワの北西、ヴィスワ川の南岸に広がる森だ。東西約四十キロ、南北約十八キロにわたる広大な広葉樹林の森であり、蜂起前よりレジスタンスたちの重要な拠点となっている。平原では恐ろしい敵である戦車も森ではほぼ役に立たず、地の利のあるAKのゲリラ戦に恐々とするドイツ軍もめったに寄りつかない。

現在もAKの各部隊が集結しているらしく、そこに物資が落下したのは朗報である。もし取りに行くことができれば、ワルシャワで絶望的な戦いを続ける仲間たちをこの上なく力づけることになるだろう。だが問題は――

「どうやって行くんだ」

慎は訊いた。

旧市街は完全にドイツ軍に包囲されている。これまでワルシャワじゅうで行われていた戦闘は、ここ数日で完全に旧市街に集中するようになっていたからだ。

「下水道を通る」

予想通りの返答に、慎は口許をひくつかせた。それしかないのはわかっているが、あの悪臭を思いだすと、体が勝手に反応してしまう。

「この近くの入り口から北部の城塞跡の地下を抜けて、ジョリボシュ地区に出るつもりだ」

ジョリボシュ地区は、旧市街の北部にあたり、AKのキャンプもある。そこまで行けば、態勢を立て直してカンピノスの森に向かうことも難しくはない。

「しかし、ドイツ軍にも下水道の存在はばれている。出口に爆弾を放りこまれたり火炎放射器で焼き殺されたりという報告を、よく聞くじゃないか」

「ばれなければいい」

イエジはこともなげに言った。

「今、斥候《せっこう》を出して経路を確認している。彼らが戻り次第、出発する。準備をしておいてくれ。他部隊の生存者も希望するなら連れていく」

イエジキ部隊は現在百五名になっていた。あれほど数がいたのにと暗澹となるが、これでもまだ多いほうだろう。激戦が続く旧市街で戦う他の部隊は、ほぼ全滅というところも珍しくないのだから。指揮官を失った兵士たちは喜んでイエジの指揮下に入り、最終的には二百名近くに膨れあがった。

が、これだけでは済まなかった。

斥候の報告を待つ間、イエジキ部隊が旧市街を出ることを知った市民たちが、血相を変えてやって来たからだった。

「ぜひ私たちも連れていってください。ここに残っていても、嬲り殺されるだけです」

市民の代表がイエジに懇願した。軽く見積もっても四百名はいる。中には、下水道などに入ったらすぐに倒れそうな怪我人や、生後間もない赤子もいる。下水道の逃避行は、地上のドイツ軍に悟られたら終わりだ。慎重に、徹底して沈黙を守って進まねばならないというのに、とてもではないが、こんな大人数は連れていけない。

イエジは苦渋の面持ちで彼らの訴えを聞いていた。そして、母の腕に抱かれて泣きわめく赤子をじっと見つめた後、口を開いた。

「わかりました。脱出を希望する方は、すぐに支度を。荷物は最小限で」

隊員たちは、ぎょっとしてイエジを見た。無茶だ、と彼らの目は訴えていたが、イエジは首をふった。

「断れるわけがないだろう。ここに残していけばどうなるか、去年俺たちは厭というほど見たはずだ」

そう言われては、誰も反論できなかった。去年この地にはいなかった慎にも、イエジが何を言わんとしているかはすぐわかった。

一九四三年四月、ワルシャワ・ゲットー蜂起だ。

三週間前、慎がこのワルシャワに戻ってきた時に見たゲットーは、完全な瓦礫の山だった。あのいまいましい壁もなければ、その奥にひしめいていた建物も、本当に何もかもなくなっていた。生の気配のまるでない、街中に突然現れた砂漠のような、虚ろな灰色の空間がそこにはあった。

いずれこの旧市街もそうなるであろうことは、火を見るより明らかだった。

慎は仮司令部を出て、あたりを警戒しながら王宮方面へと進んだ。旧市街のシンボルである王宮は、五年前の市街戦ですでに破壊されている。ドイツ軍は、像だけでなく、市民のシンボルとなるようなものはいちはやく叩き壊してきた。この五年間、王宮は崩壊寸前の状態でそこに佇んでいたが、今そこはただの瓦礫の山となっている。蜂起が始まってから、爆撃と砲撃でさらに念入りに破壊されたのだ。六年前、慎が初めてワルシャワに来た朝、朝日の中見上げたジグムント三世の像も見る影もない。あの長大な大理石の柱は、戦車によって引き倒されてしまったという。

ロシア占領時代、貧民窟だったというこの旧市街は市民の努力で美しく生まれ変わったが、また滅びようとしている。

一日百回を超える爆撃と、間断なく繰り返される砲撃のせいで、常に分厚い黒い煙がたちこめ、太陽もろくに見えない中、慎は目を見開き、破壊されていく美しき街の姿を焼きつけようとした。

たとえ瓦礫になっても、きっとまたいつか、この街はよみがえるのだろう。ポーランドという国が、常にそうであったように。人々が、決して諦めなかったように。


仮司令部に使っている建物に戻り、出発の準備をしていると、ラジオから聞き覚えのある旋律が流れ始めた。

準備の手を止め、慎はピアノの音に聞き入る。

「革命のエチュード」

日本語でつぶやいた途端、胸が締めつけられ、痛みをこらえるように目を閉じた。慌ただしい空気の中を、情熱的な旋律はその存在感を失うことなく駆け巡る。周囲の兵士たちもしばし動きを止め、聞き入っていた。

銀行の一室をスタジオとして八日から始まったラジオは、激戦の中の兵士たちにとって何よりの娯楽だった。ズウォタ通りのパラデュム映画館では記録映画が、カフェではピアニストの即興のリサイタルが、舞台では演劇が——死と隣り合わせの日々の中でも娯楽や文化生活は依然維持されている。ポーランドの楽曲を演奏することを禁じられていた占領時代よりも、ある意味ずっと盛んと言えるかもしれない。

しかし、ドイツ軍に完全に包囲されている旧市街の中では、映画館や劇場に行く余裕はなく、人々は部屋の中に閉じこもり、あるいは戦闘の合間にラジオから流れてくる音に耳を傾けるしかない。それは世界のニュースやワルシャワ市内の激戦地からの情報だけでなく詩の朗読や音楽などのプログラムなども数多くあった。音楽のプログラムで最も流れる機会が多いのは、やはりなんといってもショパンである。

中でも耳に残るのは、やはり『革命のエチュード』だ。一九三九年の九月戦役の市街戦でもラジオは最後までショパンのポロネーズを流して市民を鼓舞していたが、今回はこちらの曲を頻繁に聞く。この曲を聴くと、なぜ戦わないのかと責められているような気分になると評したのは、父だった。

たしかにこの曲は、人々の中に眠る炎をかき立てるものを持っている。自由を求めて立ち上がり、天命を革《あらた》めようとする者たちにこそ相応しい。

『革命のエチュード』か、懐かしい」

閉じた瞼越しに強い光を感じると同時に、日本語が耳に滑りこんできた。驚いて目を開くと、仮司令部の入り口にレイが立っている。

「やあ、レイ。生きていたかい」

慎の声に応じて、レイは笑った。相変わらず両手の間には、小型のカメラがあった。

「この曲を聴くと、君と初めて会った時のことを思いだすよ」

「僕もだ。こういう時、ポーランド人にとって、やはりショパン以上に情熱をかき立てるものはないいんだろうな」

「そうだね。市街戦の時も凄かった。ドイツ軍が占領してまっさきにショパン像を壊したのも無理はない」

「〝群れ《ルイ》〟活動は順調かい」

「ああ、今までで一番充実していると言っても過言じゃないね！」

レイの無精髭の生えた顔は薄汚れていたが、目の輝きはいささかも損なわれていない。レイはおそらく慎以上にワルシャワじゅうの惨状を見ているだろうし、死線をくぐり抜けてきたにちがいないのに、この曇りのない笑顔は全くみごととしか言いようがなかった。この順応の速さ、強靱《きょうじん》さは、イエジたちと同じように、幼少期に過酷なシベリア生活を経験しているからだろうか。

「それはよかったな。パラデュムの映画は観たのか」

「もちろん。俺も多少は製作に関わったからね。あれは素晴らしいものだよ」

彼は誇らしげに胸を張った。パラデュム映画館では、〝群れ〟が製作した記録映画が六日前に上映されたばかりだという。ＡＫの奮闘、ドイツ軍の非道を映し出す画面に、詰めかけた市民は見入り、憤激し、改めて戦い抜く覚悟を決めたことだろう。

「レイもカンピノスに向かうのかい」

「ああ、そう命じられた。それでだ、我々が旧市街を出る前に、どうしても君に会いたいという人物がいてね。会ってくれるかな」

レイは出入り口を塞いでいた体を横へとずらした。その後ろから現れた、モーゼルKar98kを持った小柄な姿を見た時、最初は少年兵かと思った。軍帽は小さな頭には明らかに大きすぎて不恰好に傾いており、その下からのぞく色の濃い髪は短かった。体も小柄で、いかにも制服に着られているといった様子だったので、なんの疑問もなく少年兵かと思った。しかし、少年が帽子をとった途端、慎は口を大きく開けることとなった。

「お久しぶりです、タナクラサン。まさかこんなところで再会できるなんて」

明らかに女の声だった。その風貌、まっすぐ見据えるまなざし。

「……ハンナ?」

「はい」

「脱出したはずじゃ」

「ええ、ゲットーからは。マジェナに一度匿ってもらいました。マジェナのことは……聞きました。とても、残念です」

ハンナはわずかに目を伏せた。彼女の日記がマジェナの手から届けられなければ、慎がこのワルシャワに戻ってくることはなかっただろう。そしておそらくは、レイも。

「ああ……本当に。君の日記を読ませてもらったよ」

「はい。レイからも聞きました。マジェナのもとに置いていったことを後悔していまず」

「なぜ」

「ゲットーの記録を残したいと思ったんです。私や家族が生きた証を、誰かに残したかった。でもあれのせいで、あなたたちはこの危険な街に戻ってきてしまった。この街とは関係なく、本当は安全に生きられる人たちなのに。そう思うと……」

「我々の国も戦争中だ。ここに来なくても、だから安全なんてことはない」

「そうだよハーニャ。何度も話したはずだよね。もう言わないと約束しただろう？」

レイはやや語調を強めてハンナに言った。

「ええ。そうね、もう謝罪はしない。結局、それで気が済むのは私だけだもの」

ハンナは顎を引くと、意を決したように慎を見上げた。

「マジェナの家には二ヶ月近くいました。その後、森に入ってAKに加わり、訓練を受けました。私、狙撃手としての才能があったようなんです。小さくて目立ちにくいですし」

たしかに兵士、とくに狙撃兵には小柄な女性も時々見かけることはある。しかし、ユダヤ人のハンナが加わるとは思ってもいなかった。

「驚いたよ。君は、たくましいな」

「私は、ワルシャワで生まれ育ちましたから。ワルシャワを守るために皆が戦うというのなら、今度は最後まで戦います。私たちを助けてくれたマジェナたちだってそうしたのだから」

とくに気負う様子もなく、淡々とハンナは言った。かつて、ゲットーの外のワルシャワ市民にも冷たい憎悪を向け心を閉ざしていた少女は、もうどこにもいない。

「頼もしいだろう。俺は君から託されたハーニャの日記を読んで、彼女はレジスタンスに加わるんじゃないかと思ったんだ」

我がことのように誇らしげに、レイは言った。

「予想通りだったわけだ」

「超えていたよ。看護婦とか、そういう方面かと思っていた。まさか、狙撃兵とはね」

「きっと君のカメラには、ハンナの勇ましい姿が何枚もおさめられているんだろうね。君の部隊はどこだい」

慎の質問に、ハンナはわずかに顔をこわばらせた。

「私の部隊は最初の二日で壊滅しました。それからは転々としています。今の部隊は三つ目なんですが、今朝私ひとりになりました」

悲痛な言葉に、声も出なかった。だが、珍しいことではない。八月一日、決行の連絡が遅れたために、開始時刻の午後五時までに部隊の本拠地に到着することができず、とにかく行き合った部隊にまじって戦い、そのまま本来の部隊と合流を果たせずにいるという兵士は、本当に多いらしかった。

「じゃあ一緒にカンピノスへ行こう」

「いえ、私は残ります。狙撃兵がいなくなってしまっては、旧市街《ここ》に残る人々が困るでしょうから」

「立派だが、君ひとりで何ができる？　酷な言い方かもしれないが」

「旧市街にはまだ他の部隊もいますよ。それにドイツ軍は、国防軍のほうはなかなか厄介ですが、SSの部隊なら指揮官を殺せばその場で退却することも多いんです。だから少人数でも、なんとかもちこたえることができると思うんです。もちろん、あなたがたが早く戻ってきてくだされば、ということになりますけど」

最後は冗談めかした口調だったが、森との往復でどれほど時間がかかるかなど誰にもわからない。武器や食糧を順調に回収して戻ってこられたとしても、それまでに旧市街が陥ちる可能性は高い。

慎はなんとか説得しようと口を開きかけた。が、いざ口を開こうとすると、なんと言っていいのかわからなかった。

仲間を失った兵士や、市民たちも共に脱出することになっている。だが、動けぬ老人や怪我人はまだ大勢残っているのだ。彼らを守るのもまた、蜂起軍しかいない。

市民は、単に蜂起に巻きこまれた者たちだ。多くの者は熱心にＡＫを支援してくれたが、中にはあからさまな嫌悪を浮かべ、「おまえたちがよけいなことをしたせいで、家や家族を奪われた」と罵倒してくる者もいた。それも正論だ。彼らを巻きこまざるを得ないのだから、せめて初手で躓くような杜撰な計画を立てるべきではなかったと痛切に思う。こういう時、最も多くの犠牲を払わされるのは、いつも無関係な市民なのだから。

だがそれでも、ドイツ軍に進んで協力するような者はいなかった。蜂起の前、ドイツ軍に媚《こび》を売っていた民族ドイツ《フォルクスドイチェ》人たちはみなドイツへ逃げるか、蜂起後にAKに追い詰められて捕虜となった。純粋なポーランド人は、たとえAKを嫌悪していても、ドイツ軍に手を貸しはしなかったのだ。そんな彼らを見捨てていくことはできない。ハンナの顔には、固い覚悟が見てとれた。

慎は思わずレイを見た。彼は苦笑して肩を竦めた。

「説得は無駄だよ、マコト。こういう顔をした人間は動かないし、もともとハーニャは強情だ。俺の説得を聞いてくれたことなんてほとんどないからね」

「そうか。ハンナ、わかった」

慎は彼女に歩み寄り、その肩に手を置いた。

「できるだけ早く戻ってくる。順調にいけば、往復で三、四日というところだろう。どうかそれまで、もちこたえてくれ」

「もちろん。正直に言えば、あの下水道を長い時間をかけて往復するくらいならば、屋根に寝転がってドイツ野郎《シュファビ》を狙っているほうが私はずっと楽なんです」

　おどけた様子で笑う彼女につられ、慎の口許にも笑みが浮かぶ。

　その時、慌ただしい足音が近づいてきた。伝令だ。イエジのいる司令官室に向かう彼を捕まえ何事かと尋ねると、「下水道が使えないらしい」と焦った声が返ってきた。

「使えない？　どうして」

「道が塞がっているんだ。途中、腐乱死体が山積みになっていて、ひどい有様らしい。臭いがひどいし、爆破して道を開ければいいんだが、そんなことをすればまちがいなく地上のドイツ軍に気取られてこっちが全滅させられちまう。とにかく、イエジに話してくる！」

　伝令は急ぎ足で去っていった。

「なぜ下水道にそんなに大量の腐乱死体が……」

「ゲットー蜂起の時の死体でしょう」

　慎のつぶやきに答えたのは、ハンナだった。

　ワルシャワ・ゲットー蜂起。マジェナの手紙でしか知ることのできなかった、一年前の悲劇。絶望的、という点においては、おそらく今回の蜂起よりもはるかに昨年のそれのほうが深刻であったろう。手紙にあった通り、彼らは自由を取り戻すべく戦ったのではない。ただ、人間として死ぬために、立ち向かったのだ。最初から、死を前提としての蜂起だった。

「なんとかしてゲットーから逃れようとした人たちだと思います。ここからゲットーは近いから」

「……なるほど。皆、ドイツ軍の毒ガスにやられてしまったというわけか」

「その可能性もないとは言えません。でもおそらく、ほとんどの人は迷って力尽きたんじゃないでしょうか。ゲットーには食糧もありませんでしたから皆ひどく衰弱していて、〝ゲットー病〟なんて病気が流行って本当に簡単に死んでしまっていましたから。下水道の汚い空気や水に、もう体が耐えられなかったんじゃないかと思うんです」

ハンナの口調は静かだった。レイが珍しく沈痛な面持ちで、ハンナの肩を抱く。

「私がゲットーから逃げたのは、蜂起の一ヶ月前でした。それまでは、とにかく一日一日を生きるのに必死で、ただ〝集荷場《ウムシュラークプラッツ》〟への召集がかからぬよう祈るだけで……」

「〝集荷場〟？」

訊き返すと、ハンナは言葉を詰まらせた。助け船を出したのは、隣のレイだった。

「当時は毎日のように、ゲットーじゅうからユダヤ人が集められて、トレブリンカ行きの列車に乗せられたんだそうだ。集合させられた場所が、ゲットー北の駅近くの〝集荷場〟。ひどい時は炎天下や雪の中、何日も待たされることもあったらしい。そして、そこからトレブリンカ行きの列車に乗った者は、誰ひとり戻ってきてない」

トレブリンカはワルシャワの北東にある街で、列車ならば二時間ほどで到着する。不潔なゲットーを出て、清潔で快適な新しい生活の場に移すと説明されたというが、信じるユダヤ人はひとりもいなかっただろう。

この列車に乗れば最後。もう二度とワルシャワに、いやこの世に戻ってはこられない。ゲットー内の人間はみな知っていた。集合場所を〝集荷場〟というあたりが、ナチスにとって自分たちがどういう存在であるか、何よりも雄弁に物語っていると思ったことだろう。それでも逆らうことを許されず、もしかしたらという一縷《いちる》の希望に縋って、あるいは家族一緒に死ねるならばと諦めて、死の列車に乗っていったのだ。

幸い召集から逃れた者は、今日はどうにか生き延びられたと安堵しつつ、明日は呼ばれるかもしれないと怯えながら暮らしていたという。人口過密状態だったゲットーから凄まじい勢いで人が消えていき、そのぶん食糧は多少手に入りやすくなったことだけはありがたく、仲間を悼むよりも、とにかく目の前の糧にありつくことに必死だったと、ハンナは語った。

「でもある日、仲よくしていた女の子が目の前で死んだんです。まだ十一歳で、毎日命懸けでゲットーの外に出て、食べ物を盗んでは帰ってきて、私にもわけてくれました。動ける子供たちは壁の下に穴を掘って出入りしていたんです。ところがその日、戻ってくる時に見つかってしまって。壁の下の穴から、助けを求める手だけは見えていたんです。悲鳴が聞こえたので、必死に引っ張ったんですが、罵声と骨が砕ける音ばかりが聞こえて、悲鳴はどんどん小さくなって……すぐに手は動かなくなりました。あの時の、私の手の中で力を失っていった小さい手の感触、忘れられません。そのとき私は、まだ動けるうちにここを出なければならないって強く思ったんです」

ハンナは何かに憑《つ》かれたように早口で語り続けた。その後、定期的にゲットーの外に出る労働班の中にＡＫの工作員がいると聞いて接触し、労働班が持ち出す荷物に紛れ、壁の外に出たという。案内人を通じてマジェナのもとに行き、そこで過ごしているうちに、ワルシャワ・ゲットー蜂起があったのだそうだ。

「蜂起で、ゲットーの中で生き残っていた人たちもみな死にました。あの時私を助けてくれたＡＫの人もおそらく……。もっとも、蜂起がなくとも、いずれ全員トレブリンカに送られて、ゲットーは無人になったでしょうけれど」

ハンナの表情は変わらなかったが、隣のレイは痛みをこらえるように眉根を寄せた。

「でも私は、一度は最後までここにいると誓ったはずなのに、戦うこともなく彼らを見捨てて一人で逃げてしまった。いざとなると、結局私はいつだって逃げだそうとするんです。窓からゲットーが炎に包まれる様を見て、私は食べることも眠ることもできなくなりました。マジェナは必死に私を慰めてくれましたが、あなたたちがユダヤ人を切り捨てて、自分たちだけを守ろうとしたからこんなことになったと責めてしまって……」

ハンナの顔が大きく歪む。

「ひどいでしょう。彼女は危険を冒して助けてくれたし、私がここにいるということは、ほかにも大勢のポーランド人が助けてくれたからなのに。でも私、何かのせいにしないと、自責の念に押し潰されて死んでしまいそうでした。マジェナはただ、勇気がなくてもっと早く助けてあげられなくてごめんなさい、あなたたちの戦いは絶対に忘れないと言って、ずっと私を抱きしめてくれました。恩人に、私はなんてひどいことを……」

「ハーニャ」

レイはやわらかい声で名を呼び、細かく震える彼女を抱き寄せた。

「大丈夫だ。マジェナは、ちゃんとわかっていたから」

ハンナは小さく頷いた。こみあげる思いを呑みこむように、二度ほど深く呼吸を繰り返すと、再び慎を見据えて続けた。

「マジェナが辛抱強く励ましてくれたおかげで、私は理性を取り戻すことができました。今度こそ戦わなければいけないと、強く思うようになったんです。ＡＫが森で密かに訓練をしているという噂を聞いていたので、ユダヤ人の女でも使ってもらえるだろうか、どうか頼んでくれないかとお願いしました。マジェナは最初、とんでもないことだと血相を変えて、今ユダヤ人救済組織に頼んで国外に逃がせるよう手続きをしているところだから、もう少し待てと言いました。でも私は、もはや自分だけ戦わずに逃げることは絶対にできないからと、食い下がりました。マジェナは根負けして、やっと連絡をとってくれたんです。彼女には、本当になんとお礼を言えばいいのかわかりません。できれば……恩を返したかった」

ハンナの声が震える。泣いてはいなかったが、目は赤く充血していた。

「ここに来たのは、あなたにマジェナの話を伝えたかったからです。彼女はいつも公平で、私たちを助けてくれました。立派なポーランド人でした。それを、どうしてもあなたに伝えたくて」

「ありがとう、うれしいよ。でも、どうして僕にそこまで?」

「彼女はいつもあなたの話をしていたから。マコたちが助けてくれたから、今の自分たちがいる。だから、あなたを助けることができた。あなたを通じて自分はマコたちに恩を返しているのだから、あなたは必ず生き延びて、マコたちにお礼を言わなければと言われたんです」

ハンナは一度瞬きをすると、レイの手をやんわりとほどき、姿勢を正した。

「だから、ここに来ました。ありがとう、タナクラサン。私はこうして生きています。あなたが戻ってきた時、マジェナは心からうれしかったことでしょう。アリガトウ、ゴザイマス」

ハンナはいつかのように、深々とお辞儀をした。慎は口を開いたが、なかなか言葉が出なかった。震えるような感動がこみあげて、逆に声を封じてしまう。

「会いに来てくれて、ありがとう。伝えてくれて、ありがとう」

長い時間をかけて、どうにかそれだけ絞り出した。ああ、かなうことならば、今すぐ織田や酒匂たちに会いたい。彼らの信念の結実が、多くの人の想いを経て、いま慎の目の前に立っている。日本とは全く無関係のはずのユダヤの女性が、ありがとうと頭を下げてくれている。

「どうか生き延びてほしい。君を助けてくれた人たちのぶんまで」

思いを込めて、彼女の手を握った。

指は慎よりずっと細かったが、その皮膚は彼女の信念そのもののように硬く、力強かった。

6

イエジが新たに選んだルートはグダニスク駅の真下の下水道を通り、ジョリボシュ地区に抜けるというものだった。

ルートを提示された時、イエジキ部隊の一同は青ざめた。蜂起軍の拠点である森と市街地を結ぶルートに打ちこまれた楔《くさび》であるグダニスク駅は、ドイツ軍の最重要拠点のひとつで、今や完全に要塞化している。蜂起初期に、七分おきに二トン砲弾を撃ちこんできたあの場所だ。その真下を通って背後に出るという作戦の困難さは、容易に察せられた。

イエジキ部隊だけならばまだしも、非戦闘員の老人や母子たちも大勢いる。六百名、誰ひとり音をたてることなく要塞の真下を通り抜けるなど、本当に可能なのか。

「可能にするしかない。このルートしか、森に行く方法はないのだ」

イエジはいつになく厳しい表情で、決行を宣言した。

かくしてすぐに決死の逃避行は実行に移されたが、まず入り口であるマンホールに行くまでが困難を極めた。仮司令部として使っていた建物から出て、陸橋を渡り、広場を渡りきった先にあるマンホールに行かねばならないが、この広場のむこうにはドイツ軍が陣取っている。当然、広場に動くものがあれば、機関銃であっというまに掃討される。

イエジキ部隊は大急ぎで視界を遮るバリケードを築いたが、広場の中央あたりはどうしようもなかった。援護射撃を受けながら、広場を走り抜けるという方法を採らざるを得ず、多くの犠牲者を出すこととなった。慎がむこう側へ渡る時にも、広場には若い母親の死体や彼らを庇うため奮闘したのであろう兵士たちの死体が横たわっていたが、祈る時間はもちろんなく、大急ぎで駆け抜けるほかなかった。

ドイツ軍の死角にあるマンホールから下水道までは、六メートルほどの高さがあった。梯子を降りると少し開けた場所に出て、その横穴がまた別の下水道に繋がっている。そちらの下水道の高さは一メートル二十センチほどしかなく、幼児以外はみな背を屈《かが》めなければ進めない。もっとも、下水道の下半分近くは下水が流れているので、子供は子供で非常に危険である。イエジは一行をいくつかのグループに分けてそれぞれロープを渡し、全員でそれを握りしめながら進んでいくことになった。慎は、三歳ぐらいの子供を抱えておろおろしていた母親から幼児を引き受けて背負うことにした。幼児は最初警戒していたが、慎が何度か振り向いて微笑みかけたり、子供が何か喋ろうとするたびに、口の前に人差し指を立てて「しー」と唇の動きだけで伝えると、状況を理解したのか、黙って慎にしっかりとしがみつくようになった。

下水道の逃避行は、沈黙が鉄則である。はるか頭上、時々地面が揺れるような音を聞きながら、一行は無言で進んだ。それでも時おり、嘔吐《えず》く音が聞こえる。こらえてはいるのだろうが、これはどうしようもないだろう。慎も今まで何度か下水道を経験しているが、ここまでひどい悪臭は初めてだった。その理由はすぐに知れた。

死体である。

下水道のいたるところで、半ば白骨化した腐乱死体が下水に浸かっていた。死体の臭いは凄まじい。腐乱の進み具合からいって、ハンナが言った通り、去年のゲットー蜂起の犠牲者であることはまちがいなかった。最初に通り抜けようとしていたルートには、下水道を塞ぐほどの死体が積み重なっていたのかと思うと、ぞっとする。こうして臭いを吸いこむだけで、自分が死病に取り憑かれたような気分になる。最初のルートは、たとえ死体をどうにかできたとしても、臭いがひどすぎて通れなかっただろう。

しかし、無残な死体を見かけるたびに、誰かが——とくに幼い子供が悲鳴をあげるのではないかと緊張したが、声をあげる者はただのひとりもいなかった。慎は一度、背中の子供を案じて顧みたところ、幼児はひどい悪臭に口と鼻を押さえてはいたが、死体を見ても動揺する様子はなかった。慎と目が合うと、静かに頷いたのには驚いた。

そうか。この子供たちにとっては、無残な死はすでに日常なのだ。いちいち驚くようなものではないのだ。そう悟り、体に鉛を押しこまれたような気分になった。

どれほど歩いたのかわからない。地上であれば、十分もかからぬ距離だろう。しかし下水道をこれだけの人数が移動するのには、途方もなく時間がかかる。灯りもなく、この澱んだ空気の中では思考力も低下する。ただ音をたてぬよう、転ばぬように注意をするだけで精一杯で、濡れた服は重く、一歩ごとに疲労は蓄積していった。

その時、前方に光が見えた。銃撃の反響音も聞こえてくる。

進行方向前方のマンホールの蓋が開いているのだ。

銃撃音がしているということは、ここはまさにグダニスク駅の真下なのだろう。イエジの部隊が下水道に入った翌日、AKはグダニスク駅に総攻撃をかける予定だったから、移動中に日付が変わり、すでに戦闘が始まっていたのだ。

降り注ぐ光と地上の新鮮な空気は、暗闇の中を歩き続けてきた一同にとっては、何よりもありがたいものだった。が、同時に、何より恐ろしいものでもあった。蓋が開いているということは、ドイツ兵に気づかれる可能性が高くなるからだ。ましてここは、本拠地の真下なのだ。

すぐさま斥候が梯子を登った。マンホールから爆弾や毒ガスを放りこまれれば終わりだ。

一度進軍を止めた一同は、新鮮な空気を胸一杯に吸うと同時に、恐怖と寒さに震えていていた。一刻も早く外に出たい。いや、絶対に出たくない。誰もが相反する思いを抱えていた。

斥候はすぐに戻ってきた。しばらくすると、再び列はゆっくりと動きだす。声を出せないので状況がわからないが、おそらくドイツ軍は地上のＡＫとの戦いに手一杯で、下水道に気を配る余裕がなかったのだろう。地上で戦っている仲間たちに、心から感謝した。

しばらく歩くと、今の下水道より五十センチほど高い場所からまた別の下水道が伸びていた。ひどく滑りやすい場所を濡れ鼠《ねずみ》のまま一日歩き通し、疲労困憊《こんぱい》の状態では、わずか五十センチの段差を登るのも難しい。そこで先頭の案内人が垂らしたロープを伝って一人ずつ登ったはいいが、こちらは今までの下水道よりはるかに流れが速くて滑りやすく、慎も一度転んでしまった。幸い、背中の子供はすぐ後ろを歩くレイが背負ってくれていたが、おかげで下水を全身に浴びることになってしまった。

髪からしたたる汚水の臭いに気が遠くなる。すると、後から登ってきたレイから小さなウォッカの瓶を差し出された。どうやら彼には、自分の足下がずいぶん前から危なっかしく見えていたらしい。おんぶを替わってくれたのも、そのためだったのだろう。慎は穴があったら入りたい思いだったが、ありがたく気つけ薬を頂いた。喉を滑り落ち、胃の腑に届いた火酒は、疲れきった体にたちまち火を点した。

互いに助け合い、転んだ者を支えながら、ついにジョリボシュ地区の出口に辿りついた時、そこから差しこむ光は、まさに天国からの救済そのもののように見えた。最後の力を振り絞り、前を歩く弱りきった母親を押し上げつつ、慎は梯子を登った。地上で待ち構える仲間に腕を引かれ、ようやく地上に出た時、慎は大地に身を投げ出して神に感謝した。

黄泉《よみ》の国から戻ったイザナギノミコトは、こんな気持ちだったのだろうか。あるいは冥界から戻ったオルフェウスは。光が、新鮮な空気が、そして生きているという実感がこんなにも尊いものだとは思いもしなかった。

「今まで何度か下水道を通ってきたが、今回みたいなのは二度とごめんだ」

いつも軽口を忘れないレイすらも、さすがに疲れきっていた。お互い全身黒ずんでひどい悪臭を発していたが、互いを指さして笑う元気もなかった。その後無事ＡＫのキャンプに辿りついた時、とにかくこの汚れと悪臭を落としたいのは山々だったが、それよりもまず疲労が勝り、宿舎の部屋に案内されると皆その場で倒れるようにして眠った。

翌朝目覚めると、部屋に風呂桶が用意されていたので喜び勇んで体を洗ったが、汚れは落ちても臭いは簡単にはとれない。何度も擦ってみたが、同じことだった。単なる悪臭ならかまわないが、死臭はおそろしい。しかしこれが、最もしつこくこびりついていた。

臭いはどうしようもなかったが、一日休養して英気を取り戻した一行は、再び移動を開始した。市民たちはジョリボシュ地区の病院へ、もしくはこのキャンプに残ることになり、イエジキ部隊をはじめ兵士たちは当初の予定通りカンピノスの森へと向かった。

森は、ＡＫの領域である。行軍ははるかに楽だった。爆撃機は時おりやって来るものの、一日百回も飛んできた旧市街に比べればどうということはない。その上、緑の天蓋がこちらの姿を隠してくれる。

夏の終わりの風が木々の間を抜け、葉を揺らし、火照る体を心地よく冷やしていく。さわさわと葉の鳴る音が、心地よい。この三週間ずっと、銃声と爆音に晒され、煙と埃、そして血の臭いを吸いこんできた。森の静寂、鳥の声、涼やかな風。これほどに美しいものだったのかと改めて思う。足取りは軽かった。下水道での行軍を考えれば、ほとんどハイキングと言ってもいい。なにしろ目指す先には、英軍が落としてくれた救援物資が待っているのだから。

果たして、司令部に到着するとお宝が迎えてくれた。鉄製のカプセルから取り出された中身を見た一同は歓声をあげた。対戦車砲ＰＩＡＴ《ピアット》、ステン・マシンカービン（短機関銃）、プラスチック爆弾、十トンを超える弾薬。

これだけあれば、旧市街の仲間たちはどれほど助かるだろう。一刻も早く戻らねばならないと誰もが逸《はや》った。

司令部からの命令を受けて、イエジはこの救援物資とともに、八百名近い兵士を連れてワルシャワに戻ることになった。森には、ワルシャワのみならず、各地で活動してきたレジスタンス兵が大勢いる。再編制を待つ間、慎は他の部隊の兵士とともに物資の仕分けをしていたが、そのさなかにまたも驚くような再会を果たした。

「まさか、パン・タナクラですか?」

汗だくになって弾薬を運んでいると、新たに合流してきた兵士の一人に声をかけられた。そうですが、と振り向いた慎は、その後数秒の間、息を呑むことになった。

頬が削げ落ちた顔には、口許から右の耳にかけてひきつれたような傷跡がある。深く落ちくぼんだ目は、この世の底を見たような陰を帯びていた。そのくせ眼光は、見る者を竦ませるほど鋭い。

これほど暗く険しい空気を纏った人間を、慎は見たことがない。しかし、この顔は知っている。記憶にあるものより、その姿ははるかに荒《すさ》んでしまっているが、驚愕に見開かれた目の青灰色は変わらない。

「まさか、ヤンか?」

「なぜあなたが、ここにいるんです」

問いに答えるかわりに、彼はきつい口調で訊き返した。

「こっちの台詞だ。君はワパンカに遭って、アウシュヴィッツに連れていかれたと聞いたぞ」

「はい」

彼は手早く戦闘服の袖をまくりあげた。露わになった左腕に、五桁《けた》の数字が刻まれている。20561。その不吉な入れ墨に、慎は息を止めた。

「なんだこれは」

「囚人番号です」

「……そうか。おふくろさんも一緒に連れていかれたと聞いた」

「ええ。収容所に入って半年で感染症で死にました」

声を詰まらせた慎を見て、ヤンは苦笑した。

「あの中では、まだましな死に方ですよ。それに半年であそこから出られて幸運だったと思いますよ。あそこは、長くいればいるほど、人から遠ざかっていく場所ですから」

そっけない口調に、心臓が引き絞られるように痛んだ。ヤンはもともと、皮肉屋の顔の下に繊細な感受性を備えた青年だった。しかし、抉れたように削げてしまった頬のように、彼の中から、ヤンをヤンたらしめていた決定的な何かが失われてしまったことを感じずにはいられなかった。

昔、慎の部屋から出ていく時、彼は晴れ晴れと笑っていた。その姿をうらやましく見送ったことを、昨日のことのように覚えているのに。

「でも、君は生きて出られた。僕にとってはこんなにうれしい奇跡はないよ。君と再会できて、本当にうれしい」

「まあ、俺もあなたに会えるとは思いませんでしたが。こんなところまで極東青年会につきあうなんて、ずいぶんつきあいがいいんですね」

「まあね。レイとは会ったかい？」

「レイもいるんですか？」

心底呆れた様子で、ヤンは首をふった。

「〝群れ《ルイ》〟で活躍中だ。ところで君、どうやってアウシュヴィッツから出てきたんだ」

「収容所内には、ピレツキ大尉が組織したＡＫの支部がありました。それに加わりました。三年かけて情報を集め、生き延びて、アウシュヴィッツの現実を知らせるために外へ。まあ結局、公《おおやけ》にはなりませんでしたが」

「君たちが命懸けで持ち出した記録だったのにか」

「はい、なんの役にも立ちませんでした。まあ、イギリスやアメリカなんて、そんな連中だとは思っていましたが」

ああ、この冷ややかな毒舌。たしかにヤンだ。懐かしさに、目頭がうっかり熱くなる。

「だが今回はこの通り、救援物資を送ってくれた。ベルリンにビラを撒くよりは進歩したじゃないか」

「自分の尻に火が点いたんですから、それぐらいはするでしょう。しかし、まあ……」

ヤンは腰に手をあて、しげしげと慎を見つめた。

「まさか、あなたの軍服姿を見るとは思いませんでしたよ。実際に戦ったんですか？」

「ほとんどモロトフ・カクテルを投げるだけだったが」

「でしょうとも。外国の外交官が今のワルシャワで何ができるのやら」

「しかしワルシャワには僕以外にも外国人がそこそこ残っていて、同じように戦っていたよ。スロヴァキア人なんて部隊を組んで、ＡＫと一緒に戦っていた。噂じゃ、ドイツ人すらいたそうだ。なら日本人がいてもおかしくはないだろう」

ヤンは黙って肩を竦め、それ以上は何も言わなかった。納得しているというより、呆れているのだろう。

「脱出してからはどうしていたんだ？　ワルシャワには？」

「戻っていません。家族もいませんしね。救えたと思った姉と姪も、結局ゲットーに移されて、その後トレブリンカに連れていかれたと聞きました。俺の家の近くに住んでた連中も、どうせもう一人も残っていない」

慎は胃のあたりが縮こまるのを感じた。青ざめた慎を見て、ヤンは笑う。

「なんて顔してるんですか。仕方がないことですから」

「下水道にも、ユダヤ人の死体がたくさんあった。でも、ここに来る前に、ハンナに会えたんだ」

「ハンナ・シュロフシュテインですか。生きていたんですね」

「今や立派な狙撃兵だよ」

「今のご時世、たとえポーランドから脱出できたとしても、周辺の国もほとんど敵ですから。賢い選択かもしれません」

「彼女はマジェナに救われて、他ならぬポーランド人とともに国を取り戻すためにその命を懸けると言っていた」

「ほう、それは立派だ」

ヤンは微笑んだ。以前よりもずっと柔和《にゅうわ》で、自然に見える笑顔は、それだけ作り笑いをしなければならない機会が多かった証なのだろう。だが、その目の冷たさはいかんともしがたい。

「君だってAKとして、最も厳しい戦いをずっと続けてきたじゃないか。立派だよ」

「ありがとうございます。ところでパン・タナクラ、この国でユダヤ人と民族ドイツ人《フォルクスドイチェ》はどっちが人間としてましな扱いなんでしょうかね？」

その言葉に、慎は二の句が継げなかった。

かつてイエジが渡した偽造人種証明書は、ヤンを民族ドイツ人と規定していた。実際に彼の血統を考えれば、そういうことになるのだろう。ユダヤとの混血ということをのぞけばだが。そしておそらくそれは、アウシュヴィッツを出た後もついて回ったのだろう。再度新しい名前、身分を与えられても、民族ドイツ人であることに変わりはない。ポーランド国内では、帝国ドイツ人《ライヒスドイチェ》よりも忌み嫌われる裏切り者。作戦上行動を共にする仲間は偽名と知っていても、接する多くの者は彼をただの民族ドイツ人とみなしたことだろう。どんな扱いを受けたかは、察するにあまりある。

なぜ、彼ばかりそんな目に遭うのか。やりきれない怒りが頭を擡《もた》げる。彼は、この国のために命を懸けると誇らしげに言っていたのに。あれほどポーランドを愛したがっていたのに。

　だが、もし今日本にいれば、慎自身がヤンのような扱いを受けた可能性が高いのだ。同じ国民に不信の目を向けられ、家族はみな抑留所に入れられてなお、お国のために戦えと言われ続けたかもしれない。

「ああ失礼、くだらない質問でした。まあ今回は、民族ドイツ人も何も関係ない任務ですからね」

「……君はなぜここに？」

「ワルシャワで蜂起が始まったと聞いて、救援に向かえと指令が来たんです。ドイツ軍にゲリラ戦をしかけながらここまで来たんですが、まさかイエジの部隊が来るとは思いませんでした」

　彼は周囲で立ち働くイエジキ部隊の兵士たちを眺めて、目を細めた。

「ずいぶん若いですね」

「孤児院の子たちが中心だから」

「……彼らには、生き延びてほしいものです。ずっとこの森にいればいいのに」

　その口調には、真情がこもっていた。森にいれば安全が保障されるとまでは言わないが、市街地で戦うよりはずっとましだ。

　最前線の戦いは大人に任せて、子供たちには綺麗になったワルシャワを手渡したい。それが本来の理想だったはずだ。しかし現時点で、ワルシャワが〝綺麗に〟なる可能性はかぎりなく低い。

「僕もそう思う。だが、彼らは望んで戦うんだ。それに連絡員《スカウト》や下水道の案内は、子供の独壇場だ。彼らがいなければ、もはや蜂起軍は立ちゆかない」

「子供を戦力にしなければ成立しない戦いですか。その時点でもう、勝てる戦いではないとわかりそうなものですが。それとも、結果はどうあれ、自由のために戦うことに意味があるとでも言うんでしょうかね」

ヤンは、言葉を放り投げるように吐き捨てた。

慎はイエジの苦悩を見てきたし、子供たちがどんな覚悟を持って戦いに臨んでいるかも知っている。だから反射的に擁護したくなるが、傍《はた》から見れば、やはり本来は忌避されるものなのだ。

再び、おのれの祖国が頭をよぎった。徴兵年齢がどんどん下がっているという。もし絶対国防圏を突破され、本土決戦などということになったら。そう考えると、ぞっとする。

六年前、日本に帰った時には、支那との戦争中だというのに、まるでそれを感じさせないお祭り騒ぎに薄ら寒いものを覚えたものだ。だが、こんな状況に比べれば、ずっとましだ。

「もう一度、交渉するか」

慎のつぶやきを耳にとめ、ヤンは怪訝そうな顔をした。

「交渉？　誰と」

「司令部と。休戦の可能性を懸けて一度ドイツ側と話し合いが持てないか、相談したい」

ヤンは呆れた顔をした。

「何を言っているんですか。無理に決まってます」

「僕も一度、ここまで拗《こじ》れれば不可能だろうと判断したよ」

悪夢のような八月五日。あの後、何度かイエジに相談してみようとはしたが、やはりどうしても口にするのはためらわれた。

それからもドイツ軍の非道な行いは続いた。ＰＩＡＴをレジスタンスがことさら喜ぶのは、戦車への恐怖や憎しみがことに強いということもあるだろう。

戦車砲はたった一撃で、バリケードや拠点の民家を吹き飛ばした。それだけではない。とくに堅いバリケードの前では、あえて発砲することはせず、戦車の前に非戦闘員のワルシャワ市民を並んで歩かせながら進んだ。彼らが前にいるために、こちらはいっさい攻撃ができない。市民たちは恐怖に震えながら、それでも「自分たちごと撃て！」と叫んだ。そこで撃とうが撃つまいが結果は同じだ。戦車のキャタピラは、少しでも歩みが遅れた市民たちを容赦なく轢《ひ》き殺して進んでくるのだから。

爆撃機や装甲列車の猛烈な砲撃も脅威だが、戦車への憎しみと恐怖は、計り知れない。バリケードを突破したはいいが戦車兵が逃げだし、戦車を手に入れたと少年兵たちが喜び勇んで囲んだところ、戦車が爆発し、百人近い犠牲者が出たこともある。ワルシャワで最も古く、伝統ある聖ヤン教会も、遠隔操作型の〝戦車爆弾〟によって無残に破壊され、中にいた多くの信徒や病人たちが殺された。

思いだすたびに、慎も怒りで頭が焼き切れそうになる。

かつて酒匂大使は、不可能だと思われても、一パーセントの可能性に懸けて最後までベルリンへと足を運んだ。その思いを継ごうとしたはずなのに、怒りに呑みこまれるなど言語道断だ。レジスタンス兵たちには怒りのままに戦う正当な理由があるが、慎の場合はただの復讐になってしまう。

「これ以上は本当にただの消耗戦だ。今回、救援物資が来たとはいえ、ドイツ軍はその何倍も兵力を注いでくる。連合国軍も敵地にそう何度も輸送機を飛ばせないだろうし、こちらとしても森との往復でかなりの戦力が削がれてしまう。泥仕合だ」

「だからって今の段階で休戦の申し出をしても、無条件降伏しかあり得ませんよ」

「旧市街はまだ陥ちていない。ＰＩＡＴがあれば、一時は盛り返せるだろう。その時点で交渉の機会を得られれば、無条件降伏だけは避けられるかもしれない」

ヤンの色の薄い目が、探るように慎を見つめる。

「つまりパン・タナクラは、ＡＫが勝つとは全く思っていないのですね」

慎は慌てて周囲に視線を走らせた。無数の兵士がいたが、こちらの話に耳を傾けている者はいないようだった。

「勝つ可能性はきわめて低いと思ったからこそ、僕はワルシャワに来たんだよ」

「なるほど」

ヤンの唇が、捻《ねじ》れるように動いた。おそらく笑ったのだろう。

「ご立派ですが、ポーランド気質をあなたもよくご存じでしょう。ここまで来たらどうあっても彼らは戦いますよ。最後の一人になってもね」

「わかっているよ」

だからこそ、部外者たる自分がやるべきなのだ。恥知らず、裏切り者と罵られることだろう。だが少しでも、子供たちもろともワルシャワが消滅する未来を変えられる可能性があるのなら、やはりやるしかない。

「イエジのところへ行ってくるよ。また後で」

慎が差し出した右手を、ヤンは眉を寄せて見下ろした。

「なんですか」

「また君と行動を共にすることができてうれしい。改めてよろしくってことさ」

ヤンは、「はあ」とわけがわからぬ様子で首を傾げつつも、しぶしぶ握手はしてくれた。

7

二十六日の夜、イエジに率いられた八百名のレジスタンス兵は、大量の支援物資とともに再びワルシャワを目指して歩きだした。旧市街を出てから、すでに五日が経過している。一刻も早く物資を届ける必要があった。

森の中における行軍は、順調だった。鼻歌すら出るほどだった。しかし、陽気な兵士たちに囲まれた慎の胸中は重かった。ヤンと再会した後、善は急げとばかりにイエジのもとへ行き、司令部への仲介を頼んだが、にべもなく断られたためだ。

「マコト、悪いが二度とそんな話をしないでくれ。もはやドイツとの和平など考えられないことなのだから。聞かなかったことにする、いいね」

イエジの顔は窶《やつ》れ、声は苦渋に満ちていた。怒りを必死で押しとどめているのが手に取るようにわかった。

蜂起当初は慎の計画に理解を示していただけに、彼の変貌は辛い。司令官として常に冷静に状況を判断してきたイエジが、そこまで言うほど深く深く傷ついているという事実が、胸に痛かった。彼の大切な子供たちは、すでに半分以上も失われている。

もう止まらない。

ワルシャワが燃え尽きるまで、きっとこの戦いは終わらないのだ。

彼らを守る森は、残念ながらワルシャワまで続いているわけではない。森が終わってから市街地まで、まだ十キロ以上の距離がある。そのうちの四キロは、全く遮蔽物《しゃへいぶつ》のない場所だった。

ここを八百名で突破するとなると、犠牲はやむを得ない。森外れの村に住む住人からも、この先はドイツ人が待ち伏せしているから引き返せと忠告された。

しかし、どうあってもこの物資を旧市街の仲間たちに送り届けねばならないのだ。とはいえ、これ以上仲間を失いたくもない。

ひとまず大休止を命じたイエジの苦悩は、見ていて気の毒なほどだった。これがまだ、普通の部隊ならばイエジもここまで迷わなかったかもしれないが、イエジキ部隊の半数以上はまだ十代なのだ。

そこに斥候が血相を変えて戻ってきた。

「ドイツ軍、接近中！　先頭は戦車です！」

一気に場が緊迫した。

ここは森ではない。戦車はその威力を十二分に発揮するだろう。

「総員退避！」

イエジの鋭い命令に従い、隊員たちは膨れあがる怒りを抱えたまま、迅速に退却した。少年兵たちはすでに歴戦の強者《つわもの》であり、ＡＫの中でも精鋭と呼べる貫禄《かんろく》が備わっている。

イエジは防御を固める指示を出したが、じつに運の悪いことに、彼らが退却したポチエハという場所は、ドイツ軍がソ連との戦いに備えて新たに築いた拠点に非常に近かった。

もはや、戦闘は避けられない。森に退避すれば逃げきれるが、それでは物資が届けられない。

苦悩の果てに、イエジは苦渋に満ちた決断を下した。

「十五歳以下、および妻子がいる隊員は森の奥へ退避。それ以外の隊員で決死隊を結成、ここを突破する」

司令官の言葉に、誰もが息を呑んだ。数秒続いた沈黙は、まだ声変わりも終わっていない甲高《かんだか》い声によって破られた。

「ふざけるな、俺たちだって戦える!」

「今まで一番武勲をあげてきたのは俺たちじゃないか!」

少年兵たちは次々と文句の声をあげた。しかし大人は誰ひとり、彼らとイエジの間をとりなそうとはしなかった。かわりに、極東青年会の幹部が控えめに声をあげた。

「イエジ、子供たちはわかる。だが、我々が除外されるのはおかしいじゃないか」

イエジは首を横にふった。

「勘違いをするな。我々の任務は、あくまで物資を届けることだ。我々が道を開いた後、君たちにそれをやってほしいというだけだ。こちらも困難を極める任務だぞ」

「だったら逆でもいいじゃないか。俺たちは戦いたいんだ！　ドイツ兵をやっつけたいんだよ！」

そばかすの目立つ少年兵が叫んだ。するとイエジは、見たこともないほど冷たい目で彼を睨んだ。

「この戦いは、君たちの復讐心を満たすためでも、君たちが英雄になるためのものでもない。そんな気持ちが少しでもあるのなら、今すぐここから消えろ」

低い声音に、少年兵の体が竦む。

「戦闘は無残なものだ。理念がどれほど崇高であろうが、実現するための戦闘はただただ残酷だ。そして戦うことのみに意味を見いだすようになったら、それはもう破綻しているのだ。我々は常に、戦闘が終結した後のことを考えて行動しなければならない。君たちは、自由のためにみごとに散るためにいるのではない。美しい最期を望むようになったら、それはもう、理想そのものを自ら投げ捨てたのと同じことなのだ」

その言葉は、慎の胸に深く突き刺さった。

みごとに散るためにいるのではない。脳裏に、いっせいに花びらを散らすソメイヨシノの姿が浮かんだ。

「兵站《へいたん》は最も重要だ。ここまで来た我々の目的を取り違えるなよ。それから……」

イエジの目が、慎とレイに向けられた。

「マコト。そしてカ――レイ。君たちは、退避の後、至急ここから離脱してくれ」

「なぜ」

間髪いれずに反問したのは、レイだった。

「ワルシャワに連れていくわけにはいかない。君たちはポーランドを出るんだ。案内人をつける」

イエジの目は、居並ぶ面々の上を素早く動き、一点で止まった。

「ヤン、君に頼もう」

途端にヤンは厭そうな顔をした。

「なぜ俺なんですか」

「君が一番地理に詳しいし、長距離移動の経験も豊富だ。君以上の適役はいない。頼まれてくれるね」

「俺以上に地理に詳しい者はいます。お断りします」

「ヤン、頼むよ」

「ふざけるな！」

突然、ヤンは声を荒らげた。

「俺は、最後に戦うことも許されないのか。いつもいいように使われて、命懸けで忠実であることを証明しても、まだ信用されないのか」

イエジは驚いたように目を見開き、「ヤン、そうじゃない」と慌てて諭そうとした。が、激昂したヤンは止まらなかった。

「アウシュヴィッツで、トレブリンカで、俺の家族や友人はみな死んだ。あいつらのかわりに――あいつらのぶんも、俺たちのものを取り返したいと思うことも許されないのか？」

最後のほうは、声が震えていた。その悲痛な叫びは、慎の胸を抉った。母の死を語る時、ヤンはまるでひとごとのように淡々としていた。ゲットーが出来る前にユダヤ人居住区で会ったハンナと全く同じだった。あまりにも深い悲しみは、心を押し潰す。だがそれは、決して死んでいるわけではない。いつか必ず、爆発するのだ。

重い沈黙が落ちる。しわぶきひとつない、気まずいと呼ぶにはあまりに痛々しい空気を破ったのは、イエジの声だった。

「すまない。配慮が足りなかった、君の献身には、司令部も感謝している」

イエジは真摯《しんし》な表情でヤンを見つめた。

「そしてあれだけの目に遭いながらも今君がここにいるということが、君がどんな困難な任務も成功させるきわめて優秀な兵士だという証拠だ。だからこそ私は、君を選んだんだ。マコトとレイを、必ず国外に送り届けてほしい。それが我々にとって、とても重要なのだ。だから――」

「ちょっと待ってくれ」

あまりの衝撃にしばらく放心していた慎は、ようやく我に返り、慌てて声をあげた。

「勝手に話を進めないでくれ。なぜレイと僕が出ていかねばならないんだ。先日君の気分を害したことは謝罪するが、君たちと最後まで共にある覚悟は変わらない。我々もワルシャワに戻らねば、それこそ意味がない」

「その通りだ」

レイも怒りを露わに同意する。

「ここで追い出されたら、来た意味がない。全てを見届けてほしいと、君は言ったじゃないか。なんのためのカメラだ。君は俺たちを卑怯者にしたいのか」

「いいや。だが君たちはすでに、見るべきものは見たはずだ」

食ってかかる二人に、イエジは冷静に言った。榛色《はしばみいろ》の目が、慎へと向けられる。

「マコト、君の提案からよくよく考えたんだ」

いつも通り、やわらかい口調で彼は切り出した。

「我々は戦い続けねばならない。その先にあるのが勝利でも敗北でも。それはもう、避けられないことだ。だから私は、この戦いを勝利に導くために最善の道を考えねばならないんだよ。同時に、最悪の事態を迎えた場合——我々がなぜ戦わねばならなかったのか、その意義を歴史から抹消するようなことは決して許してはならない。そのためにはやはり、早い段階で、この戦いを正確に、外に伝えねばならない」

イエジの視線が、レイの面へと移される。

「だからレイ、君はポーランドで起きている悲劇を世界に報じてほしい。ＡＫが提出した情報は握り潰されてきたが、君がその目で見聞きした情報ならば無下にはできまい。

そしてどうか、アメリカからの援助を。我々はそれを心から欲している。どうか助けてほしいと伝えてくれ」

イエジの切実な声に、さしものレイも押し黙った。イエジは微笑み、再び慎を見た。

「マコト、君はソフィアの公使館に戻るんだ。そして公使に、東欧の枢軸国に——君の祖国に、現実を正確に伝えねばならない。ドイツと手を組み、このまま共に破滅するのをよしとするか、彼らに訴えるべきだ。日本は、きっとまだ間に合う」

「……間に合う？」

「そうだ。我々も、ドイツも、共にもう戻れぬところまで来た。だが日本にはきっと、道が残されている。これ以上、犠牲を出さずに済む道が」

慎は目を瞠った。先日、自分がイエジに言ったことをそっくりそのまま返されている。

「ふむ。日本が早期講和に至れば、ドイツも追い詰められる。ソ連も背後を気にせず、今以上に連中を叩けるからな」

レイの言葉に、イエジはにやりと笑った。

「その通り。我々も勝利に近づく。マコト、これが最も犠牲が少ない、確実な策にはならないか」

「言いたいことはわかるが……」

途方もなく遠大な話ではないか。日本の劣勢が明らかな今、早期講和への工作は始まっているはずだ。とはいえ、容易に実現に至るものではない。正直に言って、その前にAKが壊滅する可能性がはるかに高い。

「我々は、日本を師としてきた」

イエジはなおも言った。

「だから君たちは必ず正しい道に戻ると確信している。そしてどうか、また我々を救ってほしい。また我々も、君たちを助けるだろう。マコト、どうか頼む。これは、君にしかなし得ぬことなんだ」

イエジは帽子を取り、頭を下げた。兵士たちが揃う中、ためらわず頭を下げる司令官の姿に、そこここで息を呑む気配がした。

口先で言っているのではない。イエジは本心から言っている。先日の慎の言葉は、イエジの中にいまだ息づく日本への信頼にたしかに響いた。その上で、言っているのだ。

この悲劇はもう、中からは止められない。だからどうか、外から止めてくれ、と。

「やはり君にはかなわないよ、イエジ」

慎の言葉に、イエジは顔をあげた。

「承知してくれるかい」

「僕らの司令官は君だ。命令に従おう。それが僕らにしかできないというのなら。レイ、君もいいか」

隣のレイに目を向けると、彼は芝居がかった仕草で肩を竦ませた。

「拒否権があるのかい？　でも、従うのはいいとして、俺はハーニャにすぐ戻ってくると約束してしまったんだけどね」

「物資は我々が責任を持って届ける。安心してほしい」

レイは痛みをこらえるようにうつむいたが、すぐに顔をあげ、明るく笑った。

「ならいいさ。さてヤン、あとは君だけだ。どうする？」

レイだけではなく、この場の視線の全てがヤンに集中する。ヤンはいまだ血走った目でイエジを睨みつけていた。

「あんたが言ってることは、机上《きじょう》の空論に過ぎない。実現するわけがないじゃないか」

「最初から無理だと諦めては何も変わらない。彼らは我々にとっても命綱なんだ。どうかそれを君に繋いでほしい」

「だから俺じゃなくてもいいだろう」

「いいや。ここにいる中でアウシュヴィッツを知るのは、君だけだ」

ヤンの目が大きく見開かれた。

「君だけが知る真実を、レイが伝えてくれるだろう。真実が、世界に広がる。そしてそれは、日本がドイツと袂《たもと》を分かつ追い風にもなる。君でなければ、駄目なんだよ」

口調はやわらかかったが、イエジの声には強い意志が宿っていた。ヤンはそれでもなお納得がいかぬ様子だったが、結局は「……わかった」とかすれた声で返事をした。

「成立だ、司令官殿。ならば互いに責務を果たそう」

未練を断ち切り、慎は言った。イエジはようやく頰を緩めた。

「頼むよ、マコト。また会おう。いや、我々は会うように出来ている。奇跡のような縁で結ばれているからね。またすぐ、会えるだろう。それまで息災で」

「ああ、君も。再会の時を楽しみにしている」

二人は固い握手を交わした。互いの顔には、穏やかな微笑があった。

8

決死隊と離れ、いったん森の奥へ退避した後、慎とレイ、そしてヤンの三人は、仲間たちに見送られて国外へ脱出するために出発した。

昨夜、イエジたちと意気揚々とカンピノスの森を出た時とは正反対の、寂しい旅立ちだった。日はすでに傾き、森の中には薄い夕日もほとんど届かない。そのせいで、ヤンが広げた地図も、よくよく目をこらさねば見えなかった。

「南を目指します。旧チェコスロヴァキア領を経由してハンガリーに出るルートを取ります。今夜のうちに、できるだけ距離を稼ぎたい」

地図の上に指を滑らせ、ヤンは言った。

「ハンガリーは枢軸国だ。大丈夫なのか。今回の蜂起の鎮圧にも、ハンガリーは部隊を派遣してきているだろう」

レイが眉間に皺を寄せて言うと、ヤンは冷めた顔で言った。

「連携はとれていたか？」

「いや全く」

レイが笑って答えると、ヤンも口許をわずかに歪めた。

「そういうことだ。それにブダペストには支援組織もある」

同意を求めるように、彼がこちらを見たのを感じ、慎は頷いた。

「その通りだ。ハンガリーを抜ければルーマニアだろう。ブカレストには織田さんもいる。そこまで辿りつければ、レイを中立国に逃がすのも可能だと思う。その南は我がブルガリアだからね」

懐かしい名に、レイの口許がほころんだ。

「オダさんか、懐かしいな。彼、君が蜂起に参加していたと聞いたら、ひっくり返るだろうね」

「まちがいなく、根掘り葉掘り訊かれるだろうね。とにかく、織田さんや山路公使には一刻も早く伝えたい。急ごう」

「ああ、俺も、早くこのスクープを記事にしないと。書きたいことはいくらでもあるんだ。俺はもうフリーだから、誰よりも早く、脅威に充ち満ちた、この国で起こっている真実の記事を書かないと」

レイは興奮気味に語り、「さあ出発しよう」と意気込んでみせた。どこか沈痛な空気が漂う連れを励まそうとしているのは明らかだったので、慎は「記事が楽しみだな」と微笑んで合わせた。

「意気込みは結構だが、大声を出すな。それから移動中、俺の許可なく喋らないように」

ヤンは冷ややかに言って、地図を手早く畳むと胸ポケットに押しこんだ。

「トイレはどうするんだ」

「小休止はこまめにとる。あんたたちは素人《しろうと》だしな。行くぞ」

ヤンは銃を抱え直すと、さっさと歩きだした。

彼の言う通り、行軍はひたすら無言の中で行われた。夜が更けてくると、森は得体の知れぬ音で満ち溢れる。ただの風が獣の咆吼に聞こえ、ざわめく葉がこの世ならぬものの笑い声に聞こえる。わずかに月明かりだけが頼りで視界がきかないぶん、あらゆるものの気配が鋭敏に研ぎ澄まされた神経に突き刺さる。小休止はたしかにこまめにとられたが、とてもではないが二人から離れて小用をするような余裕はなかった。

息が切れる。カンピノスの森への行軍は夜でもハイキングのような快活さがあったが、疲労がたまってくると、さほど長くもない下草に何度も足をとられ、そのたびにいらぬ力がかかり、よけいに疲弊する。

小川のそばの、大小の岩が転がる場所に出て、「ここで二時間の休憩をとる」と言われた時には、レイともども倒れるようにして小川に口をつけた。慎はそのままなかなか立ちあがれず、ヤンにため息まじりに引っ張りあげられるという醜態を晒してしまった。

「君はずいぶん慣れているんだな」

イギリス軍からのカプセルの中に入っていた異様に硬いクッキーをかじりながら、レイはいささか恨みがましい調子で言った。体力には自信があったらしく、ヤンが平然としているのが悔しいのだろう。慎は口を開く元気もなく、ぼんやりと膝を抱えていた。疲労は限界を超えていたし、眠くてたまらないのに頭が冴えて眠れない。

「ＡＫに加わって、初めての任務の時だ。ハンガリーに行くことになって、不眠不休で山越えさせられた」

ヤンはウォッカを一口含み、鼻を鳴らした。

「途中で足を怪我したが、休むことは許されず、気絶しそうになるとウォッカで強引に起こされた。どうにか目的地に着いた時は高熱のせいで意識が朦朧《もうろう》として、足も腫れあがってもう一歩も歩けない状態だった。近くに病院がなかったら足を切断していただろうな。あの時はＡＫのガイドを死ぬほど恨んだが、まあおかげでアウシュヴィッツでも何も怖くはなかったよ」

「それはすごい」

レイは口笛を吹きかねない表情で彼を称えた。

「君の体験、じつに興味深いよ。詳しく話を聞かせてくれないかな？　ＡＫの工作員には何人か会ったけど、そもそもアウシュヴィッツの生還者なんていなかったからね。何があったか、教えてくれないか」

「面白おかしく記事にするのか」

「面白おかしくかはともかく、記事にはするよ。イエジも言ってたじゃないか」

「無駄だ。おそらくすでに連合国軍の間では、ポーランドはソ連の取り分と決まっているんだろう。だから英米は、ポーランド国内のことに干渉したがらない」

「君たちのレポートが無視されたのは知っている。でもいつか、必ず公開できる日が来る。貴重な証言は、残しておくべきだ。君だってワルシャワにいたころは、雑誌社にいたんだろう。伝えることの重要さは、よくわかっているはずだ」

レイは熱心に説得したが、ヤンは頑として首を縦にふらなかった。

「俺が伝えるべきことは、すでにレポートに書いた。それが握り潰されたということは、そういうことだ。今改めて、誰かに語るつもりはない」

「俺は握り潰したりしない、絶対に」

食い下がるレイに、ヤンの顔にはっきりと苛立ちが表れる。

「君の記者根性は尊敬するが、どのみちそう遠くない未来にドイツは負ける。そうすれば、おのずと収容所の現実も明らかにされる。話してくれる奴はいくらでもいるさ。その時を待てばいい」

「悠長なことじゃないか。だが、そうだな。ヤンにとってはまだ生々しい記憶だろう。

興味が先走ってしまったのは悪かった」

　レイは殊勝な様子で謝罪した。彼は無遠慮に切りこんでくる癖はあるが、引き際は心得ている。慎はほっとしたが、ヤンの眉間にはますます深い皺が寄った。

「……生々しい、か」

　苦々しげに吐き捨てると、ヤンはレイに向けて、指を二本立てた。レイは肩を竦め、隠しから煙草の箱を取り出した。ヤンはそこから一本抜き出した後、思案顔で首を傾げ、改めて箱ごと奪い取る。レイは唖然としたが、「高くついた」と苦笑した。

　ヤンが抜き出した一本は、喫い口が赤く塗られていた。レイがかつて好んで喫っていた「珊瑚」という女性向けの煙草だ。ヤンは渋い顔で喫い口を見ていたが、諦めた様子でくわえ、火を点ける。

「なら、ひとつだけ話そう」

「それで一箱は高……いや、なんでもない」

　慎に肘で小突かれ、レイは大人しく話の続きを待った。

「アウシュヴィッツでは、脱走は珍しいことではなかった。外には協力者もいたからな」

　立ち昇る紫煙を暗い目で眺め、ヤンは語りだした。

「もちろん、その多くは失敗した。もしくは、失敗するのがわかったうえで逃げる者もいた。あそこでこれ以上過ごすぐらいなら、高圧電流にやられるか銃殺されるほうがはるかにましだと思う人間は、決して少なくなかった。だが脱走者が出れば、成否にかかわらず、同じ班の人間は全員処刑されるんだ。毎朝毎夕、点呼のために整列させられる通りには、何人も吊るせる絞首台があった。俺は何度も、見せしめの処刑を見た。その中には、俺と同じレジスタンスの人間もいた。まだ十代の血気盛んなやつで、外部との連絡なんかも積極的にやっていた。近いうちに彼が情報を持って外に出ることが決まっていたんだが、運悪く、同じ班から脱走者が出てしまった。当然、見せしめに殺されることになったんだが、彼はドイツ人に殺されるのが我慢できなかったんだろう。台を蹴りとばして、ポーランド万歳と叫んで自ら首を吊った」

ヤンは座ったまま、右足の爪先《つまさき》をわずかに前に動かした。蹴った動作を再現しているのかもしれない。

「見せしめの処刑の後は暗くなるんだが、あの時は誰もが泣いて、だが異様に興奮していた。忘れかけていた尊厳とでもいうのか……ポ、ー、ラ、ン、ド人であることの誇りを、みな思いだしたんだ。脱走をさせないための見せしめが、全くの逆効果になったわけだ。だから俺が、死んだやつのかわりに脱走することが決まっても、班の連中は快く協力してくれた」

慎の顔から血の気が引いた。

「それは……だが」

「ああ、俺が脱走した後、彼らは全員殺されただろう」

目を地面に向けて、ヤンは言った。

「必ずこの現実を、ロンドンやワシントンに知らせてくれと言われた。そのためなら命を捧げても惜しくはないと。俺が脱走する前には、収容所近くの——たしかビルケナウという村だったかな、さらに巨大な収容所を建設中だった。俺たちも毎日工事に駆り出されたが、とてつもない広さだった。土のままの地面に馬小屋をつくる要領でバラックを建て、それが地平線の彼方まで広がっているんだ。このバラックのぶんだけ人が送られてきて、いずれは殺される。こんな所業を止められるなら喜んで命を捧げると、彼らは言った。だが連合国軍は、俺たちが持ち出した情報を全て無視した」

ヤンはゆっくりとした仕草で煙草を口に運んだが、挟む指はわずかに震えていた。

「俺は、連中が許せない。五年前の戦闘の時から常に裏切り続けた。ある意味、仇敵であるドイツよりも憎いんだ。なあ、こんな記事、アメリカ人であるあんたには書けないだろう？」

ヤンは挑発するようにレイを見た。レイは神妙な顔で、じっと彼を見返している。

「三年前に、ポーランド東部占領地区におけるユダヤ人に関しては報道禁止令が出たんだ。それは全く、恥ずべきことだと思っている」

「なら君は、禁を破ることになる」

「だから新聞社を辞めたんだ。ハーニャの記事も、問答無用で却下されたんでね」

レイは怒りをこめて吐き捨てた。

「ドイツが負ければ、アウシュヴィッツやトレブリンカの惨状はおのずと明らかになる。だが、このワルシャワ蜂起は、戦争が終われば、なかったことにされるか、事実を極端にねじ曲げられるかのどちらかだ」

レイの言葉に、慎は険しい顔で頷いた。

イエジにポーランドから出ろと命じられた時、反発したくともできなかった最大の理由がそこだ。

ワルシャワ蜂起は、失敗した時点で歴史の闇に葬り去られる可能性がきわめて高い。もしくは、ソ連の美談に利用されるだろう。

ソ連軍はいまだ、ヴィスワ川のむこうからいっこうに動く気配はない。彼らはドイツとポーランド、双方が潰し合ってからワルシャワを手に入れるつもりなのだ。そうなれば、AKは確実に解体される。むしろ、安易な英雄思想で多数の市民を犠牲にしたとしてAKを戦犯にしたてあげて処分し、赤軍支配のための人柱にするだろう。

蜂起を促したのはモスクワ放送という事実は、都合よく消し去られる。カティンの森のように。

ドイツ人には憎悪を抱き、ロシア人には嫌悪を感じる。ポーランド人に本能のように染みついたこの感覚を、ドイツ人もロシア人もよく承知している。ソ連は最初から、ポーランドを信用していない。ドイツ同様、たいらげる相手としか認識していないのだ。

ワルシャワを自分たちの手に取り戻すために戦った者たちの奮闘は、きっと恥ずべき歴史として封印されてしまう。そのかわり、ソ連の赤軍こそが輝かしきワルシャワの解放者として、称揚されるようになるのだ。

「俺は、それだけは我慢ならない。自由を取り戻すために命を懸けて、そして俺を信じてくれた仲間の思いをなかったことにされるのは絶対に許せない。だから俺は、どんな妨害があろうと必ず真実を書く。ヤン、どうか君の真実も、聞かせてくれないだろうか」

レイの目と口調はいつしか熱を帯びていた。ワルシャワで再会してからこのかた、彼がこれほど真摯に語り、懇願するところを見たことがあっただろうか。それでも懐かしいと思うのは、日本で会ったカミルと全く同じ一途さを感じるからだ。

「……俺は、今でもこの国のことが好きじゃない」

その熱に押されたように、ヤンも口を開いた。

「だが、そうだな。あんたが言う通り、仲間の思いを踏みにじられるのは腹が立つ」

「ああ。そういう想いを、どうか話してほしい。俺はそれを忠実に伝えよう」

「それならもっと祖国愛に溢れた奴の話を聞いたほうがいい。俺の見方はだいぶ捻《ひね》くれている」

「君の視点だからいいんだ。真実に近い。イエジもそう思ったからこそ、君を同行させたんだと思う」

熱弁をふるうレイに、ヤンは困りきった様子で慎に目を向けた。明らかに助けを求めていたが、慎は何も言わずに微笑んだ。レイは、ヤンの内面を理解している。少なくとも、慎と同じ程度には。

思えば奇妙な組み合わせだ。一人はドイツに生まれたユダヤ系の、もう一人はシベリアで生まれ今はアメリカ国籍を持つポーランド人。そして自分は、どう見てもスラヴ系にしか見えない日本人。

だからこそ、互いの痛みはわがことのように感じられる。この三人の中で、最も過酷な道を歩んできたのはヤンだろう。レイは彼の口を開かせたいのだ。かつて自分が、異国で会った友人に秘密を明かしたことで救われたように。それがわかるから、慎も言葉を探して四苦八苦しているヤンを黙って見守っていた。

言葉という形を与えられない想いはただ嵐となって、ヤンの中で吹き荒れ、傷つけていくだけだ。しかし、おのれの半生を少しずつ言葉にしていくうちに、彼はやがて到達するだろう。彼だけの〝祖国〟に。

その日まで、ヤンをなんとしても生かさねばならない。きっと、イエジが自分たちにヤンを同行させたのは、そんな想いもあるのだろう。ヤンは充分に苦しんだ。どうかこれ以上、祖国の名を纏ったものが、彼を傷つけないように。

いつか、ポーランドがよみがえるその日まで。

仮眠をとり、次第に明度を増していく森を再び歩く。

今ごろ、イエジたちはどうしているだろうか。戦闘中だろうか。もう勝敗は決しただろうか。今はこちらにも武器が豊富にあるし、森の中ともなればそうそう負けはしないだろうが、さきほどから森の上を行き交う爆撃機がやかましい。

太陽が一周し、再び夜が訪れる。はかったように、森の外れまではあと少しのところまで迫っていた。

が、そこで急にヤンが足を止めた。

険しい顔で振り向き、音をたてるなと合図を送ってくる。慎は唾を呑みこんだ。耳を澄ます。揺れる葉音にまじり、かすかに聞こえたのは——銃声だ。

ＡＫ？　ドイツ軍？

目で問うても、ヤンはわからないと言いたげに首を横にふった。森ならばＡＫである可能性が高いが、それはそれで銃声が聞こえるのは穏やかではない。ヤンは険しい顔で、身を伏せているように指示を出すと、みずから斥候に立った。慎とレイは木陰に身を隠して待機していたが、研ぎ澄まされた神経に障る気配は、ひとつやふたつではないような気がする。

十分後、ヤンが戻ってきた。苦虫を嚙み潰したような顔は、予想が最悪の形で的中していることを示していた。

「ドイツ軍だ。百はいる。軽戦車もあった」

ヤンはかすれた声で言った。

「迂回は」

「地形から見て厳しい。東側はすぐ野原で、視界を遮るものが何もない。西に抜けるしかないが、監視がきつい。一人ならあるいは抜けられそうだが……」

地図を広げ、しばらく考えこんでから、ヤンは意を決したように二人を見て言った。

「俺が囮になる」

「馬鹿を言え」

慎とレイの声がみごとに重なった。レイのほうも、ヤンが何を言いだすかおおかた予想していたのだろう。

「大丈夫だ。一度、ベルギーの片田舎でゲシュタポに捕まったこともある。逃げられる」

「駄目だ。君がいなくなったら、我々だけでハンガリーまで辿りつけるものか」

慎の言葉に、ヤンは薄く笑った。

「行けないことはありません。森を抜ければしばらく平地です。南に抜けると畑に出るので、農家に頼めば納屋を貸してくれるでしょう。基本的に、農村の人間は協力的ですよ。だからそれは、絶対に外さないように」

白と赤のAKのしるしを指さし、ヤンは再び地図の上に視線を落とし、今後慎たちが取るべきルートの確認を始めた。彼が説明しようと口を開きかけた時、慎は先手を打った。

「囮ならば、僕がやる」

二対《つい》の目が、ぎょっとしたように慎を見た。ヤンが同じことを言いだした時はレイも驚かなかったのに、反応の差に少し傷つく。

「ヤンといい君といい、何を言ってるんだ。全員で行ける方法があるはずだろう。時間はあるんだ、考えよう」

レイは珍しく、焦った顔をしていた。いつも余裕綽《しゃくしゃく》々といった様子の男が額に汗を滲ませているところを見るのは、なかなか気分がいいものだった。

「ここに陣を張っているってことは、完全に待ち伏せ目的だ。全員見逃してくれるとはとうてい思えない。考えてもみろ、僕が囮になるのが一番理にかなっているんだ。僕は同盟国の人間だ。即座に撃ち殺すようなことはしないだろう。まあ、これを外していったほうが無難だろうが」

慎は名残惜しげに腕章を外した。

「蜂起に巻きこまれてほうほうの体《てい》で逃げだして、森をさまよい、友軍に庇護を求めた。おかしくはないだろう。半分は事実なんだし」

「先方が信じるとは思えませんね。もし本当にそうなら、もっとワルシャワに近い地点で庇護を求めているはずですから」

ヤンの言葉に、レイも同意した。

「蜂起当日に一緒にいたドイツ兵が殺されて、君は行方不明という扱いなんだろう。ドイツ軍側でも、すでに蜂起軍と内通していることは承知しているんじゃないか」

「ワルシャワの司令部にでも問い合わせればそうかもしれない。だがどのみち、ここですぐにどうにかなることはない。後は口八丁で切り抜けるさ」

ヤンは首を横にふる。

「危険です、パン・タナクラ。あなたにも大事な任務があるでしょう」

「しかし、この中でドイツ軍に捕まって生き残る可能性があるのは、僕だけだ。むしろ、安全にブルガリアまで送り届けてもらえる可能性すらある」

「そんな甘い連中ではありません。すでにあなたは行方不明扱いなんだ、ソフィアの日本公使館に連絡なんて入れるはずがありませんよ。それよりも、ゲシュタポに拷問される可能性がはるかに高い。ゲシュタポの拷問がどんなにひどいかご存じですか」

「噂には聞いているよ。あまり受けたくはないが」

「だから俺が行くと言っているんです。俺は経験がありますし、逃げることもできましたから大丈夫」

「ならなおさら、君にやらせるわけにはいかないよ。君はもう充分ポーランドに尽くした」

二人のやりとりを眺めていたレイが、鼻の付け根に皺を寄せて言った。

「なら囮が俺でもいいんじゃないか？　俺はまあ敵国の人間だが、単なるブン屋だ。あとたぶん、一番頑丈だ」

「駄目だ。記者なんて、外交官と並んで諜報員の可能性が高い職業じゃないか」

「マコト、俺は今度は逃げちゃならないんだ。君やヤンを置いていくなどとうてい受け入れられない。俺はただでさえ、ワルシャワにハーニャを置いてきている」

レイの傷ついた表情に、慎は過去の情景を思いだしていた。今度こそ戦う。虚ろな目で繰り返していた少年を。

「イエジも言ってただろう。銃を持って戦うことだけが戦いじゃない。ハンナの戦場はワルシャワ、そして僕はたぶんここだ。だがレイ、君は何がなんでも蜂起の現状をイスタンブールのアメリカ大使館に届けなければならない。そしてどうにかして救援を約束させねばならない。もちろん、今度こそ握り潰されることがないよう、世界に向けても。一介の記者がこなすにはとんでもない大仕事だ。ある意味、最も厳しく、重要な戦闘になると僕は思うが」

「それは……」

「つまりここで、最も確実に、そして迅速に逃がさねばならないのは、君なんだ。そのためには、どうしてもヤンは必要だ。だから僕しかいない。そうだろ」

レイはますます渋い顔をした。しばらく沈黙していたのは、慎の言うことがもっともだと頭では理解しているからだろう。苦虫を噛み潰したようなヤンの顔を見るかぎり、彼もやはりわかってはいるのだ。

「……だが君だって、日本に伝えるべきだろう」

「イスタンブールの日本領事館には、後藤さんがいる。僕がソフィアに戻れなかった場合には難しくなるが、その時は君がどうにかして彼とコンタクトを取ってくれ」

慎は上着のポケットから、黒い手帳を取り出した。手におさまる大きさで、表紙の革はだいぶくたびれている。中身は半分以上、字で埋まっていた。

「これを預けておく。メモ書き程度だが、毎日書き留めた記録だ。これを彼に」

手帳を受け取ったレイは、指でぱらぱらとページをめくった。中は全て日本語だ。今の彼がどこまで読めるかはわからないが、目の動きは明らかに文章を追っていた。目の前で日記を読まれるのはなかなか恥ずかしい。

「これを預けるなんて、生きて戻れないと言っているようなものじゃないか」

「ただの保険だ。そんなことにはならないよ。必ず戻る」

自信を込めて断言すると、レイはようやく日記から目をあげて慎を見た。そして日記を片手で閉じると、右手の小指を立てて前に突き出す。

「ユビキリだ」

慎は目を瞠り、記憶よりもずっと太くなった小指を見下ろした。

「いちおう預かる。必ず君が自分で取りに来るんだ。約束だ。ユビキリゲンマン」

「なんだそれは」

ヤンが胡散臭そうな表情で口を挟んだ。

「日本古来の偉大な儀式だ。効果のほどは実証済みだからな。これをしたから、俺とマコトはワルシャワで会えたんだ」

「ほう。それなら俺もあやかりたいな」

レイの嘘八百の説明に、ヤンは感心したように聞き入っている。訂正しようかと思ったが、やめた。それよりも、レイが指切りを大切な儀式だと心に留めていてくれたことがうれしかった。

「わかった。では」

慎も小指を出し、まずレイと指切りを交わした。

そして次に、ヤンと。流れでそのまま指切りを交わそうとして、慎ははたと動きを止めた。

「君とは、何を約束すればいいいんだ？」

「桜を」

間髪いれずに、ヤンは答えた。

「桜？」

「覚えていませんか。あなたが言ったんです。いつか日本で花見をしようと」

ああ、と慎は微笑んだ。緑の楡を前に、そんな話をした。

「そうだったね。では君とは花見をする約束を。日本で会おう」

慎は微笑み、小指を絡めた。

「指切りげんまん、嘘ついたら針千本飲ます」

きっとヤンには奇妙な呪文《じゅもん》にしか聞こえないであろう言葉を、日本語で唱える。指切った、という声とともに、指が離れる。

彼らは二人とも、慎を信用してくれた。正直なところ、唯一の枢軸国側の人間である自分がこんなことを言いだせば、ひとり助かるつもりではないかと詰られる可能性もあると考えていた。今はそんな自分を羞《は》じる。

「花見か、いいな。俺もまぜてくれよ。マコトの家にも桜はあったっけ？」

レイの陽気な声に、慎は口許をほころばせた。

「残念ながら、うちにある春の花木は梅だけだ」

「なら植えようじゃないか。あの庭、びっくりするぐらい狭いけど、雰囲気はよかったよ。三人の花見にはちょうどいいだろう」

「人の家の庭にケチをつけておいて、そこで花見をしようとはいい度胸じゃないか」

その瞬間脳裏に浮かんだのは、懐かしい我が家の庭だ。あの庭に桜は似合わないが、想像の中では悪くない。今、暗闇の中でうずくまる三人を、その光景の中にはめこんでみる。

笑っている。頭上の花を見上げ、心底愉快そうに酒を呷る。

想像しただけで、目頭が熱くなった。この三人が、あの庭で会う。実現しうるのは、三人とも望むものを手に入れた時だけだ。真実が正しく伝えられ、平和が訪れてはじめて、彼らは共に桜を見ることができるだろう。

ああ、これはいい。慎は心の底から思った。自分はこの光景を見たい。必ず実現させなければならないものだ。

「よし。じゃあ、行こうか」

促し、慎は歩き始める。

何度も頭の中でシミュレーションを繰り返す。できるだけ多くの目を、できるだけ長く引きつけねばならない。二人が監視の目をくぐり抜けられるだけの、充分な時間を稼がねば。

危険な賭けではある。だがここを、みごと二人が抜けられれば慎の勝ちだ。いや、三人の勝利だ。

真実を残す。それこそが、最も得がたく、美しい勝利であるはずなのだ。目に見える戦闘の勝敗よりも、そこから掬《すく》い出される真実こそが重要なのだ。

姿勢を低くして進む三人の距離が、徐々に離れていく。正確には、慎と二人の距離が離れていく。

やがて視界に、ドイツ兵の姿が現れる。一人、二人――報告通り、かなりの人数だ。この耳目を全て、こちらに集めなければならない。唾を呑みこむ。

充分近づいたところで、ヤンから合図が来た。慎は軽く手をあげ、目の前の大木目指して進んだ。敵側から完全に姿を隠すと、ドイツ軍のジャケットを脱ぎ、袖を小銃に結びつけ、旗をつくる。白ではないが、意図は伝わるだろう。

木の陰からそっと出すと、即座に弾丸が飛んできた。

「撃つな《ニヒト・シーセン》！」

ドイツ語で叫ぶ。

「私は日本人だ《イッヒビンヤパーナー》。庇護《ヒルフェ》を！」

反応を待つ。銃声は聞こえない。かわりに、軍靴《ぐんか》が草を踏む音がいくつも近づいてくるのがわかった。よし、いいぞ。もっと、大勢で囲んでこい。

「両手をあげて出てこい」

一度固く目を閉じ、大きく深呼吸をする。出た途端、撃たれないとも限らない。だがもしそうなっても、怯えは見せまい。恐怖は見せまい。

足を踏み出し、木陰から姿を現す。

ずらりと並ぶ銃口に、足が震える。しかし決して目線は下げなかった。

「指揮官殿にお目通り願いたい。ソフィアの日本公使館に勤めている書記生だ。視察中、ワルシャワでの騒乱に巻きこまれたんだ」

精一杯声を張りあげる。一人でも多くの者の意識がこちらに向くように。

「日本？　本当に日本人か？」

銃口を向ける兵士の一人が、訝しげに尋ねる。今まで何度も、繰り返されてきた問いだった。

だが今日こそは、一片の曇りもなく、誇らしく宣言することができる。

「そうだ、私は日本人だ。名は棚倉慎という」

終章

『ポーランドは、奪われる国だった。

首都ワルシャワには侵略者が押し寄せ、食い荒らし、やがて去っていく。それはたいてい、新たな侵略者がやって来るということでもあった。

一九三九年以来、ドイツ軍に占領され続けたワルシャワも、また同じだった。

四三年のスターリングラードの大敗以来、猛反撃を加えるソ連軍と敗走を続けるドイツ軍は、四四年六月、ポーランドの東部ルヴフにて激突した。東部地方を支配下におさめたソ連軍は、ポーランドじゅうのレジスタンスに蜂起を呼びかける。カティンの森事件以降、ポーランド亡命政府とソ連の国交は断絶状態にあったものの、ワルシャワの東十キロにまでソ連軍が迫ってくるに至り、ＡＫ（ポーランド国内軍）はソ連軍と連動してワルシャワでの武装蜂起を決定する。

ポーランドにとって、ドイツ軍は仇敵ではあるが、ソ連——ロシアはさらに忌むべき敵である。しかしこのまま傍観していても、ソ連軍がドイツ軍を蹴散らし、新たにワルシャワを占領することになるのは目に見えていた。

そうなる前に、自分たちの手で、ワルシャワを取り戻す。物資も食糧もほぼ底をついていたが、それでも八月一日、約五万のＡＫはいっせいに蜂起した。

彼らは、じつによく戦った。ヒトラーはすぐに鎮圧部隊を派遣したが、ＡＫは粘り強く戦った。ドイツ軍は、レジスタンスたちの練度が思いのほか高く、統率がとれていたことに驚いたことだろう。

ワルシャワの各地で激しい市街戦が展開された。私もその場にいたが、あの物資の少なさを鑑《かんが》みれば、ＡＫが二ヶ月もったのは、ほとんど奇跡に近いことだったと改めて思う。

しかし我々は、敗北した。ワルシャワは、おそらく史上最も惨たらしく破壊され、焼き尽くされた。二十万人の民間人が死に、その何倍もの市民が追放された。

もっとも、その悲劇を私は見てはいない。

ワルシャワに潜入する際、私は何があっても最後まで彼らと共にあろうと誓ったにもかかわらず、その日を迎えることができなかったのだ。彼らが降伏する十月二日より一月《ひとつき》以上も前に、私はワルシャワから脱出した。

前述したイエジ・ストシャウコフスキ氏率いる部隊とともに、イギリス軍からの救援物資を取りに郊外の森へと向かった際、我々はドイツ軍に遭遇した。ストシャウコフスキ氏は独身の成人男子だけで決死隊を組織し、敵を突破してワルシャワに戻ることを選んだが、その際に私は外されてしまった。

ストシャウコフスキ氏は私に命じた。ワルシャワで見聞きした全てを、アメリカ国民に伝えること。一度は目を背けられた事実を、今度こそ伝えること。

この脱出には、二人の仲間が同行した。

一人は、今やナチの罪の象徴ともなったアウシュヴィッツからみごと脱出してきた、ヤン・フリードマンだ。将来有望なカメラマンだった彼とは、戦前何度か顔を合わせていたから、奇妙な縁だった。ヤンは三人の中で最も年若かったが、過酷な経験が彼を驚くほど老成させており、何があっても動じることがない頼もしいリーダーだった。

もう一人は、ヤン以上に奇妙な縁で結ばれた人物である。諸兄は驚かれるだろうが、彼は日本人だった。彼は、約束は決して違《たが》えぬ義理堅い人物だった。信には信をもって応える彼は、友と戦うためにワルシャワにやって来て、友を救うためにワルシャワを去った。

私が今、あの日々をこうして諸兄に伝えることができるのは、ひとえに彼らの勇敢かつ崇高な犠牲あってのことである――』

新聞を持つ手が、かすかに震えている。

大きな手だった。がっしりとした骨、太い節、先にいくに従って横幅を広げていく指。色素の薄い皮膚にはいくつも染みが浮き出ており、あちこちに傷がある。後者は、縁側でまどろむ錆猫《さびねこ》の仕業《しわざ》なのだろう。

八十近い年齢を感じさせぬ姿勢のよさで、何度も老眼鏡を直して英文の新聞を読む彼を、レイはただ静かに見つめていた。

しかし、部屋は静かとは言いがたかった。正確には、部屋の中は物音ひとつしなかったが、面した庭では油蟬《あぶらぜみ》の大合唱が続いている。彼には騒音にしか聞こえないが、日本人は蟬の声を風流と感じると聞いた。

では、この男はどうなのだろう、と思った。

セルゲイ・ディミトロフ・棚倉。

ロシアに生まれ、研究のために日本にやって来て、革命で祖国を失い、以降ずっと日本に住み続けたこの人物は。濃紺の木綿《もめん》の単衣《ひとえ》を纏い、訛りのない日本語を話し、庭に面した座敷で客人を迎え、麦茶を勧め、蟬時雨《しぐれ》にも動じず、英字新聞を読む彼は。

棚倉氏が手にしている新聞は、ずいぶん黄ばみ、めくるとがさがさと大きな音がした。それはそうだろう、なにしろもう七年も前――一九四六年に発行された新聞なのだから。

二月《ふたつき》前、自己紹介を添え、お会いしたいと日本語で手紙を書いたところ、一月《ひとつき》後に返事が来た。棚倉氏はこちらの希望を快く受け入れてくれたが、あなたの記事が読みたいから持ってきてほしいと書き添えてあった。

英語だが大丈夫だろうかと案じていたが、杞憂だった。

老眼鏡の下の灰色の目は、順調にアルファベットを追っている。やがて彼は、ほう、と息をつくと老眼鏡をはずし、新聞を丁寧に畳んで卓袱台《ちゃぶだい》に置いた。

「じつにいい記事でした、ミスター・パーカー」

この国で生まれ育った人間のようになめらかな日本語で、棚倉氏は言った。自分も数年は日本語の習得に没頭したが、まだまだ彼の足下にも及ばない。

「ありがとうございます。若書きで、今となっては恥ずかしいのですが」

「抑えた筆致ながら、情熱が伝わってきます。ワルシャワを訪れたことはないのですが、目に浮かぶようでした」

棚倉氏の目は、うっすらと充血している。

彼が読んだ記事は、一九四六年に『シカゴデイズ』紙に十回にわけて掲載された「ワルシャワ最後の日々」だ。『シカゴプレス』紙を辞めたレイは、戦後間もなく『デイズ』紙に雇われ、半年後にはこの記事を担当した。

「それにしても、縁とは不思議なものです。まさか、あなたがまたここにいらっしゃるとは」

棚倉氏はしみじみとレイを見つめ、また目を潤ませる。彼の記憶にある自分は、今よりはるかに小さい少年だろう。レイの中の棚倉氏も、クマのように巨大な人物だった。再会して、こんなに小さかったのかと驚いた。

「はい。私もまた、この庭に来られる日が来るとは思いませんでした」

「あなたがいらした時の庭とは、残念ながら違うのですよ。このあたりは全て、空襲で焼けてしまいましたから」

「存じています。ですが、この佇まい、同じです。あの紫苑もそのままだ」

レイは正座を崩さぬまま、背後の庭を顧みた。西側の垣根の近くに、紫苑がひっそりと咲いている。庭木戸もあの日と同じだ。

「マコトはあの木戸から飛びこんできましたね。『革命のエチュード』の中に」

麦茶を口に運ぶ棚倉氏の手がわずかに震える。レイは改めて深々と頭を下げた。

「本日は、息子さんのことをお伝えしたくて参りました」

「この記事にある日本人というのが、慎のことなのですね」

「はい。マコトのことは、どのように聞いておりますか」

「山路公使から頂いた手紙では、視察に向かったワルシャワで戦闘に巻きこまれ致命傷を負い、ドイツ軍に保護された後に亡くなったとありました。ドイツ軍が発行した死亡証明書と、愛用していた万年筆が一緒に送られてまいりました」

棚倉氏の言葉に、レイは膝の上に載せた手を震わせた。予想してはいたが、彼の父から出た言葉は、重かった。

「私の知るかぎり、マコトは致命傷など負っていませんでした」

「……ほう」

「彼は我々を逃がすために囮となり、ドイツ軍に投降しました。おそらくその後に

「……」

その先は言葉にならなかった。

棚倉氏の表情は動かなかった。

ただ静かに、目を閉じる。

風はそよとも吹かない。油蟬は相変わらずやかましく啼《な》き騒ぐ。まるで涙を流せぬ者のかわりに泣き喚いているようだった。

どれぐらいの時間が経ったのか。棚倉氏がゆっくり目を開けた時、レイの世界から一瞬、音が消えた。全てを吸いこむような、深い深い瞳だった。

「ありがとう。息子の最期を、伝えに来てくださったのですね」

穏やかな声で、棚倉氏は礼を述べた。

「はい。私は……マコトに、助けられました。マコトを、助けられませんでした」

「慎はただ、天寿を全うしたのです。あなたがここにいることも、同じく天命なのですよ。実際にあなたは、立派に使命を果たされた」

棚倉氏は再び目を瞑った。

「最期の瞬間、あの子は自分の人生に満足していたはずです。おそらく、生まれて初めて満たされたのです。それ以上に幸せなことは、ありません」

こみあげるものをこらえるように引き結んだ唇の端が、震えていた。

「戦争が終わって……翌年でしたか、ワルシャワの日本大使館で副領事をつとめていた後藤さんから、あの子が使っていた手帳を頂きました。あれを彼に届けてくれたのは、あなただったのですね」

「はい。あれだけは、どうにかと。あの手帳は……」

「今は蔵にしまってあります。慎の死を悼み涙を拭おうともされず、それでも断じて人目に触れさせてはならぬと、後藤さんに念を押されましたので。仮にも外務省の人間が、ワルシャワ蜂起でポーランド人やアメリカ人と行動していたと知られてはならないからと」

「……そうですか」

レイは再び手を握りしめた。

想いをなかったことにされたくはない。ねじ曲げられたくはない。それが、彼ら共通の願いだった。だが後藤は――いや彼のせいではないが、日本は、慎の想いを固く封じることを選んだのだ。

「仕方のないこととはいえ、無念です。マコトは、最後まで誠実でした。義の人でありました」

「ありがとうございます。息子の手記を読み、私はあの子が自ら信じるところに忠実に行動したのだと信じていましたが、あなたの言葉でそれが正しかったと確信することができました」

棚倉氏の笑顔は晴れ晴れとしており、最後にドイツ軍のほうへと歩いていく友の面影が重なった。ああ、やはり親子なのだなと改めて思う。

「私こそ礼を述べなければ。マコトがいなければ、私はポーランドの仲間を案じつつも、蜂起に加わることはなかったかもしれません。彼は、私に道を示してくれました」

思えば、子供のころからずっと、棚倉慎は自分の前を歩いていたのかもしれない。自分が何者かわからない、時々なにもかも憎くなると泣きそうな顔で打ち明けられた時、レイは驚いた。こんな天国のような国に生まれ、やさしい人たちに囲まれているのに、なんて贅沢《ぜいたく》なことを言うのだと腹立たしくも思った。しかし慎がひどく苦しそうだったのは事実で、レイは自分の秘密も受け止めてもらった手前、稚拙な言葉を駆使して友人を必死に慰めた。その後アメリカに渡り、裕福な夫妻に引き取られた後、まさに慎と同じ苦しみに悩まされることになった時には愕然とし、だからこそワルシャワで再会した後、誰より理想的な日本人であろうとしていた慎の姿に苛立ちを覚えもした。

「ここであなたと会ったことが、息子にとっても大きな転機でありました」

棚倉氏は穏やかに言った。

「ですから私は、息子がポーランドに行くと知った時は祝福したのです。きっとそこで彼が求めるものを手に入れられるだろうと。そしてその通りになりました。ミスター・パーカー、あなたがたにとっても、そうであればよいと願っています」

あなたがた、と棚倉氏は言った。それが示す意味を、レイは正確に読み取った。

「はい。そうであったと思います。私にとっても、またヤン・フリードマンや、イエジ・ストシャウコフスキにとっても」

棚倉氏の体がわずかに緊張したのを見て、自分の推測が間違っていなかったことを知る。ヤンとイエジ。ワルシャワでの彼を語るに欠かせぬ両輪だ。

「記事には、お二人とも行方不明だとのことでしたが、今もまだわからないままなのでしょうか」

ためらいがちに棚倉氏は尋ねた。

「イエジは生きてはいるようです。とはいえ所在は不明なので今も無事なのかはわかりません。ご存じでしょうが、今のポーランドでは人捜しも容易ではないのです」

「ええ、存じております。残念なことです」

「ヤンに至っては生死すら不明です。かなうことなら、ヤンと一緒にこちらにうかがいたかったのですが……。ワルシャワを出てから、彼とは半月以上も共に過ごしたのですよ」

「ああ、記事には無事にハンガリーまであなたを送り届けたと」

「そうです。彼はじつに優秀な兵士でした。イエジの人選は正しかった。ヤンも、私をハンガリーに送り届けようと必死でした。マコトとの約束をなんとしても守りたかったのでしょうね」

きわめて困難な任務を成功させたヤンを、レイはもちろん、ハンガリーの地下組織の面々も賞賛した。そしてこのままこの地で活動を続けるか、イスタンブールへと亡命するかという話になった時に、ヤンはきっぱりと言ったのだ。

「命令は遂行したから、ここからは好きにしていいんだろう？　ならば俺は、ワルシャワに戻る。それ以外の道はない」

無茶だ、外だからできることもたくさんあるのだとレイは必死に説得したが、彼は最後まで首を縦にふることはなかった。

「外だからできることは、おまえの担当だろう。ここに来るまでに、伝えるべきことは全て伝えた。レイが俺たちの真実を残してくれるのならば、それでいい」

そう言って、最後は去っていった。別れ際の表情は、それこそ慎のものをうつしたかのように晴れやかだった。

その後は、杳《よう》として行方が知れない。ワルシャワに無事に辿りついたかどうかもわからない。だがおそらく辿りついた時には、もう全ては終わっていたはずだ。

蜂起失敗後、ポーランドはソ連の占領を経て独立したが、現在、ソ連の傀儡《かいらい》たるポーランド統一労働者党の一党独裁体制下にあり、アメリカ人であるレイは立ち入ることができなかった。そのせいで、当時共に戦った仲間はほとんどが行方が知れない。ハンナのことも血眼になって捜したが、わからなかった。

おそらくハンナは、いや大半の仲間は命を落としたのだろう。

ドイツ軍は、ＡＫ降伏後、ワルシャワを徹底的に破壊した。約七十万人の市民が収容所に送られた後、建物は爆破され、火炎放射器で念入りに焼かれ、文字通り死の街と化した。一九四五年春にソ連軍が入城してきた時には、ワルシャワに残っていた者は千人にも満たなかったという。

ソ連側は案の定、蜂起軍の存在を徹底的に貶めた。AK狩りが行われ、自由のために命懸けで戦った兵士たちは、無意味な戦いを起こし、多くの市民を犠牲にした裏切り者、ファシストの汚名を着せられて迫害され、秘密裁判にかけられ処刑された。

かろうじて、幹部の一人であるイエジ・ストシャウコフスキだけは裁判で死刑判決を受けたものの釈放されたという情報は得られたが、ほかはお手上げだった。蜂起軍に加わっていた過去を隠してひっそり生きていくほかない者たちを捜すのは、難しい。

レイは何度か、蜂起軍の真実を伝える記事を書いた。ソ連軍に事実をねじ曲げられていることも訴え続けた。

しかし、アメリカ国民にとってポーランドは興味をかきたてる存在ではなかった。アウシュヴィッツなどの悲劇は大仰に取り上げられる一方、ワルシャワ蜂起はただの無謀な反乱として片付けられ、とうとう新聞社からも「これ以上は書くな」と禁じられてしまった。

「私は結局、彼らとの約束をなにひとつ果たせていません。援助を約束したのに、大使館に着いた時には手遅れでした。戦後も真実は伝えられなかった」

「いいえ。戦後間もないアメリカでこれを書くことは、さぞ勇気が要ったことでしょう。とくに記事の最後の言葉――」

「〝我々は最後に約束した。いつか必ず、三人で日本の桜を見ようと〟」

棚倉氏の言葉を引き取る形で、レイは言った。自分が書いた言葉だ、一言一句違《たが》えず覚えている。大事な約束だった。

「そう、それです。驚きました。何も言われませんでしたか」

「多少は」

レイは肩を竦めた。実際は多少どころではなかったが、彼には小鳥のさえずり程度にしか思えなかった。

「日本は私にとって大恩ある国。誰がなんと言おうと、それは変わりません。ここで誰に咎められることなく桜を見られる世界になればと、三人が等しく願っていたのです」

「我が家に桜がないことをこれほど悔やんだことはありませんよ。夢の桜を植えてみましょうか」

「いえ、恥ずかしながら桜は庭木に向かないと最近になって知りまして……」

「種類を選べば問題ありません。あなたがあえて春を避けていらしたのは、実現する日を信じているからではないですか」

レイは返す言葉を失った。見透かされている。慎のことを伝えるのは彼と出会った季節にと決めていたが、棚倉氏の言う通り、レイは三人で結んだ約束も全く諦めてはいなかった。ヤンはまだ行方知れずだが、彼はアウシュヴィッツも過酷な任務も生き抜いた男だ。イエジや慎が願ったように、祖国を取り戻す日を今もじっと待っていると信じている。

生きているかぎり、ヤンは決してあの約束を忘れまい。いつかポーランドを覆う霧が晴れ、彼らの尊厳が取り戻されたなら。隠された真実が明らかになったその日には、彼はきっと、桜を見にやって来る。

軒下《のきした》の風鈴が、ちりんと鳴った。これほど蟬がうるさいのに、耳に届くのが不思議だった。

「今日は、この十年で一番いい日です」

庭を眺めていた棚倉氏は、やわらかく微笑んだ。

その顔には皺が多く刻まれていたが、笑うとまるで少年のようだった。

「ご覧の通り、なにもない家でしてね。お手紙を頂いてから、どうすればあなたに喜んでいただけるかずっと考えていたのですが、桜はじつによい案です」

「しかし桜は手入れが難しいと聞いております」

「暇な老人なのでね、それもまた楽しいのですよ。ただ、一、二年ではどうにもなりませんから――そうですね、今日はひとまずまた別の趣向で。しばしお待ちを」

棚倉氏は卓袱台に手をついて立ち上がり、奥の棚へと向かった。レイはもちろん、座敷に入った時点で、棚の上にある蓄音機に気がついていた。その上には、すでにレコードが載っている。

棚倉氏は慣れた手つきでハンドルを回し、針を落とす。

蟬の声だけで埋め尽くされた世界に、突然、叩きつけるような激しい旋律が響き渡る。そこから続く、怒濤の奔流。

レイをここに呼び寄せ、そしてかの地で最後まで共にあった曲。

あの日々、誰もが心の中に抱いた旋律。

『革命のエチュード』。

解説　真実を残すこと、伝えること、知ろうとすること

ライター　吉田大助《よしだだいすけ》

名前はもちろん知っている。けれど、その内実はほとんど何も知らない。世の中は、そんな情報で溢《あふ》れている。今の時代、ネットで検索すればいいだけなのだ。特に近年のインターネット百科事典・ウィキペディアの充実度や確度は、目を見張るものがある。しかし、検索自体をしなければ、知への扉は開かない。

その反省と、知ることによって世界が広がる喜び（それに伴《ともな》う痛み）を、須賀《すが》しのぶの小説は幾度となく読者にプレゼントしてきた。例えば、『神の棘』では、ナチス・ドイツ（ナチス政権下のドイツ）のことを。『革命前夜』（第一八回大藪春彦《おおやぶはるひこ》賞受賞）では、冷戦およびピアノ（クラシック音楽）のことを。『夏空白花』では、全国高等学校野球選手権大会、通称「夏の甲子園」のことを。読んでいて楽しい、だけじゃない。読後に残るものが大きいからこそ、「作品単体にファンはつくが、作家にファンがなかなかつかない」と言われる時代で、「須賀しのぶが書くものならば、また読む」という人が増えているのだ。

二〇一六年一〇月に単行本が刊行されこのたび文庫化された『また、桜の国で』は、須賀しのぶの名が広く世に知れ渡るきっかけとなった長編小説だ。この作品で著者は初めて直木賞（第一五六回）にノミネートされ、現役高校生たちが討議と投票で選ぶ高校生直木賞（第四回）を受賞した。題材は、ポーランド。あなたはポーランドという単語を検索したことがあるだろうか？　筆者はなかった。世界史の授業で習ったわずかな知識しか事前に持っていなかったが、心配無用。とにもかくにも歴史の激動期を生きた男たちの人間ドラマが、途方もなく熱く、面白い。

物語の幕開けの日付は、いわゆる「ミュンヘン会談（ミュンヘン協定）」によって戦争が回避された一九三八年九月三〇日。ヨーロッパの中央に位置し、西側がドイツ、東側がソ連という大国に挟まれたポーランドへ、二七歳の棚倉慎《たなくらまこと》が足を踏み入れようとしている場面から始まる。ロシア人の父と日本人の母を持つ彼は、外見は西洋人でポーランド語も堪能。その資質を買われ、日本大使館の外務書記生として赴任することになったのだ。道中の夜行列車内で出会ったのが、国籍はポーランドだが人種的にはユダヤ人であるカメラマン、ヤン・フリードマンだった。自分と同じようにアイデンティティの揺らぎを抱える、彼との会話がきっかけとなり、慎は日本で過ごした少年期の思い出を蘇《よみがえ》らせる。時は第一次世界大戦終戦から二年後の一九二〇年の夏、父がピアノで奏《かな》でていたポーランド人作曲家・ショパンの『革命のエチュード』の旋律に導かれ、家の庭にポーランド人の少年カミルが迷い込んだ。そこで芽生《めば》えたたった二時間の「友情」、お互いの「秘密」の告白が、その後の慎の人生を決定づけた――。

そもそも、カミルはなぜ日本にいたのか。祖国の独立運動と内乱で両親を失い、シベリアへ追いやられたポーランド人の戦災孤児たちに、日本が手を差し伸べたからだ。このエピソードは、史実に基づいている。実は二〇一九年の今年は、「日本・ポーランド国交樹立一〇〇周年」のアニバーサリー・イヤーだった。在ポーランド日本国大使館および関連ホームページを見てみれば、日波《にっぽ》交流の歴史の始まりであり象徴として、シベリア孤児のエピソードが掲げられている。しかし、ほとんどの日本人はこの史実を知らないのではないだろうか？　つい「知られざる歴史」と口にしてしまいたくなる物事の多くは、ただ知らずにいただけなのだ。だから大事なのはやはり、知ろうとすること。想像力は、そこから始まる。

首都ワルシャワの日本大使館に着任した慎の任務も、知ることだった。作中で苦難の歴史がコンパクトにまとめられているが、ポーランドは「平原の国」（国名の語源）であり、隣国からの侵攻を止める自然の防波堤が存在しなかった。そのため、かつてロシア、プロイセン、オーストリアによって分割統治され、地図上から国名が消滅した。一九一八年にようやく独立を回復したが、その過程でポーランド国民は過去に何度も蜂起を起こし、支配国ロシアへの抵抗を続けてきた。その歴史ゆえに、日本にとってポーランドは対ソ情報収集の要《かなめ》となる国であり、〈そんな諜報の最前線に配属されたことは、慎にとっても武者震いがするほどの栄誉である〉。

駐ポーランド日本国特命全権大使である酒匂秀一《さこうしゅういち》、先輩書記生の織田《おだ》、現地採用された事務員のマジェナらとともに大使館の仕事をこなしながら、慎はプライベートな調査も進める。一八年前に日本で出会った少年、カミルの消息だ。シベリア孤児たちにより結成された「極東青年会」に出入りし、ユダヤ人居住区に暮らすカメラマンのヤンと再会して情報交換を行い、アメリカ人ジャーナリストのレイモンド・パーカーらとも新たな交流を得て……。繊細で引っ込み思案な部分と大胆さがブレンドした慎の性格は、さまざまな出会いを引き寄せ、相手からも一歩近づいてみたくなる魅力を放つ。

また、慎はよく歩く人だ。道路を一本またげば雰囲気がガラッと変わり、四季によって風貌《ふうぼう》を変えるワルシャワ市街が、彼の五感を通して記録されていく。中世の面影を残す旧市街の佇《たたず》まいや、路地を彩る春の桜（セイヨウミザクラ）などについて、彼が「美しい」という言葉をたびたび選んでいることは、のちの展開に効いてくる。ポーランドへの理解を深めるにつれ、かの国の風景や国民性が日本と「似ている」と感じている点も、忘れがたい印象を残す。

そして第二章の冒頭で、ポーランドの美しい風景に〈赤地に白の円、黒い鉤十字《ハーケンクロイツ》。優美な街並みに似合わぬ派手な色彩〉が混じり出す。その色彩は、この物語が、後世の人間ならば誰もが知る世界史的事実を、真正面から描き出す試みであることを予言している。その予言はもちろん、現実化する。一九三九年九月一日、国家社会主義ドイツ労働者党（ナチス）の党首アドルフ・ヒトラー率いるドイツ軍がポーランドに侵攻し、第二次世界大戦の火蓋《ひぶた》が切られた。

……という教科書のようなまとめ方ほど、この小説の読み心地と掛け離れたものはないだろう。世界史的に見れば確かに「ドイツ軍がポーランドに侵攻し、第二次世界大戦の火蓋《ひぶた》が切られた」という記述となるのだが、読者はその出来事と物語の中で出合った瞬間、主語が違う、と感じるはずだ。「ポーランドが、ドイツ軍に侵攻された」のだ。「第二次世界大戦の火蓋が切られた」という叙述も、物語を読み進めていく際の実感とは異なる。「ナチス・ドイツに、次いで侵攻してきたソ連に分割占領され、他国からは見放された」。「第二次」の一語も「世界」の一語も、遠景にある。目の前にある現実は、自国の主権の死であり、自国民の大量死だ。

そう感じられる理由は、物語が棚倉慎という個人の目線からブレずに紡《つむ》がれているからだ。作中に「強制収容所」という言葉は出てくるが、「ホロコースト」という言葉が出てこない点にも注目しておきたい。ナチス・ドイツが強制収容所で行っていたことが明らかになったのは、戦後だ。ユダヤ人たちが数万単位で収容所へと連れ去られていく光景を前に、慎は何かとんでもないことが起きているのではと想像はするが、何が起きているかは分からない。そのピントがズレた感覚こそが、当時のリアルなのだ。その当時の、当事者の視点から、作家の筆が浮遊することはない。

それは「敗者」の視点だ。慎の父が、ポーランド行きを決めた息子にこんな言葉を贈っている。「基本的に歴史は強国によって語られる。呑《の》みこんだ敗者について思いを巡らせる者はあまりいない。呑みこまれた当事者以外はね。そしてその当事者だけが、イデオロギーや利害に関係がない、最も素直な世界を見ることができる」。二十数年前に終えたはずの「抵抗と挫折」の歴史へ逆戻りし、また新たに「敗者」となったポーランドの立場から、第二次大戦の推移を見つめる。語り直す。この小説の最大のトライアルは、ここにある。

物語は中盤以降、日本政府との橋渡し役として、それが叶わぬならば、日本人はあなたたちのことを大事に思っていますと告げるための生きた証《あかし》として、慎はポーランドのために力を尽くす。そして一九四四年八月一日、ドイツ軍から自治を取り戻すため市民らが武装して立ち上がった、いわゆる「ワルシャワ蜂起」において自らも銃を手に取る。長岡崇徳大学教授の渡辺克義《わたなべかつよし》は著書『物語　ポーランドの歴史』（二〇一七年刊、中公新書）で本作に言及し「感動的なストーリー」と紹介したうえで、フィクションならではの想像力の巧《たく》みさを指摘する。〈ワルシャワ蜂起において蜂起軍側で戦闘に参加した外国人は実在した。ポーランドの歴史家スタニスワフ・オケンツキによれば、それぞれの国籍はフランス、ベルギー、オランダ、イタリア、ハンガリー、アルメニア、アゼルバイジャン、ウクライナなど一八ヵ国に及ぶ〉。渡辺は「ただし日本人の参加者はいない」と追記しているが、この豊富なラインナップを見れば、見た目は完全に西洋人でポーランド語を操《あやつ》る「日本人」が紛れ込んでいたとしても、なんら不自然ではないだろう。

国家とは何か。人種とは何か。戦争とは何か。……自分は何者なのか。主人公の内側にさまざまなテーマを反響させながら進んでいった物語はやがて、真実を残すこと、真実を伝えること、真実を知ろうとすることの大切さへと辿り着く。素晴らしいラストシーンだ。読後感を妨《さまた》げないためには、単行本刊行時のインタビューにおいて、作者が語ってくれた言葉を引くのがふさわしいだろう。

「暴走した愛国心は他国にどんな悲惨さをもたらすか、負けて失うとはどういうことなのかということを、ポーランドの歴史は教えてくれます。（中略）今の世界の趨勢《すうせい》を見ているとなおさら、かつてポーランドで起きていたことを知り、敗者への想像力を働かせることには大きな意味があると思うんですよ」（ＳＴＯＲＹ　ＢＯＸ　二〇一七年二月号）

遠く離れたヨーロッパの地で、先人たちが命を賭《と》して残してくれた無数の言葉があったから、極東の島国でこの小説が生まれた。その営みの全体を思えば、この世界はまだ、まだまだ、信じるに値《あたい》する。

参考文献

『野の国ポーランド　その歴史と文化』守屋長・織田寅之助　帝国書院　一九四九年
『ポーランド電撃戦』山崎雅弘　学研M文庫　二〇一〇年四月
『ワルシャワ蜂起』梅本浩志・松本照男　社会評論社　一九九一年八月
『ワルシャワ蜂起1944　上・下』ノーマン・デイヴィス　訳／染谷徹　白水社　二〇一二年一一月
『アウシュヴィッツを志願した男』小林公二　講談社　二〇一五年五月
『私はホロコーストを見た　上・下』ヤン・カルスキ　訳／吉田恒雄　白水社　二〇一二年九月
『記憶するワルシャワ』尾崎俊二　光陽出版社　二〇〇七年七月
『ワルシャワ・ゲットー日記　上・下』ハイム・A・カプラン　編／アブラハム・I・キャッチ　訳／松田直成　風行社　一九九三年六月／一九九四年五月
『日本・ポーランド関係史』エヴァ・パワシュ＝ルトコフスカ、アンジェイ・タデウシュ・ロメル　訳／柴理子　彩流社　二〇〇九年五月
『私たちが子どもだったころ、世界は戦争だった』編著／サラ・ウォリス、スヴェトラーナ・パーマー　訳／亀山郁夫、河野万里子、関口時正、赤根洋子、田口俊樹　文藝春秋　二〇一〇年八月
『ある終戦工作』森元治郎　中公新書　一九八〇年七月

『第二次大戦下ベルリン最後の日　ある外交官の記録』　新関欽哉　日本放送出版協会　一九八八年四月
『戦場のピアニスト』　ウワディスワフ・シュピルマン　訳／佐藤泰一　春秋社　二〇〇三年二月
『ポーランド孤児・「桜咲く国」がつないだ765人の命』　山田邦紀　現代書館　二〇一一年九月
『ポーランドに殉じた禅僧　梅田良忠』　梅原季哉　平凡社　二〇一四年四月
『秘密機関長の手記』　シェレンベルグ　訳／大久保和郎　角川書店　一九六〇年
『カチンの森とワルシャワ蜂起　ポーランドの歴史の見直し』　渡辺克義　岩波ブックレット　一九九一年六月
『重光葵手記』　編／伊藤隆・渡邊行男　中央公論社　一九八六年一一月
『外務省年鑑』　編／外務省大臣官房人事課　一九四二年
『戦争と諜報外交　杉原千畝たちの時代』　白石仁章　角川選書　二〇一五年一一月
『第二次世界大戦外交史　上・下』　芦田均　岩波文庫　二〇一五年一一月／一二月
『Dzieci syberyjskie／シベリア孤児』　Teruo Matsumoto, Wiesław Theiss　Wydawnictwo Akademickie ŻAK　二〇〇九年
『Hitler Strikes Poland: Blitzkrieg, Ideology, and Atrocity』　Alexander B. Rossino

University Press of Kansas　二〇〇三年
『LONDON HAS BEEN INFORMED...』 Reports by Auschwitz Escapees/Edited by Henryk Świebocki　The Auschwitz-Birkenau State Museum / Oświęcim　二〇〇二年
『WARSAW RISING MUSEUM』　二〇一五年
『"Jerzyki" z "Miotłą" w tarczy』　Jerzy Zabłocki "Igor"　Efekt　一九九四年

最後になりましたが、本作を執筆するにあたり、長岡崇徳大学教授・渡辺克義氏から貴重な資料の提供や詳細に亘るアドバイスを頂きました。この場を借りて深く御礼申し上げます。

（この作品『また、桜の国で』は平成二十八年十月、小社より
四六判で刊行されたものです）

一〇〇字書評

また、桜の国で

切り取り線

購買動機（新聞、雑誌名を記入するか、あるいは○をつけてください）	
□（　　　　　　　　　）の広告を見て	
□（　　　　　　　　　）の書評を見て	
□ 知人のすすめで	□ タイトルに惹かれて
□ カバーが良かったから	□ 内容が面白そうだから
□ 好きな作家だから	□ 好きな分野の本だから

・最近、最も感銘を受けた作品名をお書き下さい

・あなたのお好きな作家名をお書き下さい

・その他、ご要望がありましたらお書き下さい

住所	〒				
氏名		職業		年齢	
Eメール	※携帯には配信できません		新刊情報等のメール配信を 希望する・しない		

この本の感想を、編集部までお寄せいただけたらありがたく存じます。今後の企画の参考にさせていただきます。Eメールでも結構です。

いただいた「一〇〇字書評」は、新聞・雑誌等に紹介させていただくことがあります。その場合はお礼として特製図書カードを差し上げます。

前ページの原稿用紙に書評をお書きの上、切り取り、左記までお送り下さい。宛先の住所は不要です。

なお、ご記入いただいたお名前、ご住所等は、書評紹介の事前了解、謝礼のお届けのためだけに利用し、そのほかの目的のために利用することはありません。

〒一〇一－八七〇一
祥伝社文庫編集長　清水寿明
電話　〇三（三二六五）二〇八〇

祥伝社ホームページの「ブックレビュー」からも、書き込めます。
www.shodensha.co.jp/bookreview

祥伝社文庫

また、桜《さくら》の国《くに》で

令和 元 年 12 月 20 日　初版第 1 刷発行
令和 7 年 8 月 25 日　　　第 6 刷発行

著　者　須賀《すが》しのぶ
発行者　辻　浩明
発行所　祥伝社《しょうでんしゃ》
東京都千代田区神田神保町 3-3
〒 101-8701
電話　03（3265）2081（販売）
電話　03（3265）2080（編集）
電話　03（3265）3622（製作）
www.shodensha.co.jp

印刷所　堀内印刷
製本所　ナショナル製本
カバーフォーマットデザイン　芥 陽子

Printed in Japan ©2019, Shinobu Suga ISBN978-4-396-34589-1 C0193

祥伝社文庫の好評既刊

垣谷美雨
子育てはもう卒業します
就職、結婚、出産、嫁姑問題、子供の進路……ずっと誰かのために生きてきた女性たちの新たな出発を描く物語。

垣谷美雨
農ガール、農ライフ
職なし、家なし、彼氏なし――。どん底女、農業始めました。一歩踏み出す勇気をくれる、再出発応援小説！

垣谷美雨
定年オヤジ改造計画
鈍感すぎる男たち。変わらなきゃ、長い老後に居場所なし！ 長寿時代を生き抜くための〝定年小説〟新バイブル！

楡 周平
介護《かいご》退職
堺屋太一《さかいやたいち》氏、推薦！ 平穏な日々を崩壊させる〝今そこにある危機〟を真正面から突きつける問題作。

楡 周平
和僑《わきょう》
プラチナタウンが抱える人口減少という未来の課題。町長が考えた日本をも明るくする次の一手とは？

楡 周平
国士《こくし》
日本一を摑んだリストラ経験者たちがフランチャイズビジネスの闇に挑む！ 心が熱くなるビジネスマン必読の書。